dtv
Reihe Hanser

Die Löwen des Circus Samani sind alt und zahnlos, Elefanten gibt es schon lange keine mehr und die Artisten sind müde. Da bekommt der Direktor Valentin einen Brief aus Arabien. Sein todkranker und reicher Freund Nabil lädt ihn in den Orient ein, damit der Circus für ihn spielt, solange er noch zu leben hat. Eine aufregende Reise zwischen Nacht und Morgen beginnt.

Rafik Schami, 1946 geboren, kam 1972 nach Deutschland. Er studierte Chemie und promovierte in dem Fach. Heute zählt er zu den bekanntesten und erfolgreichsten Schriftstellern deutscher Sprache. Rafik Schami wurde mit vielen Literaturpreisen ausgezeichnet. Außerdem in der *Reihe Hanser*: ›Das ist kein Papagei!‹ (dtv 62020) Illustrationen von Wolf Erlbruch und ›Der geheime Bericht des Dichters Goethe‹ (dtv 62068), den er gemeinsam mit Uwe-Michael Gutzschhahn schrieb.

Rafik Schami

Reise zwischen
Nacht und Morgen

Roman

Deutscher Taschenbuch Verlag

Ungekürzte Ausgabe
In neuer Rechtschreibung
Januar 2002
2. Auflage Februar 2003
Deutscher Taschenbuch Verlag GmbH & Co. KG,
München
www.dtv.de
© 1995 Carl Hanser Verlag, München · Wien
Umschlagbild: © Root Leeb
Satz: Fotosatz Reinhard Amann, Aichstetten
Druck und Bindung: Kösel, Kempten
Gedruckt auf säurefreiem, chlorfrei gebleichtem Papier
Printed in Germany · ISBN 3-423-62083-8

Für
Root und Emil

1.

Was ein Brief alles auslösen kann, wenn er zur rechten Zeit kommt

ie im Leben hätte Circusdirektor Valentin Samani gedacht, dass ihn ein Brief so überraschen könnte. Und das wollte etwas heißen bei einem sechzigjährigen Mann, der in einem Wohnwagen in Australien zur Welt gekommen war und bis zu dem Tag, an dem jener unglaubliche Brief aus Arabien kam, schon vierzig Länder der Erde bereist, vor vier Königen gespielt, mit sieben Präsidenten getafelt und in drei Gefängnissen seine Taschenspielereien vorgeführt hatte. Es klingt unglaublich, aber die kleinen Zaubereien, mit denen Valentin die Gefangenen und einen einsamen Wächter unterhielt, retteten ihm einmal sogar das Leben, damals in Indonesien, als er um ein Haar einer Verwechslung zum Opfer gefallen und erhängt worden wäre, hätte der Wächter nicht den Mut gehabt, dem Richter zuzurufen: »Das ist der andere Valentin – nicht der Drogenhändler, der Zauberer!« Der Richter und sein Henker staunten nicht schlecht. Sie ließen den Circusdirektor vom Schafott herunterbringen und baten ihn, einen Zaubertrick zu zeigen. Und der nervenstarke Valentin holte aus der Rocktasche des Richters eine große, dunkelgraue, aufgeregt pfeifende Ratte.

Oder nehmen wir die Geschichte, wie Valentin, während er auf dem Seil tanzte, zwei Putsche hintereinander miterlebte. Es war auf einer Tournee in Südamerika. Nach seinem ersten Auftritt in La Paz wurde er in den Präsidentenpalast geholt, um seine atemberaubenden Kunststücke auf dem Hochseil vorzuführen, während der Präsident mit mehreren Generälen und ausländischen Gästen tafelte. Man spannte ihm ein Seil unter der hohen Decke des Speisesaales, und Valentin tanzte und wunderte sich, dass die Gäste sich mehr für das Essen als für seinen lebensgefährlichen Tanz ohne Sicherheitsnetz zu interessieren schienen. Valentin ging beinahe unbemerkt einmal hin auf dem Seil und einmal zurück und wollte schon herunterkommen, als ihm ein Offizier befahl, er solle weitermachen, und plötzlich krachten Schüsse im Hof, dann stürmten Soldaten in den Saal und schleppten den Präsidenten hinaus. Wenig später betrat ein General den Raum, begrüßte die verdutzten ausländischen Gäste und umarmte ein paar Uniformträger, die er gut zu kennen schien. Dann setzte er sich auf den Präsidentenstuhl. Angeekelt schob er die gebrauchten Teller und Gläser des eben gestürzten Rivalen zur Seite und fing an zu essen. Die Generäle scherzten mit dem neuen Präsidenten bald, als wäre er der alte, nur den ausländischen Gästen blieben die Leckerbissen im Halse stecken.

»Wer ist dieser Hurensohn?«, fragte der neue Präsident und zeigte auf Valentin, der mit der Balancierstange regungslos genau über ihm stand. Man erklärte dem neuen Staatsoberhaupt, das sei ein berühmter Circusdirektor und Seiltänzer aus Deutschland.

»Er soll was zeigen!«, sprach der Präsident, und Valentin vollführte waghalsige Sprünge, diesmal unter den aufmerksamen Blicken aller. So verging eine knappe Viertelstunde, da krachten wieder Schüsse im Hof. Die Tür wurde aufgestoßen, und herein stürmte mit gezückter Pistole der alte Präsident, gefolgt von einer Schar Offiziere und Soldaten. Er ließ den Putschisten abführen, setzte sich auf seinen Platz und trank auf das Wohl der geretteten Republik. »Mach weiter!«, rief er Valentin zu und lachte.

Das nur kurz erzählt, um einen Eindruck vom abenteuerlichen Leben Valentins zu geben. Und nun zurück zu besagtem Brief: Am Morgen des Tages, als er Valentin erreichte, machte sich die Briefträgerin Pia früh auf ihren Gang durch das verschneite Viertel. Sie zog den kleinen Postwagen hinter sich her; die Straße war nach einer kalten Nacht glatt und machte ihre Schritte unsicherer als sonst.

Schon beim Sortieren der Postsendungen hatte Pia gesehen, dass ein Brief mit exotischen Briefmarken darunter war. Auf dem Umschlag stand:

Herrn Valentin Samani
(heute bestimmt ein Circusdirektor)
Sohn des berühmten Circusdirektors Rudolfo Samani
(Adresse wird wohl bekannt sein)
Bei Mainz
Germany

Unglaublich, was die Post oft für komische Adressen und Kritzeleien entziffern muss. Viele Leute glauben wohl, Postler könnten alle Sprachen und Schriften der Welt lesen und verstehen, und manche lassen scheinbar ihre Hühner die Briefe adressieren. Solche Briefe kommen natürlich selten an. Aber in unserem Fall hatte der Absender Glück: Valentin war tatsächlich als Nachfolger seines berühmten Vaters Circusdirektor geworden und nicht nur Pia, sondern der ganzen Stadt bekannt. Der Circus Samani war bereits über hundert Jahre alt. Und schon der Großvater – er hieß auch Valentin Samani – hatte jenes kleine Haus am Ende der Talstraße gebaut, in dem Valentin wohnte. Der Großvater wollte sich dort mit sechzig

Jahren zur Ruhe setzen, nachdem sein Sohn Rudolfo, Valentins Vater, den Circus übernommen hatte. Doch er bewohnte das Haus mit seiner Frau, einer Araberin aus Ulania, nur einen Tag und eine Nacht. Dann hielten sie es nicht mehr aus und reisten ihrem Circus heimlich nach. Der Großvater, ein Verwandlungskünstler und der berühmteste Dompteur seiner Zeit, verkleidete sich mitsamt seiner Frau und verdingte sich unerkannt als Circushelfer bei seinem eigenen Sohn. Erst auf dem Sterbebett kam die Wahrheit heraus. Rudolfo, der Sohn, weinte bitterlich, denn in seinen wechselnden Launen und im Glauben, er habe es mit einem hergelaufenen Wanderarbeiter zu tun, hatte er den Vater mehr als einmal unflätig beschimpft. Nun versprach er dem Vater im Beisein der Mutter hoch und heilig, in jedem seiner Circusleute von Stund an Vater, Bruder, Mutter oder Schwester zu sehen; aber es dauerte keinen Tag, und Rudolfo schimpfte wieder wie ein Kanalrohr und brüllte so laut, dass einer seiner Löwen in Ohnmacht fiel. Es war keine böse Absicht, Rudolfo konnte einfach nicht anders. Und seine Vergesslichkeit war legendär, aber das ist eine andere Geschichte.

Jahre später war Valentin mit seinen Eltern und der Großmutter in das großväterliche Haus gezogen, das von da an ihr Wohnsitz für die Wintermonate werden sollte. Er erinnerte sich noch lange, wie er es am ersten Tag von allen Seiten betrachtet und die Räder darunter gesucht hatte, denn es war das erste feste Haus, in dem er wohnte. Bald danach bekam die Großmutter Sehnsucht nach ihrer Heimat; sie kehrte zurück und starb in ihrem Geburtshaus im alten Stadtviertel von Ulania. Dort, auf dem katholischen Friedhof findet man ihr Grab noch heute. Die Marmorplatte darauf trägt die Inschrift: *Hier liegt Alia Bardani, Ehefrau des weltberühmten Circusdirektors Valentin Samani. Sie bereiste die Welt und fand hier endlich Ruhe.*

Pia, die Briefträgerin, kannte Valentin Samani seit ihrer Anstellung bei der Post vor nun auch schon fünf Jahren. Er war ihr gleich in der ersten Woche aufgefallen, ein bunter Fleck im geregelten, bisweilen monotonen Alltag einer Briefträgerin. Sein Haus mit den weißen Mauern und dunkelblauen Türen und Fensterläden erinnerte sie an glückliche Ferientage in Griechenland. Sein winziger Garten voller verwilderter Heckenrosen und Weinreben und mit drei uralten Birken täuschte Größe vor. Doch nicht das war das Besondere daran, sondern die vielen Holz- und Steinfiguren, die Valentin aus aller Welt angeschleppt und darin aufgestellt hatte. Überall läuteten kleine Glockenspiele, die in den Zweigen der Bäume hingen. Es war eines der wenigen Häuser in Pias Bezirk, das die Neugier weckte und von einem bunteren Leben erzählte. Oft sah Pia Valentin im Wohnzimmer sitzen und lesen. Durch das Fenster sah man die vielen Bücher in Regalen, die die Wände bedeckten. Und wenn es kalt war und Licht aus dem Fenster schien, fühlte Pia eine Wärme, die sie nicht erklären konnte.

Viele Briefe bekam Valentin nicht. Es waren meist behördliche Schreiben, grau wie ihr Inhalt. Selten erhielt er eine fröhliche Postkarte. An solchen Tagen läutete Pia länger als sonst mit der kleinen Messingglocke, die am Gartentor befestigt war. Dann lief ihr Valentin entgegen und grüßte sie besonders fröhlich. Ein kleiner Mann mit hagerem Gesicht und großen schwarzen Augen. Früher hatte er einen leichten, ja fast hüpfenden Gang gehabt, doch seit dem Tod seiner Frau war er düsterer geworden und seine Schritte wirkten schwer.

Pia hoffte insgeheim, ihm eines Tages eine gute Nachricht zu bringen, am liebsten von einem Riesenlottogewinn; denn sie sah den alten Mann immer freitags im Tabakladen Lottoscheine ausfüllen, und von seinen Nachbarn wusste sie, dass er Schulden hatte und bei allen möglichen Verbänden und Vereinen betteln ging, um seine alten Tiere zu ernähren, die er nicht im Stich lassen wollte. Das wussten alle im Viertel. Und viele mieden Valentin Samani aus Angst, er würde sie nach einem freundlichen Gruß um Geld für seine ewig hungrigen Löwen angehen.

Aber was immer Pia sich vorgestellt haben mochte, nie im Leben wäre sie darauf gekommen, welch merkwürdigen Brief sie Valentin Samani am heutigen Morgen überreichen sollte. Vorsichtigen Schrittes zog sie den kleinen Postwagen durch die Straßen und verfluchte, wie alle Bewohner der Stadt, die Kälte. Bis sie Valentins kleines Haus erreichte, war es schon nach zehn.

Valentin Samani war, wie schon seit Jahren, gegen fünf Uhr aufgewacht. Sein Schlaf wurde immer schlechter. Es heißt, wenn man alt wird, wird man ruhiger, doch Valentin wurde von Jahr zu Jahr unruhiger. Immer öfter schrak er in der Nacht auf, hellwach, auch wenn er kaum eine Stunde geschlafen hatte. Und es dauerte lange, bis er wieder einschlafen konnte. Er schlief höchstens fünf Stunden in der Nacht und am Tag litt er unter zunehmender Ermattung. Vor allem aber quälte ihn die mit dem Älterwerden wachsende Empfindlichkeit gegen Geräusche. Schon ein Windstoß, das laute Fauchen einer Katze oder heftiger Regen vermochten ihn aus dem Schlaf zu reißen. »Ich werde langsam ein Huhn«, klagte er dem Dompteur Martin sein Leid, »ich wache mit ihnen auf und schlafe mit ihnen ein und bin genauso schreckhaft wie sie.« Und das jemandem wie Valentin, der in seiner Jugend zwölf Stunden und mehr hatte schlafen können, wenn man ihn nicht weckte. Sein Vater hatte beim Aufstehen nicht »Guten Morgen!«, sondern

»Weckt den Valentin!« gerufen. Wahrscheinlich schlief er in jenen Jahren auch schon schlecht und war neidisch auf den Sohn, der in jeder Stellung und überall schlafen konnte. Inzwischen war Valentin selbst neidisch auf alle, die durchschliefen.

An kalten Tagen pflegte Valentin die Lampe über dem Bett anzumachen, ein Buch vom Nachttisch zu nehmen und erst mal ein, zwei Stunden zu lesen. Nichts auf der Welt hasste er so wie die Kälte. Das hatte er von seinen Eltern geerbt. Überhaupt hassen alle Circusleute die Kälte. Im Winter wird das Zelt nicht warm genug, sie können nicht auftreten und ihre Tiere frieren. Wenn Valentin an den Winter dachte, fiel ihm wenig Gutes ein. Im Dezember vor einem Jahr war seine Frau Viktoria gestorben und zwei Wochen später war sein Lieblingslöwe Hannibal durch die extreme Kälte an Lungenentzündung erkrankt. Trotz aufwändigster Behandlung war er nicht zu retten gewesen. Es war auch Winter, als Valentins Circus am Rand von Budapest niederbrannte. Vor zwei Jahren war es gewesen, und dieser Brand und die davon herrührenden Schulden hatten seiner Frau das Herz gebrochen.

In der Nacht des Brandes hatte in Budapest eine eisige Kälte geherrscht. Valentin war aufgewacht, hatte gemerkt, dass es viel zu hell war und merkwürdig roch, und war mit Viktoria ins Freie gerannt. Dort sahen sie Martin, Mansur, Jan und Robert, die durcheinander liefen und »Feuer! Feuer!« schrien. Es war gegen drei Uhr morgens, die Wasserleitungen waren gefroren, die Hydranten tot. Der starke Wind fuhr ins Chapiteau und ließ meterhohe Flammen auflodern. Sie mussten als Erstes die Tiere außer Gefahr bringen. Doch die Elefanten gerieten in Panik und fachten mit ihrem Getrampel das Feuer noch an, das ihr Zelt und das Stroh ergriffen hatte. Vier von ihnen starben. Der Anblick, wie sie stumm und mit Angst erfüllten

Augen verendeten, quälte Valentin oft in seinen Träumen. Seit diesem Brand wollte er keine Elefanten mehr in seinem Circus sehen.

Endlich war die Feuerwehr gekommen. Auch Armeeeinheiten rückten an, um zu helfen. Soldaten und Bewohner der Vorstadt, Circusartisten und Feuerwehrleute bildeten eine Menschenkette, die Wassereimer von der nahen Donau hinauf zum brennenden Circus reichte. Am Ende aber war das Herzstück des Circus, die Sattlerei, vernichtet, das große Kostümlager, auf das Valentin sein Leben lang stolz gewesen war, vom Feuer restlos verschlungen. Auf über siebenhunderttausend deutsche Mark bezifferte sich sein Verlust. Die Versicherung prozessierte und zahlte nur siebzigtausend.

Mag man in der Hitze auch krank werden, sich schlapp und müde fühlen, irgendwie ist ihr trotzdem etwas abzugewinnen; der Kälte nicht. An diesem kalten Morgen aber lag Valentin im Bett, und seltsam: Seine Augen glühten vor Aufregung. Ein Traum hatte eine Sehnsucht in seinem Herzen geweckt: Er saß auf einer weißen Bank in einem Park und plötzlich sah er seine Frau Viktoria in der Ferne unter einer Trauerweide sitzen. Sie trug das blaue Samtkleid, das er ihr in Athen geschenkt hatte. Sie lächelte ihn an und drehte sich wieder weg. Er wollte aufstehen, um zu ihr zu gehen, doch er konnte nicht. »Du musst dich befreien!«, rief sie ihm zu und streckte ihm ihre schönen Arme entgegen. Er richtete sich auf, doch das fiel ihm schwer; immer wieder fiel er erschöpft zurück, als wäre er mit Gummibändern an die Bank gefesselt. »Werde jünger!«, rief ihm Viktoria zu. Da atmete er tief ein, gab sich einen Ruck und fühlte sich auf einmal stark wie ein Berg. Seine Frau jubelte. Die Bänder, die ihn fesselten, zerrissen und er ging los. Da geschah das Wunder: Mit jedem Schritt wurde er jünger. Erst merkte er es gar nicht, doch bald fühlte er sich frisch wie lange nicht und kurz darauf wie ein vierzehnjähriger Junge. Viktoria aber verjüngte sich nicht nur, sondern wurde von Schritt zu Schritt der Briefträgerin Pia ähnlicher, und als er schließlich in ihre Arme fiel, war sie niemand anders als die Briefträgerin selbst. Er küsste sie und ihr Mund schmeckte nach Pfefferminze. Es war sein erster Kuss seit einer halben Ewigkeit.

Valentin lächelte zufrieden; endlich einmal ein Traum, der nicht langweilig endete. Er lag unter der Decke und dachte nach. Warum sollte er nicht von Tag zu Tag jünger werden? Vielleicht war das der einzige Weg, den Tod auf Abstand zu halten. Alle seine Verwandten hatten sich gewundert, dass er seine Frau überlebte, denn es war die Regel in der Familie Samani, dass erst die Männer starben und dann die Frauen.

Valentin lachte viel und glaubte, dass der Humor seine Rettung war. Seine Frau Viktoria war anders gewesen. Niemand wusste, wie traurig sie war, wenn der Circus ohne Zuschauer dastand, die Tiere vor Hunger brüllten und die Artisten verschmutzt und nass wie welke Herbstblätter aussahen. All das saugte sie mit ihrem Herzen auf, als wäre es ein Schwamm. Als der Circus in den Flammen unterging, war Valentin froh, dass keinem seiner Mitarbeiter etwas geschehen war. Eine Stunde später trank er Tee und schwärmte seiner Frau von dem Liebesroman eines lateinamerikanischen Autors vor, den er gerade las. Sie dagegen trauerte bis zu ihrem Tod dem Glück nach, das durch das herzlose Feuer vernichtet worden war. Mit vierundfünfzig und vom Leben enttäuscht war Viktoria gestorben. Und Valentin hatte geweint wie ein verlassenes Kind.

In dem Jahr seit ihrem Tod war er schnell gealtert. Er lachte immer weniger und fühlte, dass das Leben immer schneller an ihm vorüberrauschte. Das eine Jahr erschien ihm wie früher zehn. Seine dauernde Müdigkeit und Lustlosigkeit konnte er noch glaubhaft mit dem Wetter und dem schlechten Geschäft erklären. Aber seine Haut am Hals ließ sich nicht verstecken. Sie war schlaff geworden und hing nach unten, als wollte sie ihm die Wirkung der Schwerkraft demonstrieren; morgens, wenn er in den Spiegel schaute, erschrak er jedes Mal aufs Neue. Das Feuer der frühen Jahre schien ihm ein für allemal verloren.

Aber nur bis zu dieser Stunde in der Morgendämmerung, als er von seinem schönen Traum erwachte. Wie verwandelt fühlte er sich. So vieles gab es noch zu entdecken und neu zu lernen. »Du musst alles Entmutigende abschütteln und dich leicht wie ein Vogel erheben«, sagte er und warf die Decke von sich. »Von heute an werde ich täglich jünger«, sprach er so laut, als wollte er es jemandem im Zimmer mitteilen, und richtete sich auf. Doch das Rheuma in seiner linken Schulter meldete sich mit ziehendem Schmerz, und als hätte der wiederum die Bandscheiben geweckt, stachen die ihn wie kleine Messer ins Rückenmark. Sein Gesicht zuckte. Er zog seine Strickjacke über den Schlafanzug, ging langsam zum Fenster und zog die Rollläden hoch. Er wusste, dass es draußen noch dunkel war, aber er wollte dem Schlafzimmer wenigstens den Hauch von Morgendämmerung gönnen, den das Fenster dem grauen Himmel abringen konnte.

Die Küche war kalt, im Licht der Küchenlampe las er das Thermometer draußen am Fenster ab: −8 °C. Doch statt, wie sonst, zu fluchen, rieb er sich die Hände und eilte zum Herd. Pfeifend kochte er Kaffee und holte aus dem Küchenschrank Kekse und eine große rote Kerze. Er wollte sein neues Leben feiern. Den Weg zurück zu seiner Jugend und den Kampf gegen den Tod. Viel zu früh geben wir unser Leben auf. Der Tod ist brutal und mächtig, doch alle Brutalen und Mächtigen kann man mit List betrügen. Wäre doch nicht schlecht, dem geizigen Tod so ein paar Jährchen abzuluchsen, dachte Valentin und schlürfte genüsslich seinen heißen Kaffee.

Ob es drei Wochen oder noch länger her war, dass er die Wohnung aufgeräumt hatte, wusste er nicht mehr. Wie es darin aussah, hatte ihn nicht mehr interessiert; Hauptsache, es war ein Platz für ihn da. Er hatte sich eingeredet, dass es im Leben Wichtigeres gab als Spülen und Putzen. Aber nun stand er auf und fing an, gründlich und voller Eifer alles aufzuräumen. Es dauerte bis neun, doch dann sah die Wohnung geräumiger aus und sie roch frischer. Einen Zehnmarkschein, den er unter dem Sessel fand, betrachtete er als Belohnung. Dann setzte er sich in die Küche und fing an zu lesen. Er las, wie immer, langsam und laut, als wäre es ihm lieber, dass jemand ihm das, was er las, erzählte. Seine Augen waren nur Diener seiner Ohren.

Als er über eine Stunde gelesen hatte und eben eine spannende Stelle erreichte, legte er das Lesezeichen ins Buch und stand auf, um sich den zweiten Kaffee zu kochen. Das war ein Trick. Es erhöhte die Spannung ungemein und ließ ihn so schnell wie möglich zum Buch zurückkommen. Gerade als die Kaffeemaschine anfing zu dampfen, hörte er das Gartentorglöckchen läuten. Er drehte sich um und lächelte, als er Pia sah. Sie winkte mit einem bunten Umschlag. Er nickte und eilte zur Tür. »Komm doch rein«, murmelte er.

Pia freute sich über die kleine Verschnaufpause an der Tür, aus der Wärme und Kaffeegeruch strömten, doch dabei wollte Valentin es nicht belassen. Er nahm der Briefträgerin den Brief aus der Hand und legte ihn auf einen kleinen Tisch im Korridor. »Das hat noch Zeit. Erst mal bekommst du einen Kaffee und einen Keks bei dem scheußlichen Wetter«, sagte er bestimmt und musste es nicht wiederholen, denn Pia war erfüllt von einer sonderbaren Freude, Valentin so strahlender Laune anzutreffen. Lange war es her, dass sie ihn so hatte lachen sehen.

Sie tranken Kaffee, und er redete von nichts anderem als von den Plänen, die er in den nächsten Monaten und Jahren noch verwirklichen wollte. Wäre Pia nicht so schüchtern gewesen, sie hätte ihm bestimmt gesagt, dass sie ihn viel jünger fand als noch am Tag zuvor. Als sie weiter musste, begleitete Valentin sie bis zur Tür, verbeugte sich beim Abschied und gab ihr einen Kuss auf die Hand: »Prinzessin!«, sprach er untertänig, und Pia lachte laut. »O mein König!«, rief sie und eilte hinaus. Und sosehr sie das Ganze als Scherz empfand, zum ersten Mal seit Jahren verspürte sie dabei ein tieferes Gefühl in ihrem Herzen. Erst das graue Postgebäude vertrieb Stunden später die wirren Gedanken der Liebe. Die Liebe aber ist kein ängstlicher Vogel, der beim ersten Wedeln einer Hand das Weite sucht. Das jedenfalls wünschte sich Valentin, der Pia durchs Fenster nachsah, bis sie hinter der nächsten Ecke verschwand. Warum, wenn nicht aus Liebe, hatte sie sich in der eisigen Kälte umgedreht und so herzlich lang zurückgewinkt? Das hatte sie noch nie getan.

Jetzt erst erinnerte sich Valentin an den Brief im blauen Umschlag. Und er erwartete alles, doch nie im Leben das, was darin tatsächlich in vornehmer Schrift und auf Büttenpapier zu lesen war:

Lieber und verehrter Valentin Samani,
du erinnerst dich bestimmt nicht mehr an mich. Es ist sechsundvierzig Jahre her, dass wir uns in Arabien, genauer gesagt, in der Hauptstadt Ulania getroffen haben. Wir waren beide nicht einmal fünfzehn und haben uns be-

freundet und Treue geschworen. Du hast mir viele Geheimnisse des Circus gezeigt. Ich durfte zu jeder Zeit zu dir kommen. Und ich habe dir die Geheimnisse von Ulania gezeigt. Und ob du es mir glaubst oder nicht, dir zuliebe habe ich mich als Kind für die deutsche Schule entschieden. Meine damalige Schule wurde kurz nach unserer Begegnung geschlossen. Mein Vater fragte mich, in welcher Schule ich weiter lernen wolle. Ich sagte in Gedanken an dich: »In der deutschen Schule!« Mein Vater bewunderte meine Bestimmtheit, wusste aber nicht, ob es überhaupt eine deutsche Schule in Ulania gab. Ich auch nicht. Doch es gab eine, sogar eine sehr vornehme.

Nun, ich muss gestehen, ich habe dich dann irgendwann vergessen, machte mein Abitur, studierte Architektur und gründete meine Baufirma. Ich hatte Glück und bekam in den Golfstaaten viele große Aufträge. Ich wurde reich, sehr reich. Ich kehrte zurück nach Ulania und das Glück öffnete mir neue Wege. Ich wurde hier sehr angesehen, doch da meine Frau und ich keine Kinder bekamen, wohl aber eine fürchterliche Verwandtschaft, die nur nach unserem Geld schielte, begannen wir unseren Reichtum allen Kindern zu schenken. Täglich bekamen und bekommen noch die armen Kinder des Slumviertels von Ulania kostenlos Milch. Es ist der berühmte Tropfen auf den heißen Stein, aber du kannst mir glauben, er wird ihn noch aushöhlen. Wenn ich daran denke, wie vielen Kindern diese Milch das Leben rettete, bin ich glücklich. Auch Kinderspielplätze, Kindergärten und Kinderkrankenhäuser bauten wir von unserem Geld. Und siehe da, ob du mir glaubst oder nicht, ich gab mit einer Hand das Geld aus, und das Glück überschüttete mich mit deren zwei. Vielleicht waren es die Schutzengel der Kinder, die mein Geld vermehrten. Wie auch immer, es war aufregend und schön, doch nun habe ich schon lange Arbeit und Vermögen in die Hände einer Stiftung gelegt. Ich bin davon befreit.

Meine Frau starb früh, und ich selber hätte mir noch zehn Jahre gewünscht, um das Leben zu genießen; aber die Ärzte geben mir höchstens noch eins. Stell dir diese Schweinerei vor! Ich bin gerade einundsechzig und wollte noch so viele Abenteuer erleben. Stattdessen habe ich Krebs. Meine Verwandtschaft reibt sich die Hände und heuchelt Mitgefühl. Sie wissen noch nicht, dass sie samt und sonders enterbt sind. Mein Testament liegt bereits bei meinem Rechtsanwalt.

Meinen letzten Wunsch auf Erden aber kann nur ein Mensch erfüllen: Das bist du. Ich möchte dich und deinen Circus ein letztes Mal sehen. Viele Circusse habe ich besucht, vor einer Woche erst war einer dieser neuen amerikanischen da. Fantastisch! Perfekte Technik, aber nichts für mich. Mit all seinen Lichtern und Effekten konnte er mir das Kitzeln im Herzen nicht schenken, das ich im Circus deines Vaters gespürt habe. Wenn du kommen könntest, würde ich dich von Stadt zu Stadt und von Dorf zu Dorf begleiten. Der Eintritt soll frei sein. Alle, ob arm oder reich, sollen sich freuen können und ich möchte immer dabei sein. Ich will im Circus leben und sterben. Du liest richtig. Das ist mein letzter Wunsch. Bitte halte mich nicht für verrückt! Das sollen meine Verwandten denken, denn ich gönne ihnen nicht einmal das Vergnügen, mit mir, dem bekannten und verehrten Architekten, anzugeben.

Solange ich lebe, musst du bei uns bleiben. Dafür werde ich dir fünf Millionen Franken schenken, die ich vor Zeiten für Notfälle auf einem Konto in der Schweiz deponiert habe. Nun kann mir kein Notfall mehr etwas anhaben, denn ich stehe bereits mit einem Fuß im Jenseits.

Mach mir diese Freude! Ruf mich an und sag ja, lass mich lachend und glücklich diese Erde verlassen!

Herzlich und treu verabschiedet sich
dein
Nabil Schahin

PS: Unsere Hauptstadt feiert seit fast einem Jahr ihren dreitausendjährigen Geburtstag. Ich konnte schon eine unbegrenzte Aufenthaltserlaubnis für dich ergattern, weil ich den Beamten deinen Besuch als freundschaftlichen Beitrag zu den Feierlichkeiten verkaufte. Die knausrigen Beamten waren auf einmal großzügig und boten kostenlos den Messeplatz als Circusplatz an. Wie du siehst, bin ich auch ein guter Händler.

Valentin spürte sein Herz bis zur Schädeldecke klopfen. Natürlich erinnerte er sich an den blassen Jungen aus reichem Hause, der Nabil hieß. Valentin mochte ihn. Sie spielten fast täglich miteinander, und eines Tages schnitten sie sich auf einem Hinterhof mit einer Rasierklinge in die Arme und legten die kleinen Wunden aneinander, damit sich das Blut nach angeblichem Indianerbrauch vermischte. Sie schauten einander an und schworen sich in gebrochenem Englisch Treue bis in den Tod. Ein Kinderspaß, aber einer von denen, die ihm einen Geschmack von Glück hinterlassen hatten, eine Sternstunde im anstrengenden Leben eines Circusjungen.

Und jetzt dieser Brief. Er las ihn noch einmal, um zu überprüfen, ob er nicht etwas missverstanden hatte. Doch kein Zweifel. Da stand es schwarz auf weiß. Und so unglaublich sich das alles anhört, es wird noch unglaublicher.

2.

Warum Valentin unbedingt wieder in den Orient wollte

 ine Reise in den Orient hätte Valentin gern auch ohne die Millionen unternommen, die ihm der Brief versprach. Eine Ewigkeit schon träumte er von einer Fahrt nach Ulania. Und seit dem Tod seiner Frau las er sehnsüchtig die Berichte seiner Vorfahren über ihre Reisen in den Orient. Vom Mittelalter an waren die Samanis, die bis zum Jahre 1900 Ruprecht hießen, Gaukler, und seit den Kreuzzügen hatte die Familie Ruprecht ihre Beziehung zum Orient nicht mehr abreißen lassen. So wollte der Großvater von seinem Großvater gehört haben, dass dieser seinen Großvater auf einer Reise in den Orient begleitet hatte. Im Jahre 1900 gastierte Valentin Samani senior selbst in Ulania und schwärmte bis zum Ende seines Lebens von der Stadt, in der er unter abenteuerlichen Umständen seine Frau Alia Bardani kennen gelernt hatte. Ihre Eltern, wohlhabende christliche Tuchhändler, mochten den witzigen Circusdirektor sehr, doch da er nicht nur durch den Abend führte, sondern auch Dompteur war und gefährliche Raubtiernummern zeigte, wollten sie ihm ihre Tochter erst nicht geben. Der Großvater aber liebte Alia wie kein anderes Wesen und suchte verzweifelt einen Dompteur, der ihn vertreten konnte – und sei es nur für die kurze Zeit in Ulania. Die Eltern erlaubten Alia nicht mehr, in den Circus zu gehen, und baten den Circusdirektor, nicht mehr zu kommen, bis er seinen Beruf als Dompteur aufgegeben hätte; aber wie verzweifelt er auch suchte, er konnte niemanden finden, der für ihn einsprang. Bis er schließlich den rettenden Einfall hatte. Er besuchte die Familie und erzählte strahlend, dass er einen Dompteur namens Ali Samani engagiert habe, jetzt müsse er nur noch Direktor sein. Den Namen Samani, so stand in der Circuschronik des Großvaters zu lesen, hatte er von einem Araber gehört, der mit ihm Kummer und Schnaps teilte und immer »Ja, Samani!« – O meine Zeit! – rief. Jener Araber war auch hoffnungslos verliebt in seine Cousine, die einen reichen Scheich heiraten sollte, aber das ist wirklich eine andere, lange und tragische Liebesgeschichte. So jedenfalls kam der Name Samani in die Welt.

Die Eltern Alias stimmten nun einer Verbindung zu, wollten aber einen Monat lang Nacht für Nacht überprüfen, ob der Direktor Wort hielt. Erst am Ende dieses Monats sollte Hochzeit sein. Danach wollte der Circusdirektor ohnehin nach Spanien weiterfahren.

Der Großvater aber war, wie wir schon wissen, ein Verwandlungskünstler. Er führte durch den Abend wie gewohnt, sagte sogar die Raubtiernummer des weltberühmten Dompteurs Ali Samani an, und während die Musik spielte, verwandelte er sich in einen dicklichen Clown, der mit den Löwen, Tigern und Panthern seine Späße trieb, dass die Leute Tränen lachten, auch die Eltern seiner Angebeteten, die nicht merkten, dass der dickliche Mann mit Brille, Glatze und Bauch ihr schlanker Circusdirektor war. Nur die Raubtiere erkannten ihn unter seiner Maske; sie witterten sogar sein Glück und waren so frech und gut wie nie zuvor. Wenn die Nummer zu Ende war und die Circushelfer den großen Käfig abbauten, hatte der Großvater Zeit genug, sich abzuschminken und wieder in seinem eleganten schwarzen Anzug in der Manege zu erscheinen.

Einen ganzen Monat gelang ihm diese glanzvolle Nummer, dann heiratete er Alia, die er bis ans Ende seines Lebens liebte wie verrückt. Sie reisten weiter, durch den ganzen Orient, dann nach Spanien und von dort durch ganz Europa. Schon in Spanien nannte er seinen Circus Samani, da der Name ihm Segen gebracht hatte und Circus Samani auch viel besser klang als Circus Ruprecht.

Aus der feurigen Liebe zwischen dem Großvater und Alia gingen drei Kinder hervor. Rudolfo, der jüngste Sohn, war von klein auf ein hervorragender Reiter und wollte nie etwas anderes als Circusdirektor werden. Doch wie so oft schlug dieser Sohn dem Vater nur in wenig nach. Er konnte sich nicht verwandeln, und noch dazu wollte er im Gegensatz zum Großvater, der nicht nur Bücher las, sondern die Geschichte der Familie Samani bis zum Mittelalter zurückverfolgte und in dicken Heften aufschrieb, nichts von Geschriebenem und nichts vom Schreiben wissen. Es schien fast eine Feindschaft zwischen den Buchstaben und Rudolfo Samani zu herrschen. Und als wollte das Schicksal Partei für das geschriebene Wort ergreifen, führte es die Wege Rudolfos gerade auf eine Ungarin namens Szandra Ronay zu, die als Kind bereits Cica, Katze, genannt wurde, ihres leichten Ganges wegen. Sie war die beste Seiltänzerin in Ungarn, und hätte sie sich nicht in Valentins Vater verliebt, so wäre sie nach Amerika zum Circus Barnum, dem damals größten Circus der Welt, gegangen, doch das erzählte seine Mutter nur dann, wenn sie zornig auf den Vater war. Szandra verehrte Bücher und Geschichten an zweiter Stelle nach der heiligen Maria. Und sie war es, die mit der Niederschrift der Circuschronik fortfuhr, die der Großvater begonnen hatte. Zwölf sorgfältig handgeschriebene Bände waren es, als Valentin sie erbte.

Szandra schwärmte zeitlebens in höchsten Tönen von

der Gastfreundschaft der Araber und tadelte gnadenlos die dort herrschende strenge Trennung der Geschlechter. Sie sprach aber auch von einer gewissen Freundschaft, die sie in Ulania, der Stadt der Großmutter, fand, und vom geheimnisvollen Dämmerlicht der Gassen, das diese tiefe Freundschaft begleitete. Manchmal meinte Valentin zwischen den Zeilen der Chronik gar von Liebe zu lesen, so überaus genussvoll und raffiniert beschrieb Szandra die Hände eines Friseurs, die sie berührten. Das Raffinierte war, dass jene Zeilen auch so verstanden werden konnten, als spreche sie lediglich von der harmlosen Berührung beim Frisieren. Die Mutter lebte offenbar in der Angst, ihr Mann Rudolfo könnte eines Tages doch noch seine Abneigung gegen Geschriebenes überwinden und lesen, was sie geschrieben hatte. So schrieb sie statt von dem Friseur von einer scheuen Gazelle, die ihren Weg kreuzte, oder von einem Rosengarten, in dessen Duft sie sich badete.

Die Ängste der Mutter waren übertrieben, denn Rudolfo konnte kaum mehr als die paar hundert Wörter lesen, die man ihm auf kleine Merkzettel schrieb, weil er, wir hörten schon davon, ein verheerend schlechtes Gedächtnis hatte. Und doch war er erfolgreich, wohlhabend und konnte fahren, wohin immer er wollte. Nicht so Valentin: Die Zeiten für Circusse wurden zunehmend schlechter, als er nach dem Tod des Vaters Ende der fünfziger Jahre die Leitung übernahm. Anfangs konnte sich Valentin Samani noch Weltreisen erlauben, doch im Laufe der siebziger Jahre verschlechterte sich die Lage so, dass er nur noch Europa bereiste. So gern wäre er noch einmal in den Orient gereist, doch als stünde dieser Wunsch unter einem schlechten Stern, wurde sein Circus nur immer erfolgloser. Immer tiefer sank Valentin in die Schuld seiner Mitarbeiter, der Lieferanten und zu guter Letzt der Banken. Manchmal stand das Pech Pate, aber auch handfeste Fehler führten zu seinem Misserfolg. Valentin konnte sich nie verzeihen, dass er der Einladung eines deutschen Fürsten nach Spanien gefolgt war. Jener Fürst lebte in Andalusien und engagierte den Circus für seine Hochzeitsfeierlichkeiten. Zwei Wochen lang ließ er die Circusleute und ihre Tiere tanzen und spielen, ein rauschendes Fest der Sinne, der Musik und der Farben. Der Fürst war bester Laune und sehr zufrieden mit den Darbietungen der Artisten. Am letzten Tag aber vertraute er Valentin an, er habe sich mit dem Fest übernommen und seine dreitausend Gäste hätten sich seit einer Woche schon auf Kosten der ahnungslosen Lieferanten amüsiert. Valentin wusste nicht, ob er lachen oder weinen sollte. Und eine Stunde später rückte, von den Restaurants, Weinhandlungen, Delikatessengeschäften alarmiert, die Polizei an und verhaftete den Fürsten. Der Spaß des ruinierten Lebemanns kostete Valentin ein Jahr Arbeit, bis alle Schulden abgetragen waren, die die aufwändige Reise nach Südspanien verursacht hatte. Und gerade als er sich davon erholt hatte, brannte sein Circus am Rand von Budapest.

Die Schulden aber lasteten seither nicht nur auf seinem Circus; sie drückten auch ihn selber nieder und machten ihn so ängstlich, dass er seit dem Tod seiner Frau keinen Fußbreit mehr von seinem Circus weichen wollte. Dabei hatte er die Verwaltung der Finanzen in die zuverlässigen Hände seiner langjährigen Mitarbeiterin Angela gelegt und die technische Leitung dem energischen Dompteur Martin übertragen. Täglich wollte er wissen, wie es um seinen Circus stand. Und die bittere Auseinandersetzung mit der Versicherung ließ ihn fürchten, dass er für eine Reise in den Orient womöglich gar keine Versicherung finden würde.

Aber warum wollte der Circusdirektor unbedingt nach

Ulania? Konnte er dem Freund nicht höflich antworten, er sei nun leider schon zu alt für eine so weite Reise? Ja, warum? – Dies ist eine Geschichte, die mit dem Circus nichts zu tun hat, vielmehr mit einer besonderen, einmaligen Liebesgeschichte, die noch nicht geschrieben wurde und der Valentin auf der Spur war.

Valentin lernte von Kind an den Tanz auf dem Hochseil, und er lernte ihn bei seiner Mutter. Durch sie wurde er zum begnadeten Seiltänzer. »Dort oben«, sagte sie ihm immer wieder, »bist du ein Engel. Du bist nicht mehr von dieser Welt, und keiner kann dir befehlen, nicht einmal dein Vater.« Und das stimmte, denn alles, was sich sonst in der Manege bewegte, geschah auf Anweisung und nach dem Willen seines Vaters. Aber sobald Valentin auf das Seil kletterte, verstummte auch er. Und Valentin schrieb Seiltanzgeschichte mit spektakulären Auftritten am Himmel von New York, Paris, Kairo und Istanbul. Schon mit fünfzehn Jahren, auf einer Tournee durch Nordamerika, überquerte er rückwärts gehend auf einem Seil die Niagarafälle – mit verbundenen Augen! Und doch war der Seiltanz nur eine von zwei Lieben, die Valentin von seiner Mutter geerbt hatte und die sein Leben bestimmten.

Seine zweite, nachhaltigere Liebe gehörte den Büchern.

Sie begann bei Valentin früh. Und sie entwickelte sich bald zu einer Sucht. Erstaunlicherweise war sein Vater der Erste, der das bemerkte. Immer wieder erwischte er Valentin beim Lesen, während die Zelte auf- und abgebaut und alle Hände gebraucht wurden. Er schrie: »Büchernarr, du fauler Sack!« und schlug auf Valentin ein, um ihm die Faulheit aus den Knochen zu treiben, denn der Vater meinte im Ernst, dass Bücher faul machten, was nicht ganz dumm ist, denn wie anders als beim Lesen könnte man bequem sitzend oder liegend Kontinente überfliegen, Ozeane überqueren und fantastische Welten erleben?

Der Vater schlug erbarmungslos, als hätte der schmächtige Valentin Elefantenknochen. Und wenn der Vater tobte, durfte keiner der Mitarbeiter ihn anrühren, denn dann wurde er noch wilder. Nur die Mutter hatte eine Zauberhand: Sie kam und hielt mit ihrer kleinen Rechten seine schleudernde, schlagende und wirbelnde Faust, dann wurde er still, und jedes Mal, auch als Valentin bald zwanzig wurde, erklärte die Mutter dem schnaubenden Vater, Valentin sei doch noch ein Kind. Und der Vater wiederholte darauf immer denselben Satz: »Ein Kind? Er kann schon heiraten! Süchtig ist dein Sohn, süchtig nach Büchern! Und die verdammten Bücher machen ihn zum faulen Sack!« Er hatte Recht; denn auch wenn Valentin einmal andere Dinge im Leben begehrte, wandte er sich früher oder später wieder von ihnen ab, Bücher aber blieben seine stetige Liebe, deren Entzug er keinen Tag ertragen konnte.

Valentin las auch deshalb so gern, weil er fest daran glaubte, dass man durch nichts auf der Welt so viele Leben neben- und nacheinander leben könne wie durch das Lesen, und er erzählte allen, oft auch ungefragt, er verdanke sein gutes Gedächtnis allein dem Lesen, denn seine Familie war berühmt für ihre Vergesslichkeit. Sein Vater brauchte dauernd und überall seine Merkzettel, sonst hätte er glatt vergessen, wo sein Circus stand und wie er hieß.

Valentin führte genau Buch über die Bücher, die er gelesen hatte. Für jedes Jahr ein kleines Heftchen. Dort trug er den Titel, die Lesezeit, sein Urteil und den schönsten Satz des Buches ein. Vierzig solcher Heftchen besaß er inzwischen, und es machte ihm großen Spaß, ein paarmal im Jahr eine Wanderung durch seine Hefte zu veranstalten. Er schloss dann die Augen, nachdem er den Titel des Buches gelesen hatte, und stellte sich den Verlauf der Geschichte noch einmal vor. Und immer wieder gelang es ihm. Bis hin zu wortgenauen Dialogen lief alles noch einmal vor seinem inneren Auge ab. Es war das beste Geschenk, das er seinem Gedächtnis machen konnte, und das Gedächtnis dankte es ihm mit der Pflege aller Lagerräume von Erinnerungen und vor allem der Verbindungen und Gänge dazwischen. So war mit der Zeit ein dichtes Netz sinnvoller Verknüpfungen und neuer Geschichten entstanden.

Doch das gute Gedächtnis hatte auch seine Schattenseiten: Valentin ertappte sich oft dabei, nicht seine Meinung zu einer Sache zu sagen, sondern wie ein Papagei die Worte eines Helden seiner Geschichten nachzuplappern. Erst in letzter Zeit spürte er die lautlose Hand der Zeit, die wie mit einem Schwamm Löcher ins Gewirr der Verbindungen und Gänge wischte, so dass die Wege zu einer Erinnerung auf einmal ins Nichts führten.

Doch zurück zu unserer Geschichte: Eines Tages hatte Valentin einen Roman über einen jungen Mann gelesen, der durch eine heftige Liebe seinen Verstand verlor, und staunend merkte Valentin, dass ein Buch ihn so sehr fesseln konnte, dass er weinte und lachte, als wäre dieser Verrückte sein bester Freund.

Nichts auf der Welt wollte Valentin in jenem Augenblick mehr, als auch von einer solch feurigen, verrückten und ungewöhnlichen Liebe erzählen. Er wollte kein Schriftsteller werden, dafür fand er sich viel zu wenig gebildet. Nein, nur diese eine Geschichte wollte er erzählen. Keine zweite. Er war gerade achtzehn, als er diesen Wunsch verspürte, und als ahnte er, dass er noch lange leben würde, flüsterte er in seinem Versteck im Pferdestall des Winterquartiers: »Ich brauche viel Zeit und werde erst alles erforschen, aber eines Tages werde ich diese Geschichte schreiben.«

Er träumte von einem einmaligen Liebesroman, in dessen Mittelpunkt ein Circusdirektor mit kuriosen Vorfahren stehen sollte. Valentin bewunderte zwar Autoren, die in die Seelen anderer eintreten konnten, als würden sie dort einen Einkaufsbummel machen, aber er konnte das nicht. Deshalb sollte der Held seiner Geschichte ein Circusdirektor sein, der gerne las, ein Leben lang im Circus auf dem Hochseil tanzte und im Alter ein einziges Buch über eine ungewöhnliche, verrückte Liebe schrieb. Im Grunde wollte er heimlich den Romanhelden spielen. Das aber gab er nicht einmal vor sich selber zu.

Mit Vierzig fing er zu üben an. Er schrieb zehn Jahre lang nur für sich kleine Liebes- und Abenteuergeschichten. Und sein Held war natürlich immer ein Circusdirektor. Anfangs war der jung, aber mit den Jahren wurde er genauso alt und grau wie er selbst.

Viktoria, seine Frau, fand die Geschichten nicht sehr gelungen und schlief jedes Mal ein, wenn er sie ihr vorlesen wollte. Der verrückte Circusdirektor, der gerne träumte und in Schulden steckte und sich dauernd in uralte Frauen oder junge Mädchen verliebte, schien sie nicht zu interessieren. Und wenn Valentin nach einer Weile seine Geschichten wieder las, fand er sie selber kitschig und zweifelte, ob er es jemals schaffen würde, den großen Liebesroman zu schreiben, vor allem, wenn seine Frau auch noch stichelte, er solle sich lieber mehr um den Circus kümmern, als über weißen Blättern zu brüten. Als er ihr an seinem fünfundfünfzigsten Geburtstag im Jahre 1987 sagte, er fange ab morgen mit dem Schreiben seines Romans an und werde wahrscheinlich ein paar Jahre brauchen, lachte sie: »Wer nicht bis vierzig baut, baut nimmer.«

Man kann sich gut vorstellen, wie erleichtert Valentin war, als er erfuhr, dass Cervantes schon über fünfundfünfzig war, als er seinen unsterblichen »Don Quijote« schrieb. Valentin liebte den »Don Quijote« so sehr, dass er die Episode über den Kampf gegen die Windmühlen für seinen Clown Pipo bearbeitete.

Das hohe Alter des genialen spanischen Erzählers war eine Freude, die Valentin aufatmen ließ, aber bald folgte eine zweite und versetzte ihn für Tage in einen Rausch. Ein alter Freund, der Antiquar Herbert aus Tübingen, der auch ein Circusnarr war und von Valentin vor dreißig Jahren eine Dauerkarte für einen Logenplatz geschenkt bekommen hatte, revanchierte sich immer wieder mit wunderbaren Büchern, die er ihm schickte. Eines Tages bekam Valentin den Roman »Der Leopard« von Giuseppe Tomasi di Lampedusa, und das Buch verzauberte ihn. Bereits nach einigen Seiten vergaß er die Welt und den Regen, der auf den Wohnwagen hämmerte und die Circusvorstellung an jenem Tag im wahrsten Sinne des Wortes ins Wasser fallen ließ. Er wanderte mit dem Erzähler nach dem heißen Sizilien und fand sich bald umgeben von Weizenfeldern, kahlen Bergen und dem unbeweglichen Meer vor Palermo. In dem Buch stand freilich kein Wort über den Verfasser. Erst eine Woche später rief Valentin bei Herbert an, bedankte sich für das Geschenk und erfuhr, dass der Autor des wunderbaren »Leoparden« diesen seinen einzigen Roman gar erst mit sechzig Jahren geschrieben hatte. Der Roman war ein Jahr nach dem Tod des Autors erschienen und erlangte Weltruhm.

Und plötzlich war er sicher, dass er seinen Roman über eine ungewöhnliche Liebe schreiben würde. Aber über welche? Er liebte seine Frau, doch daran war nichts Ungewöhnliches. Sie war ein gütiger und aufrichtiger Mensch, aber ihre Sorge und Angst vor der Zukunft, die sie immer nur düster sah, machten sie zu einer bekümmerten Person, die jeder Leichtigkeit misstraute. Und eine außergewöhnliche Liebe braucht einmal die Leichtigkeit der Seelen. Valentin und Viktoria stritten in den letzten fünfzehn Jahren kein einziges Mal, doch in dieser Zeit gaben sie sich auch nur selten einen Kuss. Seit Viktorias Tod fühlte sich Valentin nicht nur einsam, sondern auch schuldig, dass er mit all seinem Humor und seiner Liebe Viktoria das Leben nicht fröhlicher und leichter gemacht hatte. Und diese Schuldgefühle ließen ihn verbittern, weil er das Versäumte nie würde nachholen können.

Beinahe hätte Valentin den Roman aufgegeben, doch eines Tages im Frühjahr 1991, drei Monate nach dem Tod seiner Frau, räumte er ihre Kleidungsstücke weg, packte sie in Kartons und trug sie zum Dachboden hinauf. Dabei fiel ihm eine uralte Holzkiste auf, die er nie beachtet hatte. Er war überhaupt selten auf dem winzigen Dachboden seines Hauses. Er öffnete die Kiste, und sie war fast leer. Ein paar alte, vergilbte Fotografien von Familienmitgliedern, Verwandten und Circusartisten lagen auf einer breiten Schachtel aus Karton, in der Valentin das geheime große Tagebuch seiner Mutter entdeckte. Das gelbliche Licht der staubigen Glühbirne auf dem Dachboden war viel zu schwach, doch Valentin konnte den mit schöner Schrift geschriebenen Titel entziffern: »Die Geschichte meiner Liebe«. Valentin eilte die Leiter hinunter.

Das Tagebuch hatte die Mutter gnadenlos ehrlich bis zum letzten Tag ihres Lebens geführt. Valentin las mit klopfendem Herzen von der leidenschaftlichen Liebe einer ungewöhnlichen Frau zu jenem Friseur, den sie meinte, wenn sie in der Circuschronik von Rosengärten und

Gazellen schrieb – aus gutem Grund: Der Geliebte hieß mit Nachnamen Gasal, was auf arabisch Gazelle bedeutet. Die Familie war eine der ältesten Friseurfamilien in Ulania, und Tarek Gasal hatte die Gewohnheit, sich nach jeder Dusche mit Rosenwasser zu parfümieren. Das war der Rosengarten der Mutter gewesen...

Atemlos las Valentin, wie die Liebe ihren Anfang in Berlin genommen hatte. Der junge Araber war auf der Flucht vor seinen Häschern. Er hatte den einzigen Sohn eines Großgrundbesitzers und Politikers auf der Jagd unweit von Ulania tödlich getroffen und konnte nicht wissen, dass viele Erzfeinde des verhassten Feudalherrn eben diesem einzigen Erben nach dem Leben trachteten und alles daransetzten, ihn zu töten, um die Herrschaft seiner Familie zu beenden. Tarek, der leidenschaftliche Jäger, zielte ahnungslos auf ein Steinhuhn und traf den Sohn, der hinter einem Busch lag. Tarek versteckte sich, und der verbitterte Vater des Getöteten war überzeugt, dass er das Werkzeug einer großen Verschwörung gegen ihn war. So musste der unschuldige Tarek das Land verlassen. Er kam über Umwege nach Berlin, und 1931, ein Jahr nach seiner Ankunft – er lebte unter falschem Namen und konnte bereits gut Deutsch –, lernte er bei einem Friseur. Er mied Araber, aus welchem Land sie auch immer stammten, als versteckte sich in ihrem Schatten der Tod.

Am ersten Dezember 1931, so schrieb die Mutter in ihrem Tagebuch, lernte er auf der Straße die Seiltänzerin Szandra kennen. Er wusste nicht, dass die stille und traurige Frau sehr unter den Launen ihres Mannes Rudolfo litt und eben auf dem Weg war, sich umzubringen. Sie hatte Schlaftabletten geschluckt und wollte obendrein in die Spree springen. Tarek soll, als er das erfuhr, gelacht haben. »Lieber nicht«, sagte er, »du ertrinkst darin nicht, sondern holst dir nur eine Beule am Kopf«, denn die

Spree war durch die anhaltende Kälte bei minus zehn Grad gefroren. Tarek hatte in den Nachrichten gehört, dass dieser erste Dezember der kälteste Tag des Jahres war. »Noch ein paar Grad tiefer, und ich kehre nach Ulania zurück und sterbe im Kugelhagel meiner Feinde, aber immerhin in der Wärme«, sagte er und rieb sich die Hände. Cica lachte und nickte dann plötzlich im Stehen ein. Tarek trug sie verwundert zu sich nach Hause. Er wohnte in Kreuzberg.

Eine heftige Liebe entbrannte zwischen dem schüchternen Friseur und der Frau des damals schon bekannten Circusdirektors; die zwei trafen sich von nun an täglich, vor allem nachmittags.

Valentins Herz raste. Da stand der Satz, der alle Beschimpfungen seines Vaters wie ein fehlendes Puzzleteil zu einem Bild zusammenfügte und ihnen Sinn gab: Wenn Rudolfo Samani zornig auf Valentin wurde, nannte er ihn den Bastard. Jetzt wusste er, warum. Es war in einer dieser Liebesnächte des Jahres 1931 gewesen, dass seine Mutter schwanger wurde. Valentin war die Frucht einer leidenschaftlichen Liebe. Das stand in dem Tagebuch; die Mutter wusste es also genau. Und ahnte nicht auch Rudolfo Samani, dass Valentin nicht sein Sohn war? Wie oft hatte sein Vater ihn im Zorn mit dem Satz verflucht: »Du bist nicht mein Sohn!«

»Aber er ist meiner!«, erwiderte die Mutter dann und lähmte so die Zunge des Vaters.

Valentin fragte sich, wie seine Mutter so sicher sein konnte. Doch die nächsten Seiten des Tagebuchs bereiteten seiner Unsicherheit ein jähes Ende: Die Mutter berichtete, dass sie in jener Zeit mit ihrem Mann so zerstritten war, dass sie drei Monate lang getrennt schliefen und sich nicht einmal grüßten.

Am liebsten wäre Cica mit Tarek nach Arabien gegangen, doch Tarek war viel zu ängstlich, um damals, Anfang der dreißiger Jahre, eine Europäerin zu heiraten, die sich erst scheiden lassen musste und auch noch weiter im Circus arbeiten wollte, denn für nichts und niemanden auf der Welt wollte die Mutter den Seiltanz aufgeben. Auch nicht für ein Leben an der Seite Tarek Gasals, den sie anbetete.

Kurz nach diesen stürmischen Monaten brach der Circus nach Australien auf, und Tarek ging nach Ulania zurück, als er erfuhr, dass der Großgrundbesitzer inzwischen selbst einem Attentat zum Opfer gefallen war. Tarek gab Cica die Nummer seines geheimen Postfachs in der Hauptstadt, und sie schrieb ihm jede Woche einen Brief, in dem sie von ihrer Liebe zu ihm sprach und bald auch von Valentin, der während der einjährigen Tournee in Australien zur Welt kam und Tarek wie aus dem Gesicht geschnitten war.

Wusste Rudolfo Samani sicher, dass Valentin nicht sein Sohn war? Die Mutter gab darauf keine eindeutige Antwort. Sie sah, dass ihr Mann Valentin oft mit Abneigung begegnete, weil er in ihm kein Echo seiner Stimme hörte und keinen Schimmer seiner Eigenschaften entdeckte. Doch bald bewunderte der Vater seinen einzigen Sohn und dessen Liebe zu allen Künsten, die Valentin bereits im Kindesalter beherrschte. Er konnte zaubern, er konnte mit Pferden und Raubtieren umgehen und vor allem tanzte er mit zwölf schon so gut auf dem Seil wie noch keiner vor ihm.

Über acht Jahre schrieb die Mutter ihrem Geliebten aus allen Städten und Ländern Briefe und Postkarten, die jener nicht beantworten konnte und durfte. Aber sie war sicher, dass er sie liebte und ihre Briefe sehnsüchtig erwartete. Dann brach der Zweite Weltkrieg aus und sie konnte Tarek nicht mehr erreichen. Deshalb war ihr erster Gedanke nach dem Krieg, ihn so schnell wie möglich zu sehen, und sie drängte Rudolfo zu einer Reise in den Orient.

Als hätten sie sich verabredet, trafen sich die beiden schon am ersten Tag auf dem Circusplatz, und von Stund an reiste der inzwischen verheiratete Friseur hinter dem Circus her, traf seine Geliebte täglich und genoss die Zeit mit ihr. Diese zweite Begegnung verewigte die Liebe der beiden, deren Trennung unüberwindbar war und blieb. Sie gehörten zwei verschiedenen Welten an, doch ihre Seelen waren einander näher als je zwei Lebewesen dieser Welt. Beim Abschied gab Tarek Cica eine Telefonnummer, und sie vereinbarten, jeden Montag um fünf Uhr würde sie ihn, von wo auch immer, anrufen.

Das Tagebuch berichtete dann über die Zeit nach der Rückkehr des Circus Samani aus dem Orient. Die Mutter schien von da an nur noch an den Gesprächen Montag nachmittags und an Valentin Freude zu finden. Vierzig Jahre lang rief sie ihren Geliebten in Ulania an. Zur vereinbarten Stunde ging Tarek in ein Café und setzte sich, trank seinen Tee und wartete. Auf die Sekunde genau klingelte das Telefon und er wurde gerufen. Vierzig Jahre lang verließ Tarek die Stadt nicht, damit Cica ihn erreichen konnte.

Als er eines Tages nicht ans Telefon kam, wusste sie, dass er gestorben war. Mit schwacher Stimme fragte sie den Restaurantbesitzer, ob Tarek etwas zugestoßen sei. Der Mann am Telefon, der diese Liebe vierzig Jahre lang bewundert hatte, weinte und schwieg eine Ewigkeit, dann kam die Antwort, leise, aber unmissverständlich: »Oui, Madame.«

Eine Woche später starb die Mutter. Als Valentin das Tagebuch zugeklappt hatte, wollte er nur noch eins: sofort nach Ulania reisen und den Spuren der Liebe seiner Mutter zu Tarek folgen. Auch seine zwei Halbschwestern wollte er kennen lernen, von denen im Tagebuch die Rede war. Tamam hieß die ältere und war zwei Jahre nach Tareks Rückkehr geboren; Hanan, die jüngere, war fast fünfzehn Jahre nach Valentin zur Welt gekommen.

Valentin wusste nun, dass er keine Liebesgeschichte mehr erfinden wollte. Er würde die wahre Geschichte der Liebe seiner Mutter schreiben.

War es die Einsamkeit nach dem Tode seiner Frau oder die Sehnsucht nach dem Land seines wirklichen Vaters und seiner Großmutter Alia? Wollte er nur die Spuren der Liebe verfolgen oder wollte er wissen, wo er herkam? Ob es nun das eine, das andere oder alles zusammen war – seine Sehnsucht nach Ulania war entfacht.

Kurz nur dachte er daran, die Geschichte in eine andere Stadt zu verlegen. Aus dem Araber sollte dann ein zu lebenslänglicher Haft verurteilter Südamerikaner werden, der in Wien versteckt lebte und die Mutter liebte, doch wie er die Geschichte auch wendete, vor seinem inneren Auge sah er die Fäden immer wieder im Orient zusammenlaufen. Und so gelangte er zu der Überzeugung, dass jede Geschichte nur einen bestimmten Ort haben kann, wo sie sich zu einer bestimmten Zeit abspielen muss. Sein Ort der Handlung war also Ulania, und er hoffte, dass die Zeit bald kommen würde, zu der Reise dorthin aufzubrechen. Er war bereit, jedes Opfer auf sich zu nehmen, um zu den Gassen mit ihrem sonderbaren Licht und Schatten zu gelangen; nur die Schulden hielten ihn noch fest.

Valentin betrachtete nun den Orient nicht mehr als irgendeine Gegend dieser Welt. Die Sehnsucht nach dem Orient wohnte jetzt in ihm, freilich eine Sehnsucht nach etwas, wovon er nur eine vage Vorstellung besaß. Und wie sollte er dann darüber schreiben? Sicher hatte er eine glückliche Zeit als Jugendlicher dort verbracht; aber da war er noch jung gewesen, er erinnerte sich nur noch an das besondere Licht und das Blau des Himmels. Die Aufzeichnungen seiner Mutter faszinierten ihn, doch sie halfen ihm für die Atmosphäre der Geschichte nicht weiter. Die Landschaft, die Menschen und wie sie miteinander lebten – über all das fand sich im Tagebuch der Mutter nichts.

Es war Anfang Februar des Jahres 1992 und Valentin hatte seine Sehnsucht nach dem Orient und dem Liebesroman im Tresor seines Gedächtnisses eingeschlossen. Er wollte in Ruhe die kommende Circussaison vorbereiten und hoffte, etwas von seinem elenden Schuldenberg abzutragen. Angela und Martin hatten eine vernünftige Tournee geplant, die von Hamburg bis Wien führen und von Mitte März bis Mitte November dauern sollte, und Valentin war vollauf beschäftigt mit den Vorbereitungen, die vor jeder Tournee notwendig waren – bis zu jener Nacht, als er von seiner Frau träumte, die ihm empfahl, eine Reise in die Kindheit anzutreten, und sich kurz darauf in Pia verwandelte.

Man soll sich dem Tod nicht ergeben, sondern ihm jede Minute des Lebens abringen, dachte er und fühlte, wie ihn im selben Augenblick eine eigenartige Wärme durchströmte. Er stand auf, und das Feuer der Geschichte, die er schreiben würde, loderte in seinem Herzen, dass er die Hitze bis in seine Augen fühlte. Plötzlich wusste er, wie er es angehen würde, und er lachte befriedigt bei dem Gedanken, den Roman wie eine Circusvorstellung aufzubauen. Auf eine schwere Nummer folgt eine Clownerei, so dass die Leser weder von der Schwere erdrückt werden noch durch allzu viel Belustigung die Tragik der Geschichte aus den Augen verlieren. Genau das sollte das Geheimnis seines Buches sein.

Valentin erlebte einen Augenblick, wie er selten im

Leben vorkommt und der einen Menschen für Sekunden in einen Propheten verwandelt. Schon Stunden vor der Ankunft der Briefträgerin ahnte er, dass er sich so gut wie auf dem Weg in den Orient befand. Und dann kam der Brief.

3.

Wie die Wirklichkeit manchmal den Traum übertrifft

nd was, wenn der Absender ein Schwindler war? Was, wenn es ein derber Spaß eines seiner vielen Konkurrenten war, der im Orient seinen Urlaub genoss und sich mit diesem Brief nur amüsieren wollte? An erster Stelle käme für einen solchen Scherz sein ärgster Feind in Frage, Nino Altenberg, der Direktor des Circus Bianco. Valentin hasste Nino bis in seine Träume hinein, und wenn er jemals daran dachte, einen Menschen umzubringen, dann den fetten Nino.

Nino Altenberg war wirklich einer der widerlichsten Menschen dieser Erde. Er hatte eine eigene Kunst entwickelt, seine Konkurrenten gegeneinander auszuspielen, Hass zwischen ihnen zu säen und immer die fette Beute davonzutragen. Ein paarmal schon hatte er Valentin durch geschickte Falschmeldungen ins Messer laufen lassen. Aber wie sollte dieses Ekel von seiner Freundschaft mit Nabil erfahren haben? Nino, das Großmaul, war ein Angsthase, er lebte in Bremen, und München war für ihn schon die Türkei. Nie ging er mit seinem Circus außerhalb von Westeuropa auf Tournee. Deshalb höhnte er auch als einziger unter den Konkurrenten, als der Circus Samani bei Budapest niederbrannte. Nein, bei aller Abneigung, Nino kam nicht in Frage.

Valentin machte sich einen Kaffee und las den Brief

immer wieder. An die allerkomischsten und unmöglichsten Möglichkeiten dachte er an diesem Vormittag.

Was würde es wohl kosten, einfach in Ulania anzurufen und zu fragen, ob der Brief tatsächlich von Nabil war? Valentin wählte die Nummer der Post und erkundigte sich höflich. »Drei Minuten kosten etwa fünfzehn Mark, und in drei Minuten können Sie über Gott und die Welt sprechen«, sagte die Frau vom Amt.

Ganz knapp wollte er am Telefon sein. »Hallo, guten Tag. Ich bin's, Valentin, bist du das, Nabil? Hast du mir diesen tollen Brief geschrieben? Ist das ernst?« Und was, wenn alles tatsächlich ernst war? Was sollte er dann sagen? Danke schön, ich habe nur darauf gewartet, morgen früh bin ich in Ulania! Nein, nein! So etwas musste gründlich vorbereitet werden. Keine Schweigeminute. Sie kostet fünf Mark. Zwei Schweigeminuten bringen einen Teller Tortellini oder eine Pizza beim Italiener, und eine Schweigeminute dazu bringt ein Glas Chianti. Lieber erst üben und dann die Nummer wählen und schnellstens Klarheit schaffen. So hatte er es seit seiner Übernahme des Circus immer gehalten. Knapp die wesentlichen Punkte auf einen Zettel schreiben und der Reihe nach abhaken.

Aber sollte er überhaupt anrufen oder war es vertane Mühe? Valentin wusste, er war aus Stahl in allen Dingen, nur nicht gegenüber der Hoffnung. Ein winziger Schimmer, und er wurde leichtsinnig und handelte wie ein unerfahrener Tollpatsch. Viktoria führte das auf das Lesen zurück. Sie sagte, sie habe es beobachtet: Lesen mache Valentin leichter, immer wenn er eine Weile gelesen habe, hüpfe er höher beim Gehen. Auch sein Kopf werde leichter, als hätte er Wein getrunken. Wie oft warnte sie ihn vor allzu viel Leichtsinn, doch er lächelte über ihre Skepsis und stürzte sich in den Fluss der Möglichkeiten, um irgendeinen Hoffnungsschimmer zu fassen. Er wurde meistens nur nass davon, und seine Frau behielt Recht. Sie war jedoch kein Mensch, der in solchen Momenten sagte: »Siehst du!«. Nein, sie nahm seine Hand nach jeder Enttäuschung und tröstete ihn: »Komm, so schlimm war es auch wieder nicht.« Wie sehr er sie jetzt vermisste!

Wer aber tat sich besonders hervor im Misstrauen gegenüber den schillernden Farben der Hoffnung? Valentin musste nicht lange nachdenken. Es war sein langjähriger Freund Martin, der Dompteur, der im Circus als Tarzan, König des Urwalds, auftrat, Löwen und Tiger in lustige Schmusekatzen verwandelte, selbst aber so grimmig und misstrauisch dreinblickte, als hätte er die Bosheit und das Misstrauen von den Raubtieren ab- und in sich aufgesogen. Ein Mann von Beständigkeit, Stille und andauernder schlechter Laune. Valentin hatte ihn als Achtzehnjährigen aufgenommen und sofort gewusst, dass er ein hervorragender Dompteur werden würde. Zweiundzwanzig Jahre war das her. Nun, die besseren Zeiten waren vorbei, und Valentin war seinem geliebten Dompteur gegenüber in den letzten zehn Jahren, wenn es hoch kam, ein paar Wochen schuldenfrei gewesen. Und Martin? Er fluchte und blieb beim Circus Samani. Ja, er übernahm immer mehr Aufgaben, bis er schließlich Valentin in allen technischen Fragen entlastete.

Von Mitte März bis Mitte November waren Martin und Valentin täglich unzertrennlich, und im Winter kam Martin mindestens zweimal in der Woche, um mit Valentin nach den Tieren im nahen Winterquartier, einem alten, nicht mehr bewirtschafteten Bauernhof zu schauen und anschließend einen Tee mit ihm zu trinken.

Martin war einer der besten Dompteure der Welt. Er sagte immer: »Raubtieren und Kindern darf man keine Angst machen. Sie haben viel zu viel davon. Man muss ihnen Angst nehmen.« Kinder hatte der Dompteur nicht, doch bei den Tieren war er erfolgreich. Die Raubtiere waren flink, so hatte sie die Natur geschaffen; doch Martin war flinker, weil er jede ihrer Regungen frühzeitig registrierte und schon im Voraus handelte. Deshalb war er in seinem langen Dompteurleben nur einmal von einem verletzten, bösartig gewordenen Löwen angefallen worden. Darüber aber redete er nie. Überhaupt war er ein schweigsamer Mensch. Einmal hatte Valentin seine Worte von der Begrüßung am Morgen bis zum Abschied nach der Vorstellung gezählt. In mehr als fünfzehn Stunden sprach Martin genau siebenundzwanzig Wörter.

Am besten, dachte Valentin, alles sparen und erst einmal diesen misstrauischen Burschen fragen. Wenn er abwinkt, erledigt sich die Sache. Er wählte die Telefonnummer. »Martin? Tag, mein Lieber, hier ist Valentin. Bitte lach mich nicht aus, wenn ich dich frage, ob du eine Reise in den Orient mitmachen würdest?«

»Natürlich!«, kam die überraschende Antwort, aber gleich darauf die skeptische Frage: »Und woher das Geld?«

»Ja, das ist so eine Sache. Ein alter Freund bietet mir an, die ganze Reise zu finanzieren. Ich ... ich weiß nicht, was ich tun soll«, stotterte Valentin absichtlich, um seine Unsicherheit zu betonen.

»Dann ruf ihn doch an. Das kostet nicht die Welt. Und verlang bares Geld, sonst läuft nichts.«

Valentin bedankte sich, setzte sich hin und schrieb seine Fragen sorgfältig auf. Strich manche wieder durch, ergänzte andere und war endlich zufrieden. Er las sie noch einmal laut, wiederholte sie in aggressivem Ton, stand auf, nahm das Telefon, atmete tief ein und wählte die lange Nummer. Eine Sekunde wünschte er, dass niemand abnahm oder ein Automat verkündete: »Kein Anschluss unter dieser Nummer.« Doch nach nur viermal klingeln hörte er eine tiefe, angenehme Stimme: »Hallo.«

»Hallo!«, rief Valentin aufgeregt und laut genug, damit seine Stimme dreitausend Kilometer weit hörbar blieb. »Guten Tag, hier spricht Valentin Samani, bist du das, Nabil?«

»Ja, mein Lieber, was für eine Überraschung!«

»Hast du mir diesen Brief geschrieben?«, fragte Valentin, nachdem er einen Blick auf seinen Zettel geworfen hatte.

»Ja, sicher, und trotzdem bin ich überrascht und glücklich, dass es dich noch gibt. Ich habe doch Glück in diesem Leben. So schnell hast du meinen schlecht adressierten Brief erhalten. Was für eine Post! Bei uns kommen nicht einmal die vorschriftsmäßig adressierten Briefe an.«

»Und meinst du das wirklich ernst? Ich meine, mit der Einladung?« Valentin strich mit dem Bleistift die betreffende Frage durch.

»Aber sicher, aber sicher ist das ernst!«, kam polternd die Antwort. »Ich möchte dich sehen.«

»Ich würde dich auch gerne sehen, aber wer soll die Reise finanzieren? Ich habe kein Geld. Ich kann meinen Circus gut über die Runden bringen, aber eine Reise in den Orient kostet«, sagte Valentin und strich einen weiteren Punkt von seiner Liste. Jetzt hatte er gelogen, denn so schlecht wie in diesem Winter war es ihm lange nicht mehr gegangen.

»Klar, Vorbereitung und Fahrt kosten einen Haufen Geld, aber ich glaube, dass diese Reise dir vorbestimmt ist. Dein Großvater hat, wie du mir damals erzählt hast, eine Araberin geheiratet und war oft hier, dein Vater hatte mit Arabien zu tun, und du wirst mit Arabien zu tun haben. Aber ich träume schon wieder. Ich freue mich so und schon jetzt bin ich ein Kind. Sag mal, bist du noch kleiner als ich, oder hast du aufgeholt? Ich bin ein Meter siebenundsiebzig, und du?«

»Ein Meter sechzig«, erwiderte Valentin trocken, da er die Frage unsinnig fand.

»Und was schätzt du, wird die Reise kosten?«, kam es plötzlich knapp und direkt.

»Ich weiß nicht genau. Sie wird aber teuer, weil es nicht mehr über den Landweg geht. Der Bürgerkrieg tobt in Jugoslawien, und in der Türkei herrscht Krieg zwischen Kurden und Türken. Kein Arbeiter oder Circusartist wird da sein Leben riskieren. Der einzig mögliche Weg führt von Deutschland nach Österreich, von da nach Triest und von Triest per Schiff nach Ulania. Das geht, aber es kostet«, sagte Valentin, strich einen weiteren Punkt und beschloss, sofort aufzulegen, wenn der Araber jetzt wieder abschweifen und ins Schwärmen kommen sollte.

»Genügen zwei Millionen, um auch die Familien deiner Helfer und Artisten abzusichern und ihnen Zulagen zu zahlen?«

Valentin spürte einen leichten Stich in seiner linken Schläfe. Die Stimme seines Gesprächspartners war so deutlich, als säße er im Nebenzimmer. Genügen zwei Millionen? Das fragte der so leicht, als würde er ihm eine Tasse Tee anbieten.

»Bist du noch da? Ich habe dich gefragt, ob es genügt, denn dann überweise ich dir das Geld heute noch aus der Schweiz, und die Schweizer sind schnell. In einer Woche hast du die zwei Millionen. Wann triffst du in Ulania ein?«

»In einem Monat«, antwortete Valentin.

»Allmächtiger Gott. In einem Monat?«, jubelte der Araber. »Hast du keine anderen Termine oder Auftritte?«, fragte er ungläubig.

»Doch, doch, aber ich lasse alles sausen«, erwiderte Valentin.

»Wie heißt dein Circus heute?«

»Immer noch Circus Samani«, antwortete Valentin etwas überrascht.

»Weißt du noch, wie ich dir damals den Namen übersetzt habe? Weißt du noch, was Samani bedeutet?«

Valentin wusste es nicht mehr, und er fühlte, wie der fröhliche, gesprächige Araber ihn langsam aus dem Konzept brachte. »Nein, das weiß ich nicht mehr«, antwortete er.

»Meine Zeit. Samani bedeutet meine Zeit, ein herrlicher Name. Meine Zeit ist Circus. Das ist mehr als Philosophie. Welchen Grund sollte dein Großvater sonst gehabt haben, einen arabischen Namen zu wählen?«

»Das weiß ich nicht genau. Es hatte wohl mit seiner Liebe zu seiner arabischen Frau zu tun, aber warum er den Namen Ruprecht in Samani veränderte, weiß ich nicht. Wahrscheinlich auch, weil der Name italienisch klingt, und das ist gut in der Circuswelt. Aber das kann ich mal nachschauen. Mein Urgroßvater, Großvater und meine Mutter haben die Geschichte des Circus Samani aufgeschrieben. In der Circuschronik steht alles drin über die Anfänge unseres Unternehmens.«

»Mein Gott, und du wirst kommen. Ich kann es kaum glauben«, fuhr der Araber schwärmerisch fort.

»Aber bitte, bitte. Ich tue dir gerne den Gefallen«, erwiderte Valentin. Er strich den Punkt mit dem Titel »Mäuse« und schaute auf den Punkt darunter: »Vorschuss festlegen und Kontonummer angeben!« Und als hätte der Araber magische Augen und die Zeile aus dreitausend Kilometern Entfernung gelesen, fragte er den erschreckten Valentin: »Auf welches Konto soll ich dir den Vorschuss überweisen?«

Valentin räusperte sich, weil er keinen Kaffee in seiner Nähe fand, um seinen ausgedörrten Kehlkopf anzufeuchten. Langsam und deutlich gab er Bankleitzahl und Kontonummer an. Immer wieder erkundigte sich Nabil am anderen Ende nach der Richtigkeit einer Ziffer, dann wiederholte er das Ganze und Valentin bestätigte.

»In einer Woche also. Nun gib mir deine Adresse, damit ich dir mein Testament, den Vertrag und die Wegbeschreibung schicken kann. Es ist nämlich nicht mehr so einfach in Ulania. Es ist zu einer Viermillionenstadt angewachsen. Bitte vergiss nicht, den Vertrag bei einem Notar zu unterschreiben und ihn mir so schnell wie möglich zu faxen. Das ist wichtig für die Behörden. Aber überlege dir genau, ob du mir diese Freude machen willst. Die Bedingung ist hart: Du bleibst im Lande, bis ich sterbe.«

»Das werde ich tun und ich wünsche mir, dass du noch lange, lange lebst«, antwortete Valentin, und seine Stimme klang wieder jung. Er diktierte Nabil seine Adresse langsam, verabschiedete sich höflich und legte auf.

Erschöpft fiel Valentin wie ein Sack Kartoffeln auf den Stuhl. Was ist das für ein Glück? Kann man so viel Glück haben? Jetzt, nach all den Jahren? Er wunderte sich über das Leben, und wäre da nicht der Schwur gewesen, wieder jung zu werden, so hätte er gedacht: Du bist schon so alt und willst dich immer noch auf solche Scherze einlassen. So aber brach er den Satz schon nach den ersten beiden Worten ab: Du bist..., dachte er und stockte, du bist noch so jung und voller Pläne. Warum soll das Glück dir nicht ein einziges Mal zulachen. Aber nun ruhig, ruhig bleiben. Nicht die Nerven verlieren.

Er beschloss, die Flamme der Hoffnung im Herzen lodern zu lassen und trotzdem ruhig zu bleiben. Und er tat gut daran, denn für das, was genau acht Tage später geschah, brauchte er wirklich Nerven aus Stahl.

4.

Wie ein grimmiger Bankdirektor plötzlich freundlich wird

ie Tage nach dem Telefongespräch mit Nabil vergingen langsam. Ungeduld lässt die Zeit bleierne Schuhe tragen. Valentin fühlte Feuer in seinen Adern und übte sich in Gelassenheit. Die Überwindung des Alters muss behutsam geschehen, dachte er, es ist wie beim Bergsteigen, je schwieriger das Hinaufklettern, desto schwieriger auch das Herunterkommen, und sein Aufstieg bis zur sechzigsten Stufe seines Lebens war verdammt nicht leicht gewesen. Aufpassen musste er auch, dass Körper und Geist immer miteinander Schritt hielten. Wie peinlich wirkte sein Vater am Ende seiner Tage, als sein Körper den Geist auf dem Weg zur Jugend überholte! Während sein Körper dort angekommen war und leichtsinnig und lüstern ausschweifte, blieb sein Geist ängstlich und zögernd zurück. Rudolfo Samani, der sein Leben lang nur gearbeitet und seinen Körper vernachlässigt hatte, fing plötzlich an, sich zu parfümieren und übermäßig zu pflegen, als wäre er ein Gigolo, und stieg hinter den jungen Artistinnen her. Er machte ihnen schöne Augen und manchmal lauerte er ihnen auf, um sie zu belästigen. Immer wieder ertappten ihn die Circusfrauen, wie er sich versteckte, um sie beim Duschen und Ausziehen zu beobachten. Und immer wieder fiel er darauf in sich zusammen, voller Scham und Reue in seiner zurückgelassenen, alten Seele.

Wenn umgekehrt der Geist den Körper überholt, faszinieren uns die Frische der Gedanken und die unendlichen Pläne der Alten für die Zukunft. Valentins Mutter war diesen Weg gegangen. Sie wurde immer neugieriger, geistig immer frischer und damit immer jünger. »Wer rastet, der rostet«, sagte sie und fügte lachend hinzu: »Vor allem im Hirn, da der Mensch vom Fisch abstammt und dieser zuerst am Kopf verdirbt.« Sie las rastlos, manchmal bis zu fünf Romane gleichzeitig, ohne sie durcheinander zu bringen. Ihre Bewunderer ahnten nichts von den Qualen des zurückgebliebenen Körpers, der dem Geist zwar folgen wollte, aber nicht konnte. Und nachdem Valentin das Tagebuch seiner Mutter gelesen hatte, wusste er auch warum: Ihr Körper war im Warten auf den geliebten Friseur verdurstet. So wurde ihr Körper zum Gefängnis für ihren Geist. Das hatte sie in ihren letzten Jahren immer wieder in ihr Tagebuch eingetragen.

Nein, Valentin wollte ganz langsam den Weg zu seiner Jugend zurückgehen und aufpassen, dass die Seele dem Körper weder vorauseilte noch nachhinkte. Und doch fühlte er eine unendliche Ungeduld.

Am achten Tag war der Bescheid der Bank da. An diesem Tag nahm er zum ersten Mal Pias Hand in seine und sah sich die junge Frau genauer an. Eine fröhliche Erscheinung, etwas zur Fülle neigend, aber die zusätzlichen Pfunde gaben ihrem Lachen einen Anstrich von asiatischer, kindlicher Schönheit. Valentin schätzte ihr Alter auf höchstens dreißig, und bei diesem Besuch wagte er es, ihr zu sagen, dass er gern immer für sie Kaffee kochen würde, wenn sie eine Pause bei ihm einlegte. Mehr brachte er nicht über die Lippen, und er war erstaunt, als sie lachte und »gerne« sagte, bevor sie sich wieder auf den Weg machte. Also mochte sie ihn auch.

Der Briefumschlag der Bank enthielt den Beweis, dass

es Nabil ernst war. Ein Kontoauszug mit drei Zeilen. Alter Kontostand samt Gebühren und fälligen Zinsen: ein Soll von zehntausenddreihundert Mark. Überweisung aus der Schweiz: zwei Millionen Mark. Haben: eine Million neunhundertneunundachtzigtausendsiebenhundert Mark. Valentin rief Nabil an und bedankte sich überschwänglich bei ihm. Der Freund in der Ferne aber war voller Sorge. Die Ärzte hatten ihm nach der letzten Untersuchung gesagt, dass seine Krebserkrankung schlimmer verlaufen würde als ursprünglich angenommen. Er habe wohl nur noch ein halbes Jahr zu leben. Höflich bat er um Eile. Valentin hörte, wie Nabil sich Mühe gab, seine Tränen zu unterdrücken. Er blieb still, bis der Freund sich beruhigt hatte. Doch als dieser fragte: »Genügt das Geld, damit du schnell kommst, oder soll ich noch mehr überweisen?«, rief Valentin: »Um Gottes willen, das ist alles viel zu viel. Ich beeile mich und rufe dich vor der Abfahrt an.« Er legte auf. Dann stand er still und verfluchte das Telefon, das einem zwar erlaubt, von der Trauer des anderen zu erfahren, aber nicht, ihm die Hand zu drücken. Doch nicht lange und Valentin ging pfeifend aus dem Haus.

Draußen war es windstill und eiskalt, in den Bäumen hing Raureif. Er begrüßte die erstaunte Nachbarin von gegenüber, die den ganzen Tag, Sommer wie Winter, auf ein Kissen gestützt am Fenster auf den Tod wartete. Sie staunte nicht wenig über den hüpfenden Gang des Circusdirektors. »Wie machen Sie das bloß?«, rief sie nicht ohne Bewunderung.

»Ich werde jünger!«, erwiderte Valentin, lachte und ging zu Fuß zur weit im Zentrum der Stadt liegenden Bank. Der Angestellte am Schalter kannte ihn und begrüßte ihn freundlich. »Ich brauche etwas Geld«, sagte Valentin und holte einen Zettel aus der Manteltasche, auf dem all seine

Gläubiger standen. Seinen Mitarbeitern wollte er die fälligen Löhne und jeweils einen zusätzlichen Monatslohn als Dank für ihre Geduld bezahlen. Für Pia, die ihm mit ihren frierenden Händen die Nachricht vom größten Glück seines Lebens gebracht hatte, wollte er einen schönen Mantel und warme Handschuhe kaufen. Er hatte alles genau berechnet. Es waren über hunderttausend Mark, die er brauchte. Weitere fünfundsiebzigtausend musste er an eine andere Bank zahlen; danach war er zum ersten Mal schuldenfrei und sein Winterquartier, der große Bauernhof, gehörte ihm endlich allein. Valentin war stolz, die goldene Regel der Samanis nicht verletzt zu haben: »Verkaufe dein Gebiss, aber nicht den Hof. Ohne Gebiss wirst du schlecht essen, aber ohne Hof verhungern.« Das stand im letzten Heft des Großvaters als Vermächtnis an seine Nachfahren.

Valentin wollte außerdem seinen Tierbestand erweitern, ein großes, feuerfestes Viermastzelt kaufen, für das er ein günstiges Angebot hatte, und seine Requisiten reparieren und ergänzen.

Er war noch nicht fertig mit dem Ausfüllen des Zahlungsformulars, als er eine freundliche Stimme hinter sich hörte.

»Ja, wen haben wir denn da, Circusdirektor Valentin!«, strahlte Bankdirektor Huber, ein sonst grimmig dreinschauender Herr um die sechzig. Alles an diesem Mann war grau: Haare, Gesicht, Brille, Augen, Bart, Anzug, Hemd, Krawatte, Socken, Schuhe und Auto. Das hatte den Circusdirektor früher so verwundert, dass er seinen Clown bat, eine Nummer ganz in Grau zu erfinden. Pipo bemühte sich mehrere Wochen, doch die Nummer kam beim Publikum überhaupt nicht an.

»Guten Tag«, sagte Valentin und wollte sich wieder zum Pult umdrehen, um seine Zahlen zu überprüfen.

»Ach nein, kommen Sie doch in mein Büro, dort können sie bequemer sitzen«, sagte der Bankdirektor, und bevor Valentin noch begriff, was in den Mann gefahren war, saß er bereits im Chefzimmer. Eine herbeigerufene junge Frau erledigte die Formalitäten der Überweisungen und brachte in einem großen Kuvert das gewünschte Bargeld. Valentin, der nie in seinem Leben einer Bank vertraute, zählte ungeniert die Scheine und legte sie stapelweise vor sich auf den großen Tisch. Der Bankdirektor ließ ihm geduldig Zeit. Natürlich hätte er am liebsten gefragt, woher ein hoch verschuldeter, ewig armer Circusdirektor auf einmal so viel Geld auf seinem Konto hatte, doch solche Fragen durfte man nicht stellen, das weiß jeder Lehrling. Statt dessen begann er mit freundlicher Stimme über Alterssicherung und günstige Lebensversicherungen zu sprechen, auch über preiswerte Häuser und Wohnungen, dazu bot er todsichere Aktien an. »So kann sich Ihr Geld im Schlaf vermehren«, schloss der Bankdirektor seine Empfehlungen.

»Ich bin dagegen, dass sich mein Geld vermehrt, denn was sich vermehren kann, muss auch sterben«, entgegnete Valentin. »Und das will ich nicht.«

»Aber«, sagte der Bankdirektor und sah sich bestätigt in seinem Urteil über das Unvermögen der Künstler, in finanziellen Dingen nüchtern zu denken, »was ich Ihnen anbiete, ist eine sichere Sache.«

»Ach«, erwiderte Valentin und verstaute die gebündelten Geldscheine in einer Stofftasche, »wenn das so ist, dann versichern Sie sich doch selbst und stecken Ihr eigenes Geld in die todsicheren Anlagen, wie Sie sagen. Ich besitze nämlich eine Wunderaktie. Ich glaube nicht, dass Sie so etwas haben.«

Er nahm die pralle Tüte, verließ die Bank und ließ den Direktor verwirrt zurück. Valentin hatte keine Zeit mehr zu verlieren, denn er wusste, dass ein Freund mit dem Tod kämpfte, um seinen Circus ein letztes Mal zu sehen.

Auf dem Weg nach Hause machte Valentin einen kurzen Besuch bei Antonio, dem italienischen Wirt. Er bestellte einen Salat für sich und für den übernächsten Tag dreiunddreißig Menüs, denn er rechnete damit, dass der Kern seiner Truppe seiner Einladung folgen würde. Der große Nebenraum war zu seinem Glück an dem gewünschten Tag frei. Antonio staunte nicht wenig, als Circusdirektor Valentin für jeden Gast ein eigenes Menü auswählte. Aber Valentin wusste von jeder und jedem einzelnen seiner Leute die Lieblingsspeisen. Noch mehr staunte Antonio, als Valentin ihn bat, den besten Wein und Sekt zu servieren, und er bekam beinahe Atemnot, als der alte Valentin in seine Stofftasche griff und ein Bündel Hunderter herausholte. Der Wirt warf einen Blick in die Tüte.

»Mamma mia, hast du eine Bank geknackt?«, witzelte er, womit er, wie alle mediterranen Menschen, nur seine Unsicherheit überspielte.

»Nein, ich habe heute meine eigene Druckerei für Banknoten eröffnet«, lachte Valentin, der Antonio gut leiden konnte.

»Oh, dann möchte ich in deiner Druckerei arbeiten und dieses Scheißlokal schließen!«, rief Antonio, und nun lachten beide.

Eine Stunde lang telefonierte Valentin danach mit all seinen Artistinnen und Artisten. Den Grund der Einladung zum Mittagessen verriet er nicht. »Es ist eine unglaubliche Geschichte passiert«, beteuerte er immer wieder. Danach rief er bei mehreren großen Tierhandlungen an und legte Termine für die Lieferung von zwei Löwen, drei Affen, einem Tiger und zwei Kamelen fest. Auch die

Firma, die Zelte baute, erreichte er noch kurz vor Feierabend, und der Besitzer freute sich über den Auftrag, der ihn, nebenbei, vor der bevorstehenden Pleite rettete.

Am Ende des Tages war Valentin wie erschlagen und gespannt, wie seine Leute auf seinen Plan reagieren würden. Außer Martin, der das Geheimnis nicht einmal seiner Frau Eva verriet, wusste niemand, weshalb Valentin auf dieses Treffen drängte, und kurz nach seinem Anruf versuchte jeder von den anderen zu erfahren, weshalb »der Alte«, wie sie ihn gerne nannten, sie zusammengerufen hatte. Doch in ihrer kühnsten Fantasie konnten sie sich nicht vorstellen, was Valentin für sie in Händen hielt.

5.

Wie eine Spannung sich löst
und sich ein neuer Bogen spannt

ieben Jahre alt war Valentin, als der Zweite Weltkrieg ausbrach. Nächtelang fror er und der Hunger nagte an seinen Gliedern. Er hätte schwören können, dass im Krieg immer Winter war. Er war neun oder zehn Jahre alt und ausgemergelt wie ein Faden, als sein Vater mit dem Circus Richtung Lindau am Bodensee reiste. Auf dieser Reise sah er so viele Trümmer wie nie zuvor. Irgendwann überwältigte ihn die Müdigkeit und er schlief im Wagen ein; als sie ankamen, war es Nacht. Alles war verdunkelt, und die blau getönten Straßenlaternen strahlten kein Licht, sondern Kälte aus. Seine Mutter weckte ihn. »Komm, ich zeig dir was«, sagte sie und eilte mit ihm durch die Gassen.

»Was willst du mir zeigen?«, fragte Valentin verschlafen und drückte sich schlotternd an sie, denn der Himmel war bedeckt und die Nacht in den Gassen besonders dunkel und feucht. Überall knurrte, fauchte und gluckerte es bedrohlich. Plötzlich standen sie am Bodensee und Valentin schaute über die schwarze Fläche auf die glitzernden Lichter der schweizerischen Seite. »Sterne«, flüsterte er und fühlte die Hände seiner Mutter auf seinen Schultern. Sie stand hinter ihm.

»Das ist der Frieden«, sagte sie leise und schob dem Kind ein Stück Schokolade in den Mund. Woher sie es hatte, blieb ihr Geheimnis.

Gegen Ende des Krieges wurde Valentin durch eine rheumatische Entzündung, Unterernährung und eine Lungenentzündung so schwer krank, dass die Ärzte ihn aufgeben wollten. Aber nicht seine Mutter. Sie drängte den Vater gleich 1945, als der Krieg zu Ende war, zu einer Reise in den Süden. Natürlich wollte sie dort auch ihren geliebten Tarek wieder sehen.

Valentins Vater war ein gewiefter Geschäftsmann, langsam in seinen Entscheidungen, aber unbeirrbar. Seine Nase war legendär. Aus größter Entfernung witterte er wie ein Raubtier den Geruch von Beute und wich dann von der Fährte nicht mehr ab, bis er sich des Objekts seiner Begierde bemächtigt hatte. Seine Nase war zuverlässiger als sein Verstand und niemand konnte ihn mit Glanz und Glitzer täuschen. Sein Circus hatte den Zweiten Weltkrieg wie durch ein Wunder überlebt, zwar fast bankrott, aber ohne nennenswerte Verluste an Tieren und Menschen. Und da im zerstörten Deutschland nichts mehr zu holen war, trat Rudolfo Samani, wie seine Frau es wünschte, eine Weltreise an, die ihn durch den Orient und über Nordafrika nach Spanien und Portugal führte. Es war eine triumphale Reise mit sagenhaftem finanziellen Erfolg. Die Menschen sehnten sich nach all den Jahren des Krieges danach zu lachen.

Überraschend erhielt Rudolfo in Lissabon das Angebot, eine Tournee durch Brasilien zu machen. Der entfernte Onkel mit Namen Amado, der sie dafür engagierte, beherrschte zehn Sprachen und konnte wunderbare Liebesgeschichten erzählen. Valentins Mutter schrieb in der Chronik vorwurfsvoll, dass Amado den Circus nicht aus Menschenliebe nach Brasilien geholt habe, sondern weil er in Gabriela, die beste Kunstreiterin aller Zeiten, verliebt war, die nach Abschluss der erfolgreichen Reise dann auch bei ihm in Brasilien blieb. Das war es, was Valentins

Mutter Amado und Gabriela übel nahm, denn der Verlust der schönen Kunstreiterin war für den Circus schwer zu verschmerzen. Bitter schrieb die Mutter: »Amado nannte Gabriela so lange ›mein Honig‹, bis sie ihm glaubte und in seinem Wortbrei versank.«

Der Circus reiste weiter durch Süd- und Nordamerika, und diese Reise rüstete Valentins Vater finanziell so gut, dass er Ende der fünfziger Jahre wohlhabend starb. Übrigens war sein Tod wie für ihn zugeschnitten: der Tod eines launischen Cholerikers. Er fuhr seinen großen amerikanischen Wagen, der für ihn nicht nur ein Fahrzeug, sondern auch Beweis seines Erfolges war, und stieß mit seiner Stoßstange leicht gegen die eines kleinen Wagens, als dessen Fahrer plötzlich an einer Kreuzung bremste. Rudolfo Samani stieg trotz der Bitten seiner Frau aus und schimpfte auf den Fahrer ein: »Sie mit Ihrem Rosthaufen auf vier Rädern!« – Weiter kam er nicht. Er erstarrte vor den Augen des ängstlichen Mannes, der sich in aller Form entschuldigte, schnappte nach Luft und fiel rücklings auf die Motorhaube seines Wagens. Er war tot. Seine Frau überlebte ihn noch um fünfzehn Jahre und starb erst kurz nach dem Tod ihres geliebten Tarek Gasal.

Aber zurück zu jener Weltreise, die insgesamt drei Jahre dauerte. Sie hatte Valentin damals das Leben gerettet. Die Sonne, die gute Ernährung und die Abenteuer, die er unterwegs erleben durfte, gaben ihm Kraft und ließen ihn den Tod besiegen. Auch die rheumatische Entzündung, für die er eigentlich noch viel zu jung war, wurde besser; doch Rheuma ist treu wie ein Hund: Sooft man es wegschickt, es kommt immer wieder zurück. Es meldete sich regelmäßig bei Valentin und blieb ein Dauergast in seiner linken Schulter.

Während Valentin zu Antonios Lokal lief, um dort seinen neuen Lebensabschnitt mit der ganzen Truppe zu feiern, zog seine Vergangenheit in vielen Bildern an ihm vorbei. War es Zufall, dass zwei Wendepunkte in seinem Leben mit der Zahl sechsundvierzig zu tun hatten? Valentin war, wie alle Circusleute, abergläubisch und überzeugt, dass die gnädige Hand des Schicksals ihn nun mit Glück überschütte. Im Jahre 1900 war sein Großvater in Ulania gewesen und hatte Alia kennen und lieben gelernt, sechsundvierzig Jahre später sahen er und seine Mutter zum ersten Mal Ulania, und wiederum sechsundvierzig Jahre später sollte er den Boden der Hauptstadt erneut betreten ...

Mit diesen Gedanken erreichte er das italienische Restaurant. Wie immer war Martin, der Dompteur, als Erster da. Das kam von seinem Beruf: Im Zentralkäfig musste er als Erster erscheinen und dann die Raubtiere hereinlassen, ihnen sozusagen in seinem Revier gnädig Platz gewähren. Die Verhältnisse waren dadurch von Anfang an klar. Er war der Herr, wie Tarzan im Urwald. Und so fühlte er sich auch.

»Ich sagte Tarzan, er soll nicht so hetzen; wenn wir zu früh ankommen, sieht das so unverschämt nach Hunger aus«, witzelte seine Frau Eva. Sie war Valentins beste Schülerin. Schon mit zwölf Jahren war sie zu ihm gekommen. Seitdem war er ihr Lehrer und Ratgeber, aber nur im Seiltanz. Eva und Martin stritten oft, doch da mischte sich Valentin nicht ein.

Das Essen war für zwölf Uhr mittags angesetzt. Die Musiker aus Wien reisten im Nachtzug, um rechtzeitig anzukommen.

Um fünf vor zwölf stolperte Pipo, der Clown, als Letzter in den Raum. Alle begrüßten ihn lachend, denn das war seine Art: immer in letzter Minute. Genau dreiunddreißig Gäste, die wichtigsten Frauen und Männer des Circus Samani, waren gekommen. Bunt und feierlich angezogen, schwatzten sie durcheinander und lärmten, obwohl sie gespannt auf die Beantwortung einer einzigen Frage warteten: Was war passiert, dass Valentin sie eingeladen hatte? Und da sie darauf keine Antwort fanden, gebar diese Frage immer neue: Wollte er den Circus verkaufen? Und was war dann mit den Gehältern? Und wo sollten sie hin? Wer nahm sie denn noch, in ihrem Alter und jetzt, wo so viele Circusse schließen mussten!

Antonio erschien in der Tür und Valentin bedeutete ihm, den Sekt zu servieren. Antonio bewunderte diesen verrückten Circusdirektor, der jahrelang so grau wie Asche lebte, um dann an einem einzigen Tag zu sprühen, als wäre er die Glut darunter.

Die Circusleute klatschten Beifall für zwei junge Kellner, die freudestrahlend und elegant die Tabletts mit den Sektgläsern hereintrugen. Einige alte Hasen unter den Circusartisten atmeten erleichtert auf. Es roch für ihre erfahrenen Nasen eindeutig nach einer guten Botschaft.

»Auf euer Wohl!«, hob Valentin sein Glas. »Und auf das Wohl eines treuen Freundes, der uns beschenkt, damit wir uns hier treffen können!«

»Zum Wohl!«, riefen alle und nahmen einen kräftigen Schluck. Eva warf Pipo einen schnellen Blick zu und hob heimlich ein zweites Mal das Glas.

»Nehmt Platz«, sagte Valentin, »ich habe euch etwas Wichtiges zu sagen.«

Immer wenn Valentin ernst sprach, sollten seine Leute ihm sitzend zuhören, da ihm seine Mitteilungen in den letzten Jahren zu schwer erschienen waren, als dass man sie stehend hätte ertragen können.

Jetzt stand er am Ende einer festlich gedeckten Tafel. Die Kellner gingen immer wieder um den Tisch und schenkten Sekt nach. »Ich freue mich sehr, euch vollzählig hier zu sehen. Es ist etwas Einmaliges passiert. Etwas, wovon ich nicht mehr zu träumen wagte und worauf ich doch insgeheim gewartet habe. Und bevor ich den nächsten Schritt unternehme, muss ich euch alle anhören. Niemand muss, aber ich hoffe, ihr alle werdet mitkommen: In genau zwei Wochen fährt der Circus in den Orient«, sprach Valentin und schaute seine Mitarbeiter dabei der Reihe nach an. Er legte eine kurze Atempause ein, doch die Stille war nicht zu ertragen; irgendjemand hüstelte verlegen.

»In den Orient?«, fragte Jan, der Messerwerfer, aber es war mehr eine Bitte, dass Valentin sich genauer äußern möge.

»Ja. Ein lieber und treuer Freund ist schwer krank geworden und hat den letzten Wunsch, mich, euch und den Circus zu sehen, bevor er stirbt. Er ist ein sehr wohlhabender Mann und zahlt die Reise im Voraus. Unglaublich, nicht wahr?«

»Das kannst du wohl sagen«, lächelte der Messerwerfer in Erinnerung an den deutschen Fürsten in Andalusien. »Die ganze Reise im Voraus? Auch unsere Gehälter?«, fügte er hinzu, als hätten ihn die anderen damit beauftragt.

»Ja, und noch viel mehr, damit wir den Circus auf Vordermann bringen können. Ihr bekommt zunächst eure fälligen Gehälter und Honorare und jeweils einen zusätzlichen Monatslohn als Dank. Angela wird euch gleich Umschläge austeilen, die ich gestern Nacht vorbereitet habe, dann wollen wir essen.«

Angela war eine stille Person und ein Zahlengenie. Sie führte die Bücher des Circus, feilschte, stritt, mogelte und durchwachte die Nächte, um ein paar Pfennige zu sparen. Sie war gelernte Krankenschwester und führte bei Unfällen manchmal mit primitiven Mitteln Operationen durch. Doch das alles tat sie ohne viel Worte. Ihren Mann, den Zauberer Fellini, schien sie deshalb zu lieben, weil er all das hatte, was ihr fehlte. Er war ein Lügensack, und was für ein praller! Er hieß bis 1955 nicht Fellini, aber er vergötterte den italienischen Meister, seit er »La Strada« gesehen hatte, und ihm zu Ehren änderte er noch im selben Jahr seinen Namen. Er redete ununterbrochen wie ein Wasserfall und war trotz seiner Leibesfülle wie eine Feder, die jeder Windstoß hochfliegen und wieder zu Boden fallen ließ.

Angela stand auf, als Valentin seine Rede schloss, und ging mit ihrer abgewetzten Stofftasche um den Tisch herum. Die Namen der Empfänger murmelnd, verteilte sie die Umschläge, und jetzt war die Freude der Circusmannschaft nicht mehr zu bremsen. Sie jauchzten, lachten, pfiffen und bedankten sich überschwänglich bei Valentin. Bei jedem Gang, der danach aufgetragen wurde, wunderten sie sich, dass Valentin an jede Kleinigkeit gedacht hatte. Sie genossen das Essen in bester Stimmung.

Vor dem Dessert erhob sich Valentin noch einmal. »Heute in zwei Wochen brechen wir auf. Es geht leider nicht über den Landweg. Der ist wegen des Krieges in Jugoslawien gesperrt.«

»Und in der Türkei führen die Militärs Krieg gegen die Kurden«, rief Marco, der Feuerschlucker. Er war der politische Kopf im Circus Samani.

»Das stimmt und deshalb reisen wir mit dem Schiff. Gestern habe ich mich ausführlich erkundigt. In zwanzig Tagen fährt eines von Triest nach Arabien. Es gehört einem erfahrenen Kapitän namens Luciano Massari. Er hat viel Erfahrung mit Transporten von italienischen Circussen und war sogar bereit, mir wegen der Flaute einen Sonderpreis zu gewähren. Er kann einigermaßen Deutsch, da seine Mannschaft aus Italienern und Deutschen besteht. Sein Schiff heißt, ihr werdet es kaum glauben, wie meine verstorbene Frau. Wenn das kein gutes Omen ist! Die

Überfahrt wird fünf Tage dauern und in vier Wochen ungefähr betreten wir schon arabischen Boden. Dort wird mein Freund Nabil uns durch das ganze Land begleiten. Er wird bei uns bleiben, bis er stirbt. Er spricht perfekt Deutsch, und wir haben ja nicht nur unseren Freund Mansur«, sagte Valentin und richtete seinen Blick freundlich auf den Pferdedresseur aus dem Libanon, »auch alle unsere Requisiteure, die heute nicht da sind, sind, wie ihr wisst, Araber und können für uns dolmetschen. Auch mit Englisch und Französisch kommt man ganz gut in Arabien aus. Doch das wird nicht das Problem sein.« Valentin schwieg einen Augenblick und schaute auf seinen Zettel, auf dem aber nur die Namen seiner Leute standen, damit er keinen vergaß.

»Das Problem«, wiederholte er, um sich Mut zu machen, »könnte Nabils Bedingung sein: Wir werden in Arabien bleiben müssen, bis dieser großzügige Mann stirbt, denn es ist sein letzter Wunsch, in unserem Circus zu leben und zu sterben.«

»Und was ist«, sagte der Tierarzt Dr. Klaus, der eine große gut gehende Praxis hatte und seit vielen Jahren die Circustiere gewissenhaft und unentgeltlich betreute, »ich meine, falls die Frage erlaubt ist, wenn der Tod Jahre auf sich warten lässt?«

Viele in der Runde nickten.

»Dann werden wir all diese Jahre mit ihm in Arabien herumfahren. – Aber selbstverständlich muss jeder für sich entscheiden«, sagte Valentin und schaute verständnisvoll auf Marco und Rita. Sie waren die einzigen, die noch kleine Kinder hatten. Silvio war zehn und Franca zwölf, doch gerade diese zwei waren hervorragende Circusartisten, Franca als Stehendreiterin und der dickliche Silvio in allen möglichen komischen Nummern. »Ich jedenfalls werde bleiben«, setzte Valentin seine Rede fort,

»denn durch seine grenzenlose Großzügigkeit hat Nabil mich vor der Todesstarre gerettet. Ich verrate euch kein Geheimnis, wenn ich sage, dass ich den Circus mehreren Interessenten angeboten habe in der Hoffnung, euch wenigstens eure fälligen Gehälter zahlen zu können. Aber was ich an Angeboten bekam, ist beschämend. Es hätte nicht einmal für die Hypothek der Bank gereicht. Heute stehe ich mit der Hilfe dieses Mannes schuldenfrei da. Auch deshalb werde ich ihn nie wieder verlassen. Ich gebe euch mein Wort, dass ihr so gut verdienen werdet wie noch nie. – Wer ist also bereit?«, fragte er und schaute in die Ferne, um niemanden zu bedrängen, doch aus den Augenwinkeln sah er, wie Martin und Angela als Erste die Hände hochrissen.

Die Hände der anderen erhoben sich erst zögernd, dann aber immer stürmischer. Zuletzt meldete sich auch Dr. Klaus, der nach kurzem Überlegen beschlossen hatte, eine Vertretung aufzutreiben, um bei diesem Abenteuer dabei zu sein.

Valentin schaute in die Runde und war gerührt. »Ich wusste, dass ihr alle mutig seid!«, sagte er bewegt. Er nahm einen Schluck Wasser, ging um den Tisch herum und umarmte dankbar jede Frau und jeden Mann. Als er zu seinem Platz zurückkehrte, wischten sich einige verstohlen die Tränen aus den Augenwinkeln.

»So«, rief er, »genug der Heulerei! Antonio, die Leute verdursten hier und weinen wie verlassene Kinder. Wo bleibt die Milch für diese Löwen?!«

Antonio gab die Order weiter und es dauerte keine Minute, bis wieder die Gläser klirrten und das Dessert aufgetragen wurde.

»Und jetzt«, sagte Valentin und schaute dabei auf den Zettel in seiner Hand, »jetzt gibt es hier erst mal viel zu tun, deshalb habe ich jedem seine Aufgabe zugeteilt.

Angela wird die schwierigste Aufgabe haben: Sie muss allen Städten, die wir für die Tournee dieses Jahres vorgesehen haben, schonend mitteilen, dass wir nicht kommen können. Sie verwaltet auch wie bisher die Finanzen und über sie werdet ihr alle eure Abrechnungen abwickeln...« Valentin erklärte ausführlich jedem Einzelnen, was er zu tun hatte. Er selber, Martin und der Tierpfleger Karim waren für die Erweiterung des Tierbestandes zuständig.

Kurz vor dem Abschied flüsterte ihm der schüchterne Karim noch zu: »Ich muss mit dir unter vier Augen sprechen.«

Und Valentin, dem der kluge und gebildete Pakistani sehr sympathisch war, unterbrach sein Gespräch mit Martin über dessen Traum von vier oder fünf schwarzen Jaguaren und fragte: »Was kann ich für dich tun?«

»Ich möchte dich in den nächsten Tagen besuchen und dir etwas zeigen«, sagte Karim leise.

»Gerne«, antwortete Valentin, obwohl er genau wusste, dass seine nächsten Tage und Nächte voll ausgefüllt sein würden.

Draußen schneite es in großen Flocken. Die Circusleute eilten nach dem Essen beinahe trunken von so viel perlender Löwenmilch und so viel Glück nach Hause. Sie waren froh, der klirrenden Kälte bald zu entkommen, aber auch ein bisschen beschämt, dass sie hin und wieder an Valentin gezweifelt hatten. Denn allzu oft hatte er sie damit getröstet, dass er als echter Samani noch immer einen Weg aus der Misere gefunden habe.

Und mochten einige an jenem Abend ihren Angehörigen und Freunden das Mittagessen auch als größte Überraschung ihres Lebens schildern, so mussten sie doch bald feststellen, dass das noch gar nichts war verglichen mit den unglaublichen Ereignissen der nächsten Zeit.

6.

Was man im Alter
noch alles lernen kann

ie Tage nach dem Treffen ähnelten einem Wechselbad. In den Circusleuten brannte ein Feuer, das Valentin mit der Nachricht über die Reise in den Orient entfacht hatte, und draußen wurde es immer kälter.

Pia erschien zwei Tage nicht, und Valentin fragte sich schon, ob sie ihm aus dem Weg ging, weil er ihr zu nahe gekommen war. Erst am dritten Tag erfuhr er von ihrem Kollegen, dass sie an Grippe erkrankt war. Valentin überlegte nicht lange, sondern schrieb ihr einen kurzen Brief, in dem er ihr gute Besserung wünschte. Dann fügte er hinzu, dass er Sehnsucht nach ihr habe und sie gerne bald sehen und mit ihr lachen würde. An diesem Tag war er genau sechzig Jahre, drei Monate und siebenundzwanzig Tage alt, und er wunderte sich, dass ein Mensch so viel Zeit brauchen konnte, um seinen ersten Liebesbrief zu schreiben.

Dem Brief legte er ein Buch über Abenteuer in Arabien bei. Er steckte alles in ein großes Kuvert und gab es dem Postboten. »Keine Briefmarken notwendig«, lachte der, er schaue sowieso bei Pia vorbei. Beinahe wollte Valentin ihn über Pia aushorchen – ob sie zum Beispiel mit jemandem lebte –, aber dann war er doch viel zu schüchtern, um so indiskret zu fragen. Und er war neidisch auf den Postboten, der Pia so einfach besuchen konnte.

Fünf Tage später stand Pia plötzlich vor der Tür. Sie hatte am Gartentor geläutet und ging, ohne zu warten, bis zur Haustür. Valentin war überwältigt vor Freude, als sie ihn ohne Zögern umarmte. Es war eine feste Umarmung, und er fühlte sein Herz klopfen, doch sein Körper blieb stumm, als gehörte er einem anderen. Er lud sie ein und sie bedankte sich für den Brief und das Buch. Sie habe beide auf dem Nachttisch liegen und nehme sie mehrmals in der Nacht zur Hand. So erfuhr Valentin, dass sie allein lebte, und atmete erleichtert auf.

Pia war sichtlich überrascht, als Valentin ihr am Tag darauf einen liebevoll mit Buntstiften bemalten Umschlag gab, auf dem in Regenbogenfarben stand: »Für Pia«.

»Du darfst ihn erst zu Hause aufmachen. Es ist nämlich ein Liebesbrief«, scherzte er, und Pia hielt sich daran und öffnete den Umschlag erst in ihrem kleinen Zimmer unter dem Dach.

Sie traute ihren Augen nicht, als sie darin neben einem Zettel einen Gutschein für einen Wintermantel und ein Paar Handschuhe fand, einzulösen in einem bekannten Modegeschäft. Auf dem Zettel stand nur: »Für Pia, die mir Glück gebracht hat und hoffentlich auch weiter bringt und die ich sehr mag.«

Sie konnte vor Aufregung kaum schlafen, und als sie am nächsten Tag Valentin aufsuchte, um ihm den Gutschein zurückzugeben, traf sie ihn nicht an, sondern fand einen zweiten Brief mit einer Reißzwecke an die Tür geheftet. »Für Pia« stand darauf und sie öffnete den Umschlag und las schmunzelnd die Zeilen: »Was stehst du da herum und frierst?! Du hast ja immer noch keinen Mantel gekauft. Was hältst du von einer Einladung zum Abendessen? Treffen wir uns am Sonntag? Um zwanzig Uhr beim Italiener? Wenn nein, bitte anrufen, wenn ja, dann bis Sonntag, aber bitte mit Mantel! Herzliche Grüße – dein Hellseher Valentin!«

Jetzt rannte sie in die Stadt und kaufte Mantel und Handschuhe, und vom übrig gebliebenen Geld erstand sie für Valentin einen warmen Schal aus Wolle, ebenfalls gute Handschuhe und eine große Schachtel feinstes Marzipan.

Inzwischen ging die Arbeit im Winterquartier des Circus Samani gut voran, und die Mannschaft wuchs innerhalb weniger Tage zu ihrer vollen Stärke von einundsiebzig Personen an. Die Wohnwagen, Sattelschlepper, Container, Kühl- und Lastwagen wurden von einer Autowerkstatt auf Vordermann gebracht. Seile, Stangen und Ketten wurden erneuert und die zwei großen Generatoren überholt. Ununterbrochen wurde geschliffen, bemalt, erneuert und ersetzt.

Die Temperatur blieb wie festgenagelt bei minus sechs Grad. Bevor Valentin das Haus verließ, um auf dem Bauernhof das Zelt in Empfang zu nehmen, rief er den Tierpfleger Karim an und gab ihm Anweisung, mit dem Heizöl in den großen Ställen seiner Tiere nicht zu sparen. Das war eine übertriebene Sorge, denn der Tierpfleger hatte schon am Vorabend die Heizung voll aufgedreht. Auch die Kost hatte sich verbessert. Karim strahlte übers ganze Gesicht: Solche Portionen frischen Fleisches hatten seine Raubkatzen schon lange nicht mehr gesehen und seine Zebras, Pferde, Ziegen, Affen und Kamele seit ihrer Geburt noch nie eine derartige Fülle von gesundem Futter. Karim hatte sich Rat beim Tierarzt geholt, der voller Sorge wegen der Kälte täglich auf dem Bauernhof erschien.

»Das beste Mittel gegen die Kälte ist Nahrung«, sagte der Tierarzt, und Karim bestellte und bestellte, und Angela, die den Ruf einer Pfennigfuchserin genoss, sagte zu seinem Erstaunen kein einziges Mal Nein, so teuer manche Nusssorten oder exotischen Körner auch waren.

Die Tiere dankten mit guter Laune und glänzender Gesundheit. Neue Tiere wurde in größter Eile herbeigeschafft, manche auf legalem Wege über Tierhandlungen, manche weniger legal über Osteuropa. Dort verkauften in Auflösung befindliche Staatscircusse oft die schönsten und erfahrensten Tiere an ihre westlichen Kollegen. Und so wurde auch Martins Traum in letzter Minute wahr: Aus Moskau bekam er vier Prachtexemplare von schwarzen Jaguaren. Sie waren wie die Nacht, mächtig und hinterhältig, schön und Furcht erregend. Martin saß trotz der Hetze im Winterquartier stundenlang vor ihrem Käfig, sprach mit ihnen, beschrieb ihnen die bevorstehende Reise mit dem Schiff, sang ihnen Kinderlieder vor, tanzte vor ihnen und gab ihnen zwischendurch Fleischstücke, die er auf eine lange Stange spießte.

Das neue Zelt war ein Meisterstück. Das Segeltuch war dunkelblau; Hunderte von Sternen aus goldglänzender Seide verwandelten die Innenseite in einen Nachthimmel. Valentin war außer sich vor Freude, denn genau von diesem Zelt hatte er immer geträumt. Martin aber wollte, misstrauisch wie er war, das Zelt gleich auf dem Bauernhof einmal aufbauen, um eventuelle Mängel noch in Deutschland zu beheben. Trotz klirrender Kälte hoben und zogen, richteten und befestigten die Männer das Zelt unter Martins Regie in kürzester Zeit. Schwitzend begutachteten sie das neue, sorgfältig gearbeitete Zelt und waren zufrieden. Es war für die warmen Regionen Amerikas entworfen. Aufklappbare Luken sorgten für die Frischluftzufuhr.

Und als genügte ihnen all diese Arbeit noch nicht, übten die Circusartisten bis spät in der Nacht ihre Nummern, und Valentin sah ihnen zu und kehrte manchmal erst im Morgengrauen in sein Häuschen zurück.

Erschöpft wollte er sich eines Tages weit nach Mitternacht sein Essen vom Vortag aufwärmen, als er die Glocke am Gartentor hörte. Er schaute hinaus und erkannte Karim. Valentin eilte voller Sorge zur Tür.

»Ist was passiert? Komm herein«, rief er seinem Mitarbeiter zu, der wie ein dürres Gespenst im Scheinwerferlicht seines Wagens stand und in seinem dünnen, flatternden Mantel vor Kälte zitterte. Doch statt ins Haus lief Karim zum Auto und kehrte torkelnd unter dem Gewicht zweier großer Körbe zurück.

»Was ist das?«, wollte Valentin wissen, nachdem er die Tür hinter ihm geschlossen hatte.

»Meine Nummer«, antwortete Karim mit heiserer, fröhlicher Stimme.

»Was für eine Nummer?«, staunte Valentin.

»Seit einem Jahr spiele ich auf dem Bauernhof mit Hund, Katze und Hahn und nun können wir dir etwas Hübsches vorführen. Ich wollte es aber den anderen noch nicht zeigen«, antwortete der Pakistani, und Valentin konnte in seiner Stimme keine Spur von Schüchternheit entdecken. Er wusste jedoch: Je unerfahrener ein Künstler war, desto sicherer konnte er beim Reden über seine Sache erscheinen. Außerdem war Valentin entsetzlich müde.

Er setzte sich, um mehr aus Höflichkeit denn aus Überzeugung einem verdienten Mitarbeiter die Chance zu geben, sich ihm als Artist vorzustellen.

Valentin hatte nie viel von Haustieren gehalten. Er glaubte bis zu jenem Abend, dass der unterwürfige Umgang mit den Menschen diesen Geschöpfen ihren Instinkt geraubt und sie der Dummheit anheim gegeben habe. Doch das, was ihm ein frecher Rauhaardackel, eine grau getigerte gewöhnliche Hauskatze und ein eigenwilliger Hahn an atemberaubendem Spiel boten, warf ihn um – und mit ihm seine Vorurteile. Der kleine zittrige Pakistani setzte dabei mit der Kraft und Eleganz eines Athleten seinen Körper ein: Im Gegensatz zu allen Dressuren, die Valentin in seinem langen Leben gesehen hatte, befahl Karim den Tieren nicht, sondern stand ihnen zu Diensten. Er war in allen Nummern ein Teil der Requisiten. Er war Tisch, Rad, Gestell und Rutsche, auf der diese kleinen Tiere höchst vergnügliche Kunststücke vorführten.

Valentin lachte, klatschte und rief immer wieder außer sich vor Freude: »Mein Gott, ist das möglich?« Die Vorstellung dauerte eine halbe Stunde und nicht eine einzige der tausendachthundert Sekunden war langweilig. Am Ende sprang der Pakistani mit einem Satz auf die Beine und verbeugte sich mit Hund, Katze und Hahn vor seinem einzigen Zuschauer, der begeistert »Zugabe!« rief. Karim beugte sich vor, bis er mit seinen Handflächen den Boden berührte, schnell sprang der Hund auf seinen Rücken, dann kletterte behände die Katze obendrauf und machte einen Buckel, auf dem schließlich der Hahn landete. »Die Bremer Stadtmusikanten«, rief Karim, und Ohren betäubend bellten, miauten und krähten die Tiere, während Karim überraschend echt einen Esel imitierte.

»Bravo, bravissimo!«, rief Valentin und streckte dem Pakistani beide Hände entgegen. »Du bist von heute an mit deiner Nummer dabei. Willst du mitessen?« Karim war wie immer hungrig.

Valentin lag in jener Nacht lange wach. Er war aufgewühlt. Nicht nur die klugen Haustiere hatten ihn gezwungen, seine Meinung über sie zu ändern; die noch größere Überraschung war der schmächtige, unscheinbare Karim gewesen, der ohne Schminke, Licht und Musik in der kleinen Küche beinahe wie ein griechischer Gott gewirkt hatte. Beim Abschied hatte er gelacht, und das Weiß seiner Augen und Zähne hatte gestrahlt, als gingen in einem dunklen Haus die Lichter an, um einen Gast willkommen zu heißen.

Valentin konnte auch nicht schlafen, weil er sich wie ein Kind auf das Abendessen mit Pia freute. Sie rief bis spät in der Nacht nicht an, und er war sicher, dass sie kommen würde.

Eine alte Stimme sagte in seinem Innern plötzlich: »Du könntest ihr Vater sein!«

»Die vergangenen Jahre zählen nicht, ich liebe jetzt«, antwortete eine junge Stimme, die der Pias ähnelte.

»Aber was willst du machen, wenn du bald alt, sehr alt wirst?«, meldete sich die alte Stimme skeptisch.

»Meine Zukunft interessiert mich nicht. Ich liebe jetzt«, antwortete die junge Stimme.

Valentin fühlte Stolz über seine junge und Scham über seine alte Stimme. »Ich rede wie ein Versicherungsvertreter. Liebe kann nicht versichert werden«, murmelte er.

Gegen drei Uhr morgens zwang er sich zu einem kurzen Schlaf mit dem Gedanken, dass die Aufregungen der kommenden Tage unglaublich anstrengend werden würden. Und das wurden sie.

7.

Wie Pfefferminzküsse letzte Tage vor einer Abreise verändern

Ein Leben lang üben wir Nacht für Nacht den Tod und eine sinnlosere Übung gibt es nicht. Wie selten üben wir dagegen zu leben! Valentin schrieb diese Zeilen in das Heft, das er sein Romanheft nannte, und nahm den letzten Schluck Kaffee am Tag seines ersten Rendezvous mit einer Frau seit über vierzig Jahren. Er war entschlossen, nicht zu warten, bis die Frucht der Liebe überreif auf seinen Kopf herunterfiel und zerplatzte, sondern er wollte sie selber pflücken.

Pia kam auf ihn zugerannt, als Valentin auf dem Weg zum Italiener die Straßenseite wechselte. Sie war wie verwandelt. Die Haare waren kürzer geschnitten und rot gefärbt. So sah sie noch jünger, noch fröhlicher aus. Und doch machte sie der Mantel nicht nur elegant, sondern auch älter. Pia lachte, umarmte Valentin und küsste ihn zum ersten Mal auf die Lippen. »Danke!«, flüsterte sie und küsste ihn und ihr Mund schmeckte nach Pfefferminze.

»Mein Gott, wenn ich dich so anschaue, komme ich mir schrecklich alt vor«, übertrieb Valentin, um seine Verlegenheit zu verbergen.

»Seitdem du diesen Brief bekommen hast, bist du um ein paar Jahre jünger geworden, finde ich. Aber sag mal, was hältst du von einem Spiel?«, fragte Pia, als Valentin ihr die Tür zum Restaurant aufhielt. »Ich habe mal eine verrückte Geschichte gelesen über einen Jungen, der sich in eine ältere Frau verliebt hatte, und sie liebte ihn noch feuriger, als er es sich in seinen kühnsten Träumen hätte wünschen können.« Pia unterbrach sich, als Antonio Valentin begrüßte und ihnen einen ruhigen Tisch in einer Ecke anwies. Dann fuhr sie fort: »Und bei jedem Treffen wurde er ein Jahr älter und sie ein Jahr jünger, bis er sie überholte, und er wurde immer weiser und ängstlicher und sie immer mutiger und verrückter, und das führte dazu, dass sie den Weg zueinander am Ende nicht mehr fanden, weil sie zu jung geworden war und er zu alt«, schloss Pia, als Antonio an ihren Tisch trat, um ihnen die Speisekarten zu reichen.

»Ein riskantes und schönes Spiel. Wollen wir?«, fragte Valentin und meinte in seinem Herzen: »Ich liebe dich.«

»Ja, gern, aber wenn du mich mit zu viel Mut überholen solltest, musst du auf mich hören, und wenn ich dich mit zu viel Angst überhole, sag mir: Alte Dame, genug der Vorsicht! Ja?«

»Abgemacht«, antwortete Valentin.

Das Essen schmeckte köstlich, und der Wein war vorzüglich, aber Pia war zu aufgeregt, um zu genießen, erzählte viel und aß kaum etwas.

Anschließend gingen sie lange spazieren, und als Valentin nach Pias Hand suchte, hielt sie ihn fest und zog ihn so leidenschaftlich an sich, dass er beinahe das Gleichgewicht verlor. In seinem Innern erwachte etwas aus einem tiefen Winterschlaf. Und Pia beschloss während der Umarmung, bei ihm zu übernachten.

So geschah es, und Valentin fühlte sich in jener Nacht nicht nur um ein, sondern um mehrere Jahre jünger. Er war so aufgeregt, dass er Pia alle seine Träume erzählte und zwischendurch sogar nackt aus dem Bett in die Küche rannte, um sein Heft mit den vielen kleinen Geschichten zu holen. Und Pia amüsierte sich über seine Aufregung und hörte bis drei Uhr nachts seinen Geschichten zu, obwohl sie wusste, dass sie schon früh um sieben aus dem Haus musste. Als beide endlich erschöpft einschliefen, lächelte Valentin glücklich.

Von nun an kam Pia, ob sie Post für ihn hatte oder nicht, allmorgendlich gegen zehn Uhr zu ihm und sie frühstückten zusammen. Immer wieder berührte er sie, und sie erwiderte seine Berührungen mit zarter Hand, so dass er bald leicht wie eine Schwalbe über der Erde schwebte.

Pia spürte, wie schnell die Tage verrannen, und wollte keine kostbare Minute mehr vergeuden. Nach der Arbeit kam sie direkt zu Valentin und übernachtete bei ihm. Sie war so verliebt wie noch nie zuvor in ihrem Leben. Doch so sehr sie sich auch wünschte, die Abfahrt möge sich aus irgendwelchen Gründen verzögern, eines Abends sagte Valentin: »Morgen brechen wir auf.«

Es schmerzte sie, ihn dabei froh und aufgekratzt zu sehen. Erst spät in der Nacht sagte er ihr, dass er sie liebte. Dann fragte er, ob es eine Sünde sei, wenn er seine verstorbene Frau im Herzen behalten und Pia mit jedem Atemzug lieben würde. Pia weinte; sie war erleichtert, dass sie seiner Liebe gewiss sein konnte, und traurig über die bevorstehende Trennung.

»Komm gesund wieder zurück!«, sagte sie und schlief in seinen Armen geborgen wie ein Kind.

Sie wiederholte diesen Satz am nächsten Morgen, als Valentin hinter dem Lenkrad des ersten einer langen Kolonne von Fahrzeugen Richtung Süden startete. Sie hatte sich den Tag frei genommen und war schon um sechs Uhr mit Valentin zum Winterquartier gefahren. Eiskalter Wind fegte über den Platz. Valentin schaute sie immer wieder an, sie war so schön und so jung, und eine Sekunde lang dachte er wieder, dass er ihr Vater sein könnte. Aber was machte das schon? Dem Herzen waren Argumente offenbar egal. Seit Tagen schrie es eigenwillig im Stundentakt nach Pia. Und lobte sie nicht seine Vitalität? War das gleichzeitige Jünger- und Älterwerden eine verrückte Idee oder konnte der Zauber der Liebe so etwas tatsächlich bewirken? Er fühlte sich in der Tat mit jeder Minute jünger.

Valentin schaute auf den großen Umschlag, den Pia ihm gegeben hatte. Er sollte voller Briefe sein, die sie ihm täglich geschrieben, ihm aber nie geschickt hatte.

Valentin gab ihr einen Kuss. »Bleib gesund. Wenn ich zurück bin, werde ich dir einen Heiratsantrag machen!«, sagte er lachend und wusste doch im Herzen, dass er noch nie etwas ernster gemeint hatte.

Schließlich waren alle Circusmitglieder vollzählig versammelt. Umringt von Freunden und Verwandten tranken sie einen letzten Kaffee.

»Auf geht's, Hals- und Beinbruch. Es kann nur noch schief gehen!«, rief Valentin schließlich, und seine Leute lachten, schlugen ihm im Vorbeigehen auf die Hand und sprangen in ihre Autos, Wohnwagen, Lastwagen, Containerschlepper und Werkstattwagen. Verwandte und Freunde, Nachbarn und Lieferanten standen winkend vor dem großen Tor des verlassenen Winterquartiers, das ein Nachbar bis zur Rückkehr beaufsichtigen sollte. Pia weinte und winkte auch, und Valentin zog das blaue Taschentuch, das sie ihm geschenkt hatte, und schwenkte es übermütig. Die Kolonne setzte sich hupend in Bewegung.

Als der letzte Wagen außer Sicht war, erschien Pia der ferne Orient wie ein Ungeheuer, das den Circus verschlingen wollte.

8.

Was hohe Wellen unbeabsichtigt verursachen

ie Fahrt durch Bayern, Österreich und Italien bis Triest verging im Flug. Nach langer Suche fanden die Circusleute auch das Schiff, das sie in den Orient bringen sollte. Es war ein Seelenverkäufer, ein elender Haufen Schrott.

Die *Victoria* war einst ein Kombischiff für Fracht und Passagiere gewesen, doch das musste lange her sein. Die Fotos und Prospekte, die Valentin per Eilboten bekommen hatte, mussten wohl aus den sechziger Jahren stammen, als das Schiff noch jung und frisch gewesen war. Jetzt stand ein kleiner Kapitän in abgewetzter Uniform vor ihnen, der mit kindlicher Unschuld auf sein Prachtstück zeigte und sagte: »Das ist unser Victoria, die viiiel, wie sagt man auf Deutsche, Ozeane, ja, Ozeane bezwang.«

»Das müssen Ozeane in der Badewanne gewesen sein«, giftete Valentin.

»Meine Großmutter konnte in ihrer Jugend einen Mehlsack von hundert Kilo tragen. Später konnte sie sich nicht mehr auf den Beinen halten!«, unterstützte ihn Jan, der Messerwerfer, doch Luciano Massari, der Kapitän, stellte sich taub. Er lächelte und sagte in seinem eigenwilligen Deutsch: »Platze haben mir genügsam. Viel Platze für Tier und Mensch. Zwei Circusse kann Victoria in ihrem Bauch nehmen.«

Valentin versuchte, ein anderes Schiff zu finden. Er

zögerte die Verladung hinaus, ließ seine Leute den redseligen Kapitän hinhalten und hetzte von Reederei zu Reederei, doch es war nichts zu machen. Die einen hatten nur große Frachter, die nicht in den Orient fuhren, die anderen verlangten ungeheure Summen für die teuren Versicherungen, die sie angeblich für die Fahrt durch unfriedliche orientalische Gewässer zahlen mussten, und wieder andere hatten noch schrottreifere Schiffe zu bieten, gegen die sich die *Victoria* wie ein Luxusliner ausnahm. So entschied sich Valentin mit bangem Herzen doch für den Seelenverkäufer und war verwundert, dass Kapitän Massari über geheime Kanäle längst erfahren hatte, bei welchen Reedereien der Deutsche gewesen war. Komischerweise war der sprachbegabte Kapitän darüber nicht einmal böse, doch lag in seiner Stimme von da an offener Triumph. »Meine Schiff Victoria«, wiederholte er ein ums andere Mal mit unverhülltem Stolz.

Die Crew bestand aus Italienern, Österreichern und Deutschen sowie Arabern aus Nordafrika, die die schmutzigste Arbeit an Bord erledigten. Blitzschnell, die übrigen Männer beider Mannschaften kannten noch kaum die Namen ihrer Landsleute von der jeweils anderen Seite, standen die Requisiteure aus Marokko bei den arabischen Matrosen, lachten mit ihnen, zeigten Fotos ihrer Kinder und tauschten Zigaretten, Nachrichten und Schokolade.

»Knickfuß«, nannte der deutsche Steuermann einen Marokkaner, der seine Rufe nicht zu hören schien. Faris, einer der Requisiteure des Circus, hörte es wohl. »Schweinefresser!«, brummte er vor sich hin.

Der Circus wurde verladen und es ging alles besser, als Valentin gedacht hatte. Mit dem starken Bordkran wurden die Container, Lastwagen und Wohnwagen genau platziert. Martin und Karim standen im Laderaum bei den Matrosen und Circusarbeitern und gaben genaue Anweisungen, welche Käfige nebeneinander stehen sollten und welche nicht. Vertraute Nachbarn beruhigen die Tiere und eine gewohnte Umgebung kann die Furcht vor der Fremde mildern. Valentin stand auf der Brücke und beobachtete mit dem Kapitän, dem Steuermann Bernhard und dem bärtigen Steward Ludwig die Arbeit des Kranmatrosen, eines äußerst geschickten, aber düster dreinblickenden Sizilianers.

In zwei Lagerräumen fand der ganze Circus Platz, ein dritter Raum genügte für Futter, Wassertanks, Zelte und Requisiten, und tatsächlich hatte der Kapitän nicht übertrieben: Im Bauch der *Victoria* wäre Platz für einen zweiten Circus gewesen.

Die Kabinen und Kojen hatten schon bessere Zeiten gesehen, aber zum Schlafen waren sie noch zu gebrauchen. Und die Bettwäsche lag sauber und gebügelt da, mit einer kleinen Seife obenauf. Die Kabine für Valentin, den Circusdirektor, war sogar etwas großzügiger eingerichtet. Und auf dem kleinen Tisch in der Mitte stand eine Schale mit frischem Obst.

Man erzählt, dass das Meer die Seeleute kurz vor dem Ablegen verrückt macht, damit sie ihr Landleben, ihre Angehörigen und die Gefahren, die auf sie lauern, vergessen. Um dreizehn Uhr sollte das Schiff ablegen, ab zwölf Uhr waren bereits alle an Bord. Und wie jedes Schiff vor der Abfahrt verwandelte es sich in ein Floß von Wahnsinnigen, die durcheinander liefen und brüllten und offenbar alle nur das Falsche taten. Tausend Fragen waren in letzter Minute noch zu klären, doch Luciano Massari stand auf der Brücke und beobachtete fast unbeteiligt das Treiben seiner scheinbar von allen guten Geistern verlassenen Mannschaft. Erst als die Vertäuungen gelöst waren, das Schiff die Anker lichtete und ein Schlepper die *Victoria* langsam aus dem Hafenbecken zog, trat wieder Ruhe ein.

Die Wettervorhersage klang beruhigend. Die Sonne schien über Triest, und der Blick reichte weit hinaus, bis dorthin, wo der blaue Himmel am Ende der Welt mit dem Blau des Meeres verschmolz. Valentin schaute ein letztes Mal zurück. Die Häuser, Straßen, Autos und Bäume wurden immer kleiner und doch traten sie unter der gleißenden Sonne immer deutlicher und schärfer hervor. Das weiße Schloss Miramar strahlte in herrlichem Glanz, je weiter das Schiff aufs Meer hinausglitt. Valentin liebte das Schloss; immer wenn er im Friaul gastierte, kam er eigens hierher, um von der Terrasse den weiten Blick aufs Meer zu genießen. Was für ein schöner Name: Miramar. Und was für eine tragische Geschichte, die dessen Erbauer erlebt hatte. Wäre er doch geblieben! Maximilian hieß er und war ein österreichischer Erzherzog und Bruder des Kaisers Franz Josef. Maximilian, dachte Valentin, an die Reling gelehnt, war ein Dummkopf. Warum hatte er diese göttliche Aussicht aufgegeben, um Kaiser von Mexiko zu werden und, kaum dort angekommen, von einem Militärgericht zum Tode verurteilt zu werden. Im Kugelhagel der Soldaten war er gestorben. Und bestimmt hatte er in jenem Augenblick »Miramar« gerufen, voller Sehnsucht nach diesem Paradies. Valentin schüttelte den Kopf, um diese traurigen Gedanken zu verjagen. Er atmete tief die salzige Seeluft ein und fühlte sich plötzlich leicht und befreit von all dem Kummer der letzten Jahre. Kleine Frühlingswolken zogen vereinzelt über den blauen Himmel und Valentin schloss die Augen. Es war eine Freude zu leben!

Später ging er an Deck spazieren und entdeckte die Araber, die in einer großen Runde weithin duftenden Pfefferminztee auf kleinen Gaskochern zubereiteten. Valentin kannte dieses extrem süße Getränk und mochte es nicht. Die Matrosen tranken eine Kanne nach der anderen, spielten Karten und sangen sich gegen das stille Wasser ihre Schmerzen von der Seele. Valentin verstand nur die Wörter »Habibi«, mein Geliebter, »Allah«, Gott, und »Salam«, Gruß oder Frieden. Mit seinem Arabisch war es nicht weit her.

Ein Matrose aus Tirol schlich lautlos wie eine Katze um die Araber herum und schaute ihnen beim Spielen zu. Valentin erkannte in ihm den leidenschaftlichen Spieler, der nach ein paar Runden wusste, welches Kartenspiel man hier so hitzig spielte, und mit Bemerkungen und Tipps nicht sparte, die er gleichmäßig und gerecht verteilte, nur um des Spieles willen. Eduard hieß der blasse Matrose; er war beim Kapitän hoch verschuldet, den er hasste, weil er ihm jede Berührung einer Spielkarte, und sei es nur, um Farbe oder Zahl zu erraten, verboten hatte. Eduard war süchtig und zitterte und bebte beim Anblick von Spielkarten am ganzen Leib wie ein Alkoholiker beim Anblick einer Flasche Wein. »Der Teufel soll ihn holen«, knurrte er, als einer der vorbeigehenden Matrosen ihn daran erinnerte, dass der Kapitän seine Augen überall hatte.

Eine halbe Stunde später fühlte Valentin das Stechen in seinen Schläfen, das ihn vor jedem Wetterumschwung heimsuchte. Die Tiere im Bauch des Schiffes erfasste zur selben Zeit eine merkwürdige Unruhe. Doch der Kapitän lachte Valentin nur aus. Die Messinstrumente auf der Brücke und die Wettervorhersagen, die er im Minutenabstand über Satellit bekomme, sprächen eine eindeutige Sprache. Valentin sei einfach nur die Seefahrt nicht gewohnt, lachte der Kapitän und erging sich in markigen Sprüchen, die er merkwürdigerweise in fehlerfreiem Deutsch beherrschte: »Und wenn Sturm kommt? Na und? Alle Ozeane können die Victoria im Arsche lecken.«

Valentin, der einen Wetterumschwung sonst auf Tage im Voraus fühlte, war verwirrt und dachte bei sich, dass möglicherweise der Seegang das Stechen in seinen Schläfen auslöste. Die Mannschaft jedenfalls schien bester Laune, und alle halfen Karim bei der einzigen Arbeit, die auf dem Schiff zu verrichten war: Tiere pflegen, füttern und beruhigen.

Am späten Nachmittag empfing der Kapitän Valentin in seiner Kajüte unter der Kommandobrücke. Ein großer, heller Raum, voll gestopft mit Kitsch und Kram aus Perlmutt, Marmor, Messing und Holz aus aller Herren Länder. Nirgends war ein freier Fleck zum Sitzen. Der Kapitän schob mit der Hand mehrere asiatisch anmutende Frauenfiguren aus Bronze zur Seite und verschaffte seinem Gast Platz auf einer großen Holztruhe. Valentin setzte sich vorsichtig, sein Blick wanderte von Ecke zu Ecke und ruhte auf Teppichrollen, die nie geöffnet worden waren. »Echte, aus Persien«, kommentierte Kapitän Massari. Weit und breit sah Valentin kein einziges Buch.

Das Gespräch verfing sich im Netz von Allgemeinplätzen und Höflichkeiten, doch Valentin spürte genau, dass dieser erfahrene Kapitän sehr einsam war; denn immer wenn die Sprache auf Frauen und die Liebe kam, lenkte er ab und sprach von Abenteuern in den Nachtlokalen fernöstlicher Häfen.

»Am besten«, sagte er plötzlich und klang dabei leicht ungehalten, »schicke ich Ludwig. Er zeigt dir den Schiff«, fügte er hinzu und eilte hinaus. Valentin warf einen letzten Blick auf einen leeren Rahmen, der über dem Bett des Kapitäns baumelte. Es war die umrahmte Einsamkeit und ausdrucksvoller als alle Schnitzereien der Welt.

Der kleine, bärtige Ludwig war der Steward, der mit einem jungen Matrosen aus Österreich für Ordnung in der Messe, in den Kabinen und Kajüten sorgte. Er stammte aus einem Dorf bei Kiel, aber sein misstrauischer Blick erinnerte Valentin an den eigensinnigen Griechen Jannis, der ihn und seinen Circus vor zwanzig Jahren nach Chile verschifft hatte. Jannis war ein Mensch gewesen, der von Geburt an allen Lebewesen misstraute, die auf zwei Beinen gingen, sogar sich selbst. Er hatte seine Seele früh verriegelt und nie wieder aufgeschlossen. Ein bisschen ähnlich verhielt es sich bei Ludwig. In seinem Fall rührte das Misstrauen von Verletzungen her, deren Narben ihn juckten, sobald er es mit neuen, ihm unbekannten Menschen zu tun bekam. Er war ein glücklicher Lehrer in Kiel gewesen, bis er wegen einer lächerlich geringfügigen Hehlerei – begangen aus Nächstenliebe, wie er sagte – aus dem Schuldienst entlassen wurde. Seine Ehe zerbrach daran und seine Freunde wollten von ihm nichts mehr wissen. Hatte Ludwig aber einen Fremden einmal mit dem Röntgenstrahl seines Misstrauens durchleuchtet und erkannt, dass keine Gefahren drohten, öffnete er sich, auch wenn immer ein kleiner Sicherheitsabstand blieb. Das ist der Unterschied zwischen angeborenem und erlerntem Misstrauen.

Von einem alten Circusdirektor hatte Ludwig in der Tat nichts zu befürchten. So führte er Valentin durchs ganze Schiff und erklärte ihm genau, wie ein Umbau vor etwa zehn Jahren die *Victoria* verändert hatte, und da Valentin ein aufmerksamer Zuhörer war, redete der Steward immer weiter und weiter, bis er sich, als sie eben den lauten, nach Diesel stinkenden Maschinenraum verließen, nicht mehr zurückhalten konnte. »Ist das nicht verrückt«, sagte er, »in solchen Augenblicken, mitten auf dem Meer und im Gestank der Motoren, will ich am liebsten wegrennen. Die Sehnsucht nach meinen drei Kindern schnürt mir die Kehle zu, doch sobald ich zu Hause bin, will ich wieder zurück aufs Schiff. Meine Exfrau ist freundlich, sie lässt mich für die wenigen Tage bei den Kindern übernachten und schickt ihren Freund solange weg. Meine Kinder erzählen mir alles, damit ich wieder den Faden in die Hand bekomme, um mich im Labyrinth des Lebens an Land zurechtzufinden, und selber wollen sie immer neue Geschichten und Abenteuer vom Meer hören. Dabei gibt es Monate, ja, Jahre, wo wir mit irgendwelchen Frachten gerade mal zwischen Triest, Venedig und Ancona hin- und hergondeln, oder wir machen kurze Fahrten zwischen Ancona und Bari auf der italienischen und Split und Dubrovnik auf der jugoslawischen Seite. Für meine Kinder verwandle ich dann Dubrovnik in Daressalam und Split in Buenos Aires, und auf den gefahrvollen Fahrten zwischen Triest, Daressalam und Buenos Aires erleben wir tatsächlich viele Abenteuer und kämpfen gegen Wind und Wetter. Meine Kinder hängen an meinen Lippen und meine Frau sitzt lächelnd dabei. Jedes Mal fragt sie mich vor der Abreise, ob wir es nicht noch einmal versuchen sollen, und jedes Mal bin ich durch die Schönheit des Augenblicks so bewegt, dass mir Tränen in die Augen steigen, aber eine Unruhe treibt meinen Blick von Frau, Kindern und Kamin zum Fenster, hinter dem das Meer liegt. Ich antworte nicht, ich gehe.«

»Und der Kapitän«, fragte Valentin, »hat *er* Frau und Kinder?«

»Nein«, antwortete Ludwig, stockte und fuhr dann fort: »Er ist mit seiner Victoria verheiratet.« Seine Augen leuchteten vor Stolz über diese prägnante Beschreibung. »Und am ersten Tag seiner Pensionierung, wenn er das Schiff verlässt, wird er an gebrochenem Herzen sterben.«

Das Abendessen später in der Messe amüsierte Valentin. Ein wahres Babylon der Sprachen und Dialekte herrschte unter den lärmenden Matrosen und Circusleuten. Und zum ersten Mal fiel Valentin auf, wie schmächtig und klein Luciano Massari war, wie alle guten Kapitäne, die er auf seinen Reisen kennen gelernt hatte.

Als Valentin nach dem Essen zur Brücke hoch stieg, war es bereits dunkel. Er spürte noch einmal Stiche in seiner linken Schläfe und vor seinen Augen fing es an zu flimmern. Er sagte dem Kapitän, er sei sicher, dass ein Unwetter kommen würde, doch der lachte nur und ging in den Funkraum.

Valentin schaute aufs Meer, und ihm fiel auf, wie vollkommen die Dunkelheit auf See war; die Nacht war wie ein undurchdringliches schwarzes Zelt. Dann kam der Kapitän zurück, gab mit unbewegtem Gesicht auf Italienisch dem Steuermann seine Anweisungen und eilte zum Navigationsraum. Valentin verstand zwar kein Wort, aber er war sicher, dass ihn sein Gefühl nicht getrogen hatte. Er ging hinaus, um nach seinen Leuten zu schauen. Da kamen ihm auf der Treppe Matrosen entgegengeeilt, um überall Sicherheitsmaßnahmen zu treffen, die das Schiff gegen Sturm wappnen sollten. Der Kapitän hatte von einem plötzlichen Unwetter erfahren. Draußen war es eiskalt. Innerhalb einer Stunde war die Temperatur um mehr als fünfzehn Grad gefallen.

Die Circusleute aber wussten davon noch nichts. Ein paar von ihnen waren nach dem Abendessen in der großen Messe geblieben. Die Zwillingsbrüder Max und Moritz, die im Circus neben Bodenakrobatik auch Pantomime vorführten, spielten Gitarre, andere schauten im Aufenthaltsraum einen Horrorfilm aus den dreißiger Jahren an und lachten laut über die primitiven Trickaufnahmen von Mammutameisen. Die Marokkaner spielten Karten und einige lagen schon in ihren Betten.

Circusdirektor Valentin begrüßte seine Leute kurz und gab ihnen Bescheid, dass ein Sturm auf das Schiff zukam. »Endlich wird es spannend«, rief die schöne Anita, und alle lachten. Man merkte, dass die Circusleute noch nie rauen Seegang miterlebt hatten. Es war übrigens das letzte Mal in ihrem Leben, dass Anita sich auf ein Unwetter freute.

Valentin, der zweimal in seinem Leben dem Ertrinken nahe gewesen war, lächelte gezwungen und ging davon. Er wollte noch einmal nach den Tieren sehen. Er stieg die Treppe in den Bauch des Schiffes hinunter und traf die Tiere sehr unruhig an. Tiger und Löwen liefen aufgeregt in ihren Käfigen auf und ab und hielten plötzlich inne, als lauschten sie auf Signale, die Menschen nicht empfangen konnten.

Valentin ging durch die Reihen, sprach auf die Tiere ein und war überrascht, als er im Halbdunkel der hintersten Ecke auf Karim stieß, der leise wispernd mit seinen Haustieren redete. Hahn, Katze und Hund aber waren wie verwandelt und schienen ihn nicht mehr zu erkennen. Der Hahn flatterte verzweifelt, die Katze kratzte an der Tür ihres kleinen Bambuskäfigs und der Hund jaulte zum Steinerweichen.

Valentin spürte, wie der Seegang von Minute zu Minute rauer wurde. Die Tiere begannen herzzerreißend zu wimmern. Immer mehr von ihnen erbrachen, andere taumelten mit verdrehten Augen und Schaum vor dem Mund. Für einen Augenblick dachte Valentin, die Käfige würden zerbersten, so ächzten, schepperten und klapperten sie. Die Autos und Lastwagen waren bestens befestigt, doch auch sie begannen, hin- und herzuschwanken. Valentin half seinem Tierpfleger, der mit geschlossenem Mund gegen seine Magensäfte kämpfte, die bitter wie das Meerwasser und genauso in Aufruhr waren.

Mit Mühe hievte Valentin Karim die Treppe nach oben und erstarrte vor dem Sturm, der über das Schiff hinwegfegte. Die Matrosen, verwöhnt vom milden Wetter des Mittelmeers, torkelten hilflos über Deck. Pechschwarze Wolken hingen so tief, dass man sie beinahe mit Händen greifen konnte. Valentin schob Karim zu seiner Kabine und arbeitete sich hinauf zur Brücke. Die Mannschaft war aufgeregt, doch Luciano Massari gab seine Anweisungen mit solch stoischer Gelassenheit, dass Valentin sofort beruhigt war.

»Starker Sturm«, sagte der Italiener, und seine Stimme klang fast traurig, als wollte er sich für das Unwetter entschuldigen.

Von der Brücke aus beobachtete Valentin die Höhe und Kraft der Wellen, die auf das Schiff schlugen und über die Back brausten. Die See tobte und das Schiff tanzte schlingernd nach dem Taktstock des Sturmes.

Nirgends empfindet man die Gewalt des Meeres deutlicher als auf der Kommandobrücke eines Schiffes. Bis hierher drangen die erbärmlichen Schreie der Menschen und Tiere, die sich mit dem Peitschen der aufgewühlten See und dem Stampfen der Maschinen zu einem merkwürdigen Chor vereinigten. Dennoch schien der Kapitän alles im Griff zu haben; seine Ruhe zeigte dem Steuermann und den Matrosen, dass er das Meer kannte und verstand.

Valentin verließ die Brücke und verharrte für einen Augenblick an Deck. Der eiskalte Wind brannte auf seinem Gesicht. Und plötzlich fühlte er eine merkwürdige Kraft und Wut in sich, die sich in einem zornigen, wilden Schrei entluden. »Nabil, ich komme!«, rief er gegen den peitschenden Sturm. Und mit einem Schlag war alle Angst von ihm gewichen. Er war Noah mit seinen Tieren und wusste, dass diese Arche, die den Namen seiner Frau trug, das Unwetter besiegen würde.

Valentin Samani hatte in seinem Leben mehr als einmal erhabene Gefühle verspürt – bei einem nicht enden wollenden Applaus oder bei seiner gelungenen Überquerung der Niagarafälle –, doch nie zuvor hatte er einen solch gewaltigen Augenblick erlebt.

Unten bei den Tieren traf er auf seine Leute. Merkwürdig war, dass Martin, der betrunken war, am stabilsten wirkte. »Der Alkoholrausch«, philosophierte der alte Robert, »gleicht die Schwankungen aus.« Die anderen lachten. Eva blieb seit Ausbruch des Sturms immer in der Nähe von Pipo, als wollte sie ihn in der Gefahr nicht missen. Jeder im Circus wusste, dass die beiden sich seit Jahren liebten. Martin musste es auch längst aufgegangen sein, doch so offensichtlich hatten Pipo und Eva ihre Zuneigung noch nie gezeigt. Alle waren nervös und jeder versuchte auf seine Weise, die Angst zu überspielen. Valentin erzählte ihnen beruhigend vom Kapitän, der auch diesen etwas rauen Seegang meistern würde. »Wir sind viel zu lange Landratten gewesen. Für die Seeleute ist das Meer heute etwas heftig, aber es ist alles nur halb so schlimm.«

Bis drei Uhr morgens dauerte der Sturm, dann wurde es plötzlich ruhig. Die Tiere fielen, erschöpft von der durchwachten Nacht, sofort in Schlaf. Und auch die Mannschaft zog sich in ihre Kojen zurück. Nur Valentin konnte nicht schlafen. Er stieg noch einmal zum Kapitän hinauf und erfuhr, der habe sich auf ein paar Stunden Schlaf in seine Kajüte zurückgezogen. Valentin fand ihn auf dem Bett zwischen seinen staubigen Figuren aus Ebenholz und Marmor liegend.

»Nachrichten schlecht«, sagte er und schloss die Augen. »Bald neuer Sturm.«

Valentin ging leise und zog die Kajütentür ins Schloss.

Draußen war es noch dunkel. Auf dem Vorderdeck traf Valentin den Matrosen aus Tirol, der grinste, als er hörte, dass sein Kapitän zu Bett gegangen war. »Er schläft nicht«, sagte er, »er ist mit dem Teufel im Bunde. Ich weiß es. Ich will hier weg, aber ich kann nicht. Der Teufel holt mich immer wieder zurück. Er steht dem Kapitän zu Diensten, weil der ihm seine Seele verkauft hat. Wenn er seine Augen zumacht, wandert seine Seele herum und prüft Stahlplatte für Stahlplatte, Niete für Niete und Generator für Generator, alles prüft er und bringt es mit Teufelshand wieder in Ordnung, vom Bug bis zur Spitze des Ruders und vom Schornstein bis zum Kiel. Und am Ende wird seine Seele das Schiff selbst. Wenn du's nicht glaubst, beobachte ihn im Schlaf. Ich hab's einmal getan. Vor seiner offenen Tür hab ich gehockt und ihn beobachtet. Der Steuermann und der Ingenieur wollten heimlich ein paar Knoten drauflegen, aber es gab nur eine kurze Vibration, kaum länger als zehn Sekunden, und schon hab ich die unsichtbare Hand des Teufels gesehen, wie sie am Ohr des Kapitäns gezogen hat. Ja, ich hab gesehen, wie das Ohr nach oben gezogen wurde, und wie der Kopf ihm folgen musste. Im Schlaf ist der Teufelskapitän aufgestanden und hat sich angezogen. Die Hand des Teufels hat er abgeschüttelt und gerufen: ›Grazie, o Diabolo!‹ Und raus ging's, und der Ingenieur und der Steuermann konnten was erleben, obwohl die Feiglinge die Motoren gleich wieder gedrosselt hatten, als das Schiff das Zittern anfing.

Ich sag Ihnen, er steht mit dem Teufel im Bunde. Die Rostmühle fährt, seit er das Kommando von seinem Bruder Marcello übernommen hat, ohne eine einzige Reparatur. Der Schiffsingenieur wird schon langsam fett und blöd, weil er nichts zu tun hat. Er bekommt den halben Lohn und arbeitet gar nicht als Ingenieur, sondern putzt Gänge, wechselt Glühbirnen und repariert Betten, Radios und Türen. Aber er ist dem Teufelskapitän verfallen und will es gar nicht anders haben. Ich, wenn ich könnte...«, schloss der Tiroler, schaute sich ängstlich um und lief davon.

Valentin schlief danach nicht länger als zwei Stunden. Als er aufwachte, dämmerte der Morgen. Das Schiff glitt auf einem ruhigen grauen Spiegel dahin. Valentin sah keine Sonne, doch der Himmel hatte sich aufgehellt, und wieder fühlte sich der alte Circusmann wie Noah.

Zwei junge Matrosen wuschen alle Rettungsboote, ölten und überprüften die Davits, die die Rettungsboote ins Wasser lassen. In einem der Boote lag jemand, eingewickelt in Tücher und in einen Schlafsack aus Segeltuch vergraben.

»Wer ist das?«, fragte Valentin und zeigte auf das Bündel.

»Tahar, ein Marokkaner«, sagte der junge Matrose, der aus Regensburg stammte, »seit zehn Jahren fährt er zur See und seit zehn Jahren schläft er Nacht für Nacht im Rettungsboot. Der Kapitän hat es ihm schon hundertmal verboten, aber es ist nichts zu machen. Auch bei Sturm und Hagel übernachtet er hier. Er hat Angst, das Schiff geht unter, während er schläft. Kapitän Massari drückt ein Auge zu, denn Tahar ist sonst ein tüchtiger Kerl, er hat nur eben diese Macke«, erklärte der junge Mann und lachte.

Valentin sah aus der Ferne auf dem Achterdeck Ludwig, den Steward, an der Reling stehen. Er hatte seinen Kopf in den Händen vergraben. Valentin wollte erst zu ihm gehen, überlegte es sich dann aber anders und ließ den Mann aus Kiel allein.

Der Kapitän hatte sich nicht geirrt. Kaum hatten sich Matrosen und Circusleute erholt, peitschte der Sturm aufs Neue auf das Wasser ein. Und wieder verfinsterte sich der Himmel. Zum ersten Mal seit siebzig Jahren wurden Orkane von solcher Wucht im Mittelmeer registriert. Triest wurde heimgesucht, viele Gebäude zerstört, zwei große Frachter sanken, ein Dutzend Jachten, die vor dem Unwetter Rettung im Hafen suchten, zerschellten dort. Aber als ob eine unsichtbare Hand sie schützte, blieb die alte *Victoria* unversehrt. Und als wollte dieselbe schützende

Hand sich immer wieder in Erinnerung bringen, ließ sie die Mannschaft sechs Tage lang vom frühen Nachmittag bis zur Morgendämmerung mit Wind und Wellen kämpfen. Danach waren Schiff und Besatzung am Ende ihrer Kräfte.

Nur Valentin nicht: Er spürte keine Müdigkeit mehr und keine Schmerzen, in seiner linken Schulter nicht und nicht in seinem Rücken. Am siebten Tag stand er kräftig und strahlend an der Reling auf der Backbordseite und beobachtete den Himmel, den der Sturm jetzt endgültig blank geschrubbt hatte. Der Wind blies zwar immer noch kräftig, aber der Himmel war klar. Nur noch zwei Wolkenfetzen jagten wie Segelboote über den himmlischen Ozean. Valentin lächelte im Herzen über seinen Sieg. Er war Noah und klopfte mit der Faust auf den Handlauf der Reling. »Gut gemacht, Viktoria!«, schrie er gegen den Wind. Dann sah er den Steward Ludwig blinzelnd ins Freie treten und rief ihm zu: »Na, diesmal hast du zu Hause in Kiel ja wirklich was zu erzählen!«

»Allerdings«, erwiderte der kleine bärtige Seemann lachend.

Am frühen Morgen des achten Tages, mit drei Tagen Verspätung, lief das Schiff in den Hafen von Ulania ein. Ein sonniger Tag kündigte sich an. Der Wind war schwach und trug vom Land den Duft von Aprikosenblüten herüber. Die riesigen Wogen der vergangenen Tage und Nächte waren zu winzigen Wellen zusammengesunken, die nur noch plätschernd den Schiffsrumpf kitzelten.

Die *Victoria* wurde von einem starken Schlepper durch die große graue, moderne Hafenanlage gezogen, vorbei an Tanklagern für Erdöl und Flüssiggas, dem neuen Containerterminal, lang gestreckten Gebäuden einer Fischkonservenfabrik und einem modernen Kai, an dem prachtvolle Luxusliner lagen. Valentin fragte sich im stillen, weshalb er wohl einen verträumten Hafen voller Segelschiffe erwartet hatte. Am Ende bog der Schlepper nach rechts in das letzte der Hafenbecken. Dort wartete der Zoll.

Die *Victoria* machte gegenüber den Stückguthallen fest, an deren Kai gerade zwei Frachter mit Tabakballen beladen wurden. Der Kapitän kam von der Brücke und erblickte Valentin, der eben auf dem Weg zu ihm war. Der kleine Italiener war sichtlich erschöpft, doch plötzlich war es, als würde er von einem Rausch erfasst. Er umarmte Valentin und wirbelte ihn im Kreis herum. Wie ein Verrückter schrie er, dass er kaum noch Luft bekam: »Na, hab ich gelogen? Victoria, amore mio! Sie hat wieder mal das Meer gefickt. Zack! Gefickt! Alles angekommen und gesund!« Da erst merkte Valentin, dass der Kapitän selbst nicht daran geglaubt hatte, dass sein Schiff es schaffen würde.

Während Luciano Massari tanzte und fluchte, traf ihn der weißlich stinkende Dreck einer vorbeifliegenden Möwe auf die Schulter. Wer abergläubisch war, hätte glauben können, dass die schützende Hand, die die *Victoria* gerettet hatte, nicht sonderlich erfreut über die Ausdrucksweise des Kapitäns war und ihm einen Denkzettel verpassen wollte. Und Valentin *war* abergläubisch.

9.

Wie fünfzig Jahre
ihr Gewicht verlieren

Die Zollformalitäten waren schneller erledigt, als Valentin erwartet hatte. Eigentlich konnte man von Formalitäten gar nicht sprechen, eher von einem Empfang. Der Dienst habende Offizier begrüßte Valentin ausgesucht freundlich in einem etwas steifen, mit sächsischem Akzent garnierten Deutsch. Der etwa fünfzigjährige Mann mit dem rötlich schimmernden Haar hatte vor langer Zeit in Leipzig studiert. Seine Frau war geborene Leipzigerin und lebte nun in Ulania, doch das Arabische war ihr unzugänglich geblieben, was das sächsisch eingefärbte Deutsch ihres Mannes lebendig gehalten hatte. Es gibt auf der Welt nichts Komischeres als einen sächselnden Araber.

Während ein Beamter alle Pässe mit den entsprechenden Stempeln versah, ließ der freundliche Offizier der Circusmannschaft und dem Kapitän und seinen Matrosen arabischen Mokka, Pistazienrollen, Kekse, süßes, eiskaltes Rosenwasser und orientalische Zigaretten anbieten. Und als ahnte er, dass die Matrosen Schmuggelware an Land brachten, erging er sich ständig in Andeutungen: »Schmuggler und das Mittelmeer sind geheimnisvoll und unergründlich«, sagte er zu Valentin. Es war, als wolle er sich keine Magengeschwüre oder ein unansehnliches Loch im Kopf einhandeln und habe es deshalb aufgegeben, den Hafen von Schmugglern und Hehlern zu säubern.

»Sehr vernünftig«, zischte Ludwig, der bärtige Steward, und ein Lächeln sprang von seinem Mund auf die Gesichter der anderen über.

Valentin war überrascht, dass keine Kontrollen durchgeführt wurden. Nicht einmal die Papiere der Tiere und Autos wurden geprüft. Er wusste in jener Stunde noch nicht, dass ihm sein arabischer Freund mit reichlich Geschenken an die ganze Zollmannschaft den Weg geebnet hatte. Erst als der Offizier ihn nach der Erfrischung bat, von seinem Büro aus Nabil anzurufen, weil dieser sich große Sorgen wegen der Verspätung und des Unwetters mache, verlor Valentin für einen Augenblick die Angst vor jeder Grenze, die er von seinen Eltern geerbt und die in seinem Leben immer neue Nahrung bekommen hatte. Deshalb hatte er auch etliche Tricks entwickelt, wie er die lästigen Zollkontrollen wenigstens abkürzen konnte. So setzte er in jedem Wagen den Käfig eines aggressiven Tigers oder Löwen nach vorne, der, sobald die Tür des Containers aufging, fauchte und den Eindringling anzugreifen drohte. Selbst Zöllner, die sonst aufreizend langsam arbeiteten, pflegten sich unter solchen Umständen zu sputen. Mit diesem Trick hatte Valentin mehr als einmal Tiere und hin und wieder sogar Menschen über für undurchdringlich geltende Grenzen geschmuggelt, doch das sind andere Geschichten.

»Einen schönen Morgen wünsche ich dir. Wir sind schon im Hafen von Ulania!«, sagte er, aber Nabil am anderen Ende der Leitung hörte die zweite Satzhälfte schon nicht mehr, denn er brach sofort in lauten Jubel aus. »Gott ist gnädig mit mir. Meine Güte, du bist da, Valentin. Sei willkommen! Die Nachrichten waren so schlecht. Ich habe kaum geschlafen in den letzten vier Nächten. Gott sei Dank seid ihr heil angekommen. Die Leute vom Zoll sind sehr nett und wollen euch keine Steine in den Weg legen.

Ihr habt ja einen großen Kampf hinter euch. Aber darüber reden wir später. In einer Stunde bin ich bei dir«, sagte er, dann legte er auf. Valentin hatte nicht einmal Zeit gefunden, den Gruß des Offiziers auszurichten, der ihm gegenüberstand und Nabil flüsternd seine Verehrung aussprach.

Die Formalitäten waren beendet. Alle bekamen ihre Pässe, nur Valentin nicht. Mit schlecht gespieltem Ernst rief ihn der Offizier zu sich; seine Augen wanderten vom Pass zu Valentins Gesicht und zurück: »Sagen Sie, sind Sie das, oder haben Sie uns hier den Ausweis Ihres Vaters vorgelegt?« Und er lachte und zeigte den neugierigen Matrosen und Circusleuten das Foto in Valentins Pass. In der Tat sah Valentin darauf mindestens zehn Jahre älter aus. »Damals ging es mir nicht besonders«, murmelte er und war selbst verwirrt. Doch in seinem Innern sagte eine fröhliche Stimme: »Mein Lieber, das kannst du ihnen erzählen, weil sie keine Ahnung haben, dass du von Tag zu Tag jünger wirst. Heute, ja, wie alt bist du denn heute? Na, sagen wir mal, höchstens fünfzig.« Er grinste, verabschiedete sich von dem freundlich lachenden Offizier und ging hinaus. Der strahlende Sonnenschein ließ ihn die Augen zusammenkneifen.

Natürlich wollten alle erst mit festem Boden unter den Füßen frühstücken, bevor sie sich an die Arbeit machten. Im Hafenrestaurant, einem grauen flachen Betongebäude aus den sechziger Jahren, konnte man für wenig Geld in jeder Währung ein gutes Frühstück bekommen. Sogar Wurst und Bier aus Deutschland waren erhältlich. Valentin begnügte sich mit Tee, ein paar Oliven und einem Stück Schafskäse. Er lud den Kapitän und dessen Mannschaft zum Frühstück ein, und beide saßen etwas entfernt von ihren Leuten, die mitten im Lokal alle Tische zu einer einzigen großen Tafel zusammenstellten. Sie aßen, lachten, lärmten und sprachen eine Mischung aus mindestens sieben Sprachen; dennoch verstanden sie sich prächtig.

Valentin und Kapitän Massari saßen an ihrem kleinen Tisch mit Aussicht aufs Meer und aßen und tranken schweigend. Der Kapitän bestellte einen Espresso nach dem anderen und war sehr erfreut, dass es italienischer Kaffee war.

»Und wann zurück nach Deutschland?«, fragte er plötzlich in die Stille.

»Wahrscheinlich in ein paar Jahren. Nur Gott weiß das«, antwortete Valentin und bekam dabei eine Gänsehaut.

Der Italiener schwieg. Er hatte von seinen Matrosen die wundersame Geschichte von Nabils Einladung gehört, aber da Valentin nicht weitersprach, wollte er ihn nicht bedrängen.

»Und familia?«, fragte er.

»Ich habe keine Familie. Meine Frau ist tot und wir haben keine Kinder. Alle meine Freunde sind hier.« Valentin stockte. »Nein, eine Freundin ist noch in Deutschland. Pia. Sie arbeitet bei der Post. Verstehen Sie? Kann nicht mitkommen.«

»Natürlich, natürlich«, erwiderte der Kapitän und nahm den neuen Kaffee aus der Hand des alten Kellners. »Grazie«, sagte er fast mechanisch.

Valentin zahlte den zweiten Teil der vereinbarten Summe und legte zweitausend Mark dazu. »Eintausend für dich und eintausend für deine tapferen Männer. Auf deinem Schiff habe ich das Abenteuer meines Lebens genossen, dafür sind zweitausend Mark fast zu wenig«, sagte er, als ein großer hagerer Mann das Lokal betrat. »Nabil«, flüsterte Valentin und stand auf.

Da erkannte auch Nabil seinen alten Freund. »Da bist du ja!«, rief er erfreut und sie gingen aufeinander zu und umarmten sich.

Kapitän Luciano Massari schien etwas verwirrt; er hatte nicht wirklich verstanden, weshalb er die zweitausend Mark Zuschlag bekommen hatte, doch fragen konnte er jetzt nicht mehr.

»Schön, dass du da bist!«, sagte Nabil. »Jetzt werde ich den Tod bitten sich ein wenig zu gedulden.«

»Du siehst sehr gut aus. Nur ein bisschen mager«, entgegnete Valentin.

»Und du? Wie hast du bloß das Alter ausgetrickst?«

Valentin schaute Nabil an, und der war nicht mehr der wohlhabende Mann in feinstem hellblauen Tuch, sondern der schüchterne Junge, der ihn anhimmelte und mit ihm ein bisschen die Löwen und Tiger ärgerte, damit sie brüllten.

»Wollen wir uns nicht heimlich zu den Tigern schleichen?«, fragte er Nabil, als wolle er prüfen, ob sich der Freund noch erinnerte.

Der sah ihn an. »Wie damals?«, vergewisserte er sich.

»Ja, wie damals. Die Mannschaft frühstückt noch, und bis sie anfangen mit dem Entladen, können wir die Tiger brüllen lassen.«

Sie schlichen sich davon, liefen zum Schiff im großen Hafenbecken und stiegen, nein, hüpften die Gangway hinauf, Hand in Hand wie damals, aber was heißt wie damals: Sie waren wieder zwei Jungen, die mit klopfenden Herzen zu den Raubtieren gingen, als hätten sie fünfzig Jahre ihres Lebens abgeschüttelt. Verwundert schauten zwei Polizisten der Hafenwache den alten Männern nach.

Und wie damals lachte Valentin, als Nabil mit einer Stange einen Tiger ärgerte, der fauchte und dann blitzschnell mit der Pranke schlug. »Als wäre es noch derselbe Tiger«, sagte Nabil und legte die Stange zur Seite; nichts anderes hatte Valentin gerade sagen wollen.

Als sie auf ihrem Gang an Käfigen und Wagen vorbei

vom Lärm der Mitarbeiter unterbrochen wurden, hatten sie sich schon viel erzählt, schnell und kurz hatten sie die Geschichten ihres Lebens ausgetauscht, und doch stillte das nicht den Hunger, sondern war nur ein Appetithappen für die nächsten Tage und Wochen.

»Ihr bekommt den schönsten Platz beim Messegelände, und du bist mein Gast hier in Ulania, denn danach werde ich dein Gast sein auf einer hoffentlich langen Reise«, sagte Nabil, während die Mitarbeiter um ihren Chef Valentin standen und warteten, was nun der nächste Schritt sein sollte.

»Das ist lieb von dir, aber ich möchte bei meinen Leuten bleiben. Kein Circusdirektor verlässt seine Mannschaft in der Fremde. Wo sie schlafen, schlafe auch ich. Das ist unsere Circusehre. Aber du kannst zu mir kommen und in unserer Circusstadt mitleben. Was haltet ihr davon?«, fragte Valentin in die Runde.

»Prima, das wäre toll!«, war die Antwort, und Nabil war beglückt.

»Aber heute Abend, wenn das Zelt steht, seid ihr zu einem Fest zu Ehren eures Direktors bei mir eingeladen. Ein paar Freunde werden kommen und mitfeiern. Auch der Kultusminister möchte uns die Ehre geben.«

Da waren alle einverstanden und sehr stolz auf ihren Valentin, mit dem sie auch in die Hölle hätten gehen können, ohne Angst zu haben, dass er sie im Stich ließ. Doch von den Schrecken der Hölle sollten sie an diesem Abend nichts sehen, dafür Überraschungen, die so unglaublich waren, dass der Zauberer Fellini schwor, dass alles, was da geboten wurde, gar nicht wahr sein konnte.

10.

Wie Liebe stirbt
und wieder geboren wird

apitän Luciano Massari freute sich über einen Auftrag, den er noch während der Entladung des Circus Samani erhalten hatte. Eine große Ladung Oldtimer, die ein österreichischer Autohändler in monatelanger Suche im ganzen Orient gesammelt hatte, sollte nach Triest verfrachtet werden. Uralter edler Schrott, der sich nur deshalb noch auf den Achsen hielt, weil die Wagen noch aus gutem alten Stahl waren, den der Orient mit seiner andauernden Trockenheit konserviert hatte. Der Kapitän der *Victoria* verlangte viel, fast das Doppelte der Summe, die er von Valentin bekommen hatte, doch der Österreicher hatte es aus irgendeinem Grund eilig, das Land zu verlassen. Er feilschte nicht, sondern zahlte im Voraus.

Luciano Massari verabschiedete sich von Valentin und drückte ihm eine Karte in die Hand. »Hier meine Telefon und meine Fax. Wenn du zurück nach Hause, Luciano kommt sofort. Auch ohne Geld!«

»Danke, ich werde daran denken, aber ich hoffe, du musst mich nicht unentgeltlich nach Hause bringen. Leb wohl!«, rief Valentin und drückte dem Italiener fest die Hand.

Wenn man aus dem Hafen herauskam und die breite Landstraße entlangfuhr, erreichte man nach etwa zehn Kilometern die Hauptstadt Ulania von ihrer schönsten

Seite. Die Landstraße verwandelte sich in eine Allee am Ufer des Meeres, Palmen und Oleanderbäume säumten die Straße und verströmten ihre Düfte gegen den Gestank der Auspuffgase, ein verzweifelter Kampf, bei dem die Bäume nur in der Nacht die Oberhand behielten und einen schweren Duftmantel über die Gegend breiteten. Nach etwa einem Kilometer erreichte man die Innenstadt mit ihren hohen Bürohäusern, gepflegten Fassaden und dicht an dicht stehenden Läden. Dazwischen sah man Reste eines ehemaligen riesigen Pinienwaldes, und einzelne Bäume lugten zwischen den Häusern hervor, als wollten sie voller Neugier alles erfahren, was sich auf der Hauptstraße abspielte.

Wenn man bei der Freiheitsbrücke geradeaus ging, gelangte man zum Bahnhof, zu den vielen Kinos und Nachtlokalen, und am Ende kam man über den Basar zum alten Viertel der Stadt. Fuhr man aber bei der Brücke nach rechts, gelangte man zur Universität, zum Nationalmuseum und zum großen Messeplatz. Einen besseren Standort für einen Circus gab es in ganz Ulania nicht, denn er war von der Hauptstraße nur fünf Minuten Fußweg entfernt. Uralte Birken und Pappeln und der vorbeifließende Fluss schenkten eine Frische, die in der ganzen Stadt bekannt und beliebt war. Kein Wunder, dass eine der nächsten Bushaltestellen »Fardus« hieß: Paradies. Die unter der gnadenlos sengenden Sonne durstenden Orientalen können sich das Paradies nicht ohne Schatten und Wasser vorstellen.

Vom Hafen bis zum Messeplatz winkten Menschen dem Circus und seinen Artisten zu. Die Polizeieskorte, die auf vier Motorrädern vorausfuhr, konnte die Jubelnden genauso wenig beeindrucken wie die Flüche des Chauffeurs der schwarzen Limousine, in deren geräumigem Bauch Nabil saß und lächelte. Immer wieder sprangen

Jugendliche vom Bürgersteig auf den Asphalt, schlugen Purzelbäume, ließen Hüften und Bäuche kreisen, pfiffen wie Kanarienvögel, jaulten wie junge Wölfe und lachten frech zu den bunten Circuswagen hin, als wollten sie zeigen, dass jeder von ihnen einen kompletten Circus in sich trug. Valentin lachte und klatschte in die Hände, denn mancher Sprung und Handstand wäre tatsächlich gut genug für einen Auftritt in seiner Manege gewesen.

Auf dem Messeplatz am Fluss war alles für den Circus Samani vorbereitet. Die Wasserleitungen, Toiletten, Duschkabinen und Stromanschlüsse waren in bestem Zustand. Nabil hatte außerdem Hilfsarbeiter bestellt, so ging der Aufbau noch schneller als gewöhnlich vor sich. Bald standen die vier achtzehn Meter hohen Masten und die Circusleute zogen die gewaltige Zeltplane an Winden in die Höhe.

Am späten Nachmittag stand alles, wie es sollte. Valentin kommandierte, korrigierte und legte an alles letzte Hand. Mit der Aufstellung des Kassenwagens am Eingang gab er sich erst zufrieden, als der Wagen so stand, dass eine Münze, die man aufs Zahlbrett legte, in den Wagen hinein- und nicht aus dem Wagen herausrollte. Das war ein uralter Aberglaube, an dem Valentin hing. Wenn das Geld in den Wagen hineinrollt, bringt das dem Circus Glück und Segen.

Nabil stand geduldig und schaute zu, wie die Mitarbeiter mit ihren Wagenhebern den alten bunten Kassenwagen Millimeter für Millimeter verschoben, doch dann kam er zu Valentin und erinnerte ihn höflich daran, dass der Eintritt frei sein sollte, damit auch die Armen und ihre Kinder in den Circus konnten.

»Macht nichts«, antwortete Valentin lächelnd, »trotzdem gehört der Kassenwagen dazu, denn von dort aus sollen auch alle Zahlungen an meine Leute, an die Lieferanten und Handwerker getätigt werden.«

Nabil vergaß sein Alter und seine Krankheit, half, wo er konnte, und übersetzte, wenn es darauf ankam, die Anweisungen der Circusleute für die Ulanier. Nach kurzer Beratung mit Valentin ließ er einen Grafiker kommen, der mit zwei jugendlichen Helfern alle Plakate, Eingangs- und Ausgangshinweise mit schöner arabischer Schrift bemalte. Auch ein großes Schild mit Neonbeleuchtung für den Eingang wurde bestellt. Darauf sollte in arabischer Schrift »Circus Samani« stehen und es sollte bereits am nächsten Tag fertig sein. Der Maler verdrehte die Augen. »Dafür brauche ich zehn Helfer«, sagte er verzweifelt. »Dann nimm dir zwanzig!«, erwiderte Nabil streng. Der Grafiker nickte, bedankte sich für den Auftrag und eilte davon. Dann wurden zwei Tierfutterhändler zum Circus gerufen, die sich nach kurzer Verhandlung die Hände rieben über das Geschäft ihres Lebens.

Trotz härtester Arbeit unter der Sonne, die an diesem Frühlingstag sommerlich unbarmherzig schien, strahlten die Circusleute und ihre Helfer miteinander um die Wette. Nur Nabils Chauffeur stand steif mit düsterer Miene dabei. Er erkannte seinen schwer kranken Herrn nicht wieder, der die Jacke ausgezogen hatte und schwitzte, fluchte, lachte, rief und rannte. Der stämmige Mann stand wie eine Gipsfigur vor seinem Wagen und scheuchte neugierige Kinder weg, die unbedingt sehen wollten, was sich hinter dessen dunkel getönten Scheiben verbarg. Ab und zu musste er sogar Tritte und Ohrfeigen austeilen, dann stoben die Kinder davon, seinen Vater, Großvater und Urgroßvater verfluchend und doch mehr jauchzend als klagend, wie ein Rudel junge Welpen.

»Um sieben hole ich euch ab!«, rief Nabil endlich, und der Chauffeur öffnete ihm erleichtert die Wagentür. Das verschmutzte Gesicht seines Herren gefiel ihm gar nicht.

Hupend brauste er davon, dass die schwere Limousine in einer Staubwolke verschwand.

Die Circusleute gingen in ihre Wohnwagen, um sich auszuruhen und zu erfrischen. Manche legten sich auch auf ein kurzes Schläfchen hin.

Nur aus dem Wohnwagen dreiundzwanzig drangen laute Stimmen. Zwischen Jan, dem Messerwerfer und Jongleur, und seiner Frau Maritta, der Seiltänzerin, war ein hitziger Streit entflammt. Valentin, von der Circusschneiderin Antoinette alarmiert, eilte hin, und bald wurden die Streithähne leiser. Als sie eine halbe Stunde später aus dem Wagen herauskamen, waren sie verstummt. Sie sprachen kein Wort miteinander, aber man sah Maritta an, dass sie triumphierte. Nur Valentin wusste, dass die sonst heitere und höfliche Maritta ihren Willen durchgesetzt hatte. Denn sie hatte gedroht, das ganze Nachtfest bei Nabil zu verderben, wenn Jan auch nur ein einziges Mal mit Anita flirtete, der neunzehnjährigen Tochter von Angela und Fellini, die seine Assistentin bei der Messerwerfernummer war. »Schluss aus, und wenn es mein Leben kostet. Ich sehe mir deine Schweinereien nicht länger mit an. Ein Jahr genügt«, hatte Maritta mit leiser, aber entschlossener Stimme gesagt. Und Valentin hatte gesehen, dass der sonst so kraftstrotzende Jongleur und Messerwerfer nur noch ein Mitleid erregendes Häufchen Elend war. Als wäre er der Vormund des sprachlos gewordenen Jan, hatte Valentin mit fester Stimme gesagt: »Ich gebe dir mein Wort, Maritta. Es wird nichts passieren. Du wirst feiern und nach Herzenslust lachen und Jan wird brav sein.« Mit Blick auf den erstaunten Messerwerfer hatte er energisch hinzugefügt: »Und du wirst mich hier in diesem fremden Land nicht blamieren, verstanden?« Natürlich hatte Jan verstanden, denn das war nicht mehr und nicht weniger als die Androhung einer Entlassung. Wenn Valentin sagte: »Du wirst mich nicht blamieren, verstanden?«, folgte ohne weitere Worte die Entlassung, wenn man es dennoch tat. Streng muss ein Circusdirektor sein und gerecht. Wer das in dem Beruf nicht versteht, geht unter, das wusste Valentin.

Als er ins Freie trat, sah er Anita mit dem Pferdedresseur Mansur vor dessen Wohnwagen Tee trinken. Mansur war, seit er Arabiens Luft in die Nase bekommen hatte, von Stunde zu Stunde stolzer geworden, als wäre Ulania seine Stadt. Immer wieder spürte er, wie die Augen der Circusleute ihn suchten und um Erklärung oder Übersetzung baten, und er blühte auf.

Der Libanese Mansur war einer der besten Pferdekenner der Welt. Das wusste er und fühlte sich den anderen Artisten überlegen, denn das Urelement des Circus war und ist das Pferd. Nach ihm bemisst sich der Durchmesser der Manege, und ihm gehört das Herz aller Circusliebhaber. In Arabien muss man lange suchen, bis man jemanden findet, der dem Pferd ein anderes Tier vorziehen würde. Mansur machte gern Witze über die marokkanischen Requisiteure, die im Circus schwerste Arbeit leisteten. Es war, als wolle er dadurch den Abgrund deutlich machen, der sie von ihm trennte. Und die Marokkaner, die ihn in der Öffentlichkeit loben mussten, hassten ihn insgeheim. Mansur war für die streng gläubigen Marokkaner ein abtrünniger Moslem, der Schweinefleisch aß und Wein trank und laut damit protzte, dass er an nichts glaubte. Doch sie wussten um seine hohe Stellung und gingen ihm auf leisen Sohlen aus dem Weg.

Nun also fiel Mansur die Aufgabe zu, die Circusleute sozusagen im Schnellkurs über die Sitten und Gebräuche der Araber zu unterrichten. Er sprach mit ihnen ein wenig über Moral und etwas mehr über Rituale, doch davon hatte er selbst nur oberflächliche Kenntnisse, da er seit seinem zehnten Lebensjahr ununterbrochen im Ausland lebte. Sein Vater war lange Botschafter des Libanon gewesen, ein leidenschaftlicher Reiter und später Pferdezüchter in Kanada. Wovon Mansur aber wirklich Ahnung hatte, war das Kochen. Er war ein exzellenter Schüler seiner Mutter, der besten Köchin des Libanon in den fünfziger Jahren, wie die Goldmedaillen bezeugten, die sie jedem Gast zu zeigen pflegte. Mansur freilich wusste und erzählte, dass sie ganz gewöhnliche Sportmedaillen auf dem Trödelmarkt in Paris gekauft hatte und sie immer aus so großer Entfernung präsentierte, dass man einen Schwimmer für einen Löffel und einen Turner für eine Gabel hielt. Aber Mansurs Mutter ist eine Geschichte für sich. Er selbst jedenfalls konnte kochen und noch besser von deftigen Gerichten schwärmen, die man angeblich in Deutschland nicht herstellen konnte. Und Valentin erzählte gern, dass er nur bei Mansur die Düfte, ja sogar die Schärfe der Gerichte auf der Zunge schmecken konnte, wenn dieser die Gerichte seiner Mutter beschrieb.

»Anita«, rief Valentin und blieb stehen, »ich muss mit dir reden.« Anita wusste sofort, worum es ging. Sie lief zu Valentin und er ging mit ihr durch die Circusstadt spazieren. Anita sah blass aus, nickte ein paarmal zustimmend und versprach, nie mehr die Nähe von Jan zu suchen.

Kurz vor sieben Uhr erschien Nabil; hinter seiner Limousine fuhren zwei kleine Busse bis zum Hauptzelt vor.

Die Circusleute hatten sich festlich angezogen. Selbst die marokkanischen Requisiteure wirkten in ihren wunderschön bunten, traditionellen Kleidern und spitzen gelben Schuhen wie Prinzen aus Tausendundeiner Nacht. Nur Pipo wollte unbedingt als Clown zur Feier.

Aus den Bussen stiegen zehn Männer; sie sollten den Circus über Nacht bewachen, damit Valentin und seine

Leute ohne Sorge feiern konnten. Erst jetzt war auch Karim, der Tierpfleger, bereit mitzukommen und zog sich hastig um. Er wusch und kämmte sich so übereilt, dass er aussah wie ein Schüler, der verschlafen und nur halb gewaschen in die Schule rennt. Er saß schon im Bus, als er sein Hemd noch einmal auf- und wieder richtig zuknöpfen musste.

Die schwarze Limousine fuhr voraus und Valentin stieg auf Drängen seiner Leute zu Nabil. Im Grunde wollte er es auch. Die Autokolonne fuhr zurück zur Allee am Strand, vorbei am Hafen und schließlich ein Stück auf einer breiten Schnellstraße. Dann bog der Chauffeur in eine Ausfahrt, die über eine steile Landstraße wieder Richtung Stadt führte, bis sie das Reichenviertel der Stadt Ulania erreichten, auch Basilikumviertel genannt. Es liegt auf einem Hügel und der Blick reicht weit über die Viermillionenstadt aufs Meer hinaus. Nabil schwor sogar, dass er in früheren Zeiten, bevor die Luft zu dunstig und schmutzig geworden sei, von seiner Villa aus die Insel Zypern habe sehen können.

Diener eilten herbei, um die Parktore zu öffnen, und der Konvoi folgte einer von uralten Zypressen gesäumten Auffahrt bis zum Rondell vor Nabils prächtigem Haus.

Die Circusleute waren allein durch den Anblick erfrischt. Sie stiegen aus und freuten sich über die herzliche Begrüßung durch die übrigen von Nabil geladenen Gäste, die schon auf sie gewartet hatten. Gleich in dieser ersten Minute begegneten sich Anita und Scharif und eine stürmische Liebe begann.

11.

Wie eine Reise zwischen Nacht und Morgen ihren Anfang nimmt

Schon bei der Ankunft staunte Valentin über die Festlichkeit, mit der Nabil ihn empfing. Alle Gäste wussten offenbar von ihrer alten Freundschaft und von der Achtung und Liebe, die sie einander entgegenbrachten. Seit vier Tagen hatten sie geduldig auf den feierlichen Empfang gewartet, der wegen des Unwetters immer wieder verschoben werden musste.

Die Gäste wurden jetzt über einen schmalen Pfad um die Villa und in den Garten geführt. Über zwanzig große Tische waren um ein prachtvolles Schwimmbecken aufgestellt und an der Stirnseite war das Büfett der Vorspeisen aufgebaut. Die Leckereien lockten nicht nur mit Duft und Farbe, sondern sie waren auch so kunstvoll angerichtet, dass Fellini allen anderen Gästen aus dem Herzen sprach, als er ausrief: »Mein Gott, die Gerichte sind so schön, dass es wie eine Sünde anmutet, sie zu essen und diesen herrlichen Anblick zu zerstören!«

Aus der Küche strömten bereits die Düfte der nächsten Speisen und die Gäste verspürten einen solchen Hunger, als hätten sie seit einer Ewigkeit nichts gegessen.

Plötzlich wurde überall getuschelt und Nabil unterbrach sein Gespräch mit Valentin und eilte erfreut einem hohen Gast entgegen. Der Kultusminister traf inmitten einer Traube von Leibwächtern und Polizisten ein. Es war schon dunkel und die großen Laternen des Gartens strahlten hell, ja fast grell. Die Leibwächter schauten misstrauisch in die dunkle Tiefe des großen Gartens und blitzschnell verschwanden drei von ihnen in der Dunkelheit.

Der Minister, obwohl nicht fromm, nahm ein Glas mit Orangensaft, denn auch die Presse war auf dem Fest vertreten. Valentin und seine Leute entschieden sich für Rotwein, einen köstlichen Tropfen aus den Bergen, der erst nach fünfzehn Jahren in den Gewölbekellern sein geheimnisvolles Aroma entfaltet.

»Trinken wir auf unsere deutschen Gäste«, sagte der Minister auf arabisch und hob das Glas. Nabil hatte den Satz noch nicht zu Ende übersetzt, als es schlagartig stockdunkel wurde. Valentin fühlte einen Stoß, als rissen sich die Menschen gegenseitig um. Auch er stürzte zu Boden und erinnerte sich dabei an einen ähnlichen Fall bei einem Empfang in Nordirland. Damals hatte sich der Stromausfall als inszeniert und der Beginn der Entführung einer protestantischen Bankdirektorstochter erwiesen.

Auf dem Boden liegend, hörte Valentin Schreie und Hilferufe in allen Sprachen. Es schien eine Ewigkeit zu dauern, genau wie damals in Belfast, wo man später feststellte, dass das Licht kaum länger als zwei, drei Minuten ausgefallen war. Endlich hörte er deutlich Nabils Stimme etwas auf arabisch rufen; kurz darauf flackerten Taschenlampen und Fackeln auf. Valentin konnte erkennen, dass die Leibwächter den auf dem Boden liegenden Minister mit ihren Leibern schützten. Was er aber auch sah, war, wie ein kleines Wesen, ein Zwerg oder Kind, eine der Vorspeisenplatten meisterhaft auf der Hand balancierend, davonflitzte. Und das Licht, das wenig später wieder grell aufleuchtete, bestätigte seine unglaubliche Beobachtung: Eine Kinderbande hatte sämtliche Vorspeisen gestohlen. Der Minister stand mit fahlem Gesicht auf und rückte seine Krawatte zurecht.

In der Folge hörten die Circusleute viele Schauergeschichten über gut organisierte Kinderbanden, die präzise wie Uhrmacher, mutiger als hungrige Panther und schneller als der Wind ihrem gefährlichen Handwerk nachgingen. Selten konnten sie gefasst werden, und wenn, was half es? Die Gefängnisse waren immer noch sicherer und menschlicher als die Behausungen, in denen sie sonst ihr armseliges Leben fristeten.

Der Minister und sein Gefolge verließen übrigens wütend und nicht sehr höflich das Gartenfest.

»Dann müssen wir leider ohne Minister auskommen«, sagte Nabil ungerührt und bat seine Gäste zu Tisch. Wie von Zauberhand wurden da so viele Speisen aus der Küche gereicht, dass den Gästen die Augen übergingen. Kaum die Hälfte der warmen Speisen wurde verzehrt: mit Pinienkernen und Reis gefülltes Lamm, Gemüseauflauf, Hühnerfleisch und Fisch, Salate, gefüllte Teigtaschen, und alles in ungeheuren Mengen.

Valentin war bald mehr als satt und fühlte heimlich Sympathie mit der Kinderbande. Er bewunderte ihre exakte Planung, ihr Organisationstalent und ihren Mut, und lächelnd beschloss er, eine entsprechende Episode in den Roman über seine Mutter einzubauen. Vor seinem inneren Auge sah er die Kinder gierig und sich vor Lachen verschluckend um die Silbertabletts sitzen und mit verschmierten Händen um die besten Leckerbissen kämpfen.

Es folgte der Nachtisch: Schalen über Schalen mit köstlichen Früchten und Süßigkeiten füllten die Tische. Diener in arabischen Gewändern servierten Kaffee aus großen Schnabelkannen mit langen Hälsen. Sie spendeten einen dünnen Strahl, der wie von Zauberhand in herrlichem Bogen in die Tasse geführt wurde.

Valentin sah zum ersten Mal in seinem Leben, wie das

Servieren von Kaffee als Ritual zelebriert wurde. Und während die Gäste den Nachtisch genossen, setzten sich Musiker auf der anderen Seite des Schwimmbeckens auf ihre Stühle und begannen erst leise, dann immer temperamentvoller zu spielen. Als der Trommler auch das Trommelfell der am weitesten entfernt sitzenden Gäste zum Schwingen brachte, trat eine Tänzerin aus der Dunkelheit und versetzte mit der Anmut ihrer Bewegungen die Anwesenden in einen Rausch. Sie war eher mager und schien keine Knochen im Leib zu haben. Sie wand sich wie eine Schlange. Erst spielte die ganze Kapelle und die Tänzerin drehte sich im Kreis; dann stand sie still, und Valentin sah, wie sie einen Musiker nach dem anderen durch die Bewegungen ihres Körpers zur Improvisation herausforderte. Die anderen Instrumente schwiegen derweil und Valentin sah die Wellen und Wogen der Meere sich durch den Körper der Frau bewegen. Die Flöte aus Bambusrohr malte dieselben Wellen und Wogen für das Ohr. Dann tauchte die Tänzerin aus dem Meer und schritt durch die Wüste. Valentin hörte den Atem des Windes, das Flüstern der Palmenzweige in den Oasen und die Einsamkeit der Ferne in den Tönen der Flöte. Die Erde zitterte und die Handtrommel ließ alle Vulkane der Erde ausbrechen. Donner rollte und ein Sturm ließ die Zweige der Bäume auf die Erde peitschen. Valentin spürte, wie ihm ein kalter Schauer über den Rücken lief. Violine, Tamburin, Laute und Zither begleiteten die Frau durch alle Landschaften und Meere, Wutausbrüche und Feste, um dann in einem Chor von Stimmen und Tönen zu einem überwältigenden Finale zu kommen. Die Gäste jubelten der Tänzerin zu, die auf dem Boden lag und reglos auf das Ende des Applauses wartete.

»Ich glaube, man hat uns etwas ins Essen gemischt. Alles, was wir sehen, ist eine Halluzination!«, rief Fellini laut und alle lachten. Als gleich danach eine zweite Tänzerin, ein Schwert auf dem Kopf balancierend, zwischen den Tischen tanzte, konnte sich Pipo nicht mehr beherrschen. Leicht schwankend vom Wein, den er getrunken hatte, stand er auf und folgte der Tänzerin, die mit höchster Eleganz die Tische hinter sich ließ und zum freien Platz auf der anderen Seite des Schwimmbeckens wechselte, wo die Kapelle bereits zum letzten Akkord ansetzte. Pipo wälzte sich auf dem Boden, rannte, stolperte und richtete sich mit solchen Verrenkungen wieder auf, dass sich nicht nur die Gäste, sondern auch die Tänzerin und die Musiker vor Lachen wanden.

Da tippte Nabil Valentin auf die Hand. »Komm schnell, ich will mit dir reden!« Und zusammen gingen sie, von den anderen unbemerkt, ins Büro des Hausherrn, einen hohen Raum, dessen Decke mit ihren Fresken und Ornamenten Valentin an die Alhambra erinnerte, wo er so etwas zum ersten und bisher einzigen Mal in seinem Leben gesehen hatte.

»Heute verlasse ich das Haus für immer«, begann Nabil. »Das Notwendigste ist bereits im Wohnwagen. Und die Bücherkisten hier wird mein Chauffeur morgen als letzten Dienst für mich in den Circus bringen. Es sind meine Lieblingsbücher, Fotoalben, Hefte mit meinen Kritzeleien und kleine Erinnerungen, die ich gern um mich hätte. Ab morgen wird hier ein Sanatorium für Kinder mit asthmatischen Erkrankungen eingerichtet.«

Einen Augenblick lang hielt Valentin das für einen Scherz, doch dann verstand er. Nabil war es ernst mit seinem Wunsch, im Circus zu leben. Mit leiser Trauer in der Stimme fuhr er fort, es wäre doch zu dumm, jetzt, wo sich Valentin die Mühe gemacht habe, mit seinem Circus nach Ulania zu kommen, in seinem Haus vom Tod überrascht zu werden. Nein, er wolle nur noch im Circus leben. Valentin nickte. Er verstand.

Sie saßen eine Weile schweigend, dann besprachen sie die Arbeit der nächsten Tage und waren sich einig, dass es sehr umständlich sein würde, wenn Valentin in deutscher Sprache durch den Abend führte und alles, was er sagte, übersetzt werden müsste. »Was hältst du davon, dass ich dich einarbeite, dich Nummer für Nummer begleite?«, fragte Valentin den Freund. »Ich bleibe in den ersten Tagen in deiner Nähe und du machst die Arbeit in der Manege. Du bist der Sprechstallmeister oder Entertainer, der das Publikum durch das Programm führt«, sagte er und hoffte auf Zustimmung, denn so würde er mehr Zeit für die Liebesgeschichte seiner Mutter haben.

»Ja, das würde ich gerne machen«, antwortete Nabil gerührt. »Es ist eine große Ehre für mich. Aber ist das nicht schwer? Auf Festen habe ich zum Spaß den Conferencier gespielt, aber im Circus?«

»Es ist nicht schwer. Du musst nur deinen Stil finden, deine Geschichte, die das Publikum sehnsüchtig auf dich warten und dich nicht nur als kleines Übel zwischen den Nummern hinnehmen lässt. Das ist der größte Fehler der Conferenciers, denn damit machen sie sich überflüssig.«

»Geschichte sagst du? Warte«, sagte Nabil und ging in die Ecke, in der die Bücherkisten aufgestapelt waren. Er suchte fieberhaft und zog endlich ein dickes blaues Heft hervor. »In diesem Heft ist meine wertvollste Sammlung«, rief er und lachte.

»Was für eine Sammlung, Briefmarken?«, fragte Valentin.

»Nein, fast dreihundert Geschichten über das Furzen.«

»Geschichten über das Furzen«, staunte Valentin.

»Genau«, sagte Nabil. »Lass es dir erklären: Am Golf erlebte ich vor etwa dreißig Jahren einen Mord, dessen Grund nichts anderes als ein Furz war: Ein Offizier der Luftwaffe stand damals an der Straßenecke genau unter meinem Balkon und zwirbelte seinen großen schwarzen Schnurrbart, der Stolz eines jeden arabischen Mannes. Ein Passant furzte in seiner Nähe, ob mit Absicht, weiß man nicht, und wahrscheinlich aus Erleichterung oder Verlegenheit lachte der arme Teufel auch noch dazu. Da zog der Offizier seine Pistole und erschoss den Mann auf der Stelle. Er hatte drei Kriege mitgemacht, in denen sein Land herbe Niederlagen erlitten hatte, doch alle Niederlagen zusammen hatten ihn weniger gedemütigt als der Furz des armen Mannes, den der Todesengel dem Offizier über den Weg geführt haben muss. Mich hat der Fall damals sehr erschüttert. Der Richter verurteilte den Offizier zu einer äußerst milden Strafe: sechs Monate mit Bewährung, damit seine Karriere keinen Schaden erlitt; aber mich empörte das Urteil. Ich wollte wissen, warum die Araber dem Furz so viel Gewicht beimessen, und da es keine wissenschaftliche Literatur darüber gab, fing ich an, Geschichten zu sammeln, denn in den Geschichten liegt die Seele eines jeden Volkes. Ich war erstaunt, wie viele es davon gibt. Erst war es ein kleines, dünnes Heft, und inzwischen bin ich bei über dreihundert Geschichten angekommen. Was mich schmerzt, ist nur, dass mir für eine umfassende, wissenschaftliche Arbeit keine Zeit mehr bleibt.«

»Dreihundert Furzgeschichten?« Valentin schüttelte den Kopf.

»Ja, und das sind nur die Perlen. Vieles von dem, was ich gesammelt habe, schien mir nicht interessant und landete im Papierkorb. Die Perlen habe ich nach Gebieten geordnet. Ich kann mir vorstellen, wenn ich ein, zwei Geschichten am Abend erzählte, wären die Leute bald auf meinen Auftritt gespannt. Und ich bräuchte mich lange nicht zu wiederholen, denn mein Vorrat ist groß. Willst du eine davon hören, eine kleine Kostprobe, wenn der Ausdruck erlaubt ist? Vielleicht passen sie ja doch nicht für den Circus.«

»Gern«, antwortete Valentin und war sehr gespannt.

»Die Geschichte wird über mehrere Könige erzählt«, begann Nabil, »in meiner Version handelt sie von Harun Al Raschid. Der legendäre Kalif fragte eines Tages seinen Dichter Abu Nuwas, was sein Königreich für einen Wert habe.

Der scharfzüngige Dichter antwortete: ›Einen Furz.‹

Da wurde der Kalif blass vor Zorn und ließ den Dichter ins Gefängnis werfen. Eine Woche später aber wurde er von furchtbaren Magenschmerzen heimgesucht. Alle Kräuter und Sprüche, Massagen, Arzneien und guten Wünsche halfen nicht. Er konnte vor Schmerzen nicht schlafen und schickte nach seinem Dichter, der für seinen frischen Witz bekannt war.

›Was würdest du, großer Kalif‹, fragte Abu Nuwas bei der Ankunft, ›dafür geben, dass deine Bauchschmerzen verschwinden?‹

Der Kalif wälzte sich vor Schmerz, stöhnte und konnte kaum atmen. ›Oh, mein ganzes Reich für eine schmerzlose Stunde!‹, rief er verzweifelt. Und er hatte seinen Satz noch nicht zu Ende gesprochen, als ihm ein mächtiger, nach Tod und Leichen stinkender Furz entfloh. Man musste danach eine Woche lüften, bis der Gestank aus dem Schlafgemach gewichen war.

›Oh, bin ich erleichtert!‹, rief der Kalif und sprang vor Freude auf, als er spürte, dass die Schmerzen verschwunden waren.

›O Herrscher der Gläubigen‹, sagte da der Dichter und lachte, ›du hast gerade das gesagt, wofür du mich ins Gefängnis schicktest.‹

Der Kalif aber lachte mit und belohnte den Dichter großzügig.«

»Wunderbar!«, rief Valentin aus. »Deine Karriere als Entertainer hat schon begonnen.«

Danach rätselten beide noch lange, warum es in Ulania nie einen Circus gegeben hatte, obwohl sich viele Töchter und Söhne Ulanias als Artisten bei großen Circussen der Welt einen Namen gemacht hatten; doch weder Valentin noch Nabil konnte eine vernünftige Antwort finden.

»Vielleicht«, sagte Nabil plötzlich, »kann hier kein Circus auf Dauer überleben, weil jeder Araber einen Circus in sich trägt.«

»Wenn das so ist, dann sollten wir die Leute ermuntern zu zeigen, was sie können«, sagte Valentin nach einer langen Pause. »Die Circusartisten werden nach Abschluss ihrer Vorstellung selbst Zuschauer einer Zusatzvorstellung einiger begabter Zuschauer. Das bringt gute Ideen und Überraschungen und meine Leute werden dadurch zu neuen Nummern inspiriert.«

Um aber die Peinlichkeit nicht gereifter Darbietungen zu vermeiden, beschlossen beide, dass die Bewerber erst einmal nachmittags vor einem kleinen Kreis, dem Nabil, Martin, Angela und Mansur angehören würden, vorführen sollten, was sie konnten. Nur das Beste vom Besten sollte später dem Publikum gezeigt werden.

Wie spät es war, als beide in den Garten zurückkehrten, wusste Valentin nicht. Auf jeden Fall sehr spät. Ein von Nabils Chauffeur organisierter Fahrdienst hatte bereits viele Gäste nach Hause oder zum Circus zurückgebracht.

Valentin schlenderte eine Weile allein umher und merkte, dass Eva und Pipo verschwunden waren. Wie zwei Schmetterlinge flüchteten sie jedes Mal, sobald Martins Wachsamkeit seinem nächtlichen Rausch unterlag. Er trank viel und schlief am Tisch ein, bis Eva zurückkehrte, ihn weckte und ins Bett brachte. Am nächsten Tag dann war Martin beschämt und schwor, nie wieder zu trinken, nur um bald darauf seinen Schwur mit oder ohne Anlass zu brechen.

Auch Anita und ihr neuer Schwarm Scharif turtelten an einem kleinen Tisch unter einer Laterne und lachten wie zwei Kinder. Valentin war zufrieden, dass er sich in Anitas Leben eingemischt hatte, und malte sich eine Liebe zwischen den beiden in den schönsten Farben aus.

Als Valentin noch einmal nach ihnen Ausschau hielt, hatte sie die Dunkelheit des Gartens verschlungen. Man hörte noch einmal kurz ihr Lachen, das in der schwarzen Nacht wie Wasserglucksen klang.

Valentin stieß wieder zu Nabil, als der es sich eben in einem Korbsessel gemütlich machte und sich noch einmal Kaffee servieren ließ.

»Wie spät ist es?«, fragte Valentin.

»Erschlage die Schönheit dieser Zeit nicht mit der Uhr«, antwortete Nabil, »es ist die schönste des Lebens, deshalb sterben die meisten Menschen in ihr. Es ist die Zeit, in der die Nacht sich anschickt zu gehen und der Morgen noch nicht ganz angekommen ist. Der Farbe nach Nacht, schmeckt sie bereits nach Morgen. Ich nannte diese Zeit einst Nachmorg, und dieser Name ist geheimnisvoll wie sie.«

Valentin hatte dieses Wort noch nie gehört und in der Tat war es geheimnisvoll. Nebeneinander in bequemen Sesseln sitzend, schworen die beiden Freunde, dass sie sich von nun an immer am Nachmorg aussprechen und ihre Geheimnisse austauschen würden.

»Nicht nur meine Frau«, fing Nabil an jenem ersten Nachmorg an, »meine ganze Familie starb zur Unzeit. Mir scheint, dass der Tod ein Orientale ist. Meine Mutter verbrachte fünf grässliche Jahre im Bett damit, auf ihn zu warten. Sie dämmerte hilflos vor sich hin, der Tod hatte sie vergessen und ließ sie zu einem sabbernden Haufen Elend werden. Mein Cousin dagegen erkrankte mit siebzehn an einem Virus und starb mit neunzehn, noch bevor seine Blüten Frucht bringen konnten. Er war einer der besten Flötisten, die Ulania je gehört hat. Sein Vater, ein bekannter Goldschmied, war Tag und Nacht auf das gesunde Leben seines einzigen Sprösslings bedacht und schützte ihn wie sein Augenlicht. Doch wie der König, der seine Tochter auf Marmorsäulen leben ließ, konnte mein Onkel seinen Sohn nicht retten. Kennst du die Geschichte dieses armen Königs?«

»Nein«, antwortete Valentin und wusste nicht mehr, in der wievielten Geschichte er nun schon war.

»Mein Großvater erzählte mir die Geschichte oft und schwor, dass sein Großvater den König noch gekannt habe. Als einem Königspaar eine Tochter geboren wurde, die schöner als der Mond war, prophezeite der Wahrsager, dass die Tochter sehr jung an einem Skorpionstich sterben würde. Die Eltern waren sehr betrübt und wurden erst wieder froh, als ein genialer Baumeister die Lösung fand: Ein kleines Schloss wurde für die Prinzessin aufgebaut, das von sechs spiegelglatten Marmorsäulen getragen wurde, auf die kein Skorpion hinaufklettern konnte. Die Prinzessin lebte da oben sehr gut und war ein fröhliches Wesen; ihre Eltern und Freunde konnten sie jederzeit besuchen, wenn sie sich gründlich nach mitgeschleppten Skorpionen durchsuchen ließen. Das Essen wurde der Prinzessin in Körben hinaufgezogen. Eines Tages wünschte sie sich Trauben. Es war Spätsommer, die Trauben waren reif und süß und man brachte ihr einen großen Korb. Als die Zofe die Trauben waschen wollte, kroch ein Skorpion unter einem großen Blatt hervor. Erschrocken rief die Zofe um Hilfe und wurde so zur Dienerin des Schicksals. Denn als die Prinzessin herbeieilte, wurde sie von dem besonders giftigen Skorpion gestochen und starb. Am selben Tag ließ der König das Schloss zerstören. Nur eine einzige Säule ließ er als Mahnmal stehen. Sie steht bis heute im Süden, hundertfünfzig Kilometer von Ulania entfernt.

Mein Onkel, der seinen Sohn nach Amerika, Europa, China und Afrika gebracht und dort Ärzte und Zauberer um Hilfe gebeten hatte, kehrte gebrochen zurück und wurde nach dem Tod seines Sohnes Alkoholiker. Er starb in der Psychiatrie. So nachlässig geht der Tod mit unserer Familie um. Und das Verrückte ist: Meine Frau stammte aus einer Familie, bei der der Tod so pünktlich war, als wäre er von einem Schweizer Uhrmacher bestellt. Ihr Vater, du wirst es kaum glauben, wusste auf den Tag genau, wann er sterben wird.«

»Wie? Er hat gewusst, wann er sterben wird?«, fragte Valentin ungläubig.

»Auf den Tag genau«, erwiderte Nabil. »Anfang November sprach er zu seiner Frau, meiner Schwiegermutter: ›Dieses Jahr überlebe ich nicht.‹ Sie lachte nur und sagte, er solle lieber im Februar sterben, sie habe bereits, wie jedes Jahr, für die ersten zwei Wochen im Januar das Schweizer Hotel gebucht, in dem er so gern Urlaub machte. Zehn Jahre lang waren die Eltern meiner Frau im Januar in die Schweiz gefahren, immer in dasselbe Hotel, wo sie sich mit anderen reichen Arabern trafen.

Seine Frau scherzte und dachte, ihr Mann rede aus Langeweile so merkwürdig daher. Doch am siebten November, einem kalten, aber sonnigen Tag, ging er zum Friedhof und sagte dem Friedhofswächter, er solle die große Familiengruft säubern und öffnen. Der Friedhofswärter, der diese Gruft immer besonders pflegte und dafür von meinem Schwiegervater reichlich Trinkgeld bekam, war überrascht und fragte höflich: ›Gnade der Seele des Toten, aber wer ist gestorben?‹

›Niemand, aber ich fühle, dass es bei mir morgen so weit ist‹, antwortete mein Schwiegervater dem erstaunten Mann und kehrte heim. Am nächsten Tag saß er nach dem Frühstück im Innenhof am Springbrunnen und amüsierte sich über zwei Spatzen, die frech den Tauben ihr Futter streitig machten. Seine Frau rief ihm zu, ob er einen Kaffee trinken wolle. Aber er antwortete nicht mehr.

Diese und andere Geschichten erzählte mir meine Frau, als ich sie kennen lernte. Als wir heirateten, sagte ich ihr: ›Nun bist du eine Schahin, und ich hoffe, dass der Tod dich so lange vergisst, bis ich von hier verschwunden bin.‹

Als sie auf dem Sterbebett lag, sagte sie: ›Ich bin tatsächlich eine Schahin geworden, aber eine, zu der der Tod viel zu früh kommt‹, und sie weinte dabei.«

Nabil schwieg kurze Zeit, dann fuhr er fort: »Auch mein Vater machte keine Ausnahme, obwohl er kein echter Schahin, sondern von den Großeltern adoptiert war. Eines Tages erzähle ich dir auch seine Geschichte. Auch er starb zur Unzeit. Aber nun zu dir, ich rede ja nur noch von Toten. Heute hast du mir beiläufig erzählt, du wärst auch ohne meine Einladung nach Ulania gekommen. Du sagtest, wegen einer Geschichte, und irgendjemand hat uns dann unterbrochen. Ich glaube, es war, als der Minister kam...«

»Ja«, bestätigte Valentin. »Ich wollte wegen meiner Mutter hierher kommen. Und die Geschichte ist die einer leidenschaftlichen Liebe. Willst du sie hören? Ich habe sie noch niemandem erzählt. Ich will sie aber unbedingt aufschreiben, und wenn ich sie erzähle, wird sie mir selbst vielleicht ein wenig klarer. Wenn du willst, belästige ich dich vom nächsten Nachmorg an damit.«

»Ja, liebend gern«, antwortete Nabil und war beglückt, dass Valentin seine Wortschöpfung so selbstverständlich gebrauchte.

»Gut, an jedem Nachmorg erzähle ich dir eine Folge. Er wird eine Art Fortsetzungsroman.«

»Du willst doch nicht die Geschichte an den spannendsten Stellen unterbrechen? Oh, wie ich solche Geschichten hasse, sie machen mich süchtig. Du kannst mich entsetzlich quälen, indem du mir erzählst, dass der Held der Geschichte im Gefängnis sitzt und anfängt, mit einer geschmuggelten Feile die drei Fensterstangen zu durchtrennen. Er schafft die erste und die zweite, in der letzten Nacht vor seiner Hinrichtung ist er fast fertig mit der dritten, als er die Schritte des Wächters auf dem Korridor hört – und du, was tust du: Du unterbrichst die Geschichte und sagst: ›Fortsetzung folgt am nächsten Nachmorg!‹ Nicht wahr? Hoffentlich wirst du deine Geschichte ohne diesen unerträglichen Spannungspfeffer erzählen.«

»Nein, nein«, erwiderte Valentin lachend, »genau das will ich doch. Und vielleicht bin ich noch gemeiner und füge hinzu: ›Übrigens ist dem zittrigen Gefangenen vor Schreck auch noch die winzige Feile aus dem Fenster gefallen‹ – und dann stehe ich auf und lasse dich mit dem Schicksal des Gefangenen allein.«

12.

Wie Valentin sich dankbar zeigt und für seine Suche einen Verbündeten findet

alentin hatte von seinen Vorfahren die merkwürdige Angewohnheit übernommen, jeden Tag im Circus nach der gelungensten Nummer zu benennen. Er sagte nicht etwa: »Letzten Dienstag war ausverkauft«, sondern: »Evastag war ausverkauft«, und alle Mitarbeiter wussten dann, dass Eva sich an jenem Dienstag auf dem Hochseil selbst übertroffen hatte. Die Samanis dankten damit ihren Leuten, die durch ihre Leistungen dazu beitrugen, dass das Publikum den Circus lange in guter Erinnerung behielt. Wenn ein Tag einmal völlig misslungen war, so wurde er Teufelstag genannt, und das waren alle Regentage während der Spielzeit von Mitte März bis Mitte November.

Über Nacht waren Plakate mit der sensationellen Nachricht aufgehängt worden, dass der in der Stadt gastierende weltberühmte Circus auch begabten Zuschauern Gelegenheit biete, ihre Künste vorzuführen.

Gegen Mittag, als ein wenig Zeit war, wünschte sich Valentin, das Grab seiner Großmutter Alia zu sehen. Nabil bestellte ein Taxi und sie fuhren zusammen. Der katholische Friedhof lag etwa fünf Kilometer außerhalb von Ulania an einem malerischen Berghang, von dem aus man weit hinaus aufs Mittelmeer blicken konnte. Wegen der Schönheit des Ortes kursierte in Ulania ein Spruch: »Die

Christen leben fromm und sterben sinnlich. Und hätten die Toten Augen, dann würde die Erde bei jedem Sonnenuntergang erbeben von den Seufzern der Genießer.«

Ein gewaltiges Portal mit griechischen Säulen und ein schweres schmiedeeisernes Tor bildeten den Eingang zu einer von uralten Zypressen gesäumten Allee. Der Friedhofswächter dagegen schien geradewegs einem billigen Horrorfilm entstiegen: Er war klein, bucklig und hatte ein blindes Auge mit weißer Pupille. Seine Alkoholfahne reichte anderthalb Meter weit. Misstrauisch musterte er Nabil, als dieser höflich nach dem Grab von Alia Bardani fragte.

»Was weiß ich, wo sie liegt«, knurrte er. Doch Nabil bedrängte ihn und behauptete, dass sein Begleiter eigens aus Deutschland gekommen sei und beste Beziehungen zum Bischof von Ulania unterhalte. Der Friedhofswächter warf einen Blick verdoppelten Misstrauens auf Valentin.

»Almani, almani«, murmelte er, schlürfte seinen Speichel und winkte, dass sie ihm folgen sollten. Das rechte Bein nachziehend, schlurfte er geräuschvoll über den schneeweißen Marmorschotter, der die Wege bedeckte. Überall wuchsen Kletterrosen; manche wucherten wild und versteckten die Gräber, als wären es Schlösser, in denen Seelen auf den erlösenden Kuss warteten. Andere Gräber waren verfallen. Da und dort sah man große Familiengrüfte, einstöckige, aus Marmor oder weißem Stein gebaute quadratische Gebäude, in die man über eine Treppe zu einer unterirdischen Tür gelangte. Valentin wunderte sich, dass es bei einer Gruft stark nach Öl und Knoblauch roch und bei einer zweiten nach stark parfümierter Seife.

Plötzlich hielt der Wächter vor einer besonders schön gelegenen großen Gruft aus schwarzem Marmor. Er lehnte sich müde an die Laterne vor der Treppe und rief hinunter: »Schaker! Schaker!«

Nabil drehte sich zu Valentin um und lächelte verlegen. »Ich glaube«, flüsterte er, »wir sind an einen Wahnsinnigen geraten. Jetzt nur ruhig bleiben!« Er selbst wurde blass, als die eiserne Tür aufging und ein halbnackter Junge von zehn Jahren im Türspalt erschien. Ein unangenehmer Geruch nach Öl und gekochtem Kohl drang hinter ihm ins Freie.

»Komm her«, rief der Wächter grob, »und zeig den Herren das Grab, das sie suchen!« Er schnäuzte sich auf die Erde, wischte sich die Nase mit dem Handrücken und trocknete diesen an seiner Jacke. Wortlos drehte er sich um und schlurfte davon.

»Einen Augenblick, mein Herr«, sagte der Junge in gewandter Höflichkeit und verschwand wieder im Dunkel hinter der Tür. Eine Frau mit tätowiertem Gesicht beäugte die zwei Wartenden durch den Türspalt.

»Und das ist«, sagte Nabil, der sich von seinem Schreck erholt hatte, »die Schwiegermutter des Sensenmanns. Sei freundlich zu ihr«, empfahl er und lachte.

Valentin wusste nicht, ob er ebenfalls lachen oder wegrennen sollte. Kurz darauf kam der Junge in blauen Jeans und einem kurzärmligen grünen Hemd zurück.

»Wie heißt der Tote?«, fragte er Nabil in geschäftlichem Ton.

»Es ist eine Frau. Sie heißt Alia Bardani und war mit einem weltberühmten...«

»Circusdirektor«, unterbrach der Junge.

»Ja, Circusdirektor verheiratet«, bestätigte Nabil erstaunt.

»Was springt dabei für mich raus?«, fragte der Junge mit unbewegtem Gesicht.

»Hier«, erwiderte Nabil und steckte ihm einen Zehnliraschein in die Hand.

»Danke, o Herr, das ist viel! Ihr seid großzügig. Alia

Bardani liegt genau neben dem Grab des Gelehrten Mahdi Amel. Es ist nicht weit, ein Steinwurf von hier. Wir sind gleich da«, sagte der Junge, faltete den großen Schein, steckte ihn in die Gesäßtasche und eilte festen Schrittes seinen Begleitern voraus.

Wenn ein Araber eine Entfernung als »Steinwurf« bezeichnet, sollte der Fremde nicht glauben, es sei nahe, sondern misstrauisch fragen, ob der Araber womöglich beduinischer Abstammung ist; denn wenn ein Beduine einen Stein wirft, so trifft er an seinen schlechten Tagen den Mond. Bald hechelten Nabil und Valentin gleich atemlos hinter dem Jungen her.

»Und was macht ihr da in der Gruft?«, fragte Nabil und blieb stehen, um nach Luft zu schnappen.

Der Junge hielt auch an. »Leben, Herr«, antwortete er erstaunt.

»Ihr lebt im Grab?«

»Es ist angenehm, Herr. Das Haus hat drei Räume, und es ist solide gebaut, aus bestem Stein und Marmor. Es ist immer trocken, und wir brauchen auch im härtesten Winter nicht zu heizen, da wir unter der Erde leben. Wir haben uns gut eingerichtet.«

»Gut eingerichtet? Auf dem Friedhof? Graut euch dabei nicht?«

»Aber Herr, was ist dabei? Wir leben wie Könige. Zypressenduft. Das Meer vor den Augen. Das ist tausendmal besser als im Dreck des Slumviertels zwischen Verbrechern, Ratten und toten Hunden.«

»Und die Toten?«

»Vater sagt, die Toten sind friedlicher als alle Lebenden. Noch nie hat ein Toter uns überfallen, aber es vergeht keine einzige Nacht im Slum ohne Raub, Mord und Totschlag.«

»Nein, aber die Toten in der Gruft. Was habt ihr mit denen gemacht? Unter die Betten geschoben?«, fragte Nabil hartnäckig und böse.

»Es waren keine Toten da. Meine Mutter hat die Gruft entdeckt. Sie gehörte der Familie Sidawi, die im Jahr 1861 nach Argentinien ausgewandert ist. Mutter fand nur etwas Asche. Sie kehrte sie zusammen und begrub sie im Rosenfeld neben der Gruft. Aber sie tat das fromm und in Ehre.«

»Und ihr erstickt nicht dort unten?«, fragte Nabil und klang nun etwas freundlicher.

»Nein, in der Decke sind Belüftungslöcher, und Vater hat noch dazu zwei Marmorplatten so präpariert, dass wir sie leicht zur Seite schieben und noch mehr frische Luft bekommen können. Aber das dürfen wir nur in der Nacht, damit sich bei Tag die Besucher nicht erschrecken. In der Nacht, sagt Vater, haben Fremde auf dem Friedhof nichts zu suchen. Das einzig Traurige ist, dass ich hier wenig Freunde habe. Es gibt bei den Christen ganz viele Einzelgräber und wenig große Familiengrüfte. Mein Cousin auf dem sunnitischen Friedhof hat mehr Glück. Er hat viele Spielkameraden, denn dort sind viele Vierzimmergrüfte von bekannten und unbekannten Islamgelehrten. Hier sind nur zehn Familiengrüfte. Nur vier davon sind bewohnt, die anderen sechs sind noch mit frischen Toten belegt.«

Der Junge sprach über diese Dinge so nüchtern, dass Nabil ein flaues Gefühl im Magen spürte. »Lass uns gehen«, sagte er zu Valentin, der die ganze Zeit an eine Zypresse gelehnt das Meer betrachtet hatte.

»Hier ist das Grab der Alia«, sagte im selben Augenblick der Junge und grüßte eine Gestalt, die aus einer Familiengruft in der Ferne winkte und verschwand.

Ein bescheidenes Grab mit einer weißen Marmorplatte, die fast ganz von Efeu und Unkraut überwachsen war. Nabil schob die Pflanzen zur Seite: Es war das Grab der Alia Bardani. Nabil las Valentin die arabische Inschrift vor: *Hier liegt Alia Bardani, Ehefrau des weltberühmten Circusdirektors Valentin Samani. Sie bereiste die Welt und fand hier endlich Ruhe.*

»Ich kenne hier jedes Grab«, sagte der Junge stolz. »Ich habe alle Namen auf ein großes Blatt geschrieben und so lange gelernt, bis ich sie auswendig wusste. Der Friedhofswächter ist deshalb uns gegenüber etwas freundlicher, sonst ist er ein Scheusal. Seid so lieb, ihr Herren, und gebt ihm ein paar Liras, denn dann weiß er, dass es von mir kommt und schickt mir und nicht den anderen drei Jungen die nächsten Kunden. Er braucht viel Arrak, der arme Teufel.«

»Weißt du auch, wo die Gruft der Familie Schahin ist?«, fragte Nabil.

»O ja, Herr. Sie ist fast an der Ostmauer, ganz oben. Aber der Sohn der Familie ist ein hohes Tier und wir durften dort nicht einmal eine Blume zupfen. Seine Frau ist vor einem Jahr hierhergebracht worden. Ich habe sie gesehen. Sie war jung und schön.«

Valentin fühlte angesichts des Grabes seiner Großmutter nichts. Es ließ ihn kalt. Aber die Lebendigkeit des Jungen gefiel ihm. Er steckte ihm einen Zehnliraschein zu. »Sag ihm«, wandte er sich an Nabil, »er soll das Grab pflegen, und einmal im Monat komme ich, dann erhält er noch mal soviel.«

Nabil übersetzte, und beide machten sich auf den Weg zurück. Draußen vor dem Tor wartete der Friedhofswächter. »Ruf uns ein Taxi und achte auf das Grab der Alia!«, sagte Nabil und drückte dem Wächter einen Zehnliraschein in die schwielige Hand.

»Ja, Herr. Wird gemacht«, erwiderte das Faktotum und schlurfte in sein Häuschen.

Ein paar Minuten später raste ein Taxi auf den Friedhof zu und bremste, Staub aufwirbelnd, knapp vor Nabils Füßen.

»Was habt ihr die ganze Zeit besprochen?«, fragte Valentin neugierig, und Nabil erzählte es ihm.

Bis zum nächsten Tag, dem Eröffnungstag, ging Valentin mit Nabil dreimal das Programm durch, aber erst kurz vor Einlass der Zuschauer fühlte der Freund sich sicher. Die Probe gefiel Valentin sehr. »Hab keine Angst. Ich stehe im Sattelgang hinter dem Vorhang der Manege, und sobald du eine Nummer präsentiert hast, kommst du zu mir, und wir gehen die Ansage der nächsten Nummer noch einmal durch«, beruhigte er den Debütanten.

Die Menschen standen bereits seit dem Nachmittag Schlange. Der Eintritt war frei, aber Valentin bestand darauf, nur so viele Zuschauer einzulassen, wie es Plätze im Circus gab. Bald waren sie alle vergeben, und Nabil und Valentin ärgerten sich, als sie erfuhren, dass draußen ein reger Schwarzhandel mit den Karten getrieben wurde. Auch Lautsprecherdurchsagen, dass der Circus in den nächsten Tagen auch noch da sei und kostenlos zu sehen sein würde, bewirkten nichts. Die Leute kauften und verkauften Karten, bis die Kapelle die Musik zur Parade am Anfang der Vorstellung spielte.

Dieser Eröffnungstag sollte eindeutig ein Martinstag werden. So etwas hatte man in Arabien noch nicht gesehen: eine gemischte Raubtiernummer mit Löwen, Panthern, Jaguaren, Tigern und Leoparden, die Martin im Kostüm der Urwaldlegende Tarzan vorführte. Die Darbietung faszinierte das Publikum, vor allem die Nummer mit dem schwarzen Panther, der auf dem Rücken eines Schimmels stand, während dieser im Kreis galoppierte. Schon dafür wäre der Tag nach ihm benannt worden, doch dann kam der Höhepunkt: Martin ließ Löwen, Tiger, Leoparden und Panther durch den Laufgang wieder in ihre Käfige zurückkehren und blieb mit den vier schwarzen Jaguaren allein. Nun führte er eine Nummer mit zwei Urgewalten vor: Raubtiere und Feuer. Die Scheinwerfer wurden ausgeschaltet, und für ein paar Sekunden war das ganze Zelt in absolute Dunkelheit getaucht. Man sah den Käfig und seine schützenden Gitterstäbe nicht mehr und fürchtete sich vor den Raubtieren mit ihren funkelnden Augen, deren Atem und Fauchen die Dunkelheit zerriss. Auch Kenner unter den Zuschauern fühlten dabei eine prickelnde Gänsehaut. Plötzlich flackerte eine Flamme auf: Martin zündete mit dem Feuer Fackeln und zwei Feuerringe an. Die Jaguare gingen nicht gern durchs Feuer und Martin, der das wusste, schwitzte am ganzen Leib. Er wusste auch, dass die Tiere durch die Reise noch verängstigt und deshalb unberechenbar waren. Äußerste Vorsicht war geboten, um sie nicht zum Angriff zu reizen. Selbst für Eva, die lustige Seele des Circus, die sich nie Sorgen um Martin machte, war es ein Augenblick der Angst. Sie war sonst so gelassen bei den Auftritten ihres Mannes, dass sie oft nach dem Grund dafür gefragt wurde. »Ich bin sicher, Martin wird nicht durch den Biss eines Raubtieres, sondern durch den Stich einer Mücke umkommen«, antwortete sie dann überzeugt. An diesem Abend aber zitterte sie, als hätten die schwarzen Jaguare ihre Gelassenheit restlos aufgefressen. Sie wurde steif vor Angst, als eines der schwarzen Raubtiere sich umdrehte, Martin anfauchte und mit seiner mächtigen Pranke durch die Luft hieb, statt durch den Feuerring zu springen. Der Dompteur wich erschrocken zurück und schrie den Jaguar an. »Jesus Maria, wenn das nur gut geht«, flüsterte Eva und fasste Valentin am Arm.

»Also liebst du ihn doch«, flüsterte Valentin zurück.

»Oder höre ich da nur Frau Fürsorge, die Zwillingsschwester der Liebe?«

Eva lächelte. »Ich würde sagen, es ist Schwester Fürsorge«, erwiderte sie.

Endlich gelang es Martin, die vier Raubtiere zu beruhigen. Danach bewegten sie sich, als wären sie erfahrene Musiker unter der Leitung eines großartigen Dirigenten. Und als die Scheinwerfer wieder angingen, spendete das Publikum tosenden Beifall, der die Manege beben ließ. Martin verbeugte sich, entließ die edlen Raubtiere in ihre Käfige und lief hinaus.

»Es hat nicht viel gefehlt«, vertraute er später Valentin an und meinte den Tod, der ihn an jenem Abend zweimal aus den Pupillen der Jaguare angestarrt hatte.

Anschließend trat Pipo auf und unterhielt das Publikum, während die Circusarbeiter den großen Zentralkäfig abbauten. Seine Späße erfreuten die Kinder, die seine Spiele ohne Worte verstanden und jauchzten. Am fröhlichsten und lautesten aber lachte Eva.

Anstelle von Anita assistierte nun Franca, die zwölfjährige Tochter von Rita und Marco, bei der Messerwerfernummer. Die Mutter, die einige kuriose Nummern mit Wassergläsern vorführte, fand nichts dabei, dass ihre Tochter, die sonst als Stehendreiterin auftrat, nun den fliegenden Messern von Jan entgegensah. Nur der massige Vater, der äußerst laute und mit seiner Kraft protzende Feuerschlucker Marco, war beinahe in Ohnmacht gefallen, als er davon erfuhr. Er konnte während der Nummer keine Minute ruhig sitzen und noch viel weniger hinschauen; wie ein Tiger ging er im Sattelgang hinter der Manege umher und hielt sich die Ohren zu, damit er die Trommelwirbel, die jeden Messerwurf begleiteten, nicht hören musste. Er war erst beruhigt, als die Tochter durch den Vorhang gerannt kam und ihn fröhlich umarmte. Ob man es glaubt oder nicht, Rita schwor, dass ihr Mann Marco in jener Nacht ein Büschel graue Haare bekommen hatte.

Nabil führte in enger Zusammenarbeit mit Valentin durch den Abend. Er war etwas unsicher, aber das merkte das Publikum nicht. Nur eine entfernte Verwandte machte entsetzte Augen, als sie den berühmtesten Architekten des Landes mitten in der Manege stehen sah und hörte, wie er immer neue Furzgeschichten erzählte. Nabil grinste sie dabei noch hämisch an und war sich sicher, dass nach der Vorstellung einige Telefonleitungen heiß laufen würden. Schließlich würde sie die ganze große Verwandtschaft davon in Kenntnis setzen müssen, dass er den Verstand verloren hatte.

Und die Künstler aus dem Publikum? Ein Junge faszinierte mit seinen Kunststücken mit Seifenblasen. Bereits am Nachmittag hatte er sich Nabil, Martin, Angela und Mansur vorgestellt und seltsame Drahtringe, die am Ende kleiner und großer Stangen angebracht waren, mitgebracht. Sagenhafte Figuren, winzige und ineinander verschlungene Kugeln, glitzernde Schläuche und wie ein Feuerwerk explodierende Trauben von Seifenblasen ließen die Leute vor Begeisterung von ihren Sitzen springen.

Als die Vorstellung zu Ende war, suchte Nabil Valentin. In seiner Begleitung war ein alter, ärmlich aussehender Mann. »Er fragt dich höflich«, übersetzte Nabil, »ob du Interesse an einer Bärennummer hast. Er hat einen großen Braunbären. Ich weiß nicht, ob der Mann ganz dicht ist, aber wir können uns die Sache ja morgen mal ansehen«, fügte er hinzu. Der Mann schaute Valentin fast flehend an.

»Einverstanden«, sagte Valentin widerwillig, »aber sag ihm bitte, wir versprechen nichts.« Er mochte Bärenführer nicht. Sie trieben die Bären auf glühende Metallbleche und ließen Musik dazu spielen. Die Hitze zwang den Bären, von einer Tatze auf die andere zu hüpfen, so lernte er tanzen, denn bald begriff er, was es bedeutete, wenn die Musik erklang. Das machte man mit einem der intelligentesten und sensibelsten Tiere der Erde! Nabil erklärte dem alten Mann, was Valentin von Bärendressuren hielt. Doch der Alte klatschte nur vor Freude, ergoss einen Wortschwall über Nabil und rannte davon.

»Was sagt er?«, fragte Valentin.

»Er spinnt wohl doch. Er sagte, seine Frau würde begeistert sein. Hoffentlich bringt er nicht sie und behauptet, das sei seine Bärin«, erwiderte Nabil und lachte.

Später bereitete Valentin einen kleinen Ecktisch im Circuscafé für seinen Nachmorg mit Nabil vor. Er musste immer noch an den angeblichen Bärenführer denken, der Nabil wahrscheinlich einen gewaltigen Bären aufgebunden hatte. Kopfschüttelnd stellte er Brot, Käse, Salami, Oliven und Weingläser auf den Tisch. Doch was den Alten anging, irrte er gewaltig.

Der Wirt beendete den Ausschank, machte alles dicht und ging schlafen. Die Circusleute konnten in seinem Café so lange sitzen, wie sie wollten. Doch zu dieser späten Stunde machte kaum jemand Gebrauch davon. Die Circusstadt wurde immer ruhiger, denn es war für alle ein anstrengender Tag gewesen. Bald war nur noch das Plätschern des Wassers vom nahen Fluss zu hören. Die Luft war immer noch mild und die Nacht fast sommerlich. Valentin und Nabil setzten sich an den kleinen Tisch.

»Ist es bereits Nachmorg?«, fragte Valentin, als wolle er sagen, dass ihm etwas auf der Zunge brannte.

»Ich glaube schon«, erwiderte Nabil und lächelte, »aber warte ein bisschen, bis ich meine Jacke aus dem Wohnwagen geholt habe. Nachher wird es bestimmt so spannend, dass ich nicht aufstehen will.«

»Mein richtiger Vater«, begann Valentin, als Nabil zurückkam, und schenkte Wein in die Gläser, »ist nicht Rudolfo Samani, sondern ein Sohn dieser Stadt namens Tarek Gasal, und wie meine Mutter mit ihm zusammenkam, hat eine Geschichte.« Valentin räusperte sich, dann erzählte er dem Freund von der Liebe seiner Mutter:

»In den eiskalten und grauen Tagen des Dezembers 1931 ging eine verzweifelte Frau durch die Straßen von Berlin. Sie hatte Schlaftabletten genommen, mit denen man zwei Menschen hätte vergiften können, und wollte zusätzlich in die Spree springen und ertrinken. Die Frau war damals eine berühmte Seiltänzerin und die Ehefrau des erfolgreichen Circusdirektors Rudolfo Samani. Warum die Frau den Tod mit allen Mitteln herbeirufen wollte, hat eine lange Geschichte...« Und Valentin holte weit aus: Er fing mit der Kindheit seiner Mutter in Ungarn an. Erst nach einer Stunde erreichte er die Stelle, wo das zehnjährige Mädchen auf dem Rücken eines Pferdes in Lebensgefahr geriet. Das Pferd wurde von Wespen gestochen und galoppierte in Panik auf einen Abgrund zu. Genau da unterbrach Valentin die Geschichte und sagte: »Morgen erzähle ich weiter!«

»Gemein«, erwiderte Nabil. Darauf schwiegen sie eine ganze Weile.

»Und du willst die Spur deines Vaters suchen?«, fragte Nabil schließlich.

»Ja«, antwortete Valentin.

»Und weißt du ungefähr, wo er gelebt hat?«

»Er lebte in Ulania, aber im Tagebuch meiner Mutter stehen weder Namen noch Adressen. Sie erzählt aber von einem Kaffeehaus, das es in der Nähe seines Hauses geben muss, und sie beschreibt an einer Stelle, wie sie einmal wissen wollte, wo er lebte, und hinter ihm hergeschlichen ist. Diesen Weg schildert sie genau. Darum weiß ich, dass sich in der Nähe von Tareks Haus eine Moschee und ein Dampfbad befinden.«

»Ein Hammam neben einer Moschee kann es nur im alten Stadtviertel geben«, sagte Nabil. »Wenn ich an deiner Stelle wäre, würde ich dort mit der Suche anfangen. Das Einwohnermeldeamt kann uns nicht helfen. Im Krieg wurde das Gebäude, in dem es untergebracht war, zerstört und mit ihm alle Urkunden, Familienregister, Geburts- und Todesdaten. Seit zehn Jahren registriert man die ganze Bevölkerung mit dem Computer. Eine enorme Leistung, aber die Stammbücher der vergangenen Jahrhunderte und all die Geschichten, die mit ihnen zusammenhängen, sind für immer verloren. Die Altstadt ist groß, musst du wissen. Fast zwei Millionen Menschen leben darin dicht beieinander. Zehnmal so viel wie vor zwanzig Jahren, deshalb kennen sich die Leute untereinander kaum noch. Du wirst viel Geduld aufbringen müssen. Wenn du möchtest, begleite ich dich.«

»Ja, lass uns morgen anfangen. Martin und Karim können die Futterlieferungen kontrollieren und ich nehme mir am Vormittag frei.«

Beide schwiegen jetzt wieder, aber Valentin hörte sein Herz vor Freude jauchzen. Ob die Altstadt kompliziert war oder nicht, so nah war er seinem wirklichen Vater und der Liebesgeschichte seiner Mutter noch nie gekommen. Er würde, wenn es sein musste, die Altstadt Tür für Tür abklappern. Selten war er in den letzten Jahren so glücklich gewesen wie in diesen Tagen und er spürte, wie sich sein Herz vom Rost der Jahre befreite. Und seine Seele? Wie eine verschlossene Kiste war sie gewesen, abgestellt auf irgendeinem vergessenen Dachboden, genau wie die Kiste mit dem Tagebuch seiner Mutter. Und plötzlich hatte ihm die Hand dieses Freundes aus dem Orient dazu verholfen, sie zu öffnen. Eine Kindheit voller Farben und verrückter Ideen, Wärme und Lebenslust war herausgeströmt. Die Gleichgültigkeit gegenüber dem Leben war der tiefen Überzeugung gewichen, dass jede Minute kostbar war, ja, die Zeit der kostbarste Schatz dieser Erde.

Valentin fühlte ein tiefes Glück, nicht nur wegen Pia, die er liebte und schon nach ein paar Tagen vermisste, sondern auch wegen des edlen und großzügigen Menschen Nabil, der still seinen Wein trank, während in seinem Innern das Leben mit dem gefräßigen Krebs rang. Valentin war so dankbar und glücklich, dass er sich freudig die Hände rieb. Nabil lächelte und Valentin spürte, wie seine Freude auf Nabil übersprang. Eine Zikade zirpte irgendwo unter einem Wohnwagen.

»Immer wenn ich eine Zikade höre«, sagte Nabil, »denke ich an eine bestimmte Nacht meiner Kindheit. Meine Großmutter war zum letzten Mal bei uns. Sie kam und besuchte alle Verwandten, bevor sie zu ihrem jüngsten Sohn nach New York flog. Es war ein besonders bewegender Besuch. Mein Onkel wollte Hochzeit feiern, und da er in Amerika im Exil lebte, musste seine Mutter zu ihm kommen. Meine Großmutter gehörte noch zu der Generation, die sich bei jeder Reise von allen Verwandten und Bekannten verabschiedete und jeden fragte: ›Wünschst du etwas? Hast du einen Auftrag, den ich dir dort erledigen soll?‹ Die Frage war ein Ritual, und kaum jemand dachte daran, den Fahrenden auch noch mit Bestellungen zu belästigen. Meine Großmutter übernachtete also zum letzten Mal bei uns und es war eine heiße Sommernacht. Die Vorstellung, dass meine eigene Großmutter in einem Flugzeug sitzen und über den Atlantik fliegen würde, regte mich so auf, dass ich, anstatt zu schlafen, alle möglichen Luftwege über den Atlantik durchging und immer wieder aufsprang, den Atlas nahm und die Entfernungen ausmaß. Spät in der Nacht ging ich leise auf den Balkon zum

Innenhof: Da saß meine Großmutter und die Zikaden zirpten. Es roch nach Orangenblüten.

›Du kannst auch nicht schlafen, mein Kleiner‹, sagte sie leise, lächelte und streckte mir die Arme entgegen.

›Nein‹, erwiderte ich und schmiegte mich in ihre weichen Arme. Sie saß auf dem Boden, ich legte meinen Kopf an ihre Schulter und wir hörten den Zikaden zu. Großmutter übersetzte mir, was die unsichtbaren Tierchen alles erzählten, und wir lachten Tränen.

›Und du, Oma, warum kannst du nicht schlafen?‹, fragte ich sie schließlich.

›Ich bin zu aufgeregt‹, sagte sie. ›Ich fliege im Kopf zum hundertsten Mal nach New York, doch es wird dadurch nicht leichter. Was soll ich machen, wenn das Flugzeug abstürzt? Ich kann doch nicht schwimmen.‹

Ja, immer wenn ich eine Zikade höre, denke ich an meine Großmutter in jener Nacht, in der ich sie zum letzten Mal sah. Sie lebte ein Jahr bei ihrem Sohn, dann starb sie. Ganz friedlich ist sie entschlafen. Zu früh, wie es bei den Schahins Sitte ist.«

Nabil schwieg und Melancholie überschattete sein Gesicht.

»Was fandest du am schlechtesten an der heutigen Vorstellung?«, wollte Valentin seinen Freund nach ein paar Schweigeminuten aufheitern.

»Mich«, sagte Nabil und lachte. »Ich fand mich furchtbar nervös. Nach der Vorstellung habe ich meine Unterwäsche ausgewrungen, und es kam ein halber Liter Schweiß heraus. Ich und noch etwas.« Nabil hielt kurz inne, als wolle er sich seine Kritik doch noch verkneifen. »Der Auftritt des alten Robert. Ich weiß nicht, er war unglücklich von Anfang bis Ende«, beschrieb Nabil in höflicher Form die Nummer des fünfundsiebzigjährigen launischen Artisten mit seinen exotischen Boaschlangen und Krokodilen. Sie sollte einen Kampf darstellen, aber die Verrenkungen des knochendürren Alten mit den überlangen Armen und großen Füßen wirkten so grotesk, dass die Leute lachten, was Robert wiederum so wütend machte, dass er das Publikum wüst beschimpfte.

»Unglücklich sagst du! Es war eine einzige Katastrophe! Aber ich kann nichts machen. Robert hörte nur auf Rudolfo Samani und der ist schon lange stumm. Er war der beste Freund meines offiziellen Vaters. Robert war schon 1946, als du und ich uns kennen lernten, mit hier in Ulania. Damals war er ein Athlet wie aus Marmor und trat mit seinem Bären Timo auf. Robert lebte nur für Timo und der Bär erwiderte diese Liebe. Es gibt selten Menschen, die die Liebe eines Bären gewinnen können. Man erzählt Geschichten darüber, denn der Bär ist mit Recht uns Menschen gegenüber misstrauisch. Robert also eroberte das Herz seines Bären. Aber kurz nach unserer Rückkehr aus Brasilien befiel das Tier plötzlich eine unheilbare Viruskrankheit und es starb nach ein paar Wochen einen furchtbaren Tod. Das ist nun fast vierzig Jahre her, aber Robert hat sich nie wieder davon erholt. Sein Sohn, der als Chirurg in Frankfurt zu Ruhm und Reichtum gelangte, schämt sich seines Vaters und schickt Monat für Monat Geld unter der Bedingung, dass sich Robert in Frankfurt nicht blicken lässt. Robert ist eigenwillig und fast taub...« Valentin rückte näher zu Nabil, und seine Worte waren kaum noch zu hören, »... aber ich bring es nicht fertig, dem Mann mit einem Rausschmiss das Herz zu brechen.«

Mittlerweile war schon ein erster Lichtstreifen am Horizont zu sehen, und die beiden Freunde verabschiedeten sich herzlich, aber schnell, da sie wussten, der nächste Tag würde anstrengend werden. Von der Überraschung, die sie am Nachmittag erwartete, ahnten sie freilich noch nichts.

13.

Wie eine Hoffnung verloren geht und ein Lächeln sie zurückholt

So lang und tief hatte Valentin seit einer Ewigkeit nicht mehr geschlafen. Als er aufwachte, lag schon die Sonne neben ihm auf dem Kopfkissen. Es war nach neun und der Circus ähnelte einem Bienenkorb. Nur um Valentins Wohnwagen schien man eine unsichtbare Mauer errichtet zu haben, damit sein Schlaf nicht gestört wurde. Nabil war bereits im Zelt und schaute Eva bei ihrer Übung auf dem Seil zu, während Jan mit Silvio, dem zehnjährigen Sohn von Marco und Rita, wieder und wieder einen neuen Lassotrick für ihre Wildwestnummer probte. Die Schlinge sollte sich beim Wirbeln immer mehr vergrößern und immer schneller drehen, dann sollte der Cowboy in ihre Mitte springen und sie seinen Körper hinauf- und hinuntertanzen lassen. Jan beherrschte die Nummer perfekt, doch bei Silvio fiel das Seil jedes Mal schlapp zu Boden.

Als Valentin eintrat, grüßte er leise und etwas beschämt und winkte Nabil, er solle zum Circuscafé kommen. Er selbst hatte einen Bärenhunger und frühstückte gierig.

»Dass du frühstückst«, sagte der Wirt verwundert, »ist mir neu.«

»Und dass du so viel in dich hineinstopfst, wird deinen Circus noch ruinieren«, ergänzte Nabil und alle drei lachten.

Gegen zehn gab Valentin knappe Anweisungen für die Versorgung, dann brach er mit Nabil auf. Ihr Weg führte sie über die alte Brücke, die den Fluss in Richtung Altstadt überquert. Schon nach ein paar Schritten sahen sie eine Gruppe Männer und Frauen um einen großen schwarzen Fleck auf dem Bürgersteig stehen.

»Was ist hier passiert?«, fragte Valentin.

»Der Schlusspunkt eines Dramas«, antwortete Nabil. »Ein alter Mann ging viele Jahre mit einem Wunderkasten auf dem Rücken durch die Stadt. Er zog von Gasse zu Gasse, stellte seinen Wunderkasten auf und rief die Kinder zu sich, damit sie seinen Geschichten zuhörten und dazu die märchenhaften Bilder im Wunderkasten anschauten. Mit den Jahren aber wurde die Bilderrolle in dem Kasten immer älter, und die Kinder fanden seine stillen Geschichten langweilig im Vergleich zum Fernsehen. So kam es, dass er manchmal tagelang durch die Stadt ging und keiner auch nur für einen Piaster seine Geschichten hören und seine Bilder anschauen wollte. Aus Verzweiflung hat er sich und seinen Wunderkasten vor ein paar Wochen mit Benzin übergossen und angezündet. Ein entsetzliches Schauspiel! Der Mann fing vor Schmerzen an zu rennen und die Flamme schlug mehrere Meter hoch. Die Passanten wussten nicht, was sie machen sollten. Hier an dieser Stelle ist der Mann tot zusammengebrochen. Und kein Reinigungsmittel kann den schwarzen Fleck beseitigen, der nach dem Erlöschen der Flammen geblieben ist. Der Mann und sein Kasten haben sich für immer in die Steine der Brücke eingebrannt. Und siehe da, plötzlich kommen die Menschen von überall in der Stadt und interessieren sich für den Alten und seine Geschichte. Jetzt, wo er tot ist, hat er wieder Publikum.«

Während Nabil erzählte, hatten sie die Brücke passiert und gingen weiter, durch den Basar. Valentin hatte sich die Wegbeschreibung aus dem Tagebuch seiner Mutter genau eingeprägt und Nabil war die Geduld in Person.

Von Moschee zu Moschee liefen sie und von Dampfbad zu Dampfbad, doch niemand in der Umgebung wusste von einem Friseur, der Gasal, Gassal, Gazal oder ähnlich hieß. Valentin wunderte sich, wie bekannt Nabil war und mit welcher Achtung er überall empfangen wurde. Wenn ihnen die Beine schwer wurden, tranken die beiden Tee und sprachen über ihre Kindheit.

»Und wo war das Dampfbad, auf dessen Dach wir geklettert sind, um den badenden Frauen zuzuschauen?«, fragte Valentin.

Nabil lachte: »Du hast es also auch nicht vergessen. Leider ist das herrliche Bad der Bauwut der sechziger Jahre zum Opfer gefallen. Am nördlichen Ausgang des Basars ist es gewesen, wo heute diese graue und rostige Mietskaserne steht.«

Valentin erinnerte sich, wie sie damals beinahe erwischt worden wären, der flinke Freund aber einen Fluchtweg über die Dächer gefunden hatte. Eine Gasse weiter waren sie eine Leiter hinuntergeklettert und unerkannt entkommen.

»Noch eine Moschee, dann müssen wir für heute Schluss machen«, sagte Valentin, der den kranken Freund nicht überfordern wollte.

»Die Moschee Saladin ist nicht weit und in ihrer Nähe ist das schönste Bad der ganzen Stadt«, antwortete Nabil.

Nach dem Gemüsemarkt wich plötzlich wie durch einen Zauber die Fremdheit von den Gassen und der Weg ähnelte immer mehr dem von der Mutter beschriebenen. Valentin ging langsamer, als wandelte er im Traum. Es war alles genauso, wie seine Mutter es vor vierzig Jahren beschrieben hatte. Auch die schöne Tür mit den bunten Hölzern war noch da, nur etwas blasser geworden. »Das ist der Weg«, flüsterte er und auch Nabil verlangsamte seine Schritte. »Dort, nach der scharfen Kurve, muss ein kleiner Brunnen stehen mit Trinkwasser für die Passanten. Meine Mutter hat an dieser Stelle getrunken, als sie meinem Vater nachging.« Noch bevor sie um die Ecke bogen, hörten sie das Plätschern des Wassers. Dann standen sie vor dem Brunnen. Er besaß einen bronzenen Hahn und eine angekettete Trinkschale, genau wie die Mutter ihn beschrieben hatte.

Die enge Gasse mündete in die Seidenstraße, eine belebte Handelsstraße, die früher ausschließlich von Seidengeschäften gesäumt war. Jetzt gab es nur noch zwei davon; in den anderen wurden Haushaltsgeräte, Bekleidung, Gewürze und Intarsienkunstwerk angeboten. Die Straße führte direkt zur Treppe der Moschee und rechts von der Treppe sah Valentin das Dampfbad mit seinem prachtvollen Eingang. Es trug den tiefsinnigen Namen »Hammam El Salwan«, Bad des Vergessens und Tröstens. Die Mutter hatte bei der Moschee die Spur ihres Geliebten verloren. Sie vermutete aber, dass er in unmittelbarer Nähe wohnte, und beschrieb die Eingänge der Moschee und des Bades, ohne deren Namen zu wissen. Sie hatte nicht danach zu fragen gewagt und die Gegend schnell wieder verlassen, aus Sorge, erkannt zu werden. Valentin hatte keine Zweifel mehr: Das war der gesuchte Ort. Und die beiden Freunde erhielten Gewissheit, als Nabil in einem kleinen Café gleich neben dem Bad den Wirt fragte, ob er je den Namen Tarek Gasal gehört habe. Der untersetzte fünfzigjährige Mann lächelte. Er war ein Verwandter des Friseurs und fragte neugierig wie alle Orientalen, warum die beiden alten Herren so ein Interesse an seinem Onkel hätten. Und Nabil erzählte ihm ebenso ohne Umschweife, dass Valentin ein Sohn des Friseurs sei und etwas über seinen Vater erfahren wolle. Der Wirt schien nicht einmal überrascht. Er nickte, als wäre es die normalste Sache der Welt, dass ein Deutscher in der Altstadt von Ulania auftauchte, um nach seinem Vater zu suchen. Er musterte Valentin mit schweren, verschlafenen Augen und nickte stumm. »Einen Moment«, sagte er und verschwand hinter einem Vorhang, um nach einer Weile mit einem gerahmten Foto in den Händen wieder aufzutauchen. »Dies ist dein Vater mit seinem Cousin, dem Vater des Wirts, bei einem Picknick«, übersetzte Nabil, und Valentin erschrak. Er sah heute tatsächlich ganz genauso aus wie der Mann auf dem Bild, der damals, vielleicht vierzig Jahre alt, auf einem Baumstamm saß und lachend in die Kamera winkte.

»Das ist mein Vater«, sagte Valentin, während ein Laufbursche unauffällig das Lokal verließ. Der Wirt schaute ihm kurz nach und wandte sich dann wieder seinen Besuchern zu. Erst später sollten Nabil und Valentin erfahren, dass dieser Verwandte des Friseurs nicht so gastfreundlich war, wie er schien. In diesem Augenblick freuten sie sich über seine überschwängliche Einladung zu einem Tee, die doch nur dazu diente, sie aufzuhalten, damit der Laufbursche Valentins Halbschwestern warnen konnte. Bald aber schöpfte Valentin Verdacht. Während der Wirt sich mit Nabil unterhielt, schaute er sich um und war bald sicher, dass sein Vater niemals aus diesem Café telefoniert haben konnte: Es war so ärmlich, dass es noch heute kein Telefon besaß. Und im Hinausgehen bestätigte ihm Nabil, dass das Café kaum fünfzehn Jahre alt war.

Der arme Friseur, dachte Valentin, musste also jeden Montag in die ihm fremde Neustadt gehen und auf den Anruf der Mutter warten. Nabil zeigte nach links und schimpfte auf den Wirt, der keine seiner Fragen eindeutig beantwortet hatte. Wenigstens war er am Ende mit der Adresse des Friseurs herausgerückt. Das Haus, in dem jetzt noch Valentins Halbschwestern lebten, lag in der Richtung, in die Nabil zeigte, nur eine Gasse weiter.

Die Schwestern waren längst unterrichtet über Valentins Anliegen, das Nabil erst langsam hatte umreißen wollen. Die jüngere war Mitte vierzig. Sie schwieg und hielt sich im Hintergrund, während die ältere, fast sechzigjährige nur Ablehnung äußerte und kein weiteres Wort mit den Männern wechseln wollte.

»Aber er ist euer Bruder«, flehte Nabil, um sie umzustimmen.

»Wir haben keinen Bruder. Er ist ein unverschämter Lügner. Wir wollen in Ruhe gelassen werden«, antwortete die Frau mit unbewegtem Gesicht und schlug die Tür zu.

Nabil fluchte und wollte Valentin übersetzen, was sie gesagt hatte, doch der winkte ab. Er hatte auch so verstanden. Irgendetwas aber sagte ihm, dass seine jüngere Halbschwester einer Bekanntschaft nicht abgeneigt war. Sie hatte ihn zweimal schüchtern angelächelt und dieses Lächeln machte ihm Hoffnung.

Zum Trost lud Nabil Valentin zum Mittagessen bei einem guten Bekannten ein und Valentin genoss die Üppigkeit der arabischen Küche. Es waren vertraute Gerichte, die er bei Mansur öfter gegessen hatte, doch hier schmeckten sie deftiger.

Völlig erschlagen vor Müdigkeit kamen die zwei Freunde danach im Circus an und schlichen auf leisen Sohlen in ihre Wohnwagen, um sich etwas auszuruhen. Doch die Ruhe währte nicht lange, denn schon kurz darauf klopfte Martin bei beiden und meldete, der alte Mann mit dem Bären stehe inmitten einer Kinderschar vor dem Eingang. Mürrisch und Flüche über Bärenführer, die nun auch noch Menschen quälten, vor sich hinbrummend, ging Valentin zum Circuszelt.

Bei Licht sah der Bärenführer noch ärmlicher und älter aus als am Vorabend. Sein Bär aber hatte ein gesundes und schönes Fell und war äußerst gepflegt. Valentin fauchte die Kinder an, sie sollten nach Hause gehen, und hörte, wie Nabil das nicht minder unfreundlich übersetzte. Gleich übel gelaunt betraten die beiden Freunde das Zelt. Das Orchester übte gerade den Radetzkymarsch für das Finale und Jan und der zehnjährige Silvio arbeiteten immer noch an ihrer Lassonummer. Silvio konnte inzwischen das Seil stabil in der Luft halten. Irgendjemand, wahrscheinlich Valentin selbst, rief in die schlagartig still gewordene Runde: »Holt Robert! Er versteht etwas von Bären.«

Karim, Mansur, Jan und Silvio setzten sich in die Zuschauerreihen. Auch Martin gesellte sich dazu. Er war neugierig auf den gewaltigen Bären, denn er selbst hatte sich nie getraut, Bären unter seinen Raubtieren zu halten. Der schwierigste Tiger schien ihm zutraulicher als der gemütlichste Bär.

Saber, der alte Bärenführer, begann nun seine und des Bären Geschichte zu erzählen, und Nabil übersetzte. Immer wieder schlug der Alte dabei auf eine kleine Handtrommel und sang:

>»Der Bär wollte tanzen
>mit seinem vollen Ranzen.
>Sieben Männer hat er gefressen,
>und warum?
>Er hat es leider vergessen.«

Er lachte, schlug auf die Trommel und tanzte mit dem Bären, dann hielt er inne und erzählte seine Geschichte weiter. Plötzlich aber knöpfte er sein Hemd auf und zeigte eine lange Narbe, die vom Hals bis zum Bauchnabel reichte.

Robert, der nicht ganz verstand, warum der Circusdirektor ihn aus dem Mittagsschlaf reißen ließ, kam zur selben Zeit langsam aus seinem Wagen und trottete noch langsamer zum Zelt. Das tat er immer, wenn Valentin ihn um Eile bat. Nun zündete er sich auch noch eine Zigarette an und machte gerade genüsslich den ersten Zug, als er erstarrte. Was er da hörte und roch, war ein Bär. Er warf die Zigarette weg und stürzte ins Zelt, wo im Licht der Scheinwerfer der Bär und der Alte tanzten. Den Alten freilich sah Robert nicht: Durch den Schleier, der sich über seine Augen legte, sah er nur Timo, seinen Bären, tanzen.

»Wer will mit meinem Bären kämpfen? Ich brauche euren stärksten Mann«, rief Saber, der Bärenführer, dem begeisterten Publikum zu. Man bedrängte Martin und der starke Dompteur konnte sich schlecht drücken. Er griff den Bären an, doch der warf ihn wie ein Kind zu Boden und stellte ihm den rechten Fuß auf den Bauch, als wäre er ein Jäger und Martin ein erlegtes Wildschwein.

»Dieser Bär hat einst Samson besiegt«, rief Saber, und von seiner Schüchternheit war nichts mehr zu spüren.

Valentin fühlte längst keine Müdigkeit mehr und auch keinen Zorn. Zu deutlich war, dass zwischen dem alten Mann und dem Bären eine außergewöhnliche und liebevolle Beziehung bestand.

»Und nun lasst euren Schwächsten antreten. *Er* wird den Bären besiegen«, rief Saber.

Diesmal schauten alle Robert an. Keine Frage, er war der Schwächste, und Valentin musste lachen, denn diesen Trick hatte er noch als Kind beim legendären Sarrasani in Berlin gesehen. Robert näherte sich dem Bärenführer und der flüsterte ihm etwas zu. Valentin wusste, was nun kommen würde: Robert rannte auf den Bären los und kitzelte ihn unauffällig unter den Achseln. Wie vom Blitz getroffen fiel da der Bär zu Boden und Robert stürzte sich auf ihn.

»Großartig, das ist ja unglaublich!«, rief Valentin und

klatschte, nicht ahnend, dass das, was er am Abend sehen sollte, die Vorstellung vom Nachmittag wie lauwarme Milch erscheinen lassen würde.

14.

Wie federleichte Liebe
einen schweren Bären bewegen kann

ircusleute und Nomaden sind verwandt. Sie schlagen nie tiefe, langsam wachsende Wurzeln wie eine Eiche, sondern zauberhafte Luftwurzeln, die in jeder Umgebung eine Heimat finden und sich überall ausbreiten können. Und mit einer nur den Nomaden eigenen Leichtigkeit verlassen sie jeden noch so vertrauten Ort wieder, als wären sie nie dagewesen. Sicher tragen sie bei jedem Abschied Wunden davon, doch nie sind die tödlich wie bei einer ausgerissenen Eiche.

Schon am zweiten Tag hatte auch beim Circus Samani alles seinen Platz, als wäre er bereits seit einer Ewigkeit in Ulania. Die Nummern folgten einander immer eleganter und reibungsloser, die Musik harmonierte immer besser mit den Bewegungen der Artisten und Tiere. Nabil, der begierig war, alles zu lernen, erschrak über die Härte des Trainings, das sich die Artisten am Vormittag und manchmal sogar bis kurz vor der Vorstellung zumuteten. Es gab dabei kein warmes Licht, kein Publikum und keinen herzlichen Beifall, sondern nur kalte Nüchternheit. Die gähnende Leere entzauberte das Zelt. Nirgends auf der Welt, dachte Nabil am zweiten Tag, liegen Lüge und Wahrheit, Schönheit und Hässlichkeit, Glanz und Elend so nahe beieinander wie im Circus.

Noch nie in der Geschichte Ulanias aber hatte ein Circus die Herzen der Menschen derart im Sturm erobert.

Am zweiten Tag gaben die Artisten vor voll besetztem Zelt eine noch schönere Vorstellung als bei der Eröffnung. Die unbestrittene Königin des Abends war diesmal Eva und das Publikum dankte es ihr mit stürmischem Beifall. Valentin war sicher, es war ein Evastag, doch dann kamen der alte Mann und sein Bär. Unscheinbar schritt Saber an der Seite des riesigen Tieres in die Manege. Der Bär setzte sich auf eine Tonne und schaute ins Publikum, als wäre er überrascht, so viele Zuschauer zu haben. Nabil stellte sich zu Valentin, Eva und Martin, um ihnen die Geschichte zu übersetzen, die anderen Artisten scharten sich um Karim, Mansur und Scharif. »Meine Damen und Herren, verehrtes Publikum«, begann der alte Mann, »dieser Bär hat eine lange Geschichte, und wenn ich sie nur zur Hälfte erzähle, werdet ihr nur die Hälfte davon glauben. Dieser Bär hat mein Leben verändert. Ich war genau wie mein Vater, Großvater und Urgroßvater Bauer im Norden. Kälte und Hunger, Hitze und Staub peinigten mich, doch ich krallte mich vierzig Jahre lang am Boden fest, bis ich beinahe selbst zu einem dunklen Erdklumpen wurde. Meine Großmutter erzählte mir, meine Ururgroßeltern seien Riesen gewesen, auch meine Großeltern waren über zwei Meter groß, aber mein Vater maß nur noch einen Meter achtzig, und bei mir sind es bescheidene ein Meter und sechzig.

Eines Tages, vor etwa zwanzig Jahren, fand ich einen kleinen Bären im Wald. Damals, als der Wald im Norden noch dicht war, lebten viele Tiere bei uns: Wölfe, Füchse, Hasen und Schlangen, aber noch nie hatte es Bären gegeben. Das war ein Jahr nach dem großen Krieg, als die Bomben ganze Wälder im Osten in ein Flammenmeer verwandelt hatten. Die Wildtiere flüchteten, wahnsinnig vor Angst, in alle Himmelsrichtungen, ohne Orientierung, ohne Angehörige, fast wie Menschen, die über Nacht vor einem Bürgerkrieg fliehen müssen. Fischer bargen Kadaver ertrunkener Gazellen und Kamele aus dem Mittelmeer und einige Fischer verloren darüber den Verstand. Man fing erschöpfte und verwirrte Wildschweine in den Vorstädten und fand verhungerte Bären und Büffel in der Wüste.

Nie im Leben hatte ich mit einem Bären im Wald so nahe bei unserem Dorf gerechnet. Er war noch klein. Seine Mutter war wahrscheinlich von einem Jäger getroffen worden, denn außer einer Blutlache und einer Blutspur, die im Dickicht verschwand, war nichts von ihr zu sehen. Ich wollte den Bären aus Angst vor dem Zorn seiner Mutter nicht anfassen, denn es gibt nichts Schlimmeres als eine verletzte Bärin. Der Teufel, so erzählte mir später ein Nachbar, verliert aus Angst vor ihr seine Hörner. Wie dem auch sei, ich rannte aus dem Wald, als wäre der Teufel hinter mir her, und ließ sogar das Holz zurück, das ich für die Wintertage gesammelt hatte. Atemlos erreichte ich die ersten Häuser unseres Dorfes. Ich drehte mich um, und wen sah ich?«

»Den Bären!«, riefen die Zuschauer.

»Ja, genau«, lachte der alte Mann. »Ich scheuchte ihn zurück in den Wald, doch sobald ich mich umdrehte, rannte er wieder hinter mir her, sprang mich an und vergrub sich ängstlich bibbernd in meinem Schoß. Er jammerte so herzzerreißend, dass ich ihn mit nach Hause nahm. Heute weiß ich, wie dumm und gefährlich das war: Wäre seine Mutter am Leben gewesen, so hätte sie uns überall gefunden und getötet.

Von nun an pflegten meine Frau und ich den kleinen Bären, und wir freuten uns an ihm, da wir keine Kinder hatten. Die Dorfleute lachten und erzählten sich Witze über uns, die mit der Zeit zu hässlichen Geschichten wurden, bei denen einem das Lachen gefror. Eine besagte, meine Frau hätte als Strafe für eine Sünde den Bären selber zur Welt gebracht. Doch bevor ich traurige Erinnerungen auf die Zunge lege, lasst uns singen und tanzen. Sonst langweilt sich mein Bär und frisst noch ein paar Männer auf.« Saber schlug auf seine kleine Handtrommel und sang:

> »Der Bär wollte tanzen
> mit seinem vollen Ranzen.
> Sieben Männer hat er gefressen,
> und warum?
> Er hat es leider vergessen.«

Immer wieder wiederholte er mit seiner krächzenden Stimme das Lied und der Bär tanzte dazu im Kreis und hüpfte vom einen Bein aufs andere. Es dauerte nicht lange und das Publikum sang und tanzte mit. Und kaum jemand bemerkte, dass der Bär weder Beißkorb noch Longe trug. Er war frei, und sobald der alte Mann zu trommeln aufhörte, blieb er stehen, verbeugte sich und setzte sich wieder ruhig auf seine Tonne.

Der Bär war so verspielt und machte seine Sache so gut, dass ein Geflüster durch die Reihen ging, er sei in Wirklichkeit ein verkleideter Artist. Valentin aber und viele, die den Bären am Nachmittag gesehen hatten, lächelten zufrieden. Jetzt steckte Saber dem Bären ein großes Stück Brot ins Maul und das Tier begann laut schmatzend daran zu kauen.

»Bald warfen Kinder mit Steinen nach mir und meiner Frau«, fuhr Saber in seiner Geschichte fort, »doch die Kinder waren unschuldig. Ihre kleine Hände warfen die Steine, die aus den Herzen ihrer Eltern kamen, und als ein Stein meine Frau an der Stirn verletzte, verfluchte ich das Dorf, es solle für jeden Stein ein Jahr Hunger leiden. Es war, als hätte der Himmel auf mich gehört: Er ließ die Weizenähren verdorren, bevor sie blühten. Die Dorfleute aber waren jetzt sicher, dass wir mit dem Teufel im Bunde standen. Da sie uns töten wollten, mussten wir flüchten. Wir wussten nicht, wohin, doch der Bär ging uns in der dunklen Nacht voraus. Hierher, in die Hauptstadt hat er uns geführt. Er war unser Segen. Er verstand alles und fing gleich bei der Ankunft an zu tanzen; die Kinder kamen und ihnen folgten die Eltern. Mit seinem Tanz verdiente ich mein erstes Geld. Ja, der Bär war ein Segen. An einem einzigen Tag in der Stadt verdiente ich so viel wie ein Bauer in einem halben Jahr. Mein Bär und ich spielten immer besser zusammen und die Leute baten uns immer öfter, sie zu belustigen. Es gibt nicht Schöneres auf der Welt als das Gesicht eines verwunderten Kindes, das plötzlich zu lachen beginnt. Mein Bär und ich liebten es.

Fast zwei Jahrzehnte lang war er ein Segen, doch seit drei Jahren nennt ihn meine Frau unseren Fluch. Die Straßen waren immer lauter geworden. Mit einem Mal aber war es nicht mehr auszuhalten – und so ist es bis heute geblieben. Wo früher überall Winkel zum Verweilen einluden, zwingt man uns heute zur Eile. Wo soll da ein Bär tanzen, wer hat noch die Zeit ihm zuzuschauen? Und in die Altstadt durften wir auch nicht mehr: um die Touristen nicht zu erschrecken. Dreimal hatten die Polizisten mich und meinen Bär schon erwischt. Ich sagte meiner Frau, sie solle Geduld haben. Wir hatten ja gute Zeiten zu dritt gehabt, doch für meine Frau zählte nur das Elend von heute. Und sie hatte Recht, denn ich hatte in der Arbeit mit dem Bären meine Berufung gefunden und nie etwas anders gelernt oder lernen wollen. So lebten wir seit Jahren nur noch vom Betteln und konnten kaum unseren Hunger stillen. Meine Frau sprach bald nur noch davon, dass wir den Bären loswerden müssten.

Da nahm ich ihn mit in die Berge und ließ ihn nach Honig und Wurzeln suchen, und bald war er damit so beschäftigt, dass ich mich leise davonschleichen konnte. Schneller als der Wind eilte ich nach Hause; doch schon aus der Ferne sah ich zwei Gestalten auf meiner Terrasse: meine heulende Frau und einen fröhlich hüpfenden Bären.

Mein Nachbar riet mir, den Bären zu verkaufen, aber er war längst ein Stück von mir geworden. Ich konnte mich nicht von ihm trennen und unser Leben wurde immer schwerer. Im Slumviertel, in dem wir jetzt hausten, gab es keine Abfälle für Tiere, und das Viertel der Reichen war weit. Trotzdem schleppte ich alles, was ich finden konnte, auf meinem Rücken herbei, und wenn ich vor Erschöpfung nicht gehen konnte, gab ich dem Bären einen Teil von meinem Essen. Meine Frau schimpfte, wenn sie es sah, also tat ich so, als würde ich essen, und fütterte den Bären heimlich. Aber meiner Frau entging nichts. ›Öffne deinen Mund‹, sagte sie und roch hinein. ›Du hast schon wieder dein Essen der Bestie gegeben‹, schalt sie mich und weinte. Ich konnte mein Leben lang alles ertragen, aber nie die Tränen meiner Frau.

Dann hörte ich doch auf den Rat des Nachbarn, zog mich gut an, wusch und kämmte den Bären und ging mit ihm zum Freitagsmarkt. Dort wurden Pferde, Hühner, Kühe, Ziegen und Schafe feil geboten. Stundenlang stand ich mit dem Bären da, der alles verstand und mit gebrochenem Blick neben mir hockte, doch keiner zeigte Interesse. Ich hatte fürchterlichen Hunger, und der ganze Markt roch nach gebratenem Fleisch, also ging ich zu einem Stand, an dem Spieße mit lecker gewürztem Fleisch angeboten wurden. Was da passierte, erzähle ich gleich, aber jetzt lasst uns tanzen und dem Bären etwas vorsingen, damit er nicht aus reiner Langeweile ein paar Männer frisst«, rief der alte

Mann, und die Kinder stimmten laut das Lied an. Das Publikum tanzte auf den Rängen und lachte, weil der Bär beim Tanzen seinen Führer schubste und ihn zu Boden warf. Valentin hatte selten in seinem Leben eine derartige Nummer gesehen. Wie oft hatte er gezweifelt, wenn Mansur ihm von solchen Bärenführern erzählt hatte. Und Robert? War nicht er es gewesen, der Valentin die unglaubliche Geschichte über die Bärengesellschaft erzählt hatte, die vom Menschen zerstört wurde? Fast fünfzig Jahre war das her. Valentin hatte über Robert gelacht und sein Gerede von der Bärenzivilisation für ein Hirngespinst gehalten, bis er vor ein paar Jahren auf einen ernsthaften Zeitungsartikel gestoßen war, der von sensationellen Erkenntnissen berichtete. Danach hatten die Bären tatsächlich an der Schwelle einer Kulturgeschichte mit Sprache und Werkzeugen gestanden, lange bevor der Mensch aus seiner primitiven Dämmerung erwachte und sich zum aufrechten Gang erhob. Zwei Schwächen des Bären ließen den Menschen schließlich siegen: Der Bär brauchte seinen langen Winterschlaf, in dem er seinem ärgsten Feind hilflos ausgeliefert war, und er brachte es niemals fertig, ohne Grund und nur um des Mordens willen zu töten. So besiegte ihn der Mensch, verfolgte und vernichtete ihn überall, wo er ihn traf. Er zerstörte die Bärensiedlungen und jagte die Tiere in die Wildnis zurück. Seitdem misstrauen die Bären dem Menschen. Als Valentin Robert damals fragte, woher er das alles wisse, obwohl er doch nie in seinem Leben ein Buch gelesen habe, lachte der: »Woher ich das weiß? Das ist eine lange Geschichte, die mir ein alter Braunbär erzählt hat.«

Nach dem Tanz bekam der Bär wieder ein Stück Brot und Saber fragte laut:« Wo war ich stehen geblieben?«

»Beim Fleischspießstand«, hallte die Antwort von den Rängen.

»Gut«, sagte der Alte und lachte. »Ich näherte mich also dem Stand, und der Wirt war begeistert von der Schönheit des Bären und fragte mich, woher ich ihn hätte. Ich sagte, ich hätte ihn gerade für viel Geld gekauft. Dann bestellte ich zehn große Fleischspieße und sagte, ich müsste sie meinen Helfern bringen, die am Eingang des Marktes auf mich warteten. Ich würde gleich wieder kommen und den Bären holen. Der Mann war begeistert, denn nun kamen viele Neugierige zu seinem Stand, und wo ein Gedränge ist, will jeder hin. Der Bär belebte zusehends das Geschäft und war selbst damit nicht unzufrieden, denn viele Kunden schenkten ihm Brot und Fleisch und er fraß alles auf. Ich aber nahm die zehn Fleischspieße und rannte nach Hause. Meine Frau lobte mich in den höchsten Tönen. Sie weinte vor Freude, doch dann kamen die Gewissensbisse. Am nächsten Morgen hatten wir beide Durchfall. Entweder war das Fleisch schlecht gewesen oder der Bär hatte uns verflucht.

Eine Woche später hörte ich ein lautes Winseln draußen vor der Tür. Es war der Bär, halb verhungert und an mehreren Stellen verletzt. Er nahm eine Woche lang keine Nahrung zu sich, und zur gleichen Zeit wurde meine Frau schwer krank. Sie hatte das Rauchen angefangen, um den Hunger zu vergessen, und ich sammelte Zigarettenkippen für sie. Sie nahm die Tabakreste heraus und sammelte sie. Bald lebte sie nur noch vom Rauchen und qualmte, gebeugt in ihrem Bett sitzend, wie ein Ofen.

Ich sammelte immer noch jede Zigarettenkippe, die ich fand; ich hatte ja keine Ahnung, weil ich selbst nicht rauchte. Meine Frau aber wurde immer schlechter gelaunt und da dachte ich nach und fand den Grund: Weil meine Frau die Tabakreste aus vielen Zigaretten rauchte, rauchte sie auch den Atem der Erstraucher mit, der noch in diesen Resten steckte. Oft rauchen ja die Leute vor

Kummer und Nervosität, dann bleiben Reste davon im Tabak hängen. Von da an begann ich, nur noch Kippen von lachenden Rauchern zu sammeln. Das war schwierig, und manch ein Ober staunte über mich, wenn ich in einem Kaffeehaus zu einem Tisch stürmte, den Aschenbecher an mich riss und seinen Inhalt in meine Sammeltüte entleerte, weil die Gäste an diesem Tisch so herzlich gelacht hatten, wie ich es mir von meiner Frau wünschte. Ob ihr es glaubt oder nicht, bald wurde die Laune meiner Frau wieder etwas besser. Aber den Bären hasste sie immer noch. ›Schaff die Bestie weg!‹, sagte sie jeden Morgen. Bis ich mir eines Tages sagte: ›Das ist eine Hölle für uns alle drei.‹«

Der alte Mann schwieg; er schien in eine ferne Welt einzutauchen. Stille herrschte. Man hörte nur den schneller werdenden Atem des Bären. Jetzt knöpfte Saber sein Hemd auf und zeigte unter dem grellen Licht der Scheinwerfer seine Brust.

»Dann war es so weit« sagte er. »Der Bär sollte sterben, aber wenn es schon sein musste, dann wie ein edles Wesen und nicht auf feige Weise durch Gift. Ich war am Ende meiner Kraft. Ich nahm meine alte Pistole, lud sie und ging in seinen Verschlag, aber er, der mich sonst immer mit Purzelbäumen empfing, blieb in seiner Ecke liegen. Er schaute mich an und ich sah in seinen Augen die bittere Sehnsucht nach Leben. Ich setzte mich auf eine Kiste ihm gegenüber und erklärte ihm, dass ich keinen anderen Ausweg mehr wisse und ihn töten wolle, aber ich würde ihm dabei in die Augen sehen. Ich richtete meine Pistole auf ihn – und plötzlich sprang er. Wie er die Entfernung von über drei Metern im Bruchteil einer Sekunde überwinden konnte, weiß ich bis heute nicht. Er schlug mir mit der Tatze die Pistole aus der Hand, und dabei war es, dass er mir mit seinen Krallen die Brust aufriss. Ihr denkt, ich hätte ihm gegenüber eine Chance gehabt? Ich sage euch, er hätte mich innerhalb von Sekunden in Stücke reißen können. Er aber rannte hinaus auf die Terrasse und weinte und schrie, bis die Nachbarn mich entdeckten und ins Krankenhaus brachten, gerade noch rechtzeitig, dass man mir das Leben retten konnte. Meine Frau ist seitdem geheilt; sie hat den Bären verstanden und mich für meinen Mut gelobt, aber die Armut blieb seither schwerer als Blei auf unseren Schultern sitzen. Der Bär war verschwunden, solange ich im Krankenhaus war. Doch an dem Abend, als ich zwei Wochen später nach Hause zurückkehrte, kroch er traurig winselnd in seinen Verschlag, als wäre er wieder das Bärenbaby im Wald.

Das war unsere Geschichte, und wie gesagt, ich habe euch nur die Hälfte davon erzählt, und wenn ihr die Hälfte *davon* glaubt, bin ich auch zufrieden. Nun lasst uns lachen und spielen. Mein Bär kann kämpfen und hat schon manchen Helden den Staub der Erde schmecken lassen. Wer ist der Stärkste von euch?«

Es meldeten sich so viele, dass der Bärenführer sie eine Schlange bilden ließ. Dann griffen sie der Reihe nach den Bären an, der sie einzeln hochhob und sachte auf den Boden legte, um dann seine Jägerpose einzunehmen. Das Publikum lachte Tränen, und niemand merkte, wie Saber ein paar schmächtigen Kandidaten zuflüsterte, wie sie den Bären besiegen konnten. Sie taten es voller Ernst und eilten erhobenen Hauptes zu ihren Plätzen zurück.

Es dauerte vielleicht eine halbe Stunde, bis der letzte Herausforderer zu Boden gegangen war. Da erst wurde bemerkt, dass der Bärenführer verschwunden war. Nur der Bär stand noch mitten in der Manege und schaute suchend um sich. Valentin wusste sofort, dass Saber auf dem Weg zu seiner Frau war, und er wusste auch, dass der Bär ohne Beißkorb und Longe zu einer Gefahr werden konnte, wenn er sich verlassen und bedroht fühlte. Das Publikum hielt den Atem an. Und der Bär, der wie ein Held gekämpft hatte, wirkte einsam, klein und traurig. Doch plötzlich erhob er sich auf die Hinterbeine und schnupperte, als nähme er eine Witterung auf. Sein Blick wanderte zwischen der Zeltkuppel und dem Publikum hin und her, und plötzlich sprang er auf die Piste, die niedrige runde Barriere, die die Manege umgibt, als suchte er im Publikum nach der Quelle des Geruchs, der ihn beunruhigte. Er ging ein paarmal hin und her, richtete sich wieder auf und schaute fest in eine Richtung, als hätte er gefunden, was er suchte. Valentin gefror das Blut in den Adern, als der Bär Töne von sich gab, die an ein weinendes Kind erinnerten.

»Holt Robert!«, fauchte Valentin, als er sah, dass der Bär kurz davor war, ins Publikum zu springen.

Doch Robert war bereits da. Er stand genau im Blickwinkel des suchenden Bären und rief mit einer Stimme, die ihm niemand zugetraut hätte: »Komm her!« Im nächsten Augenblick brüllte der Bär und sprang auf Robert zu, der ihm entgegeneilte. Valentin sah verblüfft, wie Robert dem Tier ein Stück Zucker in den Rachen steckte. Dann marschierten die beiden wie uralte Freunde in die Manege zurück, und ein Beifall brach los, der Erleichterung und Begeisterung zugleich zum Ausdruck brachte.

Als Valentin und Nabil später das Circuscafé betraten, hatte Martin schon so viel getrunken, dass sie ihn in seinen Wohnwagen tragen mussten.

»Wo ist Eva?«, fragte Nabil verwundert, als sie wieder ins Freie traten.

»Dort«, sagte Valentin und zeigte auf den bunten Wohnwagen von Pipo.

15.

Warum die Kindheit nicht dort bleibt, wo man sie zurückgelassen hat

m schönsten war Ulania in der Morgendämmerung. Viele Dichter hatten ihren sanften Zauber zu dieser frühen Stunde besungen. Und jeden Tag beschloss Valentin, früh aufzustehen und den berühmten Kaffeegenuss in einer alten Strandbar bei Sonnenaufgang zu erleben, doch er schlief jeden Tag länger. Nabil dagegen versäumte keinen einzigen Frühmorgenkaffee am Meer und schwärmte immer wieder davon.

»Ein Freund von mir sagte mir gestern, als er mich so früh in der Stadt traf«, erzählte er, »dass die Unruhe am frühen Morgen, das zeitige Aufstehen, ein Vorbote der Senilität sei. Aber noch nie habe ich so intensiv und vernünftig gelebt wie jetzt.« Nabil lächelte. »Und den Morgen am Mittelmeer mit einem Kaffee zu begrüßen im Wissen, dass der Circus extra wegen mir hier ist, das ist das Paradies.«

So kam es, dass Valentin sich am Tag nach dem Auftritt des Bären von Nabil wecken ließ und nach einer Katzenwäsche halb verschlafen, aber festen Schrittes zur Strandbar marschierte. Es gefiel ihm dort nicht besonders – was er für sich behielt, als er sah, wie glücklich Nabil seinen nach Kardamom duftenden Kaffee schlürfte. Gemeinsam lauschten sie dem Lärm der Spatzen in den nahen Pappeln.

»Hörst du das Meer?«, fragte Nabil. »Es erzählt die Geschichten und Abenteuer, die es erlebt hat. Das Mittelmeer ist mehr mit Geschichten als mit Wasser angefüllt.« Und als Valentin sich scherzhaft über seine plötzlich wiederkehrende Schläfrigkeit beklagte, lachte er: »Das ist die Luft von Ulania, die Fremde willkommen heißt, indem sie sie schläfrig macht, weil sie weiß, dass die Fremden nicht nur vom Reisen müde wurden, sondern auch vom Kummer, den sie mit sich schleppen.«

Nach einem kräftigen Frühstück wollte Nabil dem Freund an diesem Tag das Haus und die Gasse seiner Kindheit zeigen. Sie gingen, vom Strand kommend, über die Brücke zur Altstadt, als Nabil plötzlich stehen blieb und mit der Hand auf die Mitte der Straße zeigte. Ein Stück einer Straßenbahnschiene von nicht einmal drei Metern Länge glänzte unter der Sonne aus dem Asphalt. »Hier war die Endstation der Straßenbahn, und drüben, in diesem Steingebäude, wo heute eine Abteilung des Handelsministeriums sitzt, war die deutsche Schule untergebracht. Nur Söhne sehr reicher Leute durften in dieser Schule von den besten Lehrern unterrichtet werden. Viele Namen und Gesichter meiner Mitschüler habe ich vergessen, doch nicht das Bild der zwei Scha'lan-Prinzen, die nach den Ferien in einem Cadillac zum Schultor gebracht wurden. Der Chauffeur blieb regungslos wie eine Mumie hinterm Lenkrad sitzen, ein großer schwarzer Sklave in arabischem Gewand entstieg dem Innern des Cadillacs wie einer Geschichte aus Tausendundeiner Nacht. Er hielt stumm die Tür für die kleinen Herrschaften auf, die für uns nichts anderes als dumme Bengel waren und wegen ihrer Einfältigkeit bis zu den nächsten Ferien ausgelacht und verspottet würden.

Ich selbst fuhr täglich mit der Straßenbahn in die Schule, kostenlos. Dafür musste ich an der Endstation den Stromabnehmer umdrehen. Damals war das ein Rad am Ende einer Stange. Man musste mit seinem ganzen Gewicht gegen die Stahlfeder anziehen, die den Stromabnehmer fest an die Oberleitung drückte. Ich hatte das gut raus und die Straßenbahnfahrer konnten in der Zwischenzeit einen Tee trinken. Die Fahrer dieser Linie kannten mich alle.«

Nabil schwärmte noch lange von der Straßenbahn, und Valentin amüsierte sich im Stillen über die Lust der Araber am Geschichtenerzählen. Als jemand, der gern Geschichten hörte, bewunderte er das Talent, das sie dazu besaßen. Mansur zum Beispiel besaß es auch. Einmal hatten sie in seinem Wohnwagen Tee getrunken, als Mansur einen kleinen Basilikumtopf entdeckte, den sich Valentin für wenig Geld gekauft hatte. Wie auf Knopfdruck hatte Mansur eine lange Geschichte von seiner Großmutter und ihrer Liebe zum Basilikum erzählt, die eine ebenso feurige Liebe zu einem Nachbarn zur Folge hatte. Die genaue Geschichte hatte Valentin vergessen, aber nicht seine Verwunderung darüber, wie ein kleiner Basilikumtopf jemanden so ins Erzählen bringen konnte.

Nach ein paar Schritten durch den Basar bog Nabil in eine Seitengasse ein, die Hunderte kleiner und kleinster Läden säumten. Alle verkauften Lederwaren, und Valentin fragte sich, wie sie so dicht beieinander überhaupt existieren konnten. Nabil lächelte. »Es gibt sie seit Jahrhunderten, und jeder hat seine Kunden, die ihn nie verlassen, doch das ist hier einer der letzten Märkte dieser Art. Sie können mit den modernen Großmärkten der neuen Stadt nicht mehr konkurrieren. Gleich erreichen wir die Gasse, wo ich geboren wurde und bis zum zehnten Lebensjahr gewohnt habe. Danach zogen meine Eltern in das moderne, reiche Viertel der Stadt.«

Valentin ging schweigsam neben Nabil durch die schattigen Gassen. Seine Gedanken schweiften immer wieder zu seiner jüngeren Halbschwester und ihrem geheimnisvollen Lächeln, doch als er mit Nabil am Nachmorg darüber gesprochen hatte, wollte der Freund nichts davon bemerkt haben. Nabil war nur empört über die Unhöflichkeit der Schwestern und hatte keinen Unterschied zwischen den beiden wahrgenommen. Warum aber konnten sich die zwei Schwestern nicht über das Erscheinen ihres Halbbruders freuen? Valentin fand darauf keine Antwort.

Nabil blieb vor einem Haus stehen. »Hier wohnte mein Freund Gibran; wir saßen sechs Jahre lang in derselben Schulbank. Gibran liebte die Musik und konnte mit fünf schon Klavier spielen, ein Wunderkind, das die Eliteschule gern vorzeigte. Aber der Vater ruinierte sich durch eine unglückliche Spekulation mit Gold und Gibran musste aus der Schule genommen werden. Ich habe ihn dennoch bewundert und geliebt und besuchte ihn immer wieder. Er war schüchtern und wollte nicht, dass ich sein Elend sehe. Seinem Vater ging es immer schlechter. Er versuchte immer aufs Neue, wieder auf die Beine zu kommen, und stürzte sich in immer abenteuerlichere Projekte. Er wurde Importeur von französischem Parfüm, Wirt, Taxiunternehmer und zuletzt Loseverkäufer. Das Kurioseste in dieser Familie aber war die Mutter, die den Niedergang einfach nicht zur Kenntnis nahm: Sie rief andauernd nach den Bediensteten, die es längst nicht mehr gab, sprach Französisch, um ihre Bildung zu demonstrieren, und lief den ganzen Tag im Morgenmantel herum. Sie kochte, empfing die Nachbarn und ging sogar auf die Gasse mit diesem schmuddeligen Morgenmantel.

Gibran wurde ein sensibler junger Mann, der viele Lehrstellen nicht ertragen konnte, bis er bei einem verrückten Fliesenleger landete. Der liebte Gibran wie seinen eigenen Sohn und so blieb der begabte Junge bei ihm und wurde tatsächlich auch Fliesenleger. Das Seltsame kommt aber noch: Gibran hatte sich selber das Lautespielen beigebracht und seine Stimme war nach dem Stimmbruch noch schöner geworden. Wenn er abends vom Fliesenlegen nach Hause kam, wusch er sich und spielte Laute und sang, bis er vor Müdigkeit umfiel. Schon mit zwanzig Jahren war er der beste Lautenspieler unserer Stadt. Doch was hieß das schon? Jeder Dilettant trat im Rundfunk auf, Gibran aber gaben sie nicht einmal fünf Minuten, kannst du dir das vorstellen? Vierundzwanzig Stunden Langweile und ihm gaben sie keine Chance. Eher aus Schüchternheit und Dankbarkeit heiratete er schließlich die Tochter seines Meisters, eine bescheidene Frau. Sie war bildhübsch, aber ein bisschen einfältig und verstand nicht, warum Gibran sich so mit der Musik abmühte. Zwei Töchter bekamen sie und konnten sich kaum ernähren, doch Gibran vergaß sein Elend und die Welt, wenn er spielte und sang. Und wenn er mit seinen magischen Fingern der Laute die schönsten Töne zu seinen Liedern entlockte, blieben die Leute mitten auf der Straße stehen. Unser langweiliger Rundfunk hat noch nie in seiner Geschichte die Menschen so faszinieren können, dass sie lauschend bei irgendetwas innegehalten hätten.

Eines Tages kam ein reicher Araber nach Ulania, der in Brasilien mehrere Nachtlokale besaß, in denen reiche arabische Emigranten verkehrten. Er war auf der Suche nach einem Sänger in den Orient gekommen, und die versammelte Mafia von Funk und Fernsehen bemühte sich, ihm ihre Schwiegersöhne und Töchter, Speichellecker und Jaultrottel unterzujubeln. Doch der reiche Araber verdrehte nur die Augen und schickte alle weg. Schließlich wollte er sich nur noch ein paar Tage hier erholen und dann nach Brasilien zurückfahren. Da hörte er auf einem Spaziergang durch die Altstadt hier in dieser Gasse die

Stimme, nach der er gesucht hatte. Er bot Gibran einen einmaligen Vertrag für zehn Jahre. Gibran war überzeugt, die Märchenfee, von der er immer geträumt hatte, habe ihm diesen Mann geschickt. Er wollte aber erst ein Jahr zur Probe in das ferne Land, bevor er seine Frau und die Kinder nachholte. Ich habe ihm abgeraten. Ich hatte kein Vertrauen zu diesem merkwürdigen Araber aus Brasilien, doch er war verzweifelt und fuhr mit. Er kehrte nie wieder zurück. Seine Frau weinte lange und wiederholte immer wieder: ›Er ist tot! Gibran hat nie gelogen. Er sagte, es würde nur einen Wimpernschlag dauern und er käme wieder. Nur bei Toten dauert ein Wimpernschlag eine Ewigkeit.‹

Später hörten wir immer wieder die aberwitzigsten Geschichten über Gibrans Schicksal in Brasilien. Aber nur meine Mutter erzählte eine Version, bei der er nicht zugrunde ging. Sie sagte, Gibran habe immer im Elend gelebt, und nachdem er ein paar Tage das satte Leben habe genießen dürfen, sei ihm dieses Elend noch schrecklicher erschienen, so dass er nie wieder in seine Nähe kommen wollte. Er lebe unter einem anderen Namen mit einer Mulattin in Recife. Erst bei dieser Frau habe er die wahre Liebe kennen gelernt.«

Während Nabil erzählte, waren sie weitergegangen und in die nächste Gasse eingebogen. »Hier ist sie«, rief Nabil feierlich, »ich habe sie seit über dreißig Jahren nicht mehr betreten. Sie ist eine der ältesten Gassen der Stadt, denn schon tausend Jahre vor Christus war sie eine belebte Handelsstraße. Die Stadt Ulania war eines der blühenden Zentren des aramäischen Reiches, und die heute so schmale Gasse war damals fast fünfzehn Meter breit mit Bürgersteigen, Läden, Häusern, Tempeln und Vergnügungslokalen auf beiden Seiten. In der Mitte befand sich ein breiter Weg für Karren, Tiere und Pferdewagen. Erst mit den Jahrhunderten dehnte sich Ulania langsam zu den Bergen und am Meer entlang aus. Was früher Wald, Sand, Müllhalde und Galgenberg war, wurde Zentrum und das vornehmste Wohnviertel der Stadt. Die breite Straße aber wurde einsam, sehr einsam. Im Sommer brannte die Sonne auf sie nieder und bleichte sie aus wie alte Knochen. Im Winter fegte der kalte Wind den Sand über die leere Straße und vertrieb die letzten Menschen. Aus Kummer und dem Wunsch nach Nähe fraßen sich die Häuser von beiden Seiten in die Straße hinein und ließen nur noch einen kurvigen Engpass zwischen sich übrig. Die Gasse wurde schattiger, aber so verlor sie auch ihre Einsamkeit.«

Nabil blieb vor einem Haus mit einer großen Eingangstür stehen, schaute um sich und schüttelte den Kopf. Valentin ahnte, dass sie das gesuchte Haus erreicht hatten.

»Ist es hier?«, fragte er in die Stille.

»Ja«, antwortete Nabil mit kaum noch hörbarer Stimme und sichtlich enttäuscht. Die Tür aus gedrechseltem Holz stand halb offen und gab den Blick auf den Innenhof frei. Sie war sicher einmal ein Prachtstück gewesen, doch nun hing sie schief in verrosteten Angeln. Durch die Türöffnung strömte widerlicher Geruch. Die Wände hinter der Tür waren mit handbemalten Kacheln bedeckt, von denen sich jedoch nur ein jämmerlicher Rest an der grauen feuchten Mauer hielt. Die Decke über dem Korridor zum Innenhof, die mit ihren von bunten arabischen Kalligrafien überzogenen Balken einmal die Zierde des Hauses gewesen sein musste, schimmerte grau und gelb vor Nässe. Da und dort hatten ein paar Buchstaben der Zeit widerstanden. Nabil stieß die Tür angeekelt vollends auf. Der Innenhof war mit Blech und Sperrholz verbaut. Zerbrochene Glasscheiben waren durch milchige Kunststofffolien ersetzt. Und der runde Springbrunnen, von dessen Wasserspielen Nabil am letzten Nachmorg noch geschwärmt hatte, beherbergte rostige Fässer mit Heizöl, Farbkanister und einen Stapel alter Gemüsekisten. Nabil erstarrte. »Lass uns gehen«, sagte er. Eine Nachbarin, die vor ihrer Zimmertür Wäsche über einem lauten Dieselbrenner kochte, schaute kurz auf, nickte und wandte sich wieder ihrer Arbeit zu. Im ersten Stock saß ein alter Mann halb nackt auf dem Balkon und starrte mit finsterem Blick in den Hof. »Dort hat meine Großmutter in ihrer letzten Nacht bei uns gesessen«, sagte Nabil kaum hörbar und zeigte auf den Balkon. Dann drehte er sich um und lief ins Freie.

Erst jetzt fiel ihnen auf, dass die Gasse nach Urin und Kloake stank. Nabil schüttelte den Kopf. »Damals gehörte die Gasse mit ihren Geheimnissen und verwunschenen Ecken uns Kindern. Sie war wie eine verschlossene Muschel, die manchmal eine Perle freigibt. Und jede Gasse hatte ihren Geruch, ihren Charakter und ihre Winkel, keine glich der anderen. Heute stinken sie alle gleich nach Kloake. Unsere Gasse roch nach Sesam, denn hier gab es ein großes Lager für Sesam und eine Sesammühle, die aus den Körnern das begehrte Mus und Öl presste. Das Sesammus, Tahina genannt, ist die Grundlage für Halwa und andere Leckereien des Orients. Das Öl brachte viel Geld, weil es auch ins Ausland exportiert wurde. Ein alter Mann siebte Tag für Tag die Sesamkörner und befreite sie von Schmutz und Steinchen, die bei der Ernte mitgeschleppt wurden. Der alte Mann arbeitete seit seinem zehnten Lebensjahr bei der Familie, der die Sesammühle gehörte. Er siebte die Sesamkörner durch große Handsiebe und füllte sie in Säcke – sechzig Jahre lang. Mit den Jahren wurde er immer gebeugter und kleiner, bis er eines Tages verschwand. Meine Mutter sagte: ›Dieser Mann hat so viel

Sesam gesiebt wie Sterne am Himmel stehen, und als er die Zahl übertraf, erschien eine Fee und entführte ihn zu den Sternen.‹«

Lange gingen die Freunde schweigend, dann standen sie plötzlich vor dem Eingang einer Moschee.

»Was ist das für eine Moschee?«, fragte Valentin, dem sich die Stille auf die Seele legte.

Nabil schaute kurz auf. »Das ist der südliche Eingang zur Moschee des Saladin. Am nördlichen Portal liegt die Gasse deines Vaters und deiner unfreundlichen Schwestern«, antwortete er.

»Was hältst du davon, dass wir uns erst die Moschee anschauen und dann ins Hammam am anderen Ende gehen?«, fragte Valentin.

»Nichts lieber als das«, erwiderte Nabil und beide zogen wie alle Besucher des Heiligtums ihre Schuhe aus. Ehrfürchtig gingen sie durch eine der schönsten Moscheen der Welt. Nabil war in seinem Element als Architekt, der eine große Liebe zu diesem besonderen Baustil fühlte und sie Valentin spüren ließ. Valentin staunte über die Kunstfertigkeit, mit denen die alten Baumeister ihr Handwerk beherrschten. Die Fresken und Fenster, der Marmorboden und die Arkaden waren wie ein Traumgemälde. Und erst das Innere der Moschee! Ein Wunderwerk der verkörperten Ruhe, entstanden, als die Menschen die Zeit noch fest in der Hand hatten und den Dingen, die sie schufen, schenkten. Es war dieses zauberhafte Geschenk, durch das ihre Baukunst die Jahrhunderte überdauerte.

Valentin ging über den mit schweren Teppichen bedeckten Boden und bemerkte in einer fernen Ecke Männer, die im Kreis um einen mit leiser Stimme sprechenden alten Mann saßen. Während Nabil ihm die besondere Form der Bögen der Moschee erklärte, fühlte Valentin, wie die Stimme des alten Mannes ihn wie ein

Magnet anzog. Er ging langsamen Schrittes zu ihm und setzte sich, vom staunenden Nabil gefolgt, zu den Männern in den Kreis. Der alte Mann hielt eine Sekunde inne, lächelte Valentin an und fuhr dann fort. Doch Valentin spürte, dass dieses Lächeln nur ein Vorhang war, hinter dem Trauer lag. Er verstand kein einziges Wort von dem, was der Mann sprach, aber er war so gefangen, dass er wünschte, er könnte ihm ein Leben lang zuhören. Als der alte Mann geendet hatte und die Männer ihn mit Fragen bestürmten, stand Valentin auf, verabschiedete sich mit einem leichten Kopfnicken und ging mit Nabil hinaus.

»Hast du etwas verstanden?«, fragte der Freund.

»Nein, aber ich glaube, der Mann ist verbittert und hat seine Worte, die nach Feuer schmeckten, mit Rosenblättern zugedeckt. Ich glaube, er hat große Angst«, antwortete Valentin.

»Der Mann ist ein bekannter Islamgelehrter«, erzählte Nabil. »Nach dem tragischen Tod seiner drei jungen Söhne lebt er von der Welt zurückgezogen. Man hat sie ermordet in einem Straßengraben gefunden. Viele behaupten, der Geheimdienst hätte sie auf dem Gewissen, andere betrachten den Mord als Strafe der Fundamentalisten, die diesen liberalen Geistlichen hassen. Nur Gott kennt den Mörder, aber seitdem unterrichtet der Gelehrte nicht mehr an der Universität und man sieht ihn nur noch selten.«

Das Bad des Vergessens und Tröstens hatte seinen Namen verdient. Es war ein Wunder aus Marmor, Wasser und Spiegeln. Nabil war darin bester Laune, und das heruntergekommene Haus seiner Kindheit rückte in die Ferne, umhüllt von Nebel, der noch dichter war als der Dampf, in dem sie saßen. Valentin wunderte sich, mit welcher

Leichtigkeit Nabil von Trauer zu Fröhlichkeit, von Scherz zu Zorn überwechselte. Auch Nabils Sinn für das Unendliche und seine Genauigkeit waren für Valentin schwer zu verstehen.

Vom Dampfbad gingen die Freunde zur Massage, die für ein paar Piaster zusätzlich angeboten wurde. Anfänglich hatte Valentin Angst vor dem Koloss, der breitbeinig vor ihm stand und sich als Masseur vorstellte. Der Mann war ein Mischling, in dessen Blut sich Asien und Afrika vereinigten. Doch Nabil beruhigte Valentin und versicherte, dass er sich nach der Massage wie neu geboren fühlen würde. Und so war es: Alle Verkrampfungen schienen sich unter den kräftigen Fingern des Masseurs zu lösen. Valentin erinnerte sich dabei an die Zeit, als er zum ersten Mal in Ulania gewesen war, und wie er damals voller Angst vor einem Hammam gestanden und es nicht zu betreten gewagt hatte. Das Hammam hatte ihn angezogen und zugleich abgestoßen.

Nach dem Bad saßen sie eingehüllt in schneeweiße Tücher und tranken übersüßen heißen Tee aus kleinen Gläsern. Nabil lehnte sich voller Wonne zurück. »Das ist das Paradies«, murmelte er und schloss die Augen. Es verging keine Minute, bis er anfing zu schnarchen. Und er war nicht der Einzige, der sich beim Geplätscher des Springbrunnens der Schwere der Augen und der Wärme der gekneteten Muskeln ergab. Valentin, der nicht schlafen konnte, bestellte noch einen Tee und bat auf französisch, dass der Diener den Zucker weglassen möge, aber der freundliche Mann verstand kein Wort. Ein älterer Herr, der die ganze Zeit nicht weit von Valentin und Nabil gesessen hatte und Valentin jetzt kopfnickend anlächelte, übersetzte und rückte dann etwas näher. Sämtliche Regeln der französischen Grammatik außer Acht lassend und immer wieder Deutsch und Arabisch in die Sätze mischend, schloss man Bekanntschaft. Ibrahim hieß der Herr und Valentin erfuhr von dem etwas schüchternen, aber bekanntesten Konditor der Stadt vieles über die Spezialitäten der süßen Küche Arabiens. Ibrahim hatte neben zwei großen Geschäften in Ulania, die von einer tüchtigen Tochter und ihrem Mann geführt wurden, noch ein Geschäft in Paris, das sein ältester Sohn nicht ganz zu seiner Zufriedenheit leitete. Valentin amüsierte die nüchterne Art des Mannes, der mehrmals in Berlin, Frankfurt und Stuttgart gewesen war, um zu prüfen, ob er dort Filialen seiner Konditorei eröffnen sollte.

Valentin erfuhr, dass Ibrahim täglich ins Bad kam, um sich zu erholen, man redete über dies und das, und endlich deutete Valentin dem Konditor vorsichtig an, dass sein richtiger Vater ein Sohn dieser Stadt gewesen sei. Die Augen des alten Mannes leuchteten auf und er wurde neugieriger als ein zehnjähriger Junge. Valentin vergewisserte sich, dass Nabil noch schlief, dann verriet er flüsternd, dass sein Vater niemand anderes gewesen sei als der Friseur Tarek Gasal, der hier, nicht weit vom Hammam, gelebt habe. Und siehe da, der alte Mann kannte den Friseur und wusste sogar von dessen Liebe zu einer Deutschen. Die Gassen und Häuser in Ulania sind so ineinander verschachtelt, dass Geheimnisse keine Chance auf ein langes Leben haben. Schließlich erzählte Valentin von der Abfuhr an der Haustür seiner Halbschwestern und zu seiner Verwunderung wurde der schüchterne Konditor plötzlich lebhaft. Er lachte und erklärte Valentin, wie naiv er und Nabil gewesen seien, eine solch delikate Frage derart direkt anzugehen. »Die Wege der Altstadt sind verschlungen. Der Herr«, sagte er und deutete auf den schlafenden Nabil, »ist zwar ein Ulanier, aber er lebt im neuen Stadtviertel, dort führen alle Straßen geradeaus. Das ist hier anders. Der kürzeste Weg in der Altstadt ist der verschlungenste. Alles andere führt in die Irre oder in eine Sackgasse.«

Ob er, der Konditor, ihm dann nicht helfen könne, wollte Valentin wissen. Der alte Herr schüttelte den Kopf, hielt dann aber inne. »Doch«, sagte er, »ich kenne jemanden, der über eine ferne Tante an die zwei Frauen herantreten könnte. Das ist allerdings eine sehr unsichere Geschichte. – Ich will es versuchen, aber machen Sie sich bitte keine großen Hoffnungen«, schloss er. Dann stand er auf und wandte sich zum Gehen. »Ich bin täglich da. Das Bad ist sozusagen mein Büro. Wenn Sie wollen, können Sie mich in ein paar Tagen wieder hier treffen.«

Wenig später wachte Nabil auf.

Schon seit der Ankunft schrieb Valentin immer am späten Nachmittag einen Liebesbrief an Pia. Manchmal waren es nur ein paar Zeilen, am Tag der Überraschung im Hammam aber wurden es drei Seiten. Er warf den Brief ein, mischte sich wieder unter seine Leute und beobachtete mit großer Spannung die flammende Liebe zwischen Anita und Scharif, der inzwischen als Requisiteur zur Circusmannschaft gehörte.

Es folgte die Abendvorstellung und sie war wieder ein großer Erfolg. Den Namen des Tages eroberten sich die Zwillingsbrüder Max und Moritz. Ohne Zweifel zeigten sie an diesem Tag die beste Darbietung. Die Zwillingsbrüder Badarian, die aus Armenien stammten und seit einem Jahrzehnt Schweizer Staatsbürger waren, waren sich so ähnlich, dass selbst ihre Freunde sie nur schwer auseinander halten konnten. Max war der Fabulierer und Moritz der Praktiker, der die Ideen des Bruders umsetzte. Am Anfang ihrer Karriere hatten die Brüder jahrelang durchschnittliche Bodenakrobatik vorgeführt. Dann machte ein Amerikaner sie darauf aufmerksam, dass sie ihre absolute Ähnlichkeit nicht genug nutzten. Da stiegen sie um und machten kleine Pantomimen, die vom Witz der Verwechslung lebten. Und Ende der achtziger Jahre erfanden sie schließlich die Nummer, die ein Welterfolg werden sollte und auch das Publikum in Ulania an jenem Abend erst in Erstaunen und dann in Raserei versetzte: Ein großer Spiegel stand mitten in der Manege und einer der Brüder kam als Clown, der tanzte und auf einer kleinen Flöte spielte. Da stand er plötzlich vor dem Spiegel, schaute hinein und war verdutzt. Er schnitt Grimassen, hüpfte und tanzte und sah, wie sein Spiegelbild jede seiner Bewegungen wiedergab. Da fiel er vor Rührung zu Boden und weinte, und das Spiegelbild fiel und weinte natürlich auch, was ihn noch mehr rührte, so sehr, dass er näher kam und dem Spiegelbild einen Kuss gab. Da gab es eine Explosion, und Rauch füllte die Manege. Der Clown hustete und hustete – sein Spiegelbild aber nicht. Er schimpfte und das Spiegelbild schimpfte zurück, er drohte und das Spiegelbild drohte auch, aber alles mit einer kurzen Verzögerung. Da verstand der Clown die Welt nicht mehr. Er legte beide Hände auf die Glasscheibe, das Spiegelbild tat es ihm nach, und beide gingen breitbeinig, die Handflächen aneinander gelegt, immer weiter, bis der Spiegel zu Ende war und das Spiegelbild aus dem Spiegel heraus und mit in die Manege trat. Beide tanzten jetzt und machten Späße, vollführten die akrobatischsten Sprünge und waren in allem, was sie taten, jeweils ihr vollkommenes Spiegelbild. Da stolperte der Clown und fiel, doch statt genauso zu fallen, lachte das Spiegelbild. Das machte den Clown wütend und er vertrieb sein Spiegelbild und befahl ihm, in den Spiegel zurückzugehen. Das Spiegelbild gehorchte gesenkten Hauptes und spiegelte von da an wieder so leblos wie zuvor genau das, was der Clown ihm vormachte. Auch als der Clown längst seinen Zorn bereute und sein Spiegelbild wieder aus dem Spiegel herausholen wollte, kam es nicht wieder. Statt dessen verschwand es immer weiter im Dunkeln ...

Nach der Schlussparade bat Nabil die Artisten auf die Zuschauerränge und die Zuschauerartisten des Tages in die Manege.

Erst trat ein Mann mit unglaublicher Kraft in den Zähnen auf. Er biss in einen Mehlsack von über fünfzig Kilo und schleuderte ihn in die Höhe, als wäre es eine Vogelfeder. Dann ließ er drei der kräftigsten Männer im Tauziehen gegen sich antreten. Der bissfeste Samson hielt das Seilende mit den Zähnen und besiegte mit Leichtigkeit die drei Männer, die sich vergeblich mit den Füßen in den Manegenboden stemmten. Sie fielen zu Boden und der Mann schleifte sie unter dem Jubel des Publikums am Seil quer durch die Manege. Danach trat eine Frau auf, die nicht nur wunderbar pfeifen konnte, sondern dazu ein eigenartiges Gedächtnis besaß. Sie konnte weder Namen noch Telefonnummern behalten, sich aber jede Melodie der Welt für immer merken, wenn sie sie ein einziges Mal gehört hatte. Das jedenfalls behauptete Nabil. Die Frau ahmte zuerst Vogelstimmen nach, aber das fand das Publikum, wie nicht anders zu erwarten, bald langweilig. Da erst bot der eingeweihte Nabil den Zuschauern an, sich jede beliebige Musik zu wünschen, die Künstlerin werde sie auf der Stelle pfeifen, und die Leute wünschten sich wild durcheinander Klassiker aus Arabien und dem Ausland und neueste Hits. Die Frau gab alles gelassen lächelnd wieder; selbst als jemand lachend die finnische Nationalhymne verlangte, dachte sie nur einen Augenblick lang nach und pfiff dann eine wunderschöne Melodie. Niemand konnte wissen, ob es die richtige war, aber eine Frau rief laut: »Gott schütze deinen Mund!« Vielleicht eine Finnin; jedenfalls hatte sie einen ungewöhnlichen Akzent.

Heiter und voller Staunen verließen die Zuschauer an diesem Abend das Circuszelt. Nur der Mann mit dem stählernen Gebiss stand geduldig am Rand der Manege und wartete. Valentin schickte Nabil zu ihm, und wenig später ging auch er, strahlend, als hätte man ihm das Geschenk seines Lebens gemacht. Erst am Ende des Nachmorgs kam Valentin dazu, Nabil nach ihm zu fragen.

»Was wollte der Mann mit dem Stahlgebiss?«

»Morgen eine Sensation vorführen«, antwortete Nabil.

»Eine Sensation? Er war doch schon großartig«, wunderte sich Valentin.

»Das sei noch gar nichts im Vergleich zu dem, was er morgen zeigen will«, antwortete Nabil und gähnte. Dann ging er geheimnisvoll lächelnd zu seinem Wohnwagen und ließ Valentin mit seinen Fragen allein.

16.

Wie ein Brot verschwindet und eine Hoffnung wieder erwacht

Der alte Robert war wie verwandelt. Vom frühen Morgen bis in die späte Nacht war er nur noch mit dem Bären beschäftigt, der nun ihm gehörte, denn der alte Bärenführer war nicht wieder aufgetaucht. Der Bär erschien durch die Pflege und die gute Nahrung im Circus schon um Jahre jünger, doch Robert brauchte Geduld, um ihm in seinem Alter noch das Balancieren auf Rädern und Seilen beizubringen. Vom Tanz, den der Bär so gut beherrschte, hielt Robert nämlich nichts. Er wollte dem Tier die hohe Schule der Bärendressur beibringen und schien seinem schwerfälligen Schüler gegenüber die Ruhe in Person zu sein. »Alte Bären lernen langsamer, aber dafür gründlich«, nahm er ihn in Schutz, wenn jemand spöttische Kommentare abgab. So übten die beiden Tag und Nacht und bis zu ihrem ersten Auftritt würde es nicht mehr lang dauern.

Anita und ihr Freund Scharif traten mit exotischen Tieren auf. Die Nummer wurde von der Melodie der »Scheherazade« des russischen Komponisten Rimski-Korsakow begleitet und schon allein durch Anita und Scharif sah die Nummer entsprechend exotisch aus. Man lästerte allerdings bereits am ersten Tag, dass die Zuschauer nicht von den Schlangen, sondern von Anita fasziniert seien, die im hauchdünnen Anzug drei Boaschlangen um ihren Körper wickelte. Scharif ging ihr zu Hand und Mansur giftete hinter vorgehaltener Hand: »Erst war er Requisiteur, nun ist er selbst zur Requisite geworden.« Aber so sehr Anitas Schönheit die Leute in ihren Bann schlug, so recht begeistert war niemand, denn Schlangen genießen in Arabien weder einen guten Ruf noch Sympathie. Schön finden die Araber Schlangen nur aus der Ferne und am schönsten finden sie es, wenn sie sie überhaupt nicht sehen.

Eines Tages lud Scharif Valentin, Nabil und acht andere Circusleute zu sich zum Mittagessen ein. Valentin konnte nicht, und Nabil wollte wegen seiner Diät nicht, aber beide wunderten sich, dass Anita nicht eingeladen war. Valentin blieb in seinem Wohnwagen, um sich anhand des Tagebuchs noch einmal die Erinnerungen seiner Mutter zu vergegenwärtigen. Als er am frühen Nachmittag wieder herauskam, waren alle Geladenen bereits wieder zurück, schlecht gelaunt und sichtlich erregt.

»Welche Laus ist denn denen über die Leber gelaufen?«, fragte Valentin Nabil, der lächelnd auf ihn zukam.

»Martin ist Linkshänder«, sagte Nabil.

»Das weiß ich, und?«

»Scharif wusste es aber nicht. Scharifs Familie war so erfreut und stolz über die Gäste aus Deutschland, dass sie alle Verwandten und Nachbarn zum Mittagessen eingeladen hatten. Es gab Reis mit Hammelfleisch, ein aufwändiges Gericht, das selten gelingt. Man serviert es auf einem großen runden Blech, und die Leute sitzen um dieses Blech und essen mit der Hand. Danach wird warmes Wasser zum Waschen der Hände und manchmal auch noch Parfüm gereicht. Aber man isst nur mit drei Fingern der rechten Hand. Ich kann das nicht. Ich habe von Kind auf nur mit Besteck essen gelernt. Die Eltern von Scharif aber sind Bauern, die noch dieses Stück Tradition bewahren. Niemand nimmt es übel, wenn jemand die Kunst, mit drei Fingern Reis und Fleisch in kleinen

Happen in den Mund zu werfen, nicht beherrscht, aber das Essen mit der linken Hand ist streng verboten und gilt als große Beleidigung der Anwesenden. Es ist noch schlimmer, als würde man bei euch in den Teller der anderen spucken.«

»Warum ist man damit so streng?«, fragte Valentin erstaunt.

»Weil die linke Hand und überhaupt alles, was mit links zu tun hat, im Orient verpönt ist. Bei den orientalischen Christen übrigens nicht anders als bei den Moslems. Dazu kommt, dass die Araber sich aus hygienischen Gründen nach dem Toilettengang waschen, und sie waschen sich Hintern und Genitalien nur mit der linken Hand. Natürlich waschen sie die Hände danach noch einmal gründlich, doch die linke Hand ist sozusagen unrein, und wenn man mit ihr das Essen anfasst, vertreibt man die anderen, und das geschah bei Scharifs Familie. Es gab drei Bleche, jedes für etwa sieben Personen. Und als Martin voller Neugier mit der linken Hand anfing, standen plötzlich die sechs Männer, die an seinem Blech mitaßen, erschrocken auf und liefen fluchend aus dem Zimmer. Martin, der schüchterne Martin, saß allein an seinem Blech unter den zornigen Blicken der Araber. Scharif versuchte noch zu vermitteln, aber es war zu spät.«

Und seltsam, am selben Nachmittag geschah auch der erste ernst zu nehmende Unfall, seit der Circus in Ulania war. Es war während einer Probe. Der Löwe Sultan wich einem Prankenhieb seines verhassten Rivalen Nero aus, geriet aus dem Gleichgewicht und fiel so unglücklich vom Podest, dass er mit seinem Unterkiefer gegen dessen eiserne Kante schlug. Er erhob sich zwar wieder und kletterte auf sein Podest zurück, doch Martin erkannte sofort, dass Sultans Unterkiefer gebrochen war. Er trieb die anderen Raubtiere durch den Laufgang in ihre Käfige zurück und rief nach Klaus, dem Tierarzt. Martin half dem Arzt, den Löwen in einen Spezialkäfig zu bringen. Dort wurde er narkotisiert und in das Spitalzelt gebracht. Klaus, der inzwischen zwei neugierige junge Tierärzte aus Ulania als freiwillige Helfer hatte, untersuchte den Löwen und beschloss ihn unverzüglich zu operieren. Als Valentin das erfuhr, kam er sofort, um Martin zu trösten, der unbedingt bei der Operation dabei sein wollte. »Erst das Essen und dann das«, sagte Martin mit hoch rotem Gesicht. »Es fehlt nur noch ein Genickbiss, dann bin ich für heute bedient.«

Martin fühlte sich schuldig, denn Tag für Tag befasste er sich mit jedem einzelnen seiner Raubtiere, überprüfte ihre Stimmung, redete mit ihnen und ermunterte sie. Wenn ein Tier Schwierigkeiten hatte, verletzt oder verstimmt war, nahm er es aus der Gruppe. Und an jenem Tag waren die Löwen erregt, weil die Löwin Samara läufig war. Er brachte Samara in einen anderen Käfig und die Löwen beruhigten sich wieder. Nur Nero wurde noch wilder und Martin war nach der Blamage beim Mittagessen nicht mehr so geduldig wie sonst: Er schrie Nero an, der kuschte und ließ sich zur Übung führen – und damit nahm das Verhängnis seinen Lauf.

Drei Stunden dauerte die schwierige Operation, dann waren beide Kiefer mit Hilfe zweier kleiner Holzstücke so fixiert, dass das Maul gerade so weit geöffnet blieb, dass der Löwe zu Brei verarbeitete Nahrung zu sich nehmen konnte. Schon am nächsten Morgen leckte der Löwe seine Nahrung aus Milch und Fleischpulver ohne Hilfe mit der Zunge auf und das tat er so lange, bis der Unterkiefer geheilt war. Am Tag der Operation aber fühlte sich Klaus zum ersten Mal an der Grenze seines Wissens angekommen. Und genau da schlug eine tiefe Freundschaft zwischen Martin und ihm Wurzeln und sie sollte ein ganzes Leben dauern.

Sechs Wochen später war der Löwe Sultan gesund. Er hatte etwas abgenommen, aber innerhalb von Tagen war er wieder so quicklebendig wie eh und je und nahm seine Arbeit in der Manege auf, als wäre er nie fort gewesen. Doch all das war Wochen später, wie gesagt, und bis dahin geschahen Dinge, die man lieber der Reihe nach erzählen sollte.

Der Tag nach der Begegnung mit Ibrahim, dem Konditor, wäre um einen Haar ein Tag der Schmetterlinge geworden, die am Trapez bezauberten, doch dann trat der Mann mit dem wundersamen Gebiss noch einmal auf. Erst jetzt fiel Valentin auf, wie dürr und knochig der Mann war. Nacken und Kopf wollten gar nicht zu der zierlichen Gestalt passen.

Der Mann hatte Nabil am Vortag gebeten, ein gewaltiges rundes Fladenbrot von zwanzig Kilo Gewicht zu besorgen. Ein solches Brot konnte nur in den wenigen Bäckereien der Altstadt gebacken werden, die noch über einen Ofen verfügten, dessen Boden aus Basaltsteinen und dessen gewölbte Decke aus Ziegelsteinen gebaut war. Gegen fünf Uhr trugen zwei Bäckergesellen nicht ohne Stolz die große Scheibe, deren obere Seite mit geröstetem Sesam verziert war, an vielen Neugierigen vorbei zum Circus.

Als die normale Vorstellung zu Ende war und die Artisten sich zwischen die Zuschauer drängten, kündigte Nabil die Sensation des Abends an: Der Mann würde nur mit der Kraft seines Mundes eine Scheibe Brot von zwanzig Kilo Gewicht jonglieren. Zwei kräftige Requisiteure trugen das Fladenbrot, zwei andere einen Bistrotisch mit einem Wasserkrug darauf, dann schritt der Mann unter den Paukenschlägen der Musikkapelle lachend in die Manege. Es wurde still. Die beiden Circusarbeiter hoben das Brot hochkant in die Höhe und hielten es fest, bis der Mann sich an der unteren Kante festgebissen hatte, dann klatschte der Mann in die Hände und die Arbeiter ließen die Scheibe los. Sie stand wie ein riesiger Mond im Mund des Mannes und hatte einen Durchmesser von fast zwei Metern. Und als wäre dieser Kraftakt noch nicht genug, warf der Mann die Scheibe mit einem Ruck in die Höhe und fing sie mit dem Mund wieder auf. Das wiederholte er ein paarmal, bis die Zuschauer merkten, dass der Mann kaute und der Scheibe nach jeder Drehung ein kleines Stück mehr von ihrem Rand fehlte. Sie drehte sich immer weiter, und der Mann warf sie immer höher, kaute, biss ein Stück ab und warf die Scheibe wieder. Da explodierte das Publikum und begleitete die Würfe mit Begeisterungsrufen und Füßestampfen, die Scheibe flog immer höher und landete dennoch wieder in dem gierigen Mund, der die abgerissenen Brotstücke hinunterschlang. Dazwischen griff der Mann blitzschnell zum Wasserkrug, trank einen Schluck und biss und warf danach noch schneller. Als schließlich nur noch eine Scheibe von der Größe eines Handtellers übrig war, biss er das letzte Mal und schleuderte den kleinen Rest mit einer solchen Wucht in die Höhe, dass er sich irgendwo in der Circuskuppel verfing. Der Mann stieß einen Freudenschrei aus und rief ins Publikum: »Jetzt bin ich zum ersten Mal seit vierunddreißig Jahren satt!« Ein Lachen rollte sich darauf von Mund zu Mund und hallte in verschiedenen Tiefen, Höhen, Rhythmen und Melodien wieder, als wollte das Publikum dem Mann nun auch ein seltenes Geschenk machen: ein Feuerwerk aus Lachen, das genau zwölf Minuten anhielt. So etwas hatte der Circus Samani seit seiner Gründung noch nicht erlebt. Und auch Valentin konnte nicht mehr an sich halten. Er stürmte in die Manege und umarmte den schwitzenden Mann und beide verneigten sich Arm in Arm vor dem Publikum.

Als sich die Mitarbeiter und Artisten später um Valentin scharten, um den Tag zu besprechen und die Aufgaben der nächsten Zeit zu erörtern, wollten sie unbedingt wissen, wie der Tag nun heißen sollte. »Brottag«, sagte Valentin nach kurzem Zögern, denn in der Aufregung hatte er versäumt, den Mann nach seinem Namen zu fragen.

Spät in der Nacht saßen Valentin und Nabil im Circuscafé und tranken ihren Wein und mit ihm die Ruhe der Nacht. In einer fernen Ecke hielten sich Anita und Scharif eng umschlungen.

»Was schreibst du jeden Tag?«, fragte Nabil gegen Nachmorg.

»Liebesbriefe«, antwortete Valentin.

»Junge, Junge. Das wird ja immer schöner mit dir. Wie heißt sie denn?«

»Pia.«

»Und wie alt ist sie?«

»Ich weiß nicht, wie alt sie heute ist«, sagte Valentin. »Bei unserer letzten Begegnung war sie fünfunddreißig und ich nur noch dreiundfünfzig.«

Nabil wusste nicht, was er davon halten sollte.

Danach erzählte Valentin die Fortsetzung der Geschichte seiner Mutter und erreichte nach einer guten Stunde die Stelle, wo der Friseur Tarek Gasal, nachdem er aus Versehen den Sohn eines Großgrundbesitzers auf der Jagd getötet hatte, vor dem Vater des Toten und seinen Häschern fliehen musste.

»Tarek hatte schon seinen falschen Pass in der Tasche, und seine Koffer waren schon auf dem Dampfer *Britania*, der im Hafen von Ulania lag und am nächsten Morgen zur Fahrt über Europa nach Amerika auslaufen sollte, als er einen leichtsinnigen Fehler beging: Gegen alle Vernunft beschloss er, ein letztes Mal seine Mutter aufzusuchen und sich von ihr zu verabschieden. Drei Killer nahmen sofort die Verfolgung auf. Es waren Profis, aber Tarek wand sich flink durch die Gassen und Basare und machte seinem Namen Gazelle alle Ehre. Doch er hatte Pech: Er schlüpfte aus Versehen in einen Hof und seine Häscher waren so dicht hinter ihm, dass sie es sahen. Es regnete in Strömen und Tarek kletterte wie ein Panther auf den einzigen Baum im Hof, eine uralte Pomeranze. Seine Verfolger wussten, dass er irgendwo in dem Hof stecken musste, und durchsuchten alle Winkel, Treppen und Verschläge, während einer am Eingang Wache hielt. Tarek war in seinem Versteck durch die Dunkelheit geschützt, doch der Morgen dämmerte bereits, und er fühlte eine unendliche Müdigkeit und war nass bis auf die Knochen. Es gab nur eine Möglichkeit: auf einen hohen Ast zu klettern und von da den Sprung auf einen Balkon im dritten Stock zu wagen. Wenn er das schaffte, konnte er von dem Balkon aufs Dach und von dort in den nächsten Hof hinunterklettern. Er kletterte lautlos auf den dicken, aber glitschigen Ast, den er sich ausgesucht hatte, nahm all seine Kraft zusammen und sprang um sein Leben. Doch sein Fuß glitt etwas ab, er verlor an Schwung und erreichte den Balkon im dritten Stock nur mit den Fingerspitzen. Er krallte sich verzweifelt fest, es regnete immer noch in Strömen und Tarek holte tief Atem, bevor er sich hochzuziehen begann – in diesem Augenblick entdeckten ihn die Verfolger.« Valentin lächelte. »Und morgen erzähle ich weiter«.

»Teufel«, lachte Nabil, »du glaubst doch nicht im Ernst, dass ich so schlafen kann. Erzähl nur noch ein bisschen, nur bis die Sache mit dem Balkon zu Ende ist«, bat er.

»Hörst du nicht den Hahn krähen? Morgen erzähle ich dir die Fortsetzung.«

»Gemein!«, rief Nabil aus und wünschte dem Hahn einen gnadenlosen Metzger.

An jenem Nachmorg lag Nabil lange wach. Er wunderte sich über sich selbst, denn er wusste doch, dass Tarek heil aus Ulania nach Deutschland gelangen und Cica kennen lernen würde, wieso machte er sich also Sorgen um ihn? Andererseits: Wie gelangte er nach Deutschland und warum? Er wollte doch nach Amerika! Oder hatte der Vater des getöteten Jungen Wind davon bekommen und ihm in Marseille Killer an Bord geschickt? Fuhr Tarek überhaupt mit dem Ozeandampfer *Britania* nach Amerika, oder wusste er bereits im Hafen, dass dort der sichere Tod auf ihn wartete, und änderte seine Pläne? Mit Sicherheit war Tarek später nach Berlin gekommen, denn dort hatte er Valentins Mutter kennen gelernt. Warum aber nach Berlin und nicht nach Paris, wo er doch fließend Französisch sprach? Nabil lag im Bett und konnte nicht aufhören, über Tareks Schicksal nachzudenken.

Aber auch Valentin konnte lange nicht schlafen. Zum ersten Mal in seinem Leben hatte er erfahren, was ein guter Zuhörer wie Nabil besaß: Ohren, die wie Saugrohre die Worte aus dem Mund des Erzählers in sich aufnehmen können. Er meinte, immer noch ein seltsames Kitzeln auf der Zunge zu spüren.

Am Morgen musste Nabil zu seinem Arzt, um sich einer Routineuntersuchung zu unterziehen, und Valentin fühlte, wie sehr das Haus seines Vaters ihn anzog. Er dachte kurz daran, Scharif oder Mansur als Begleiter mitzunehmen, doch dann beschloss er allein zu gehen. Er wollte die Gefühle seiner Mutter nachempfinden, als sie allein durch die Straßen Ulanias gegangen war.

Und in der Tat erschien es ihm allein viel aufregender, viel gefährlicher. Schon nach wenigen Schritten im Basar verlor er die Orientierung. Die Menschen hasteten an ihm vorbei, keiner lächelte ihn verbindlich an, keiner reichte ihm den roten Faden, dem die Bewohner der Stadt folgten, die sich so sicher durch die Gassen bewegten. Valentin erschienen diese Gassen auf einmal düster und zum Ersticken eng. Sie waren nicht mehr verwinkelte Orte der Geborgenheit, sondern verschlungene Gänge eines endlosen, kalten Labyrinths voller Sackgassen. Wo war der verfluchte Brunnen, aus dem seine Mutter getrunken hatte? Und Saladins Moschee, war sie nicht am südlichen Ende des Basars? Valentin wunderte sich, dass ihm kein Ort, kein Geschäft, nicht einmal eine der vielen Kirchen und Moscheen, die er vor sechsundvierzig Jahren gekannt haben musste, in Erinnerung geblieben war. War er damals so dumm und blind gewesen? Oder war sein Gedächtnis so schlecht? Was war eigentlich von mehr als zwanzig Reisen nach Italien geblieben? Der Sturm von Triest? Der Urlaub mit seiner Frau in Grado? Die finanziell katastrophale Reise in den Süden Italiens? Er hatte doch wunderbare Zeiten dort verbracht, wo waren ihre Vertreter in seiner Erinnerung?

Valentin schwitzte vor Aufregung, doch er beschloss, den Weg zum Haus seines Vaters zu finden, und wer weiß, vielleicht würde er sogar den Konditor treffen. Dieser Gedanke linderte das Gefühl der Fremde, doch Valentin lief im Kreis und landete fluchend immer wieder im Basar. Er kaufte sich ein Falafelbrot. Diese gebratenen kleinen Laibe aus Kichererbsen und Gewürzen schmeckten immer köstlich, wenn Mansur sie machte. Herrlich golden waren sie und dufteten Appetit anregend. Hier auf dem Markt aber waren sie in billigem Öl schnell gebraten, teigig und schmeckten verbrannt; ein Trost war, dass sie gut sättigten.

»Wo ist Saladins Moschee?«, fragte Valentin auf Französisch und wunderte sich, dass der kleine Junge hinter dem verdreckten Bratkessel die Sprache so gut sprach, dass er ihm leicht den Weg zeigen konnte. Valentin gab reichlich Trinkgeld und ging weiter. In der Tat waren Moschee und Bad nicht weit vom Basar entfernt.

Valentin wollte erst nur am Haus seines Vaters vorbeigehen, nur den Geruch schnuppern. Das große Anwesen war bestens erhalten. Die Außenmauer war mit einer neuen Kalkschicht versehen, deren Weiß beinahe glühte. Valentin schaute voller Sehnsucht zu einem Jasminstrauch hinauf, der aus dem Innenhof über die Mauer kletterte, seinen Duft in der Gasse verbreitete und großzügig seine Blüten verstreute. Valentin wäre in diesem Augenblick gern eine kleine Jasminblüte gewesen, die den Innenhof sehen durfte. Er stand nun doch vor der Tür wie festgenagelt; dann ließ ihn ein Geräusch dahinter zusammenfahren. Er lief davon und sein Herz klopfte dabei wie bei einem auf frischer Tat ertappten Jungen.

Wie hatte sich seine Mutter in diesen Gassen gefühlt? Fremd und Tausende von Kilometern vom eigenen Zuhause entfernt? Aber von welchem Zuhause, dem in Deutschland oder dem ihrer Kindheit in Budapest? In der Fremde fühlt man oft Sehnsucht nach den Orten der Kindheit und nicht nach denen der späteren Jahre. Das ging ihm bei seinen langen Tourneen immer so und auch jetzt in Ulania. Wie oft hatte er neben seiner Mutter gelegen und den Geschichten aus ihrer Kindheit in Ungarn zugehört. Damals hatte er häufig das Gefühl, dass seine Mutter ein einziges Haus in ihrem Leben hatte, ein felsenfestes Haus: ihre Kindheit. Dorthin kehrte sie im Geiste immer wieder zurück, wenn es düster um sie wurde, und Valentin begleitete sie auf diesen Reisen, wenn sie ihn durch ihre Erzählungen daran teilhaben ließ. Er wusste genau, wie ihre Gasse in Budapest aussah, in welchen Winkeln sie ihre Puppen und ihre Tante Maria ihre Honigbonbons versteckt hatte. Valentin wusste über viele Verwandte seiner Mutter so gut Bescheid, als lebten sie im Nachbarhaus, doch gesehen hatte er sie alle nie.

Es war fast Mittag, als Valentin das Hammam betrat. Er ging barfuß, obwohl alle anderen Männer mit ihren hohen Holzschuhen klapperten, die die Füße vor dem heißen Fußboden schützen sollten. Valentin empfand die Hitze unter seinen Füßen als wohltuend. Er legte sich auf die Marmorplatte im großen Schwitzraum, der die Form eines Achtecks hatte, dessen Mittelpunkt eben die erhöht liegende Marmorplatte war. Es war der heißeste Raum im ganzen Bad. Acht Rundbögen ruhten auf Steinsäulen und trugen seine mit Ornamenten und blauen Kacheln geschmückte Kuppel. Hunderte von kleinen Fenstern funkelten dazwischen wie Sterne.

Valentin lag lange auf der Platte; wenn es ihm zu heiß wurde, lief er unter die Bögen, wo er aus verschiedenen Behältern warmes und kaltes Wasser schöpfen und sich Erfrischung verschaffen konnte. Dann lag er wieder auf dem Rücken und erinnerte sich an das Abenteuer mit Nabil vor vielen Jahren, als sie beide durch ein Kuppelfenster jenes anderen Hammam den Frauen beim Baden zugesehen hatten. Er erinnerte sich an das Mädchen, das genau unter der Kuppel auf dem Rücken lag, vor sich hindöste und schließlich einschlief, während ihre Mutter, eine junge, fettleibige Frau, sich in ihrer Nähe einseifte. Plötzlich wachte das Mädchen auf, sah die Köpfe der Jungen hoch oben und rief entsetzt: »Engel! Da kommen Engel!« Die Mutter schrie, als wollte man ihr ein Messer in die Rippen stoßen, dann rutschte sie beim Versuch, sich unter den Bögen zu verstecken, aus und fing an, um Hilfe zu rufen. Valentin war vor Schreck wie gelähmt, und Nabil war es, der ihn am Kragen zerrte und ihn zur Eile antrieb. – Nein, so schlecht war Valentins Gedächtnis nicht; seine durch das Herumirren in den Gassen verursachten Zweifel waren nicht berechtigt. Valentin erhob sich von der Platte, als der Masseur auftauchte.

Wieder ließ er sich massieren und besiegte, auf den Fliesen liegend, seine Angst vor dieser nackten Begegnung mit dem Orient. Der Masseur seifte ihn ein, wusch ihm den Kopf, schrubbte seine Haut mit dem gnadenlosen Sisal und fing dann an, ihm die Gelenke zu lockern. Es schmerzte manchmal, und um so wohler tat es ihm, als er nach all diesen Strapazen das Lächeln des alten Konditors sah. Er lag neben ihm, eingehüllt in schneeweiße, nach Rosen duftende Tücher, und schlürfte Tee. Auch der Konditor litt unter Rheuma und empfand Hitze und Massage als beste Mittel gegen sein Leiden. Doch anders als das enge Bad zu Hause mit seiner Einsamkeit unter der Dusche oder in der Wanne war das Hammam für ihn nicht nur ein Ort der Waschung, sondern auch der Ruhe und der Leichtigkeit.

»Haben Sie etwas erreicht?«, fragte Valentin ohne Umschweife.

»Lass dir erst noch einmal einen Tee bringen. Ist es hier nicht schön?«, erwiderte der Konditor und Valentin begriff und lächelte.

»Dann sag mir bitte, was Tee ohne Zucker heißt«, bat er, und der Konditor freute sich und wiederholte langsam und deutlich die Worte, bis Valentin sie fehlerfrei nachsprechen konnte. Stolz bestellte er den Tee mit den höflichen Worten: »Schai bidun Sukar min Fadlak«, und der Diener eilte lachend in die Küche.

»Von nun an bist du mein Lehrer. Ich möchte Arabisch lernen, bei jeder Begegnung fünf, sechs Sätze«, sagte Valentin und wusste, dass der Konditor seine Geduld auf die Probe stellte. Dieser Ibrahim war ein Mann, der spürte, wann die Zeit für etwas reif war. Er kannte die Menschen wie ein guter Bäcker seinen Teig.

»Gut, fangen wir gleich an«, sagte er jetzt, rief den Diener zu sich, gab ihm eine Anweisung und drehte sich wieder zu Valentin um. »Wir beginnen mit der Begrüßung«, fuhr er fort. Als der Diener mit einem Heft zurückkehrte, schrieb er fünf arabische Sätze in arabischer und lateinischer Schrift untereinander, und Valentin schrieb die Bedeutung der Sätze auf deutsch daneben.

»Deine Halbschwestern haben Angst vor dir«, sagte der Konditor plötzlich. »Aber nicht nur Angst, sie fühlen auch eine gewisse Abneigung gegen deine Mutter. Das alles wurde verstärkt, als ihr, du und dein Freund, im Café nach ihnen gefragt und direkt an ihrer Tür die Wunden der Vergangenheit wieder aufgerissen habt.«

»Moment, welche Wunden?«, fragte Valentin voller Sorge.

»Die Liebesbeziehung des Friseurs zu deiner Mutter war allseits bekannt und ebenso sein Rendezvous jeden Montag in einem Café, das in der neuen Stadt neben dem Museum lag. Manch einer folgte dem Friseur und setzte sich ins Café, um mit eigenen Augen zu sehen, was alle erzählten: dass der Friseur auf die Minute genau aus aller Welt angerufen wurde. Die wenigsten Männer haben diese Liebe bewundert, die meisten spotteten darüber. Aber der Friseur lebte in einer anderen Welt. Er kümmerte sich nicht darum, was über ihn geredet wurde. Er war durch eine große Erbschaft wohlhabend geworden und brauchte seinen Salon eigentlich nicht zu betreten, doch frisierte er gerne Menschen und empfand eine besondere Freude dabei, ihnen die Köpfe zu verschönern. Vor allem die Frauen gingen gerne zu ihm, denn viele beneideten ihn um seine abenteuerliche Liebe so sehr, wie sie das enge Leben im Käfig ihrer Gasse hassten. Vormittags war sein Salon für Frauen und nachmittags für Männer reserviert, aber der Andrang der Frauen war so groß, dass sie sich eine Woche im Voraus anmelden mussten. Je mehr jedoch die anderen Frauen die Liebe des Friseurs bewunderten, desto mehr fühlte sich seine Frau gedemütigt. Und so erzog sie deine Halbschwestern im Hass gegen die Deutsche, die ihren Mann verhext hatte.«

»Aber was kann ich dafür?«, fragte Valentin unsicher.

»Das kommt noch«, erwiderte der Konditor. »Dein Vater, ich sagte das ja bereits, lebte in einer anderen Welt. Er hatte in seinem Testament bestimmt, dass das Haus nach seinem Tod dir gehören sollte. Seine Frau und die Töchter erbten ein großes Vermögen, doch das Haus vermachte er dir. Und nun verspekulierte die unerfahrene Witwe das große Vermögen und die verwöhnten Schwestern mussten nähen und stricken, um zu überleben. Sie vermieteten zwei Drittel des großen Hauses. Sie hofften, dass du nie auftauchen würdest, denn das Haus war und ist ihre einzige Sicherheit. Sein Wert ist heute sehr hoch und die Miete reicht beiden zum Leben. Ja, und nun erscheinst du plötzlich fröhlich und, entschuldige den Ausdruck, dumm vor ihrer Tür und rufst: ›Hallo, da bin ich!‹ Ihr habt das so deutlich verkündet, dass der Wirt vom Café, die Nachbarn und die ganze Altstadt davon erfuhren. Verstehst du nun, was in den Schwestern an jenem Tag vorging? Verstehst du ihren Schreck?«

»Und wie!« Valentin atmete tief durch, überlegte kurz und bestellte noch einmal einen Tee. Dann fuhr er fort: »Kannst du ihnen über deine Umwege mitteilen, dass ich ihnen das Haus schenke und nur wissen will, ob die Briefe meiner Mutter erhalten sind, weil ich sie brauche? Alles andere gehört ihnen. Und wenn sie erlauben, möchte ich sie gern zu mir in den Circus einladen. Dort können sie sich meine Welt anschauen, und wenn sie mir dazu noch ein bisschen von meinem Vater erzählten, wäre ich glücklich.«

Der Konditor nickte und Valentin fühlte eine unendliche Trauer in sich aufsteigen.

Draußen begleitete der Konditor Valentin noch ein paar Schritte. An einer Kreuzung blieb er stehen. »Siehst du, das Haus dort, das mit der großen schwarzen Tür, da wohnte mein Cousin. Er war Einzelkind und erbte ein Vermögen von seinem Vater. Von da an konnte er sich vor Verwandten und Gaunern aller Art kaum noch retten. Sie lauerten ihm auf, wenn er seinen Fuß vor die Tür setzte, und klebten an seinen Fersen wie die Jagdhunde an denen ihrer Beute. Nachdem er zweimal betrogen worden war, wollte er sich wappnen, bevor er noch einmal das Haus verließ: Er begann alle Bücher über die Fallen und Schliche der Gauner seit den Anfängen der menschlichen Zivilisation zu lesen. Seine Haushälterin versorgte ihn mit Nahrung, und ein armer Nachbar besorgte ihm beim Buchhändler alle Bücher, die vom schlechten Charakter der Menschen handelten. Dreißig Jahre lang studierte er in seiner Stube das Verhalten der Menschen aus Büchern, und als er das erste Mal wieder vor seiner Tür erschien, wunderten sich die Nachbarn über seine stolze Haltung. Ein Lächeln umspielte seine Lippen. Er fühlte sich sicher. Niemand würde ihn so einfach hereinlegen. Und in der Tat versuchten es noch einige, doch sie erhielten eine solche Abfuhr, dass sie schnell das Weite suchten. An jenem ersten Tag unter den Menschen wollte er sich schließlich noch etwas Gutes gönnen und ging ins teuerste und vornehmste Lokal in der neuen Stadt. Er setzte sich und bestellte das feinste Essen. Zufrieden ließ er danach den Ober kommen, lobte die Küche, zahlte und gab reichlich Trinkgeld. ›Wem gehört dieses einmalige Lokal?‹, fragte er. ›Sie werden es nicht glauben: einer alten Haushälterin, die bei einem Idioten dient, den sie schröpft wie nicht gescheit‹, antwortete der Ober leise hinter vorgehaltener Hand. Da bat mein Cousin, dass der Ober ihm den Namen der Frau nennen solle – und was sagt man: Die Besitzerin war keine andere als seine Haushälterin. Verbittert verschwand der Cousin für immer hinter seiner Tür. Nur ein paarmal tauchte er noch am Fenster auf. Der Nachbar versorgte ihn jetzt nicht mehr nur mit Büchern, sondern auch mit Nahrung. Als mein Cousin starb, hoffte der arme Nachbar, dass er ihm seine Dienste mit einer Belohnung danken würde. Tatsächlich war er ihm jahrzehntelang treu geblieben, doch das Testament bestimmte, das ganze Vermögen sollte an ein Tierheim gehen.«

Der Konditor schaute Valentin an. »Hab keine Angst. Ich werde mich nicht hinter schwarze Türen zurückziehen. Ich werde tun, was ich kann. Wir treffen uns dann morgen hier, zur selben Zeit.« Er machte kehrt und ging langsamen Schrittes davon.

Valentin atmete erleichtert auf. Er fühlte sich so stark wie seine vier schwarzen Jaguare, und wie ein Raubtier speiste er auch in einem nahen Restaurant, bevor er sich auf den Weg zurück zum Circus machte.

17.

Wie höfliche Worte und ein Blick aus einem Hammelauge einen Mann umhauen

alentin freute sich über seine Kraft, seine Frische und seinen guten Appetit. Doch immer wieder überfiel ihn auch die Angst, er könnte den Weg zu seiner Jugend nicht schaffen, fühlte er, wie der Strom der Zeit, gegen den er ankämpfte, ihn zurückwarf. Er durchlebte Verzweiflung, ja, Anfälle bitterer Eifersucht auf alle jungen Männer, die er im Geist Pia umschwärmen sah. In solchen Augenblicken erfasste ihn lähmende Hoffnungslosigkeit, doch dann dachte er an Nabil, der seinen Feind in sich trug und Nachmorg für Nachmorg von seiner Hoffnung erzählte, den Krebs zu besiegen. In diesen Augenblicken ließ der Sog der Zeit von Valentin ab und er gewann wieder die Oberhand über seine Ängste.

Als Valentin aufwachte, lag noch die kühle Nachtluft über dem Messeplatz, erfüllt vom Duft der Orangenblüte. Valentin schrieb gleich am Morgen Pia von seinen Gefühlen und Erlebnissen und berichtete später Nabil von der spannenden Entwicklung, die sich nach der Begegnung mit dem Konditor abzeichnete. Aber weder Pia noch Nabil verriet er, wie jung er sich an diesem Morgen fühlte; er hatte Angst, auch seine engsten Freunde würden ihn auslachen.

Auch Nabil war glücklich: Sein Arzt hatte ihm mitgeteilt, er sei mit ihm zufrieden. Er könne ihm zwar erst in ein paar Tagen das endgültige Ergebnis der Blutuntersuchung mitteilen, aber schon heute wisse er, dass Nabils Zustand besser sei als beim letzten Mal. Die beiden Freunde saßen beim Frühstück im Circuscafé, und Nabil merkte schnell, wie unruhig Valentin war. Er lächelte ihn an und sagte: »Als Stallmeister gebe ich dir einen halben Tag Urlaub. Geh in die Stadt, bevor du hier vor lauter Zappeln noch den Stuhl ruinierst.« Als hätte Valentin nur darauf gewartet, hüpfte er die Wohnwagen entlang, am Hauptzelt vorbei und machte sich durch den großen Circuseingang mit dem bunten Bogen auf den Weg in die Altstadt.

Wieder wanderte er zwischen den Läden und Verkaufsständen umher und schlenderte durch die Gassen, die ihm heute so vertraut erschienen, dass er innerhalb kurzer Zeit mehrere Zugänge zur Gasse seines Vaters fand. Einer davon schien freilich am Eingang eines Hauses zu enden. Valentin zögerte eine Weile aus Scheu, es könnte ein Wohnhaus sein, aber dazu verschwanden zu viele Menschen hinter der schweren Tür. Andere kamen voll beladen mit Einkaufstaschen heraus, doch er war zu schüchtern, um einen Blick hinter die Tür zu werfen. Erst als ein Bauer mit seinem Esel hineinging, folgte ihm Valentin und fand sich auf einem innenhofähnlichen Platz mit einem winzigen Springbrunnen. Durch eine seitliche Tür erreichte er eine andere Gasse, die direkt zum Gemüsemarkt führte. Früher wäre ihm ein solches Erlebnis gleichgültig gewesen, aber hier in Ulania war der Gang durch eine getarnte Gasse etwas Besonderes für ihn. Valentin kam sich vor wie ein Entdecker und dachte bei sich, auch Kolumbus könne sich nicht mehr gefreut haben als er in diesem Augenblick. Er kaufte sich Datteln und Feigen und ging zurück durch den Basar. Da kam ihm plötzlich die Idee, dass er mit etwas Glück den Friseursalon seines Vaters finden und sich mit noch mehr Glück von einem seiner ehemaligen Lehrlinge frisieren lassen könnte. Vielleicht ließe sich der jetzige Friseur auch überreden, ihm einen der Stühle des Salons zu verkaufen. Den würde er mit nach Deutschland nehmen. Warum sollte der Salon nicht mehr existieren? Es waren vielleicht dreißig Jahre seit dem Tod seines Vaters vergangen, aber die Zeit schien über diese Gassen hinwegzugleiten, ohne alle ihre Winkel zu erreichen.

Valentin ging noch einmal ein Stück zurück und suchte, aber im Wohngebiet der Altstadt gab es kaum Geschäfte, höchstens kleine Lebensmittelläden. Nur dort, wo die Gassen auf einen kleinen Platz trafen, fand man winzige Werkstätten und andere Geschäfte. Valentin entdeckte mehrere solcher Plätze, doch keinen Friseursalon. Müde setzte er sich neben einen Brunnen und aß von seinen Datteln. Er beobachtete die Kinder, die hier noch vollkommen geborgen spielen konnten, denn Autos passten nicht in die engen Gassen. Ein alter Mann ging auf seinen Stock gebeugt vorbei. Er trug eine kleine Milchkanne und bewegte sich mit winzigen Schritten unglaublich langsam; alle drei oder vier Schritte hielt er an und schnappte hörbar asthmatisch nach Luft, dann setzte er seinen Weg fort. Als der Greis in der dunklen Gasse verschwunden war, verfluchte Valentin seine Ungeduld: Warum konnte er nicht warten, bis er den Konditor traf, der würde doch wissen, wo der Friseursalon zu finden war. Er stand auf und ging schnell ins Hammam.

Auch jetzt, auf dem Weg zum Bad, wollte sein Gedächtnis ihm nicht verraten, ob er vor vierzig Jahren in diesen Gassen gewesen war. Es war, als wäre dieser Teil seines Gedächtnisses ausgelöscht. Valentin konnte es sich nur so erklären, dass nicht die Zeit Erinnerungen auslöschte, sondern im Gehirn ein Kampf zwischen allen dort aufbewahrten Erinnerungen stattfand, bei dem manche die Plätze der anderen, schwächeren Erinnerungen eroberten und diese gefangen nahmen oder sogar vernichteten. Ein merkwürdiges Reich ist das Gehirn; nicht einmal sein Träger und Brotgeber, der Mensch, kann sich in seine Geschäfte einmischen. Hatte Valentin nicht manchmal versucht, irgendeine Erinnerung in Alkohol zu ertränken? Und was hatte er erreicht? Die anderen, fröhlicheren Erinnerungen ertranken, und jene, die er töten wollte, schwamm obenauf und meldete sich lauter denn je zu Wort. Valentin lächelte, schüttelte den Kopf und betrat das Hammam.

Es störte Valentin nicht im Geringsten, dass es erst elf Uhr war. Auch der aufdringliche Mann, der sich breitbeinig wie ein Schwergewichtsboxer vor ihm aufpflanzte und bemüht war, seinen Bauch ebenso sehr einzuziehen, wie er seine Brust aufblies, störte Valentin nicht. Der lästige Koloss wollte unbedingt wissen, wie Valentin heiße und warum er in Ulania sei. Er sprach sicherlich hundertmal besser Französisch als Ibrahim, der Konditor, aber alles, was er sagte, war hohl und laut. Valentin schwieg. »Lassen Sie mich sehen, ob ich errate, woher Sie kommen«, sagte der aufdringliche Mensch und musterte Valentins Kopf. Er ging sogar um ihn herum. »Sie sind Schwede, oder könnten Sie Däne sein? Oh, ich liebe die Skandinavier, mein Herr, ich habe ein Auge für sie, das selten irrt. Sie sind Schwede«, sagte er, als gerade der Diener kam. Valentin rief ihm entgegen: »Naharak Said, Schai bidun Sukar, min Fadlak!«, und der Diener lachte, denn Valentin sprach den Satz fast ohne Akzent. »Naharak Mubarak, Schai bidun Sukar. Ala Aini«, erwiderte er und eilte in die Küche.

Der Koloss erstarrte und zog sein Badetuch enger.

Schweigend und ohne Abschied ging er davon. Seine hölzernen Badeschuhe klapperten über die Steinplatten. Valentin sah jetzt deutlich, was für einen gewaltigen Bauch der Mann hatte, und musste lachen bei der Vorstellung, dass das ganze Fett eben noch im Brustkorb Platz gesucht hatte.

Valentin genoss seinen Tee und die Erkenntnis der zauberhaften Kraft der Sprache. Noch nie in seinem Leben hatte er die Wirkung einiger Worte so deutlich sehen können wie an jenem Tag. Punkt zwölf ließ er sich massieren, badete anschließend und hüllte sich in seine weißen Tücher, die wieder stark nach Rosenwasser dufteten. Mit geschlossenen Augen wartete er auf Ibrahims tiefe Stimme, die so viel Wärme in sich trug, wenn sie sprach, und so viel Hoffnung verhieß, wenn sie schwieg.

Ob und wie lange er eingenickt war, konnte er nicht genau sagen. Er spürte plötzlich eine Hand, die ihn vorsichtig berührte, und öffnete die Augen. Es war der Badediener, der Arabisch mit ihm sprach und mit Daumen und kleinem Finger einen Telefonhörer bildete. Valentin sprang auf und eilte hinter ihm her. Das Telefon stand auf dem Tisch in der kleinen Küche, und der Diener deutete darauf und ging hinaus, um einen großen Stapel Handtücher in ein Regal zu räumen. Ibrahim war am Apparat und er lachte und hustete.

»Hast du deine Lektion gelernt?«, fragte er.

»Ey na'am«, war Valentins eindeutige und stolze Antwort.

»Und du belügst mich nicht?«, fragte der Konditor auf Französisch und lachte.

»La«, erwiderte Valentin gut gelaunt. Doch als er fragte, warum der Konditor nicht gekommen sei, hörte er mit Schrecken, dass dieser in der Nacht eine Herzattacke gehabt hatte. Man hatte ihn in die Klinik bringen müssen.

Nun sei er zwar wieder zu Hause, aber er müsse eine Weile das Bett hüten, deshalb könne er zunächst nicht viel unternehmen. »Obwohl ich im Bett beinahe bessere Karten hätte: Einem kranken Mann wird in Arabien nur schwer ein Wunsch abgeschlagen. Ich wünschte mir, meine ferne Verwandte käme mit den Schwestern hierher. Aber vielleicht warte ich doch besser ein paar Tage. Willst du mich besuchen?«

»Gern«, antwortete Valentin, »wann darf ich kommen?«

»Heute kommen meine Töchter und ihre Kinder, wir würden keine Minute Ruhe finden. Aber wie wäre es mit morgen? Sagen wir, um die gleiche Zeit? Mein Haus liegt etwa fünfhundert Meter entfernt vom Bad in der Kanalstraße, Nummer dreißig, eine schmale Fassade aus weißen Steinen.«

Valentin schrieb alles auf einen Zettel und ging hinaus, zog sich an, gab dem Diener reichlich Trinkgeld und machte sich auf den Weg zurück zum Circus. »Vergiss die Sprachübung nicht«, klang die Stimme des Konditors noch in seinen Ohren und er schmunzelte. Weil er noch nicht zu Mittag gegessen hatte, ging er ins nächste Lokal. Das Gedränge vor der Tür versprach Gutes und machte ihn neugierig. Valentin nahm Platz. Ein verschlafener Ober schlurfte zu ihm und wedelte die Essensreste vom Tisch halb auf Valentins Hose und halb auf den Fußboden. Er fragte etwas, doch Valentin verstand kein Wort. Der Ober drehte sich um und rief laut nach jemandem. Ein zierlicher Junge von etwa zehn Jahren eilte ängstlich herbei. Er hatte kluge kleine Augen und fragte Valentin auf englisch, was er wolle. »Essen«, antwortete Valentin in derselben Sprache und führte mit der Hand einen unsichtbaren Löffel zum Mund. Der Vater verstand, noch bevor der Junge etwas übersetzen konnte. Valentin schaute um sich und sah am Nebentisch einen Bauern vor einem Teller Suppe sitzen. Valentin zeigte auf den Teller. »Dasselbe, bitte«, sagte er.

Selten hatte Valentin schlimmeren Ekel empfunden als vor der Suppe, die man ihm wenig später brachte: Alles mögliche schwamm darin, vom Fuß bis zum Auge eines fetten, nach Urin stinkenden Hammels. Valentin schaute das Auge mitten im Teller an und das Auge warf einen klagenden Blick auf ihn zurück. Er legte den Löffel weg, zahlte an der Theke und stürzte ins Freie.

Am Nachmittag versammelte Valentin seine Mannschaft und besprach den Plan für die nächsten Tage: Noch diese Woche würden sie in Ulania spielen und dann in Richtung Norden aufbrechen. Nabil hatte bereits alle Tourneestädte informiert. Und da der Circus groß und seine Beherbergung aufwendig war, würde die Zahl der Stationen begrenzt sein. Dörfer kamen wegen Mangels an Strom und Wasser nicht in Frage, dafür mehrere kleine Städte auf der westlich verlaufenden Route entlang des Meeres nach Sania, der zweiten Metropole im Norden des Landes. Drei Städte lagen in der östlichen Provinz im Landesinneren auf dem Weg zurück zur Hauptstadt. »Der Circus wird einen Kreis im Land beschreiben, einen Kreis wie seine Manege und unser Leben«, erklärte Valentin und freute sich über seinen poetischen Vergleich, den aber kaum jemand zu würdigen wusste. Seine Leute waren wenig begeistert von der Idee, in die öde Provinz zu fahren und die Herrlichkeiten Ulanias hinter sich zu lassen.

In Ulania, so argumentierte der Clown Pipo, könne der Circus bei vier Millionen Einwohnern ein Leben lang spielen. Doch Nabil und Valentin bestanden darauf, dass der Circus auch andere Orte erfreuen sollte. Und endlich, nach einem langen Gespräch mit der Truppe, setzten sich Valentin, Nabil, Angela und Martin zusammen, um die

Reise in allen Einzelheiten vorzubereiten. Die Versorgung, in Europa in den meisten Orten selbstverständlich, war im Orient eine der heikelsten Fragen. Treibstoff, Futter, Wasser, Medizin, Lieferanten, Autowerkstätten und noch mehr mussten rechtzeitig organisiert werden. Alle vier hatten in den folgenden Tagen viel zu tun und Nabil war wieder einmal in seinem Element: der große Herr über eine unsichtbare, aber gewaltige Baustelle, die sich kreisförmig über das ganze Land erstreckte. Das Land war so groß wie die Bundesrepublik, Österreich und die Schweiz zusammen, aber es hatte nur zwölf Millionen Einwohner, die Hälfte davon in zwei großen Städten, Ulania im Süden und Sania im Norden.

Allmählich fassten alle Circusartisten eine Zuneigung zu Nabil, die mit Dankbarkeit nichts zu tun hatte, sondern mit der Bewunderung für einen Mann, der nicht sterben wollte und dessen Kampf gegen den Tod sie in allem erkannten, was er tat. Circusleute nehmen nur selten einen Fremden, in der Circussprache Gadschi oder Gadjo genannt, in ihrer Mitte auf. Ein lebhaftes, nie abebbendes Geflüster trug die gesammelten Beobachtungen über Nabil weiter. So wurde er erst ein sympathischer Gadschi und war bald gar kein Fremder mehr, sondern einer der ihren. Nabil verstand von all dem nichts. Er war ein glückliches Kind, dessen Traum sich erfüllt hatte und das sehnsüchtig auf die Fortsetzung der Geschichte einer leidenschaftlichen Liebe am Nachmorg wartete.

Am nächsten Tag ging Valentin kurz nach dem Frühstück in die Altstadt und suchte das Haus des Konditors. Er glaubte schon an eine sagenhafte Glückssträhne, als er mühelos das Haus mit der schmalen Steinfassade fand. Aber es war erst kurz nach zehn, darum ging er noch die Umgebung des Hauses erkunden. In einem kleinen Café am Rande des Basars sah er Pipo und Eva sitzen und Eis essen. Sie lachten wie zwei Schüler, die den Unterricht schwänzten, und da Valentin seit seiner Kindheit Petzer nicht ausstehen konnte, schlich er sich unbemerkt davon.

Valentin ging hüpfend wie ein junger, unbekümmerter Spatz und meinte fast, den lachenden Mund seines Glücks zu sehen. Bald aber musste Valentin feststellen, dass seine Freude wieder einmal verfrüht gewesen war.

18.

Vom Kampf gegen Tod, Erwachsenwerden und Windmühlen

lles hatte Valentin erwartet, aber nicht das menschenleere Haus in der Kanalstraße. Die Haustür stand einen Spalt offen. Valentin zögerte ein wenig, aber es gab keine Klingel. Er drückte die Tür auf und staunte über den langen, dunklen Korridor, an dessen offenem Ende im Hof die Sonne spielte. Valentin rief leise: »Hallo, ist da jemand?« Als niemand antwortete, ging er rasch bis zum Ende des dunklen Flurs; dort blieb er wie festgenagelt stehen. Er sah einen Innenhof mit wuchernden Jasminsträuchern und Pomeranzenbäumen. Einen Springbrunnen in der Mitte krönte ein steinerner Löwe, der in silbernem Bogen Wasser spie. Wie bescheiden die Fassade und wie üppig das Innere dieses Hauses waren! »Es ist«, hatte Nabil ihm erklärt, »der Hang der Orientalen, Bescheidenheit zu zeigen bei dem, was man hat. Die Bescheidenheit aber ist die Zwillingsschwester der orientalischen Angeberei mit dem, was man nicht hat.«

»Hallo, ist da jemand?«, hörte Valentin seine eigene Stimme diesmal etwas lauter fragen. Doch die Stille, untermalt vom Geplätscher des Wassers, lag schwer auf dem duftenden Hof. Mehrere Hocker und ein Schaukelstuhl standen um einen kleinen, mit Intarsien verzierten Tisch, auf dem zwei kleine Mokkatassen noch dreiviertel voll waren. Was war passiert, dass die Leute so plötzlich verschwunden waren? Valentin ging langsam über den

Hof und rief in jedes Zimmer: »Monsieur Ibrahim, bonjour! Monsieur Ibrahim, bonjour!« Aber nur seine Stimme hallte in den verdunkelten Räumen wider. Als er zum vierten und letzten Raum gelangte, rief er nicht. Er erblickte ein großes Bett, dessen Decke und Kissen durcheinander geraten waren. Ein Hausschuh lag quer auf dem großen roten Teppich, der den Marmorboden bedeckte. Valentin erstarrte. Ratlos kehrte er zum Brunnen zurück und ließ sich auf einen der Hocker fallen. Was war passiert zwischen gestern und heute? Wo war die Frau, wo das Dienstmädchen, das wie Ibrahim erzählt hatte, Tag und Nacht das Haus versorgte?

In seine Gedanken versunken, merkte Valentin nicht, wie die Zeit verstrich, bis er durch ein Geräusch aufgeschreckt wurde. Er fuhr hoch und sah eine Frau, die ihn misstrauisch musterte. Es war Samia, die Tochter des Konditors. Valentin entschuldigte sich und erklärte ihr, wer er war und weshalb er kam, doch viel brauchte er nicht zu sagen; Samia wusste Bescheid. Ihr Vater habe ihr und ihrem Mann ausführlich von dem Deutschen vorgeschwärmt, erzählte sie. Er habe sich so auf seinen Besuch gefreut und eine lange Liste der Gerichte aufgestellt, die er dem Gast aus Deutschland servieren wollte.

»Und wo ist Monsieur Ibrahim jetzt?«, fragte Valentin beunruhigt.

»Heute Morgen, kurz nach acht saß ich hier mit meiner Mutter, um Kaffee zu trinken; mein Mann war bereits mit den Kindern auf dem Weg zur Schule. Ich wollte meiner Mutter und ihrer Haushälterin bei der Zubereitung der Gerichte helfen, aber wir hatten unseren Kaffee noch nicht ausgetrunken, als wir, Gott sei gnädig mit uns und ihm, seine Schreie aus dem Schlafzimmer hörten. Wir rannten zu ihm. Er konnte kaum reden und war ganz rot im Gesicht. Ich lief sofort zum Nachbarn und bat ihn, uns schnell ein Taxi zu holen, und wir hatten großes Glück! Am Ende des Basars war gerade ein Taxi frei, und das in Ulania! Gott wollte, dass mein Vater lebt, und der Taxifahrer war ein mutiger Mann: Er raste und achtete kaum auf die Verkehrsregeln. Hätten wir die Ambulanz angerufen, wäre mein Vater jetzt tot. So aber lebt er. Die Ärzte konnten ihn retten und nun liegt er auf der Intensivstation. Meine Mutter bleibt heute noch dort, obwohl das ganz sinnlos ist, denn er ist noch nicht wieder bei Bewusstsein. Die Haushälterin wird gleich kommen; sie muss nur meinem Vater einen neuen Pyjama kaufen. Bleiben Sie also, Monsieur, bitte! Mein Vater hätte das gewünscht. Ich koche Kaffee und mache Ihnen etwas zu essen. Mein Vater wäre traurig, wenn Sie ohne Essen in Ihren Circus zurückgingen, denn kein Gast hat jemals unser Haus hungrig verlassen.«

»Danke, Madame, aber ich muss gehen. Außerdem ist mir jetzt nicht nach Essen«, antwortete Valentin bewegt. Zu einer anderen Zeit wäre er gerne länger bei der jungen Frau geblieben, die ihrem Vater wie aus dem Gesicht geschnitten war.

»Kann man ihn besuchen?«, fragte er leise.

»Ich glaube, in den ersten Tagen kaum. Vielleicht in einer Woche. Er wird eine Weile im Krankenhaus bleiben müssen. Wenn wir Glück haben, nur drei Wochen. Das weiß Gott allein«, sagte die Tochter und richtete ihre Augen gen Himmel.

Valentin verabschiedete sich. Er konnte es der Frau aber nicht abschlagen, eine Schachtel anzunehmen, die sie aus dem Kühlschrank holte. Ihr Vater habe sie eigenhändig für Valentin vorbereitet.

Valentin öffnete die Schachtel erst, als er im Circus angekommen war. Es waren Pistazienrollen darin, wie er sie von Mansur oft bekommen hatte. Er verspürte aber keine

Lust darauf und so ging er zu Nabil und bot ihm davon an. Nabil tröstete seinen Freund, dass man auch in Ulania Blumen ins Krankenhaus schicken könne, und versprach, dass er Ibrahim auf der Stelle im Namen von Valentin und allen Circusmitarbeitern welche zustellen lassen würde. »Du kannst sicher sein, er wird die schönsten Blumen von Ulania bekommen«, sagte Nabil und legte Valentin mitfühlend die Hand auf die Schulter. »Und? Warst du heute im Hammam?«, wollte er wissen.

»Nein, ich hatte keine Lust mehr«, erwiderte Valentin.

»Komm trotzdem«, sagte Nabil. »Wir haben heute alle Ställe blank gescheuert und ich fühle mich selbst nach dem Duschen noch schmutzig.«

Valentin nickte und ging dann schweigsam an der Seite des alten Freundes. Er war Nabil dankbar, dass er ihm aus seiner Verzweiflung heraushalf. Und im Hammam fühlte er sich fast schon wieder wohl; die Massage vertrieb außer den Verkrampfungen in den Muskeln auch die düsteren Gedanken.

»Habe ich dir schon erzählt, wie ich gelitten habe, als meine Mutter mich am Frauentag nicht mehr ins Hammam mitnehmen wollte?«, fragte Nabil, als sie, eingehüllt in weiße Handtücher, beim Tee saßen.

»Ich erinnere mich nur noch schwach. War da nicht etwas mit einer Frau, die du geliebt hast?«, antwortete Valentin.

»Ich habe diese Bäder immer geliebt. Das Gefühl kennst du ja inzwischen, Schmutz und Gift ausschwitzen, sich die Haut schrubben lassen und dann, heiß gebadet in ein weißes Tuch eingewickelt, dem Plätschern des Wassers im kleinen Springbrunnen lauschen und dabei Tee schlürfen.

Es gab und gibt im Hammam Männertage und Frauentage, aber die Frauentage waren für mich als kleinen Jungen viel schöner. Bis zum zehnten Lebensjahr durfte ich meine Mutter begleiten. Ich ging auch mit meinem Vater an manchen Männertagen, doch die Männer baden, sitzen, genießen die Ruhe und reden über ihre Geschäfte und die Politik. Das ist für ein Kind nur langweilig. Wie anders war es da bei den Frauen! Sie lachten, erzählten, feierten, aßen und pflegten sich mit einer solchen Sorgfalt, dass ich dort die erste Lektion erhielt, wie man nicht nur andere, sondern auch sich selbst lieben kann. Was die Frauen da treiben, ist nicht nur Pflege, sondern ein Kitzeln des Körpers, dass er voller Wonne aus allen Poren lacht. Und was sie da an Erfahrungen austauschen, übertrifft an Reichtum alle Psychologiebücher der Welt. Die großen Jungen fragten uns aus, wenn wir uns hinterher trafen, und wollten alles über die Geheimnisse der Frauen hören. Oft bestachen sie uns, die Jüngeren, die immer mittwochs noch mit den Frauen ins Bad durften, mit Eis, Nüssen und Süßigkeiten, damit wir ausführlich von den erotischen Geschichten der Frauen, von ihrer List und ihren Körpern erzählten. Damals lernte ich die Macht der Wörter kennen und wurde zum Meisterlügner, denn oft war der Frauentag harmlos, aber wenn ich das erzählt hätte, wären die großen Jungen weggelaufen. Also erfand ich unglaubliche Geschichten und beschrieb ihnen Körper, die es auf dieser Erde gar nicht gab. Und wenn es am spannendsten wurde, hörte ich auf und sagte: ›Jetzt habe ich Durst. Eine Limonade, sonst erzähle ich nicht weiter.‹ Du hättest sehen sollen, wie bereitwillig junge Männer von siebzehn, achtzehn Jahren einem Winzling wie mir zu Diensten waren! Aber nicht nur deshalb liebte ich das Hammam am Mittwoch: Dort verliebte ich mich auch zum ersten Mal. Sie hieß Aida. Sie war erst dreizehn, aber bereits so schön gewachsen wie eine Frau. Ich war blass und klein und wirkte dadurch kindlicher, als ich eigentlich war. Stell dir vor, sie zog mich an der Hand in eine abgelegene Kabine und wollte mir zeigen, wie die Verheirateten sich lieben. In dieser Kabine bekam ich den ersten Kuss auf den Mund. Sie wusste auch nicht genau Bescheid, doch sie drückte mich an ihre Brust, und ich fühlte ihre wunderbare Haut. Sie war dunkel und verströmte einen sonderbar angenehmen Geruch. Sie war nicht parfümiert, sondern roch eher nach Schweiß, doch der duftete für mich wie ein himmlisches Parfüm. Vielleicht bilde ich mir das auch ein, aber nie wieder bin ich einem so wunderbaren Duft begegnet.

Die Bademeisterin erwischte uns und tadelte mich mit den Worten: ›Nabil, du Schlingel, was wird ihre Mutter sagen?‹ Aida stand neben mir und hielt meine Hand, aber sie fühlte sich nicht angesprochen. Als die Bademeisterin kichernd weiterging, zog mich Aida in die Kabine zurück.

›Aber deine Mutter‹, sagte ich voller Sorge.

›Hab keine Angst vor meiner Mutter, komm endlich!‹, entgegnete sie.

Ich fragte sie, ob sie mich liebe. ›Ja, aber ich werde dich nicht heiraten‹, antwortete sie. Heute noch klingt mir diese merkwürdig nüchterne Antwort im Ohr. Als wir zu den anderen zurückkamen, massierte die Bademeisterin gerade Aidas Mutter. Sie schaute von ihrer Arbeit auf, lachte und erzählte der Mutter, dass sie uns in der Kabine auf frischer Tat ertappt hätte.

›Was soll das heißen, auf frischer Tat. Sie sind noch Kinder und Aida versteht gar nichts‹, sagte die Mutter leichthin.

Heute weiß ich, sie wollte ihrer Tochter diese erste sinnliche Erfahrung gönnen.

Von Mittwoch zu Mittwoch freute ich mich von da an mehr auf das Hammam und vor allem auf Aida, denn auf der Straße wollte sie mit mir nicht sprechen. Dort tat sie so, als würden wir uns nicht kennen. Erst wenn wir im Bad unsere Kleider ablegten, schaute sie mich mit einem viel sagenden Lächeln an, und bald gab sie mir ein Zeichen, und wir machten uns auf die Suche nach einer Kabine. Manchmal hatte ich sogar das Gefühl, dass die Frauen Aida und mich gern weggehen sahen. Ich nahm an, dass sie sich dann Dinge erzählten, von denen wir nichts wissen sollten.

Eines Tages fragte ich Aida, warum sie mich auf der Straße verleugne. Da schaute sie mich erstaunt an und fragte: ›Bist du noch ein kleines, dummes Kind?‹ Und weil ich offensichtlich nicht verstand, fuhr sie fort: ›Ich habe dich so lieb wie meine Augen, aber das dürfen die erwachsenen Männer nicht wissen, denn sonst werden sie mich nicht zur Frau haben wollen. Gestern war ein reicher Zahnarzt bei meinen Eltern, der mich heiraten will.‹

›Du gehst doch noch zur Schule‹, sagte ich. ›Und wenn ich mein Abitur habe, heirate *ich* dich!‹ Ich war den Tränen nah.

›Du bist wirklich ein kleines, dummes Kind. Ich kann nicht auf dich warten. Jetzt bin ich am schönsten, und jetzt wollen mich die Männer. Wer weiß, wie ich später aussehen werde.‹

In der Tat umschwärmten die Männer ihr Elternhaus, denn Aida sah bald aus, als wäre sie zwanzig. Und sie war eines der schönsten Mädchen im Viertel. Kurze Zeit später heiratete sie ein reicher Händler aus dem Süden. Da war sie nicht einmal fünfzehn. Als ich sie Jahre später noch einmal sah, war sie fürchterlich dick geworden.

Meine Zeit mit den Frauen im Hammam ging dann jäh zu Ende: Die Frauen merken es, wenn ein Junge zu erwachsen wird, und sie merken es lange, bevor ein Zeichen sexueller Erregung zu sehen wäre. Sobald sein naiver Blick verschwindet, ist es so weit. Ich überhörte die warnende Bemerkung einer Nachbarin, die sich einseifte. Sie stammte aus dem Norden und war blond und blauäugig. Ich schaute sie wohl ein wenig zu lange an.

›Dein Sohn braucht bald eine Braut‹, sagte sie zu meiner Mutter und lachte hell. Am nächsten Mittwoch packte ich eifrig wie immer Seife, Handtuch, Kamm und Schwamm und stand schon vor meiner Mutter im Hof. Die aber schüttelte den Kopf. ›Ab heute bist du ein Mann. Du gehst mit deinem Vater‹, sagte sie und eilte mit meiner Schwester zu den anderen Frauen, die draußen auf der Gasse warteten. Ich stand allein in unserem Innenhof und weinte. Es war meine zweite Abnabelung und es war die Vertreibung aus dem Paradies...«

In den nächsten Tagen kümmerte sich Valentin vor allem um den Circus. Die Zeit verging schnell und bald lud man zur vorläufigen Abschiedsvorstellung. Als wollten sie bei den Ulaniern in bester Erinnerung bleiben, gaben die Artisten sich an diesem letzten Abend alle besondere Mühe. Doch Pipo, der regelrecht vor Einfällen sprühte, war nicht zu übertreffen: Sein Auftritt als Don Quijote war umwerfend. Diese Nummer hatte, wie alle im Circus wussten, eine besondere Geschichte. Eines Tages begleitete Pipo Mansur und Valentin zum Pferdemarkt. Valentin hatte eine gute Saison und wollte seinen Pferdebestand aufstocken. Er fand auch das, was Mansur als Kenner sich wünschte: drei rabenschwarze Rappen und einen besonders schönen Fuchs. Pipos Herz aber schlug für einen klapprigen, uralten Klepper, der beim Pferdehändler sein Gnadenbrot bekam und überallhin mitgenommen wurde, so auch auf diesen Markt. Der Händler, erfreut über das gute Geschäft mit Valentin, schenkte Pipo das Tier. Das geschah genau zu der Zeit, in der Valentin den spanischen Erzähler Cervantes für sich entdeckte, und so kam es, dass er aus dem Kampf des Ritters von der traurigen Gestalt gegen die Windmühle, die er für einen Riesen hält, eine Nummer für den Clown Pipo machte.

An diesem Tag, wie gesagt, war sie besonders gelungen. Don Quijote, gespielt von Pipo, ritt auf Rosinante, für die der alte Klepper perfekt geeignet war, in die Manege, und sein bäuerlicher Schildknappe Sancho Pansa, dargestellt vom dicklichen Silvio, ritt auf einem störrischen Esel hinter dem Ritter her. Ein geschickter Tüftler hatte für Valentin eine beeindruckende, etwas klapprig aussehende Windmühle gebaut: Wenn Pipo sie angriff und mit der Lanze eine bestimmte Stelle in den Flügeln traf, blieb die Lanze stecken und Pipo wurde, sich an der Lanze festhaltend, in die Höhe gerissen. Das Publikum tobte vor Angst und Begeisterung, wenn der Ritter von der traurigen Gestalt schreiend und wild mit den Füßen rudernd seine Runden drehte, während seine Rosinante das Ganze scheinbar gar nicht mitbekam und vor sich hindöste, bis der Ritter wieder auf ihren Rücken fiel. Dann trottete sie mit unendlich müden Schritten aus der Manege und die Windmühle wurde mit ein paar Handgriffen zusammengeklappt. Das Publikum aber hielt es nicht mehr auf den Sitzen, und selbst Pipos Kollegen mussten so sehr lachen, dass die nachfolgenden Nummern darunter litten. Als Valentin Pipo gratulierte und unter Lachtränen den Tag nach ihm benannte, erwiderte der Clown: »Das habe ich heute so gut gekonnt, um dich zum Lachen zu bringen, also schenke ich dir den Tag zurück. Auf den Valentinstag und zum Wohl!« Er erhob sein Glas und alle tranken auf das Wohl beider.

Die Abbauarbeiten dauerten bis spät in die Nacht, und die Helfer aus Ulania bestanden in einer sonderbaren Mischung aus allen Sprachen der Welt darauf, dass der Circus wiederkommen müsse. Schwören sollten es die

Artisten, was ihnen kindisch erschien, und trotzdem schworen sie feierlich, als leisteten sie einen Eid vor dem Richter, was wiederum den Arabern zu ernst und steif vorkam.

Niemand aber ahnte in dieser Nacht, was bis zu ihrer Rückkehr noch alles über die Circusleute hereinbrechen sollte.

19.

Wie viele Zeitalter in einer Zeit existieren können

Am frühen Morgen brach der Circus Samani in Richtung Norden auf. Ein Polizeiwagen und zwei Polizisten auf Motorrädern fuhren der Kolonne durch die Stadt voraus. Am Meer entlang ging es zur Schnellstraße. Schon wenige Kilometer hinter dem Hafen, wo nach rechts die Ausfahrt zum Basilikumviertel abzweigte, ragten riesige Müllhalden auf. Dahinter begann das nördliche Slumviertel, das größte der drei, die Ulania von drei Seiten umzingelten und nur die Öffnung zum Meer freiließen. Die Häuser wurden immer kleiner, als würden sie tiefer und tiefer in die Erde sinken, und immer schäbiger; bald bildeten sie ein Meer aus Blechhütten, die im Dunst der Dämmerung über dem Boden zu schweben schienen. Einige Schornsteine rauchten schon zu dieser frühen Stunde und unter den Brücken der Schnellstraße schwelten die Kamine menschenunwürdiger Behausungen. In den scharfen Geruch von brennendem Holz mischte sich der Gestank der Kloaken. Der Wind stand ungünstig und nach einigen Kilometern gesellte sich zu diesen Gerüchen auch noch der widerwärtige Gestank aus den Fischfabriken am Meer.

Die Polizisten winkten ein letztes Mal und bogen von der Schnellstraße ab, bevor diese in die dreispurige Autobahn Richtung Sania mündete. Die Luft wurde hinter den letzten Hügeln von Ulania frischer und roch nach

Meersalz. Weit reichte der Blick, und Valentin war müde, weil die letzte Nacht in Ulania besonders kurz gewesen war. Am Nachmorg hatte Nabil zum ersten Mal von seiner Zuneigung zu einer alten Freundin seiner Frau erzählt, die ihn seit vierzig Jahren liebte, ohne jemals darüber zu sprechen. Und Valentin hatte die Geschichte so spannend gefunden, dass er den Freund nicht hatte unterbrechen wollen. Jetzt schweiften seine Gedanken zu Pia, die zu dieser frühen Stunde wohl gerade ihre tägliche Tour durch die kalten Straßen machte. Es war bereits Anfang April, doch die Temperaturen in Deutschland hielten sich, wie er wusste, bei null Grad. In Ulania dagegen war es am Tag sommerlich und die Nächte waren mild und selten frisch. Valentin seufzte. Sie fuhren durch eine menschenleere Gegend. Nur in der Ferne sah man verfallene Dörfer, deren Einwohner vielleicht in die Golfstaaten oder nach Ulania gezogen waren. Bisweilen war die Landschaft so malerisch wie an den schönsten Küsten Europas, doch die Gegend blieb einsam, nicht ein Café sahen sie während der langen Fahrt.

Ihre erste Station sollte Talte sein, eine Stadt mit einer Viertelmillion Einwohner im fruchtbarsten Gebiet des Landes. Normalerweise erreichte man Talte in vier Stunden. Doch es dauerte sechs Stunden, bis die Kolonne, angeführt vom Wagen des Circusdirektors, in die Ausfahrt Talte einbog. Valentin fühlte sich müde und hungrig; er freute sich auf die Ankunft. Nabil überholte ihn und gab die Richtung an: zum Stadion. Dort, so war Nabil von der Stadtverwaltung informiert worden, wäre genug Platz. Doch was Valentin nun erblickte, war kein Stadion, nicht einmal ein Fußballplatz, sondern eine Bauruine inmitten verwilderter Gärten. Die Gegend hatte mehrere kleine Flüsse und war, begünstigt durch den Meereswind, wohl einmal eine grüne Oase gewesen. Jetzt aber war alles überwuchert mit Unkraut und wilden Brombeerhecken, aus denen alte, vernachlässigte Obstbäume ragten. Das Stadion war mitten im Grünen als Zentrum eines geplanten Kurzentrums errichtet worden, und der Staat hatte den Bauern zwangsweise alle Gärten und Felder der Umgebung abgekauft, um Hotelanlagen und Schwimmbäder zu errichten. Es gab drei schwefelhaltige Wasserquellen, und die Saudis hatten zunächst großes Interesse gezeigt, doch seit dem Golfkrieg wollten sie von alledem nichts mehr wissen. Die Bauruine rostete vor sich hin und das schwefelhaltige Wasser sickerte ungenützt und nach faulen Eiern riechend in die Erde. Valentin sah nur eine Möglichkeit, alle seine Leute unterzubringen: auf dem ehemaligen Fuhrpark entlang den Feldern.

»Vielleicht ist es ein Missverständnis«, tröstete Nabil die enttäuschte Mannschaft. »Rastet erst mal hier, wir müssen ja heute nicht spielen. Ich fahre inzwischen zum Bürgermeister und kläre die Sache auf. Es ist sicher alles nur ein Missverständnis.« Und ohne sich selbst auch ein paar Minuten Ruhe zu gönnen, sprang er in seinen Wagen und brauste davon. Bald war er hinter den Bäumen verschwunden.

Während seine Leute ihren und der Tiere Hunger und Durst stillten, ging Valentin um den Fuhrpark herum und betrachtete die Gegend genauer. Irgend etwas an dieser absoluten Stille ließ ihn nichts Gutes erwarten. Er versuchte sein Unbehagen zu vertreiben und begann zu essen und Witze zu machen über eine Vorstellung auf den gewaltigen Betonpfeilern, die aus der Erde ragten und an deren Enden sich rostige Eisengerippe gen Himmel streckten wie Hilfe suchende Finger.

Valentin hatte gerade einen Schluck Kaffee genommen, als es plötzlich Steine regnete, erst kleine, dann faustgroße. Die Circusleute sprangen erschrocken auf, und einige wurden von den Steinen getroffen. Sie schrien und suchten kopflos Deckung. Bald folgte eine zweite Welle und hämmerte krachend auf Autos, Lastwagen und Wohnwagen. Panik erfasste die überraschte Mannschaft, und selbst Martin, der im Angesicht seiner Raubtiere nicht die geringste Angst kannte, versteckte sich bleich wie eine Leiche hinter seinem Wohnwagen.

Scharif und Mansur waren es schließlich, die der Hölle ein Ende bereiteten: Sie fingen auf arabisch an zu schreien und Valentin verstand immer nur die Worte »La«, nein oder nicht, und »Salam«, Frieden. Nach einer Weile wurde es still. Man hörte nur noch Robert seine Flüche zischen und Anita stöhnen. Ein Stein mit scharfer Kante hatte ihre Schulter gestreift.

Scharif und Mansur auf der einen und die unbekannten Angreifer auf der anderen Seite tauschten ein paar laute Rufe. Dann wieder Stille. Scharif und Mansur kamen aus ihren Verstecken und beruhigten die anderen. Man hatte ein Gespräch von Angesicht zu Angesicht vereinbart. Nur Valentin sollte mitkommen. Die anderen äugten vorsichtig hinter den Fahrzeugen vor, hinter denen sie Schutz und Deckung gesucht hatten. Was sie sahen, beruhigte sie nicht eben: Über fünfzig Jugendliche versperrten die Einfahrt zur Baustelle; sie waren vermummt und mit Steinen bewaffnet. Valentin richtete seinen Blick auf ihren Anführer, einen etwa vierzigjährigen bärtigen Mann, der selbst keinen Stein trug und auch sein Gesicht nicht verbarg. Zwei junge Männer, mit Kalaschnikows bewaffnet, unterstrichen die Stellung des Bärtigen: Sie standen als Leibwächter rechts und links von ihm.

Ein langes, Valentin verwirrendes Gespräch begann. Immer wieder musste Mansur übersetzen, was der Mann von sich gab, und Valentin dachte mit jedem Mal mehr, er sei an einen Verrückten geraten. Der Circus sei nicht nur unmoralisch, sondern auch ein Werkzeug der verhassten Regierung in Ulania, erklärte der Mann, seine Partei werde eine Vorstellung auf keinen Fall erlauben, und was *sie* nicht erlaube, werde es in der Stadt auch nicht geben. Talte sei eine befreite Stadt, das müssten sie wissen. Mansur und Scharif, das erkannte Valentin an ihren Gesten, bettelten und schmeichelten dem Mann und seinen Leuten, doch der Bärtige starrte nur mit toten Augen in die Ferne. Es war offenbar nichts zu machen. Valentin bat Mansur, dem Mann zu erklären, dass Circus eine Volkskunst sei, die Freude bringe, und dass er dem Land und nicht der Regierung gegenüber große Achtung empfinde. – Nichts, keine Reaktion, doch Valentin versuchte unbeirrt weiter, den Verrückten umzustimmen. »Sag dem vornehmen Herrn«, befahl er Mansur lächelnd, »wir sind Gäste im Land, Fremde, die auf Hilfe und Freundschaft angewiesen sind. Sag ihm, dass wir Arabien und seine Kultur lieben und dreitausend Kilometer gefahren sind, um das Land zu sehen, und dass Gäste in Arabien noch nie mit Steinen empfangen wurden. Sag ihm das«, betonte Valentin, und Mansur tat sein Bestes, doch der Bärtige war kälter als ein toter Fisch. »Wir lehnen eure Freundschaft ab. Ihr seid angereist, um an den Feierlichkeiten der Regierung teilzunehmen, das wissen wir, und wer das tut, ist kein Freund und hat keine Gastfreundschaft zu erwarten, sondern verdient den Tod«, erwiderte er ruhig, ja fast teilnahmslos, als redete er über das Wetter in Italien. Sein Gesicht zeigte keine Erregung, nichts.

Der Bärtige fing erst an zu toben, als Anita und Angela sich näherten. Es war Angelas Idee gewesen, durch Anitas Verletzung das Mitgefühl des Mannes zu wecken. Er aber herrschte Scharif und Mansur nur an und fuchtelte mit der Hand. »Die beiden sollen sofort zu den anderen zurück. Er will sie hier nicht sehen«, übersetzte Mansur, während Scharif weiter auf den Mann einredete, doch als er einen Schritt näher zu ihm trat, richteten die zwei Leibwächter die Gewehre auf ihn und herrschten ihn an. Scharif erstarrte und Anita und Angela machten kehrt.

Der Bärtige war leider nicht, wie Valentin gehofft hatte, nur etwas wirr im Kopf. Nein, er erwies sich als kalt berechnend und rücksichtslos. »Wir müssen den Platz sofort räumen und abfahren, sagt er, sonst kann er die Jugendlichen nicht zurückhalten«, übersetzte Mansur, und jetzt riss Valentin die Geduld: »Sag diesem Idioten, ich verlasse den Ort, sobald Nabil zurückgekommen ist, und kommt er nicht, werde ich bleiben, bis die deutsche Botschaft nach uns suchen lässt. Dann kann die Sache für ihn sehr unangenehm werden. Sag ihm das, und sag ihm auch, wenn noch ein einziger Stein gegen uns fliegt, kann ich nicht garantieren, dass meine vierzig Raubtiere nicht ausbrechen. Er allein trägt die Verantwortung dafür. Sag ihm das bitte ohne Höflichkeit.« Valentin brüllte Mansur regelrecht an. Der stockte, schluckte seinen spärlichen Speichel, um seine trockene Kehle anzufeuchten, und sprach erst heiser, mit brüchiger Stimme, bald aber fast so laut wie Valentin und mit Nachdruck. Der Bärtige hörte mit unbewegtem Gesicht zu, nickte dann, drehte sich um und ging. Seine Truppe folgte ihm auf dem Fuß.

Es dauerte danach noch über eine Stunde, bis Nabil zurückkam.

»Lasst uns diesen verfluchten Ort verlassen«, sagte er atemlos und grau im Gesicht vor Ärger und Enttäuschung, »es gibt hier scheinbar nur Verbrecher und korrupte Politiker. Der Bürgermeister wollte von seinem Versprechen nichts mehr wissen. Er sei, sagte mir dieser Hund, im Herzen für uns, aber die bewaffneten Truppen der Opposition hätten die Stadt in ihrer Hand und wollten den Circus anzünden, falls er es wage, seine Zelte aufzuschlagen. Das sagte er mir ohne jede Scham, dieser Bürgermeister, der von der Regierung in Ulania bezahlt wird und hier den treuen Hund ihrer Feinde spielt.« Nabil legte eine Karte auf die Motorhaube seines Wagens und zeigte mit der Hand auf einen Punkt etwa dreißig Kilometer von Talte entfernt. »Bis zur nächsten Provinzstadt schaffen wir es nicht mehr. Lasst uns lieber bei den Ruinen der Karawanserei dort übernachten, das schaffen wir in einer Stunde. Ich kenne die Ruinen. Ein schöner Anblick und genug Platz für unsere Wagen.« Er atmete tief durch und ein Lächeln huschte über sein Gesicht. »Ja, lasst uns dort die Nacht verbringen. Vielleicht sind die Geister aller Fremden, die jemals in der Karawanserei übernachtet haben, uns freundlicher gesinnt als die abscheulichen Herren von Talte.«

Valentin fuhr von da an fast geistesabwesend. Der Schreck saß ihm noch in den Knochen und er fühlte sich einsam hinter seinem Lenkrad. Wie weit entfernt war auf einmal sein kleines Haus und wie groß seine Sehnsucht danach. Er wünschte sich, dort zu sein und Pia in die Arme zu fallen, bevor ihm irgendein Unglück geschah und er aus diesem Leben schied, ohne das Glück mit ihr gekostet zu haben. Unendlich lang schien ihm die Fahrt, bis Nabil, der diesmal gleich an der Spitze fuhr, nach rechts blinkte. Weit am Horizont sank die Sonne hinter das Meer. Im roten Licht der Dämmerung erkannte Valentin das gut erhaltene Hauptgebäude der verlassenen Karawanserei.

20.

Wie Schlangestehen zu einem blühenden Geschäft werden kann

ie Mannschaft fühlte sich außerordentlich wohl in den Ruinen der Karawanserei. Schnell, bevor der letzte Widerschein der Sonne am Himmel verschwand und die Dunkelheit endgültig ihren schweren Mantel über die Gegend breitete, sammelten die Circusleute Holz, trockenes Reisig und Disteln. Bald saßen sie um die Feuerstelle mitten im Hof der alten Karawanserei, wo einst Nomaden, Schäfer und Reisende Rast gemacht hatten. Die hohen Mauern schützten vor dem kalten Steppenwind, der in der Nacht von Osten blies. Sie aßen, tranken und unterhielten sich, und Nabil bemühte sich den ganzen Abend vergeblich, den Angriff von Talte zum unglücklichen Zufall herunterzuspielen; doch es gelang ihm nicht, den Circusleuten ihre Angst vor der undurchschaubaren Provinz auszureden. Valentin schwieg, und seine Mitarbeiter verstanden sein Schweigen als Zustimmung und lehnten immer entschiedener die gefahrvolle Reise durch Gebiete ab, in denen Kämpfe zwischen der Regierung und ihren bewaffneten Gegnern tobten. Nur Sania und Ulania waren Städte mit Verbindungen in alle Welt und Konsulaten, die man im Falle einer Krise um Beistand bitten konnte. Darum beschloss die Truppe einstimmig gegen Nabil, am nächsten Morgen direkt auf die Autobahn nach Sania zu fahren. Nabil war darüber sichtlich verärgert.

Spät in der Nacht zogen sich die Circusleute zurück; nur Nabil und Valentin saßen noch am Feuer. Der alte Araber stocherte in der Glut und war immer noch beleidigt und enttäuscht, dass man nicht auf ihn hören wollte. Ihn ärgerte, dass Mansur seine Verteidigungsrede mit Zwischenrufen gestört und ihr dadurch die Wirkung genommen hatte. Nabil hatte Mansur als vom Leben in Europa verdorben beschimpft und dieser hatte auf Valentins flehenden Blick hin seine bittere Antwort hinuntergeschluckt. Später war er dann glücklich darüber, weil Nabil sich in aller Form bei ihm entschuldigte.

Valentin entfachte das Feuer mit einem großen Bündel Reisig und Disteln, als wolle er seinem Freund andeuten, dass er viel Zeit für ihn und seinen Kummer hatte.

»Es ist Nachmorg und wir können offen sprechen«, begann er und erklärte Nabil, wie sehr Circusartisten den Frieden brauchen, um ihre Arbeit gut und ohne Unfälle zu tun. Und er machte Nabil leise, aber bestimmt darauf aufmerksam, dass er doch wisse, dass der Überfall von Talte kein Zufall sei. Mansur habe Recht, das Land werde von den bewaffneten Truppen der Opposition beherrscht, und wäre die Opposition nicht unter sich zerstritten und verfeindet, so hätte sie längst die Macht in ihrer Hand. Die Regierung habe seit Ende 1990 nur noch die beiden Städte Ulania und Sania unter Kontrolle, das müsse er Nabil doch nicht erklären. Valentin redete, und spät, sehr spät entspannte sich Nabil und erzählte von seiner Sehnsucht nach Basma, seiner Liebe, die er bereits nach einem Tag vermisse.

»Und was bedeutet der Name Basma?«, wollte Valentin wissen.

»Lächeln«, antwortete Nabil so melodisch, als würde er den Namen auf der Zunge schmecken.

Valentin lächelte. Dann sagte er: »Um dir die Fortsetzung meiner Geschichte zu erzählen, möchte ich mit dir in der Dunkelheit spazieren gehen, denn meine Mutter erlebte die folgenden Ereignisse in einer absolut dunklen Steppe. Zieh dich warm an und wir nehmen dieselbe große Taschenlampe mit, die meine Mutter damals getragen hat.«

Nabil war so beglückt über diesen Vorschlag, als wäre ein Spaziergang in der Nacht ein Abenteuer wie vor fünfzig Jahren. Sie brachen auf und gingen in die Nacht hinaus. Valentin erzählte, und ab und zu ließ er die Taschenlampe aufblitzen. Geisterhaft tauchten die glühenden Augen eines Schakals auf, der blitzschnell wieder von der Dunkelheit verschlungen wurde...

Am Morgen wachte Valentin früh auf. Die Sonne stand groß und noch rot im Osten über dem Dunst der Steppe und die Erde glänzte golden. Er nahm seine Jacke und machte sich auf den Weg zu einem Morgenspaziergang. Es war kalt, der Atem der Steppe war frisch. In einem der Wohnwagen seiner Requisiteure rauschte der Fernsehapparat, aber alle schliefen. Seitdem die Araber den Boden des Orients betreten hatten, ging das Fernsehgerät nicht mehr aus. Sie schauten Tag und Nacht; sogar während der Vorstellung, in den winzigen Verschnaufpausen, die sie hatten, rannten sie zum Wohnwagen, und auch wenn sie aßen oder Karten spielten, lief das Teufelsgerät. Als Valentin zurückkehrte, roch er schon den Duft des frisch gebackenen Brotes, das die Marokkaner binnen Minuten auf einem winzigen Blech über Holzfeuer zubereiteten.

Nach einer kurzen Besprechung brach der Circus Richtung Autobahn auf und nach genau drei Stunden sahen sie die für ihre Steinbauten bekannte Stadt Sania am Horizont. Diesmal klappte alles zu ihrer Zufriedenheit. Nabil und der Bürgermeister waren durch die Kinderprojekte, die Nabil in der Stadt finanzierte, gut miteinander bekannt, und der Circus bekam den schönsten Platz auf der nah beim Zentrum liegenden Festwiese, genau vor dem Eingang zur gut erhaltenen Altstadt. Die Artisten durften ins Wohnheim der Sportschule einziehen, das kaum fünfzig Meter von der Wiese entfernt lag. Für die Circusleute war das der erste feste Wohnsitz seit ihrer Abreise aus Deutschland.

Blitzschnell waren die Zelte aufgebaut und Nabil beaufsichtigte bis zum späten Nachmittag mit einem Grafiker den Druck der neuen Plakate in der staatlichen Druckerei. Während dieser Zeit genossen die Circusleute die Bequemlichkeiten ihrer festen Unterkunft: Sie zauberten ihre Lieblingsgerichte in der Küche, aalten sich ausgiebig unter den warmen Duschen und tollten im Schwimmbad der Schule wie fröhliche Kinder. Der Schreck von Talte wich langsam aus ihren Gliedern. Valentin, der ewige Nichtschwimmer, trank am Rande des Schwimmbeckens seinen Kaffee und bemerkte dabei enttäuscht, dass die Liebe zwischen Scharif und Anita nicht mehr das war, was sie in den ersten Tagen zu werden versprochen hatte. Beide bemühten sich noch, aber man sah, dass es ihnen schwer fiel. Und Valentin hatte so gehofft, ihre Liebe würde leidenschaftlich werden und spannend, damit er sie als Gegenpol zum Unglück seiner Mutter in seinen Roman einbauen könnte.

Anita hatte ihn in seinem Glauben an die Einmaligkeit dieser Liebe noch bestärkt, als sie Valentin vor ein paar Tagen zur Seite genommen und leise gefragt hatte, ob er ihr helfen würde, wenn es darauf ankäme. Valentin hatte gefragt, worum es denn gehe, und erfahren, dass sie Scharif so liebte wie keinen anderen Menschen auf der

Welt. Und dass Scharif gerne im Circus weiter arbeiten und mit ihr um die Welt reisen würde, doch er dürfe sein Land nicht verlassen. Es sei zu kompliziert zu erklären, aber legal komme Scharif nie heraus. Valentin hatte geantwortet, sie solle sich keine Sorgen machen, er habe schon genügend Menschen bei der Flucht geholfen und werde auch Scharif aus dem Land bringen. Er verriet ihr nicht das Geheimnis mit den Raubtieren, doch er sah vor seinen Augen bereits den Ausklang seines wunderbaren Romans: Die Heldin schließt nach der Ankunft in Triest ihren Geliebten in die Arme, als er aus dem gut getarnten Versteck im Löwentransporter herauskommt. Und der Leser atmet erleichtert auf, dass eine ungewöhnliche Liebe auch mit Glück belohnt werden kann. Nicht zuletzt hätte er so auch Verständnis für die Geduld seiner Mutter wecken können.

»Wie jämmerlich!«, brummte Valentin, als er die zwei noch einmal betrachtete und sich klar machte, dass ihre Liebe nicht einmal zwei Wochen gehalten hatte. Doch als er bald darauf Anitas helles Lachen hörte, wurde er doch neugierig und wollte nicht nur herausfinden, woher die plötzliche Kälte zwischen den beiden kam, sondern auch, ob es nicht möglich war, dass sie wieder zueinander fanden.

Valentin rief Anita zu sich. Sie kletterte aus dem Wasser und lief, sich unterwegs mit einem großen Tuch abtrocknend, zu ihm.

»Was ist los mit euch?«, fragte Valentin.

»Gar nichts ist los«, antwortete Anita bitter, »Scharif ist ein freundlicher Diplomat, mehr nicht. Er lacht andauernd, obwohl er so sehr an einem Magengeschwür leidet, dass er nachts manchmal Blut spuckt.«

Als wüßte er, dass Anita auf eine Gelegenheit wartete, um nicht über Scharifs Gesundheit, sondern über ihre

Liebe zu sprechen, sagte Valentin: »Nun mal der Reihe nach. Was ist genau passiert?«

»Scharif will mich nur im Circus lieben. Es ist für ihn ein Abenteuer, aber für mich ist es entweder Liebe oder gar nichts.«

»Liebe kann auch abenteuerlich sein«, sagte Valentin.

»Das schon, aber ich vertrage es nicht, wenn er sich draußen meiner schämt und hier im Circus den Kitzel einer Liebe zwischen Löwe und Tiger erleben will«, entgegnete Anita energisch.

»Sich deiner schämt? Übertreibst du nicht ein bisschen?«, fragte Valentin verwundert.

»Nein. Er weigert sich, mir sein Viertel zu zeigen, und will mich nicht seinen Eltern vorstellen. Noch nicht mal seiner Schwester, die er immer lobt, weil sie angeblich wegen ihrer fortschrittlichen Ideen leidet. Ich hätte sie gern kennen gelernt, aber er will es nicht, und ich weiß langsam nicht mehr, was ich ihm glauben soll. Er erzählt mir dauernd Geschichten darüber, was er alles mit seinem Mut erreicht hat, aber dieser Mut reicht leider nicht, um sich zu seiner Liebe zu bekennen. Ich dachte, das sei vielleicht nur in den ersten Tagen so, es wurde aber immer schlimmer. Inzwischen will er sich nicht mehr mit mir auf der Straße zeigen und spricht von irgendwelchen Gefahren, die auf uns beide angeblich lauern, wenn man uns zusammen sieht. Aber es ist lachhaft. Er ist so unbedeutend wie ein Spatz in dieser Stadt und keiner achtet auf ihn.« Anita warf wütend das Tuch auf einen leeren Stuhl. Valentin schwieg und ließ ihr Zeit. »Er fand allerdings gar nichts dabei, Pipo, Mansur, Martin, Eva und die anderen zu sich nach Hause einzuladen und mit ihnen groß zu tun. Nur ich durfte nicht dabei sein, damit seine Eltern keinen Verdacht schöpfen. Wer bin ich denn, dass er mich verstecken muss?« Anitas Augen waren voller

Tränen, doch ihr starker Wille gab ihrer Zunge Kraft, und sie fuhr ruhig und leise fort: »Ich habe es dem armen Martin nicht gewünscht, aber ehrlich gesagt, ich habe Scharif die Blamage gegönnt, als Martin mit der linken Hand aß. Ich ging täglich allein durch die Straßen von Ulania und friedlichere Straßen habe ich noch nie gesehen. Auch in seiner Gasse war ich ...«

»Was«, unterbrach Valentin verwundert, »du warst in seiner Gasse? Hat Mansur nicht erzählt, dass die Gasse von Scharif ziemlich übel ist und deshalb Messergasse heißt.«

Anita lachte, holte das Handtuch wieder und wischte sich die Tränen ab. »Mansur ist ein verrückter Kerl. Die Gasse heißt Sikak Aldakakin, Gasse der kleinen Läden, und Mansur verballhornt den Namen und macht aus Dakakin Sakakin, was auf arabisch Messer bedeutet. Nein, ich war dort. Eine friedliche Gasse der Armen. Seine Eltern bewohnen zwei Zimmer in einem Hof mit mehr als zehn weiteren Familien. Doch ich konnte nicht lange in der Gasse bleiben, weil zwei Kinder mich erkannten und ein ziemliches Spektakel veranstalteten.«

»Und nun, wie geht es nun weiter?«, fragte Valentin, als wüsste er nicht längst, dass die Trennung bereits vollzogen war. Er erkannte nur zu gut, wie sehr Scharifs Schicksal dem seines Vaters ähnelte: Auch er konnte sich nicht aus den langen Armen seiner orientalischen Familie lösen. Fast hatte Valentin Mitleid mit dem jungen Mann. Und bei aller Enttäuschung war er heimlich begeistert von der Ähnlichkeit zwischen ihm und dem ängstlichen Friseur, der sein Vater war. Beide waren zu Heldentaten gegenüber ihren Gegnern fähig und schreckhafter als ein Küken gegenüber der Familie. Durch Scharif verstand Valentin die Ängste seines Vaters besser. Er konnte nur hoffen, dass Anita auch die Geduld seiner Mutter hatte.

»Nichts geht weiter. Entweder bekennt er sich zu mir oder es ist aus zwischen uns. Bei Jan sollte ich mich verstecken und nun bei Scharif wieder – was ist bloß so grässlich an mir, dass ich mich dauernd verstecken muss. Wer mich verstecken will, soll zum Teufel gehen. Nein, dann lieber gleich allein«, schloss Anita, die nicht ahnen konnte, wie sehr sie an dem Denkmal einer Mutter rüttelte.

»Aber warum bloß so schnell, warum gibst du ihm nicht noch eine Chance? Vielleicht lernt er hier in Sania, fern von seinen Eltern, wie die Liebe schmeckt.«

»Abgehakt, Chef, abgeschrieben!«, sagte Anita und lachte bitter. »In dieser Stadt lebt eine halb verblödete Tante seiner Mutter, und es ist schon ausgemacht, dass ich nicht mit ihm spazieren gehe, weil diese Tante angeblich dreihundert Augen hat, die hinter jeder Straßenecke lauern. Gut, sagte ich, dann gehen wir nicht, aber dann ist auch nichts mehr mit Herz und Schmerz!« Anita stand auf.

Valentin streichelte ihr schweigend die Wange und sie gab ihm einen Kuss und kehrte zum Wasser zurück.

Das anschließende Gespräch mit Scharif bestätigte Valentin, dass Anita die Dinge richtig sah: Scharif drückte sich umständlich aus, und sein sonst perfektes Englisch schien plötzlich holprig und schlecht, doch Valentin verstand, dass der junge Araber Angst hatte, sich in seiner Stadt mit Anita zu zeigen. Immer wenn Valentin Scharif direkt danach fragte, wurde der lyrisch und verschwommen in seinen Antworten, und am Ende blieb nur ein Nebel aus leeren Worten.

Valentin verfluchte sein Pech, aber erst viel später erkannte er, in seinem Zimmer auf- und abgehend, seinen Fehler. Getrieben von der Suche nach einem Spiegelbild der Geschichte seiner Mutter in der Gegenwart, wollte

Valentin Liebe in das Korsett eines sich wiederholenden Lebens zwängen. »Liebe«, schrieb Valentin verzweifelt in sein Romanheft, »lässt sich nicht wiederholen.« Und irgendwo in einer Ecke seines Herzens bewunderte Valentin die junge Frau, die in ein paar Tagen fertig brachte, was seiner Mutter in vierzig Jahren nicht gelungen war, nämlich einmal zu verlangen, dass sich der Geliebte zu ihr bekennen sollte. Dieses Verlangen schimmerte in jeder Zeile des Tagebuches der Mutter durch, aber nicht einmal dort wagte sie es auszusprechen. Vielleicht war es doch eine andere Zeit, dachte Valentin. Er fühlte Mitleid mit seiner Mutter und dem Friseur und er schrieb: »Im Roman die beiden nicht verurteilen, sondern dem Leser klar machen, dass die Bedingungen und die Zeiten schwer waren.«

Entschlossen, in jedem Fall eine ungewöhnliche zweite Liebe zu schildern, die während der Suche nach seinem Vater Revue passieren und den Roman spannender machen sollte, ging Valentin danach in Gedanken alle Männer und Frauen seines Circus durch. Aber niemand hatte das Zeug zum Helden oder zur Heldin der von ihm gesuchten Geschichte. Auch Nabils neue Liebe kam dafür nicht in Frage: Valentin würde eine Liebesgeschichte erfinden müssen. »Warten wir ab«, sagte er leise, als er aus dem Zimmer ging. Er fühlte sich schon wieder besser, und in seinem Inneren war er auch mit Anita und Scharif versöhnt, die ihm zwar keine Geschichte, dafür aber eine wichtige Erkenntnis über die Liebe geschenkt hatten.

Die Circusplakate waren schön. Nabil war stolz auf sein Bild links unten in der Ecke, und Valentin fühlte sich geschmeichelt, dass sein Freund ihn, den Circusdirektor, als Mittelpunkt in einen Stern gesetzt hatte. Doch die

Plakate waren fast überflüssig, denn sein Ruf war dem Circus Samani weit vorausgeeilt. Und wenn Ulania auch die Hauptstadt war, so hatte es Sania doch nie aufgegeben, besser sein zu wollen. Vielleicht waren auch deshalb die Leute hier überall so freundlich und zuvorkommend. Schon am späten Nachmittag standen so viele Menschen vor dem Eingang und warteten auf Einlass, dass über vierhundert abgewiesen werden mussten.

Maritta hieß die Artistin, die an diesem ersten Abend in Sania das Publikum am meisten faszinierte, und Valentin benannte den Tag nach ihr. Im Gegensatz zur zierlichen Eva, deren Tänze auf dem Hochseil durch ihre Zierlichkeit noch ferner, noch gefährlicher erschienen, war Maritta groß und kräftig, und sie tanzte auf einem niedrigen Schlappseil, das nicht höher als zwei Meter über dem Boden hing. Maritta aber ließ das Publikum mit ihrer Akrobatik auf dem Schlappseil vergessen, dass sie der Erde so nahe war. Sie schien zu schweben, jonglierte mit Ringen und Bällen, tanzte mit dem Geschick einer Katze, spazierte mit einem kleinen Schirm graziös über das Seil und warf dann den kleinen Schirm ihrem Assistenten zu, klatschte in die Hände, griff das Seil fest mit einer Hand und schwang ihren großen und zur Fülle neigenden Körper mit einer solchen Kraft in die Höhe, dass sie schließlich mit einer Hand auf dem Seil balancierte. Das Publikum tat nach einer Zeit absoluter Stille laut seine Begeisterung kund und Maritta setzte wie in Zeitlupe ihre Füße wieder auf das Seil und löste ihren eisernen Griff. »Gott schütze dich, Prinzessin der Luft!«, rief eine Zuschauerin und alle stimmten ihr bei.

Animiert durch die Plakate, hatten sich schon am frühen Nachmittag einige Bewohner von Sania mit allerlei akrobatischen Kunststücken beworben, aber es war keine einzige hervorragende Nummer darunter gewesen.

Vier Männer und eine junge Frau bemühten sich mit Stangen und Leitern balancierend um die Gunst von Martin, Angela und Mansur, doch das, was sie so stolz darboten, konnte jedes Circuskind mit fünf Jahren besser, und Nabil schickte sie freundlich hinaus. Plötzlich aber meldete sich ein kleiner Mann und behauptete frech, er übe den komischsten Beruf der Welt aus. Nabil, den die ärmlichen Darbietungen der anderen Bewerber gelangweilt hatten, war ihm beinahe dankbar dafür. Er hörte sich an, was der Mann erzählte, und war bald sicher, dass es auch dem Publikum gefallen würde.

Abends dann führte er den Mann in die Manege und stellte ihn dem Publikum vor: Er sei der Mann mit dem komischsten Beruf der Welt und fordere jeden heraus, der glaube, dass er mit ihm konkurrieren könne. Drei Männer meldeten sich und traten in die Arena. Nabil bat das Publikum, durch seinen Beifall zu bekunden, wie komisch es die dargestellten Berufe finde. So werde man hören, wer der Sieger sei.

Der erste Konkurrent färbte billige Vögel zu Exoten um; der zweite verhökerte Grundstücke in der Wüste an Neureiche; und der dritte unterhielt blinde Passagiere, die erwischt wurden und die kein Land aufnehmen wollte, so lange am Flughafen, bis sich eine Fluggesellschaft bereit erklärte, die Pechvögel in ihre Heimat zurückzufliegen. Gewinner aber wurde der kleine Mann, bei dem das Publikum nicht, wie bei den drei anderen, bis zum Ende seiner Ausführungen wartete, sondern den es immer wieder mit lautem Beifall unterbrach, in den auch seine Konkurrenten einstimmten.

»Ich bin von Geburt an ein optimistischer Mensch«, fing der Sieger an, »mein Vater war ein armer und abergläubischer Bauer, und er hatte so viel Pech, dass er bei meiner Geburt auf einen Freund hörte und mich zur

Abwehr einer lang anhaltenden Pechsträhne Nakad, Unglück, nannte. Und siehe da, einen Tag nach meiner Geburt weinte ich, und es regnete so reichlich, dass die Saat meines Vater aufging und zehnfach mehr Ernte einbrachte, als er erwartet hatte. So schlug mein Vater von nun an immer, wenn er in der Ferne ein Unglück kommen sah, so lange auf mich ein, bis ich bitterlich weinte. Er glaubte, sein Unglück würde ängstlich flüchten, sobald es sähe, wie sein Namensträger litt. Doch mein Vater war wie ein Magnet, nicht nur für gescheiterte arme Teufel, die er mit nach Hause schleppte und pflegte, bis sie wieder zu Kräften kamen und uns bestahlen, nein, er zog das Unglück ganzer Kontinente auf sich, und ich musste viele Schläge erdulden. Dann war es genug. Als ich lernte, wie man zu jeder Zeit die Himmelsrichtungen bestimmt, flüchtete ich in der Nacht und kam sicheren Schrittes und im Vorgefühl kommenden Glücks nach Sania. Und ich hatte mich nicht getäuscht: Hier lernte ich eine gute Frau kennen. Sie hieß Sa'ide, die Glückliche, und als ich ihr auf dem Markt sagte, lass uns zusammen sein, denn Glück und Unglück geben Leben, lachte sie, und beim Lachen verliebte sie sich in mich. Wir leben seitdem in einem Paradies und haben zehn Kinder. Der Älteste ist fünfzehn, die Jüngste fünf. Ich habe oft den Beruf gewechselt, aber vor fünf Jahren stießen meine Frau und ich durch Zufall auf eine wahre Goldgrube: Meine zehn Kinder und ich verkaufen Plätze in der Warteschlange, und wie es dazu kam, ist eine Geschichte für sich. Ihr wisst, dass wir nicht nur Maschinen und Medikamente, sondern auch das Schlangestehen aus Europa importiert haben. Heute gibt es sogar eigene Witze über das Schlangestehen. Jeden Tag höre ich einen neuen. Wollt ihr den neuesten hören?«, fragte das Schlitzohr.

»Ja«, brüllten die Zuschauer und lachten.

»Ein Mann bückte sich, um seine Schnürsenkel zu binden – als er fertig war, hatte sich bereits eine große Menschenschlange hinter ihm gebildet. ›Worauf wartet ihr?‹, fragte ihn ein Passant. ›Das weiß ich nicht‹, erwiderte der Mann, ›aber zum ersten Mal in meinem Leben bin ich Erster.‹«

Die Leute lachten, dass man um das Zelt bangen musste.

»Das Schlangestehen«, fuhr der Mann fort, »importierte unsere Regierung aus den ehemaligen Ostblockländern. Dort haben sie es erfunden, um die Menschen zu erziehen und von dummen Gedanken abzuhalten. Ich weiß nicht, warum, aber die Araber können nicht in der Schlange stehen. Die Regierung holte Experten im Schlangestehen aus Moskau, aber die wurden bald verrückt, denn es gelang ihnen zwar mit Mühe, eine Schlange aus Menschen zu bilden, deren einzige Aufgabe es war, ein paar Minuten ruhig stehen zu bleiben, doch sobald die Experten sich umdrehten, verwandelte sich die ruhige Schlange in einen schreienden Haufen. Wahrscheinlich kommt es von der Hitze oder unseren weit verzweigten Familien und Sippen, nur Gott kennt den Grund. Experten über Experten mussten krank und entkräftet nach Hause zurückgeschickt werden. Sie kamen als Freunde und kehrten als Feinde der Araber in ihre Heimat zurück. Auch Strafen und Drohungen halfen nicht. Erst als die Regierung ein Gesetz erließ, das den Handel mit den Plätzen in Warteschlangen erlaubt, regelte sich alles von alleine. Seitdem halten unsere Schlangen sogar länger als die in Moskau. Denn nun respektieren alle den Platz, für den man bezahlt hat, und lassen es nicht zu, dass einer mir nichts dir nichts nach vorne stürmt und einem anderen die erkaufte Position wegnimmt. Es regelt sich auch ohne Polizei. Immer wieder versuchen Witzbolde, diese wunderbare Ordnung zu stören, aber sie werden mit Fußtritten und Ohrfeigen zurückgeschickt. Meine Kinder helfen mit, denn wir haben noch nie so gut gelebt wie seit der Einführung der Warteschlange.

Ich stehe um vier Uhr morgens auf und wecke alle meine zehn Kinder. Wir frühstücken schnell und eilen zu der Stelle, die an dem Tag besonders gut besucht wird. Das ist manchmal eine Verkaufsstelle für Lebensmittel oder Brennstoff oder Kleider, manchmal ein Kino, in dem ein weltberühmter Film läuft, und heute war es zum Beispiel der Circus hier. Nur Gott und ein paar zuverlässige Informanten wissen, was morgen der Renner sein wird. Nie sind zwei Tage gleich. Es gibt auch bei uns Schlangenplatzhändlern Täuschung und Irreführung der Konkurrenz, aber das ist schließlich in jedem Beruf so.

Meine Kinder stehen immer schon Stunden vor der Zeit ganz vorne in den Warteschlangen, die guten Gewinn versprechen, und ich lauere auf Kundschaft. Mit den Jahren habe ich auch einen siebten Sinn dafür entwickelt, wie eilig es ein Kunde hat, auch wenn er so tut, als hätte er alle Zeit der Welt und kein Interesse an einem vorderen Platz. Alles nur Bluff. Wer zur Hochzeit kommt, will feiern. Ich rieche die Ungeduld, wie der Hund die Angst wittert. Die Plätze haben keinen einheitlichen Preis. Vorne ist natürlich teurer als hinten, in der Hitze erhöht sich der Preis und kurz vor dem Ausverkauf ebenfalls. Auch dem Gedränge muss ich jeweils den Preis anpassen, und wenn einer der Fünfzigste ist, zahlt er für den dritten Platz nicht soviel wie einer, der vom Platz zweihundertsiebzig kommt. Sobald ich den Platz eines meiner Kinder verkauft habe, setzt es sich wieder ans Ende der Schlange. Ich versorge meine Kinder mit Essen und Getränken, Kinderzeitschriften und Witzheftchen, damit ihnen das Herumstehen Spaß macht. Und ich brauche mich nicht zu verstecken. Wir üben ganz legal einen Beruf aus. Ich verkaufe unsere Geduld an Ungeduldige. Aber ich lasse mit mir handeln, und meinen Stammkunden, die immer bei mir und nicht bei der Konkurrenz kaufen, gebe ich gerne Rabatt. Konkurrenz gibt es inzwischen genug, und wer früh erfahren will, welche Stellen am nächsten Tag rentabel sein werden und welche nicht, muss erst mal beim Informanten Schlange stehen. Der beste Informant aber, das kann ich verraten, ist meine Frau...«

Später am Nachmorg erzählte Valentin eine weitere Folge der Liebesgeschichte seiner Mutter. Doch schon nach kurzer Zeit unterbrach ihn Nabil: »Du sprichst immer nur von der Frau oder von deiner Mutter, nie nennst du sie beim Namen. Und ohne Namen kann ich mir ihr Gesicht und Wesen nicht vorstellen. So fällt es mir schwer, sie zu lieben.«

»Oh, Verzeihung«, sagte Valentin, »habe ich wirklich den Namen noch nicht genannt? Um Gottes willen, das darf mir im Roman nicht passieren. Sie hieß Szandra, aber nur in den Papieren, denn von klein auf wurde sie Cica, Katze, genannt, weil sie so leichtfüßig war wie eine Katze, und sie liebte den Namen. Nur Rudolfo Samani nannte sie Szandra. Für mich war sie Cica.«

»Und wie nannte Tarek deine Mutter?«

»Zu ihrer Freude entschied er sich für Cica.«

»Cica. Cica ist ein schöner Name«, sagte Nabil leise, und Valentin fuhr mit der Geschichte fort bis zu der Stelle, wo Rudolfo Samani seine Frau vor den Mitarbeitern beleidigte und Cica den vier Jahre alten Valentin nahm und mit ihm in den Schwarzwald zu einer Freundin flüchtete. Diese Flucht blamierte den Circusdirektor vor allen Mitarbeitern und Rudolfo Samani war, wie bekannt, ein Choleriker. In einem Anfall fürchterlichen Zorns nahm er seine Pistole und reiste seiner Frau hinterher. Er wusste genau, wo sie sich versteckte.« — Hier unterbrach Valentin die Geschichte und versprach, am nächsten Tag die Fortsetzung zu erzählen.

»Es wird immer schlimmer mit dir«, scherzte Nabil, »aber mir kannst du es ja verraten«, jetzt flüsterte er nur noch, »ob er sie erwischt oder nicht.«

Valentin beugte sich zu ihm. »Ja, dir kann ich es verraten«, flüsterte er kaum hörbar, »er schießt auf sie, trifft sie aber nicht, und dann wird es erst richtig spannend.«

Sie lachten, stießen an und nahmen einen Schluck Rotwein.

»Aber Spaß beiseite«, sagte Nabil nach einer Weile, »sei doch froh über deine Eltern. Sie haben sich immerhin leidenschaftlich gestritten. Meine taten das nicht und verstanden sich trotzdem nie. Sie lebten auf zwei Planeten, und ich war das Band, das sie zusammenhielt. Mein Vater dachte lange Jahre seines Lebens, er wäre mit der falschen Frau verheiratet. Er fand, dass alles, was sie machte, sagte oder dachte, nicht die Größe hatte, die er sich von der Frau an seiner Seite wünschte. Und als er eines Tages aufwachte und die wahre Größe meiner Mutter erkannte, jammerte er für den Rest seines Lebens, dass sie ihm zu groß wäre. Er war aufbrausend wie der Staub in Arabien, der von dem geringsten Windstoß aufgewirbelt wird. Meine Mutter aber war ein ruhender Fels, und Felsen machen nicht viel Aufhebens um sich wie der Staub, der an jedem klebt, damit man ihn bemerkt. Er war ein Vulkan und sie war ein Meer. Er war ein Wasserfall, der sich ergoss, und sie war der tiefe Brunnen, der seinen Schwall aufnahm, durch tiefe Erdschichten filterte und nur das allerreinste Wasser wieder freigab. Als Kind bewunderte ich meinen Vater. Er war reich und mächtig und die Leute küssten ihm die Hand, wenn er in seiner

Textilfabrik auftauchte. Er war einer der ersten Großindustriellen hier. Seine moderne Textilfabrik aus England schlug die alten Tuchwebereien aus dem Feld und bald exportierte er in alle arabischen Länder. Wenn die Arbeiter beim Abschied vor einer religiösen Feier Schlange vor ihm standen und seine Gaben dankbar entgegennahmen, war ich stolz auf meinen Vater. Ich durfte ihn nur an solchen Tagen begleiten und die Huldigung miterleben. Aber ich kann mich nicht daran erinnern, dass er jemals mit mir spielte oder lachte. Was ich auch machte, betrachtete er von seiner hohen Warte mit Verwunderung, und manchmal hatte ich das Gefühl, dass er mich als Gast in seinem Haus ansah und nur duldete und höflich behandelte, wie es die arabischen Sitten nun einmal vorschreiben. Er war großzügig und in allem, was er tat, korrekt, aber ich kann mich nicht daran erinnern, dass er sich jemals mit mir freute. Er hatte Achtung vor mir. Ich weiß genau, wie oft meine Schulkameraden von ihren Vätern verflucht oder sogar geschlagen wurden; mein Vater delegierte das an meine Mutter. Wenn ich etwas angestellt hatte, ließ er sie wissen, dass er soundso viele Schläge empfahl. Er war in der Firma und zu Hause dasselbe Organisationsgenie. Er schien nicht zu arbeiten, doch seine Fabrik mit über fünfhundert Arbeitern und Angestellten funktionierte jahrzehntelang wie ein Uhrwerk.

Ich hatte großen Respekt vor ihm und bewunderte seine Leistungen. Und ich hielt das für Liebe. Erst mit sechzehn kam die Zeit, in der ich merkte, was für eine große Frau meine Mutter war. Mein Vater war steinreich, doch eine Flaute ließ ihn schlaflos werden. Er wurde krank und bebte am ganzen Leib vor Angst, und meine Mutter, dieser ruhende Fels, packte ihn behutsam, als wäre er eine zerstörte Vase, und baute ihn mit Witz und

Gelassenheit, Wein und Lachen Stück für Stück wieder auf. In dieser Zeit erkannte *er* die Stärke und Größe meiner Mutter und *ich*, dass ich ihn nicht mehr liebte, denn nun erschien er mir blass und jämmerlich. Ich fand in meinem Herzen nur Mitleid für ihn.

In jenen Monaten aber wurde mir noch eine wichtige Erkenntnis zuteil. Weißt du, der arabische Mythos der Familie ist noch nicht geschrieben. Bei den Griechen kämpften Laios und sein Sohn Ödipus um die Mutter. Bei den Römern kämpften die Gebrüder Romulus und Remus um die Macht. Bei den Arabern aber kämpfen Vater und Mutter um die Gunst der Kinder. Die Araber stammen aus der Wüste, und die Wüste prägte sich nicht nur in Gesicht und Haut, sondern auch in die Seelen ihrer Bewohner ein und bestimmte ihr Verhalten. Während die Väter hinausritten, kämpften und die Dichter ihre Raubüberfälle als Heldentaten besingen ließen, spendeten die Mütter lebensrettenden Schatten für ihre Kinder. Schutz und ruhender Pol waren immer die Mütter; die Väter waren flüchtige Erscheinungen wie der Rücken ihrer Pferde und oft kamen sie nicht mehr zurück. Die Mütter aber waren da. Das wussten auch die Männer, und deshalb ließen sie keinen Trick und kein Mittel unversucht, um die Macht der Frauen zu brechen und sie zu demütigen. Der Kampf zwischen Mutter und Vater fing also bereits in der Wüste an, denn wer die Gunst der Kinder besaß, hatte die Sicherheit der ehrenhaften Zukunft. Auch als die Wüste von den Städtern längst vergessen war, hielt der Kampf an. Und niemand weiß im voraus, wer in einer Familie siegt. Bei uns war es bestimmt meine Mutter. Ich habe meinen Vater bis zum letzten Tag seines Lebens behandelt, wie es sich gehört, aber geliebt habe ich die witzige und weise Frau, die neunzig Jahre lang mit der Zeit Schritt hielt und mich und meine Frau oft mit ihrer jungen Seele erschreckte. Sie hat uns als reaktionäres Pack beschimpft, wenn wir die rebellierenden Jugendlichen kritisierten. Mein Vater dagegen war fertig mit dem Leben, als er von mir erfuhr, dass ich Architekt werden wollte und seine Fabrik nicht ausstehen konnte. Er verkaufte die Fabrik für gutes Geld und hatte keine Aufgabe mehr; plötzlich hatte er Zeit und niemanden mehr, an den er etwas delegieren konnte. Ein Jahr, nachdem er sich zur Ruhe gesetzt hatte, starb er. Er war gerade sechzig. Viel zu früh und nicht gerecht, aber typisch Schahin, obwohl er ein Adoptivkind war. Meine Großeltern hatten lange keine Kinder bekommen und meinen Vater adoptiert; erst danach bekam meine Großmutter vier Kinder. Aber ob du es glaubst oder nicht, mein Vater ist immer ihr Lieblingskind geblieben. Keines der leiblichen Kinder hat je von ihnen erfahren, dass er adoptiert war, aber sie mochten ihn nicht und gönnten ihm nicht seinen Anteil an der Erbschaft. Heute zweifle ich daran, ob seine Brüder nicht doch gewusst haben, dass er ein Adoptivkind war...«

Zum ersten Mal seit einer Ewigkeit sprach Valentin an diesem Tag ein Nachtgebet: Er flehte Gott an, Ibrahim, dem Konditor, Kraft und Gesundheit zu geben.

21.

Warum man beim Friseur genau zuhören muss

iebste Pia«, schrieb Valentin, »*ich wünsche mir jeden Morgen, dass du hier an meiner Seite aufwachtest, um mit mir die Freude zu erleben, zu der die Menschen in diesem Land fähig sind. Wir haben hier sommerliche Temperaturen und solch einen blauen Himmel hast du bestimmt noch nie gesehen. Seit einer Woche sind wir in der freundlichen Stadt Sania, und meine Leute haben inzwischen den Zwischenfall von Talte vergessen, von dem ich dir geschrieben habe. Auch hier sind die Gegner der Regierung, vor allem die Fundamentalisten, stark, aber sie arbeiten im Untergrund. Ich fühle, dass viele uns heimlich beobachten, doch die Sympathie der Menschen ist so groß, dass kaum jemand es wagen würde uns anzugreifen. Zwanzig junge Männer und drei Frauen aus den verschiedensten Vierteln dieser Stadt halten ununterbrochen Wache, die ganze Nacht, damit wir ruhig schlafen können. Stell dir das vor! Freiwillig und unentgeltlich tun sie das, nur weil irgendeine der vielen Oppositionsgruppen ein Flugblatt gegen uns verteilt hat. Du wirst mir nicht glauben, aber darin hieß es, der Circus sei ein Ort der Sünde, deshalb solle man ihn verbrennen.*

Irgendwo im Hinterkopf habe ich manchmal Angst, dann fühle ich mich wie gelähmt, da ich nicht einmal weiß, wohin ich rennen und wie ich mit den Leuten sprechen soll. Ich habe auch Angst, dass gerade jetzt, wo ich so viele Pläne

schmiede, um mit dir die verbliebenen Jahre zu genießen, irgendein Idiot auftaucht und meinen Traum mit einer stinkenden Brandbombe zerstört. In ein paar Tagen fahren wir zurück nach Ulania, aber diesmal geradenwegs auf der Autobahn. Lass dich umarmen und von dir hören. Adresse wie bisher: Ulania, Circus Samani, am internationalen Messeplatz.

Dein alter Bär
Valentin

PS: Nabil schlief letzte Nacht hier auf dem Sofa, weil er mir am Nachmorg so lange von seinen Eltern und seiner geliebten Basma erzählte, bis er einnickte. Er schnarcht wie ein Walross und ich mag sogar sein Schnarchen. Ein feiner Kerl. Aber jetzt Schluss! Bis bald!
PPS: Ich habe vergessen, dir und vor allem deinem kleinen Muttermal am Hals 1000 Küsse zu schicken. Ihr teilt sie bitte gerecht untereinander.

Valentin ging leise aus dem Haus, um niemanden zu wecken. Er grüßte die drei Jugendlichen, die am Eingang Wache hielten, und schlenderte zum Circuscafé. Der Wirt hatte gerade angefangen, die Theke abzuwischen; die Kaffeemaschinen aber dampften bereits und verbreiteten ihren herrlichen Duft. Valentin trank eine Tasse heißen Kaffee, bat den Wirt, die jugendlichen Wächter mit einem großzügigen Frühstück zu versorgen, und machte einen Spaziergang zum Briefkasten. Er beobachtete die Händler, die langsam und ohne Lärm ihre Läden öffneten, als wollten sie die Nachbarn nicht stören, sondern überraschen.

Sein Weg führte ihn über eine Allee in den Stadtpark. Der große Garten war zu dieser Stunde leer, nur ab und zu tauchte ein neugieriger Hund auf, um gleich wieder hinter den Hecken und Sträuchern zu verschwinden. In der Luft hing eine Wolke schwerer Düfte. Valentin saß jeden Tag auf derselben Bank gegenüber einem Springbrunnen, schloss die Augen und atmete tief und langsam ein und aus. So hörte er seinen Atem und vergaß die Welt. Für ein paar Minuten war er allein und sah sich jung und kräftig über ein Seil tanzen, das im dunklen Himmel schwebte; die Erde war nur ein kleiner blauer Ball unter ihm. In diesen Morgenstunden im Park spürte Valentin eine große Kraft in sich. Wie lange er heute dasaß, wusste er nicht. Doch langsam drangen die Geräusche der Stadt zu ihm durch; schließlich richtete er sich auf und ging mit großen Schritten zum Circus zurück.

Nach einer Woche in Sania war der Ablauf der Circustage endgültig perfekt. Das Trio Angela, Nabil und Martin verstand sich prächtig und die Artisten spielten wie Götter. Valentin konnte sich immer länger zurückziehen und an der Liebesgeschichte seiner Mutter schreiben. Immer wieder beschäftigte ihn auch das seltsame Lächeln seiner jüngeren Halbschwester. So kurz und unerfreulich ihre erste Begegnung auch gewesen war, sie hatte sich offensichtlich über irgendetwas gefreut. Valentin hoffte sehr, dass sein Vermittler Ibrahim bis zur Rückkehr nach Ulania genesen war und ihm zu einem wirklichen Treffen mit seinen Halbschwestern verhelfen würde.

Mehr als die Menschen hatten unter der Fahrt nach Sania die Pferde gelitten. Sie wurden ängstlich, bekamen Koliken, und nur durch die erfahrene Hand von Mansur und die unendliche Geduld des Tierarztes Klaus fanden sie nach und nach zu ihrer Kraft und Schönheit zurück. So glänzten sie erst am siebten Abend mit einer feurigen Vorstellung, die die Zuschauer begeisterte und Valentin den Tag nach Mansur nennen ließ. Vor allem dessen Auftritt mit dem Hengst Pegasus riss die Zuschauer zu lang anhaltendem Beifall hin: Mansur und sein Lieblingsfuchs verschmolzen zu einem einzigen Wesen, das die Schwerkraft zu überwinden schien und so langsam und elastisch tänzelte, als bewegte es sich in Zeitlupe, um dann plötzlich feurig loszuspringen, so hoch, als hätte es Flügel. Aufrecht und erhaben saß Mansur danach auf seinem Pegasus; er lächelte kaum merklich und nahm die Huldigung des Publikums voller Würde entgegen.

Die Vorstellungen der Begabten unter den Zuschauern waren bisweilen kurios, doch Valentin beeindruckte am meisten der Mann mit der Mundharmonika. Er war über hundertfünfzig Kilo schwer, hatte dicke, fleischige Finger und spielte doch die leisesten, schönsten Melodien mit einer winzigen Mundharmonika, die man in seiner Hand kaum sehen konnte.

Ein Gärtner aus einer kleinen Stadt nördlich von Sania hatte von der Ankunft des Circus gehört und bot seine Hauskatzendressur an: eine perfekte Nummer mit mehr als dreißig Katzen, die wie kleine Raubtiere aussahen. Ob durch Färbung und Rasur oder ein Wunder der Natur, konnte man nicht wissen, aber es waren tatsächlich Tiger, schwarze Panther, Leoparden, Löwinnen und Pumas, nur eben etwas kleiner. Sie zeigten auch das wilde Verhalten der Raubkatzen, fauchten und sprangen durch Feuerringe, nahmen Platz auf Minipodesten, bildeten Pyramiden und gingen über einen schmalen Steg. Nabil, Martin und Angela, die den Mann am Nachmittag auftreten ließen, waren hingerissen. Nicht aber das Publikum. Die Schönheit dieser Nummer entfaltete sich nur für die Logenplätze an der Manege und die ersten Sitzreihen. Hinten sah man kaum noch, was die kleinen Tiere alles konnten. Erst den Schluss genossen alle: Der Gärtner ließ eine schwarze Katze in einen großen Käfig einsperren. Der stand auf einem Podest, an dessen Füßen vier Räder angebracht waren; man konnte also sehen, dass es keinen doppelten Boden gab. Der Gärtner drehte den Käfig einmal langsam im Kreis, bis die Zuschauer sicher waren, dass es keine Verbindung zwischen dem Käfig und dem Vorhang im Hintergrund gab. Dann warf der Mann ein rotes Tuch über den Käfig, ließ ihn von zwei Requisiteuren mehrmals um die eigene Achse drehen, zog dann das Tuch weg, und ein mächtiger schwarzer Panther saß brüllend im Käfig. Das Publikum jauchzte bis hinauf zur letzten Reihe und der Beifall rauschte durch die ganze Stadt.

Nur Martin war verärgert, weil man ohne sein Wissen einen seiner besten Panther in die Nummer eines Anfängers eingebaut hatte. Er wartete ungeduldig hinter dem Vorhang der Manege, und als der Mann in den Sattelgang kam, zwang sich Martin mit Mühe, halbwegs freundlich zu bleiben.

»Das war gut, aber der Käfig ist viel zu klein«, sagte er. »Mein Donner muss schnell raus. Ich kenne den Burschen, er wird sonst sehr nervös.«

»Welchen Burschen?«, fragte der Gärtner.

»Meinen schwarzen Panther«, erwiderte Martin ungeduldig.

»Darin«, sagte der Mann und zeigte auf den Käfig unter dem großen roten Tuch, den die Requisiteure gerade durch den Sattelraum zogen, »ist die Katze Samtpfote und soweit ich weiß, gehört sie mir.«

Martin schaute misstrauisch zum Käfig hin. »Halt!«, rief er den Requisiteuren zu, und die gehorchten. Martin ging mit festem Schritt zum Käfig und riss den roten Vorhang herunter – darin lag eine schwarze Katze und schaute ihn neugierig an. Die Requisiteure lachten.

»Fellini! Schon wieder der verfluchte Fellini!«, brüllte Martin und eilte wütend aus dem Sattelgang.

Wenn man eine Glückssträhne hat, verwandelt sich sogar offensichtliches Unglück in Glück. Am zehnten Tag gab Valentin den Tagesbefehl, die Käfige der Raubtiere zu säubern, da er beim Durchgang einen penetranten Geruch bei den Tigern wahrgenommen habe. Die Circusarbeiter beeilten sich und führten eine Generalreinigung bei allen Tieren durch; der ganze Nachmittag verging mit Striegeln, Putzen, Spritzen und Polieren. Alles klappte wie am Schnürchen. Es war reine Routine, und vielleicht war das auch der Grund, dass am Ende die Tür des Löwenkäfigs nur angelehnt stand. Nero, der ewig unruhige Löwe, bemerkte es als Erster. Er stieß die Tür auf und sprang hinaus. Ihm folgten Samara, Sultan, Titan und Leo. Und wie es die Raubtiere aller Circusse der Welt in plötzlicher Freiheit tun, so drückten sich auch diese vier sofort ängstlich unter den Wagen. Dort wurden sie bald entdeckt und unter der Leitung des Dompteurs behutsam in ihre Käfige zurückgeführt. Nur der schlimmste und aggressivste, Nero, war sofort von Auto zu Auto und von Hecke zu Hecke aus dem Circus entwischt und streifte nun ziellos durch die Vorstadt. Einige Passanten sahen ihn für Sekunden, glaubten aber an eine Halluzination.

An einer Allee der Vorstadt, durch die der Löwe streifte, gab es einen Friseursalon für Männer, dessen Inhaber ein bekannter Fan eines der größten Fußballclubs von Sania war. Der Friseur war gut und billig, doch man musste seinen Redeschwall über Fußball ertragen. Er kannte kein anderes Thema und berichtete pausenlos und mit Begeisterung über alle Fußballspiele der Welt, die er im Stadion, am Radio, im Fernsehen und in der Zeitung verfolgte. Wer das über sich ergehen ließ, erhielt eine erstklassige Frisur und Rasur mit heißen Dampftüchern und besten Parfüms, die der Friseur selber kreierte. Dennoch war sein Salon nicht jedermanns Sache und er hatte nur mäßigen Erfolg. Am Tag, als der Löwe Nero ausbrach, hatte der Friseur, wie oft, nur einen einzigen Kunden, der eben unter den Tüchern die wohlige Wärme auf seiner Haut genoss und, Interesse am Redeschwall des Friseurs vortäuschend, ab und zu ausrief: »Ach was? Wirklich?« Der Friseur war an diesem Tag in Höchstform, da der Vorstand seines Clubs seinen Vorschlag akzeptiert hatte, das Wappentier des Clubs, einen Löwen, als Maskottchen aus Stoff und Kamelhaar zu verkaufen und damit dem Club eine neue Finanzquelle zu eröffnen. Er pries eben die Vorzüge von Plüschmaskottchen, als der Löwe in der Tür auftauchte. Der Friseur sah ihn im Spiegel und rief: »Ein Lö... ein Löwe! Ein, ein Löwe!« Und als er sah, dass der Löwe gähnend an ihm vorbeiging und sich lautlos für einen Platz unter dem Frisierstuhl entschied, rannte er zur Tür und stürzte atemlos ins Freie. Der Kunde, dessen Arme auf den Stuhllehnen ruhten, spürte die Mähne des Löwen unter seiner rechten Hand, und weil er dachte, dass er das Maskottchen anfassen und beurteilen solle, packte er die Haare und zog daran, um bald seine ganze Hand in die Mähne zu graben und diese zu kraulen. »Süß«, heuchelte er mit geschlossenen Augen unter dem dampfenden Tuch und war vom Wahnsinn des Friseurs endgültig überzeugt. Der müde Löwe aber genoss das Kraulen so sehr, dass er laut brüllend gähnte – dem Kunden erstarrte das Blut in den Adern. Er warf das Handtuch ab, schaute um sich und schlich an dem vor Schläfrigkeit blinzelnden Löwen vorbei zum Ausgang.

Die Zeitung schrieb am nächsten Tag leicht übertrieben, dass der Mann, der nie sonderlich sprachbegabt gewesen war, nach diesem Erlebnis zehn Sprachen, darunter Chinesisch, perfekt beherrschte. Der Löwe wurde von Martin abgeholt und der Circus, der Friseur und sein Maskottchen waren in aller Munde.

Am späten Nachmittag stürmte Nabil zu Valentin ins Zimmer. »Seit vierzig Jahren meide ich ihn, und heute erwischte er mich hier in Sania, wo ich ihn am wenigsten erwartet habe«, rief er atemlos.

»Wer? Wer?«, fragte Valentin besorgt.

»Ein früherer Schulkamerad. Vierzig Jahre lang bin ich vor seinem tödlichen Mundgeruch geflohen und heute hat er mich erwischt. Alles an diesem Mann hat sich verändert: Sein dichtes Haar ist gelichtet, sein schlanker Körper steckt in einem Fettfass, und seine Augen sind in Tränensäcken versunken – nur eins ist unverändert geblieben: sein Mundgeruch. Kannst du dir vorstellen, dass das Gift aus seinem Rachen einen Kanarienvogel getötet hat?«

»Einen Kanarienvogel?«, staunte Valentin.

»Den teuersten Vogel im Viertel«, erwiderte Nabil lachend. »Eine Frau züchtete gelbe Kanarienvögel, und eines Tages schlüpfte ein Vogel aus dem Ei, dessen Federkleid rot wie Feuer war. Man sagt, das kommt nur alle hundert Jahre einmal vor. Diese Vögel haben einen wundersamen Gesang, und es gibt nur in den südamerikanischen Anden Bergvögel, die ähnlich schön singen. Ein göttliches Geschenk für Auge und Ohr war dieser Vogel und für die Frau war er ein Segen. Die Leute standen Schlange, um einen Blick auf das Wunder zu werfen. Manch einer kaufte ihr sogar einen normalen Kanarienvogel ab, nur um etwas länger bleiben zu können. Auch der Mann mit dem Mundgeruch kam. Er stand ganz nah am Käfig, staunte über den Vogel, rief ›Aaah‹ und pfiff zweimal durch die Zähne. Da fiel der Kanarienvogel tot um.«

Valentin lachte und kochte Kaffee, aber Nabil sah immer nur aus dem Fenster und wollte nicht gehen, denn draußen wartete der Mann auf ihn. Erst kurz vor der Vorstellung, als der Mann sich beeilen musste, um noch einen Platz zu bekommen, wagte sich Nabil hinaus.

Bald nach dem Tag, als der Löwe ausbrach, hieß es Abschied nehmen, doch der Bürgermeister, der selbst begeistertes Mitglied im Magierzirkel der Stadt war, ließ die Circusleute wissen, dass sie beim nächsten Besuch denselben guten Platz bekommen würden und deshalb zurücklassen könnten, was sie in Ulania nicht brauchten. Die Stadt werde den Platz für den Circus bewachen lassen, so dass nichts abhanden käme. Das war eine große Liebeserklärung der Stadt, und Valentin ließ tatsächlich viel an Futterreserven, einen Tankwagen, einen Schlepper, die Einfahrtbauten, die gesamte Beleuchtung und die Generatoren, die er noch nie gebraucht hatte, zurück. Man feierte bis spät in die Nacht Abschied. Viele Freunde des Circus kamen und brachten Geschenke, und Valentin freute sich, als er sah, wie Anita mit einem Spanier abseits stand. Der junge Spanier war ein Weltreisender, der vorübergehend im deutschen Konsulat arbeitete. Juan hieß er und war ein witziger Mann mit kleinen, ruhelosen Augen und dürrer Gestalt. Valentin entgingen die Fäden nicht, die der Spanier unsichtbar auslegte, um Anita zu umgarnen.

Spät in der Nacht taumelte Valentin in sein Zimmer und fiel wie ein Sack Kartoffeln ins Bett. Wilde Träume tauchten aus der Dunkelheit auf und umfingen ihn, um ihn dann wieder dem undurchdringlichen Dunkel zu überlassen. Doch in seinen allerkühnsten Träumen hätte er nicht ahnen können, was ihn bei seiner Ankunft in Ulania erwartete.

22.

Warum der gesprächige Valentin zweimal sprachlos wurde

Am schlimmsten wird der Straßenverkehr in Arabien, wenn die Ampeln ausfallen und Polizisten den Verkehr regeln. Bei Ampeln weiß man zwar nie, ob ein ungeduldiger Fahrer nicht das Warten leid wird und über Bürgersteig und Gegenfahrbahn donnernd den Verkehr durcheinander bringt. Aber bei Polizisten ist das Chaos sicher. Die Ampeln regeln die Straße nach einem eingestellten elektronischen System; arabische Polizisten gehorchen einem geheimen Plan, nach dem sie eine Richtung freigeben oder stoppen, obwohl genau das Gegenteil den Verkehr flüssiger gemacht hätte.

Gegen elf Uhr stand Valentin in Ulania bereits länger als eine Viertelstunde an der Kreuzung. Es war nur noch ein knapper Kilometer bis zum Circusgelände, doch der Polizist stand mit seinem breiten Rücken zu Valentin, den er vergessen zu haben schien. Gottergeben wanderte Valentins Blick die Straße entlang bis zum Tor des Circuseingangs und wieder zurück. Und plötzlich meinte er Pia zu sehen. Valentin traute seinen Augen nicht; er drehte das Fenster herunter und beugte sich hinaus. Sie war es, ohne Zweifel. »Mein Gott, Pia!«, rief er und erschreckte dadurch den Polizisten, der sich mit einem Ruck umdrehte und den Weg freigab. Valentin winkte und ließ den Motor aufheulen. Pia lachte und eilte zur Beifahrerseite, um blitzschnell zu Valentin ins Auto zu springen. Valentin war vor Überraschung völlig durcheinander. Seine Zunge schien ihm gelähmt und unendlich schwer, er musste lachen und weinen zugleich. Dennoch fuhr er zu seinem Parkplatz, bevor es sich der Polizist noch einmal anders überlegte. Erst dort angekommen, fielen Pia und er sich in die Arme, und ihre Freude schmeckte salzig, da sie mit Tränen gewürzt war. Auf den unsichtbaren Flügeln, die die Freude verleiht, schwebten die Liebenden weit weg von Ulania, weit weg vom Circus und sogar von der Erde. Ein leises Klopfen aufs Wagendach holte sie wieder zurück.

»Bevor du die junge Frau auffrisst, lass uns sie doch willkommen heißen«, rief Nabil und lachte.

»Du musst Nabil sein«, sagte Pia, während sie ausstieg und die Hand des grauhaarigen Mannes nahm. Bald kamen auch die anderen neugierig herbei, um Pia zu begrüßen. »Alle Achtung«, hörte Valentin mitten im Getümmel die vertraute Stimme des Freundes an seinem Ohr, »sie ist eine Schönheit – und vor allem gesund.« Es war dies eine zarte Anspielung darauf, dass Pia ein wenig füllig war. Für die aus der Wüste stammenden Araber, die bei karger Kost unter sengender Sonne außer Haut und Nerven nichts auf den Knochen haben, gilt Füllligkeit von alters her als Zeichen von Wohlstand und Gesundheit.

Wenige Stunden später stand der Circus wieder an seinem Platz, als wäre er nie weg gewesen.

»Ich konnte es nicht mehr aushalten«, sagte Pia, als sie mit Valentin allein im Wohnwagen saß. »Da dachte ich an einem eisigen Morgen, nachdem ich deinen letzten Brief noch einmal gelesen hatte: Was suche ich hier eigentlich ohne dich? Und als ich auf die Frage keine Antwort fand, habe ich mich für ein Jahr beurlauben lassen. Danach werden wir sehen. Ich weiß, es ist leichtsinnig, aber...«

»Das ist das Vernünftigste, was du je gemacht hast. Ich will jünger werden und ohne dich geht es mir viel zu langsam«, antwortete Valentin.

Es herrschte fast absolute Stille auf dem Gelände, vor allem im »Regierungsviertel«, wie die Mitarbeiter den Platz der Wohnwagen von Valentin, Nabil, Angela und Martin liebevoll nannten. Erst am späten Nachmittag kamen Pia und Valentin etwas verschlafen aus dem Wagen, lächelten verlegen und verständnisvolles Nicken und Lachen begegnete ihnen auf den Gesichtern der Circusleute.

Der Abend gehörte dann Martin: Seine Raubtiere gehorchten den Bewegungen seiner Hände wie erfahrene Musiker dem Taktstock ihres Dirigenten. Dass der Tag nach ihm benannt würde, stand außer Frage. Zum Abschluss führte ein Mann faszinierende Feuerspiele vor. Er schluckte und spuckte Feuer, tauchte in Flammen ein und aus Feuerbällen wieder auf. Den Zuschauern verschlug es den Atem und das Finale war unglaublich: Eine Feuerkugel raste von der Circuskuppel herunter auf den Mann, zerplatzte auf seiner Hand, und übrig blieb eine kleine Eiskugel, die er in Stücke schlug und ins Publikum warf. Niemand bemerkte im folgenden Beifallsrausch, dass der Mann sich die Haare, Augenbrauen und Handflächen angesengt hatte. Valentin und Pia waren es, die ihn schnell aus der Manege führten und ihm die Haut mit kaltem Wasser kühlten.

In jener Nacht spürte Valentin, dass Nabil nicht wirklich glücklich mit Basma war. Nachdem sie erst stürmisch gewesen war und ihn aus seinem tiefen Winterschlaf geweckt hatte, zog sie sich jetzt immer mehr zurück. Nabil war hilflos verliebt und jammerte über sein Unglück, doch Valentin erkannte, dass der Freund die

Situation zugleich genoss. »Ich bin ein alter Mann und kann das nicht mehr«, stöhnte Nabil und gab die Weinflasche, deren Korken er nicht herausbekam, an Valentin weiter.

»Aber lieber Nabil, sechzig ist doch kein Alter!«, rief Pia, während Valentin den Korken aus dem Korkenzieher drehte.

»Nein«, erwiderte Nabil und lächelte bitter, »für Schildkröten ist das noch kein Alter.« Er schüttelte den Kopf. »Ich bin so alt und harmlos geworden, dass sich die Frauen kichernd und furchtlos auf meinen Schoß setzen.«

»Ich würde es nicht darauf ankommen lassen. Je mehr Glut unter der Asche lauert, desto unschuldiger und grauer liegt die Asche da«, antwortete Pia, und Valentin lachte.

Doch Nabil blieb ernst. »Man wird alt«, sagte er, »und merkt, wie die Schilder auf dem Lebensweg immer weniger werden. Als junger Mann wachte ich morgens auf und hatte Herzklopfen im Angesicht so vieler Möglichkeiten. Manchmal war ich sogar verwirrt, denn ich wollte am liebsten alles machen und alle Wege gleichzeitig gehen. Doch heute sehe ich überall nur einen einzigen Hinweis: ›Ausgang‹ steht darauf.«

Als Valentin am nächsten Morgen früh aufwachte, fielen ihm Nabils Worte wieder ein. Er schaute zu Pia, die friedlich lächelnd schlief, und er dachte bei sich: Das ist das Paradies. Auf dem Tisch lag ein Stapel Briefe, die Pia aus Deutschland mitgebracht hatte. Neun bunte Liebesbriefe von ihr, die sie ihm geschrieben, aber nicht geschickt hatte, und ein grauer Umschlag von der Bank. Valentin schlitzte ihn eilig auf und sah vergnügt den neuen Kontostand von über vier Millionen Mark; er musste lächeln, als er an das graue Gesicht des Bankdirektors dachte, der bestimmt die Welt nicht mehr verstand.

Dann nahm er genüsslich einen Liebesbrief nach dem anderen und las die schüchternen Worte Pias. Während er las, fühlte er ihre warme Hand, die nach ihm suchte. Er ließ den Brief auf den Boden fallen und umarmte Pia. Er liebte sie, als wäre er ein Junge von fünfzehn Jahren. Es ist das Paradies, dachte er und ahnte nicht, dass ihm der Tag noch mehr angenehme Überraschungen bereiten sollte.

Er schlenderte mit Pia durch die Straßen und erzählte ihr von seiner Suche nach den Spuren der Liebe seiner Mutter. Sie gingen am Haus des Friseurs vorbei und weiter durch die Gasse zum Haus des Konditors Ibrahim. Dort angekommen klopfte Valentin vorsichtig an die Tür. Nach kurzer Zeit erschien die Haushälterin mit Schürze und Kopftuch, schaute die Fremden an und lächelte. »Ist Herr Ibrahim da?«, fragte Valentin auf Französisch.

»Nein, aber er ist gesund und besucht mit seiner Frau die Tochter. Am Nachmittag ist er da, so gegen drei«, erwiderte die Frau, die etwas stockend, aber gut Französisch sprach.

»Dann komme ich noch mal um drei«, sagte Valentin und ging mit Pia durch die Gassen zum nahen Basar.

Pia war erstaunt über die vielen Läden und die Fröhlichkeit der Kinder auf der Straße. »Pipo liebt Eva«, sagte sie, als sie die Fotos glücklicher Paare betrachtete, die ein Fotograf in seinem Schaufenster ausstellte.

»Und sie ihn auch«, erwiderte Valentin und wunderte sich nur einen Augenblick über Pias Beobachtungsgabe. Dann fragte er sich zum tausendsten Mal, wie Martin das alles ertrug.

Sie kehrten zum Circus zurück und Nabil empfing sie mit einer wunderbaren Nachricht: Sein Arzt sei zu hundert

Prozent sicher, dass sein Körper den Krebs in Schach hielt und langsam Herr der Lage wurde. Wenn es so weitergehe, werde er noch lange damit leben.

»Wunderbar«, antwortete Valentin. »Was mich angeht, so würde ich die Regierung deines Landes ernsthaft darum bitten, meinen Circus als Staatscircus zu adoptieren. Das wäre der Grundstein für eine Kunst, die es hier noch nie gegeben hat.«

Nabil schaute seinen Freund an und erwartete schallendes Gelächter, doch Valentin war es scheinbar ernst.

Später stieg Pia aus ihrem Kleid in einen Overall und half im Circus mit, wo sie gebraucht wurde. Sie wollte nicht mit zum Konditor. »Geh erst mal allein«, sagte sie, als Valentin sie fragte, »es ist besser, wenn ihr euch aussprechen könnt, ohne dass er Hemmungen vor mir hat. Ich kann ihn in den nächsten Wochen und Monaten noch besuchen.«

Es war gegen halb drei, als Valentin in die Altstadt ging. Kurz vor dem Haus des Konditors fiel ihm ein, dass er noch zu wenig über das besondere Licht und die Farbe des Himmels, über den Gang eines Fremden durch die Gassen, über die Innenhöfe und das Hammam aufgeschrieben hatte. Er nahm sich vor, darüber mehrere Hefte anzulegen: eines für Häuser, eines für Märkte, eines für das Hammam und eines für Kuriositäten. Und er wollte Fassaden, Innenhöfe, Springbrunnen, Fresken, Ornamente, Fliesen, Kacheln und Türen fotografieren, die ihm besonders gefielen, aber schwer in allen Details im Gedächtnis zu behalten waren. Gleich morgen würde er damit beginnen.

Es war Ibrahims Frau, die Valentin an der Tür empfing. Der alte Konditor kam ihm strahlend entgegen, als sie »Monsieur Valentin« in den dunklen Korridor rief.

»Ich freue mich, dich so gesund und kräftig zu sehen«, sagte Valentin.

»Na ja, ich bin dem Tod noch einmal von der Schippe gesprungen. Er regt sich deswegen auf, aber meine Familie ist zäh. Mein Vater war ein berühmter Baumeister. Er fiel dreimal vom Gerüst, und jedes Mal fügten die Ärzte seine Knochen zusammen und glaubten selbst, dass sie damit nur dem Totengräber einen Gefallen täten. Aber mein Vater stand immer wieder auf und ging zurück auf die Baustelle.« Ibrahim lachte kurz und erzählte dann die Geschichte einer Tante, die aus Amerika als vierfache Witwe zurückkehrte und in Ulania weitere drei Ehemänner überlebte, bevor sie sich im Alter von siebenundneunzig Jahren beim Lachen verschluckte und starb. Einer ihrer Söhne konnte sie noch fragen, wonach ihr im Angesicht des Todes sei, und die alte Frau antwortete: »Nach einer großen Portion Zitroneneis, einer Riesentafel Schokolade mit gerösteten Mandeln und einem jungen Mann, den ich heiraten und leidenschaftlich lieben kann.«

Es wurde fünf, bis Valentin aufstand, um in den Circus zurückzugehen, und der Konditor war mit keinem Wort auf Valentins brennende Frage eingegangen. Erst als der sich erhob, um sich zu verabschieden, sagte der Konditor: »Deine Halbschwestern haben meine Wenigkeit nicht enttäuscht. Du verzichtest auf das Haus, dafür schenkt dir die jüngere Schwester alle Briefe deiner Mutter und ein Foto, auf dem du, deine Mutter und der Friseur zusammen zu sehen seid.«

Valentin erstarrte. »Auch ich bin auf dem Foto?«

»Ja, auch du bist darauf. Deine Halbschwester Hanan hat es mir versichert.«

»Wann können wir die Sache mit dem Haus erledigen? Ich will meine Schwestern begrüßen und mit ihnen reden.«

»Wenn du willst, lasse ich den Rechtsanwalt morgen früh hierherkommen, dann gehen wir ins Bad und danach lassen wir uns von deinen Schwestern verwöhnen. Ihre sauer eingelegten Spezialitäten sind im Viertel berühmt.«

»Gut, dann bis morgen«, sagte Valentin und hörte sein eigenes Herz klopfen. »Was meinst du, darf ich meine Lebensgefährtin mitbringen?«

»Ich würde dir empfehlen, auch morgen allein zu kommen. Ich fürchte, es wäre zu viel für die Schwestern.« Der alte Konditor lachte kurz. »Und ins Bad darf sie sowieso nicht mit uns. Wenn sie es aber wünscht, kann sie am Frauentag mit meiner Frau ins Bad gehen.«

Valentin flog durch die Gassen, so leicht empfand er plötzlich seinen Gang. Am Haupteingang des Basars fragte er im Eisgeschäft höflich, ob er für seine Circusleute auf der Stelle achtzig große Portionen gemischtes Eis bestellen könne. Der Eisverkäufer freute sich über den Auftrag und das reichliche Trinkgeld und brauchte keinerlei Wegbeschreibung. Valentin hatte den Circus noch nicht erreicht, als ihn schnell wie ein Pfeil ein Motorrad überholte; auf dem Kopf balancierte der Fahrer ein doppelstöckiges Tablett voller bunter Becher.

»Eis für alle!« Der Ruf machte innerhalb von Sekunden die Runde. Die Arbeit ruhte und alle saßen im Kreis um den glücklichen Valentin und genossen die unverhoffte Leckerei. Auf den kalten Zungen brannte die Frage: »Was ist passiert?«, doch Valentin wollte nichts erzählen. Pia verstand seine Verschwiegenheit nicht, aber er erklärte ihr, dass er die Geschichte nur als Ganzes erzählen wolle.

Später ging er in seinen Wohnwagen und schrieb seitenlang über seine Eindrücke von der Stadt, seine Angst und Freude, seine Verwunderung über die Offenheit der Menschen und seine eigene Hilflosigkeit, über das Geheimnis ihrer Seele, das sich mit einem Lächeln nicht preisgab, sondern zu vertiefen schien. Unergründlich schien ihm auch die Seele seines Freundes Nabil; er verstand vieles nicht, was diesen Mann so beschäftigte, der inzwischen wie ein langjähriger Mitarbeiter im Circus überall mit anpackte und sogar beim Sauberhalten der Tierkäfige half.

In der darauf folgenden Nacht lag Valentin lange wach; Pia streichelte ihm den Kopf, damit er zur Ruhe käme, doch er war zu aufgeregt. Erst in der Morgendämmerung fiel Pia in einen unruhigen Schlaf. Valentin lernte danach noch lange arabische Vokabeln, bis auch er einschlief. Doch schon wenig später wachte er wieder auf. Er schaute Pia an. Sie war jung und schön, und einen Augenblick lang fragte er sich, ob seine Liebe zu ihr nicht dem verzweifelten Sich-Festklammern eines Ertrinkenden an eine Rettungsinsel glich. Er schüttelte heftig den Kopf und stahl sich leise aus dem Wohnwagen. *Ich liebe Dich* stand auf einem Blatt Papier, das er auf sein Kopfkissen gelegt hatte. Keiner im Circus merkte, wie er davonschlich.

Um sieben Uhr erreichte er das Haus des Konditors und hörte durch die offene Tür das Geklapper von Geschirr. Er klopfte leise und hörte ein vergnügtes: »Entrez!« Er trat ein. Ibrahim und seine Frau lächelten ihn gütig an und luden ihn an den reichlich gedeckten Tisch. »Eine kleine Stärkung vor dem Gang zum Anwalt. Er kann nicht hierherkommen, und da ich darauf drängte, erlaubt er uns, ihn aufzusuchen. Aber er warnt, es könne dauern.« Valentin probierte von allen Köstlichkeiten, die in kleinen Schalen auf dem Tisch standen. Am besten gefielen ihm die vielen Sorten Oliven und winzige Auberginen, die mit Walnuss, Knoblauch und scharfem Paprika gefüllt und in Olivenöl eingelegt waren. Die Haushälterin, zappelig vor Aufregung, goss ihm immer wieder Tee nach und entschuldigte sich jedes Mal mit einem

»Pardon, Monsieur«, aber wofür, das wusste Valentin nicht.

Der erfahrene Ibrahim hatte nicht übertrieben. Sie mussten zwei Stunden warten, und dann war der Rechtsanwalt so langsam, dass selbst Schildkröten einen Wutanfall bekommen hätten. Jedes Komma und jeden Punkt wollte er von einem herbeigerufenen vereidigten Übersetzer genau erklärt bekommen. Der aber, von der Spitzfindigkeit des Anwalts entnervt, stellte sich dumm. Auf der Strecke blieben schließlich das Dampfbad und die herrliche Massage, denn als der Rechtsanwalt fertig war und Valentin endlich das Dokument aushändigte, war es bereits Mittag. Valentin und Ibrahim hasteten durch den belebten Basar, um wenigstens noch rechtzeitig bei den Schwestern einzutreffen.

Sie kamen dennoch beinahe zu spät. Die ältere Schwester Tamam öffnete die Tür und diesmal lächelte sie, wenn auch verlegen. Hanan, die jüngere, lachte und gab ihrem Halbbruder einen herzlichen Kuss auf die Wange. Er war überrascht, dass sie nicht wie ihre Schwester französisch, sondern deutsch sprach.

»Willkommen, lieber Bruder«, sagte sie und Valentin verschlug es zum zweiten Mal innerhalb von zwei Tagen die Sprache.

23.

Wie der Verzicht auf Besitz Gewinn bringen kann

as Dokument mit Valentins Verzichts-
erklärung verschwand irgendwo unter
der Hand und mit ihm auch das Thema
der Erbschaft. Das Mittagessen verging
mit höflicher Unterhaltung. Doch als der
Kaffee im Salon serviert wurde, setzte sich Hanan zu
Valentin, während sich Tamam mit Ibrahim unterhielt,
zu dem sie großes Vertrauen zu haben schien.

»Ich war zehn Jahre alt«, erzählte Hanan, »als ich einen
Traum hatte. Ich sah dich, und im Traum sahst du aus wie
auf dem Foto, und du sagtest, dass du kommen willst, um
deinen Vater zu suchen. Ich habe das allen erzählt, doch
keiner wollte es hören. Vor allem meine Mutter wollte
davon nichts wissen. Ich aber glaubte es und lernte Deutsch
mit dem Vater, der meinen Traum ernst nahm, aber nicht
gerne darüber sprach, denn, so erfuhr ich nur langsam,
deine Mutter war Deutsche. Ich fand ein Kistchen mit
Fotos und Briefen und stöberte mit der Neugier eines
Kindes darin. Vater war nicht einmal zornig, doch er
verriet mir damals noch nicht, dass du mein Halbbruder
bist, sondern sagte nur, dass du ein lieber Junge und der
Sohn einer Freundin namens Cica seist. Also wollte ich mit
der Naivität eines Kindes deine Sprache lernen, damit du
dich nicht fremd fühlst, wenn du mich besuchst. Natürlich
wurde ich ausgelacht, weil ich jeden Tag aus dem Fenster
nach dir Ausschau hielt. Fünfunddreißig Jahre wartete ich

auf deinen Besuch. Mir ist vieles genommen worden. Durch den Krieg verlor ich meinen Mann, viel zu früh. Einen Tag nach der Hochzeit musste er an die Front. Unser mühselig gebautes Haus im Süden fiel einem Bombenangriff zum Opfer. Doch ich verlor keine Sekunde den Glauben, dass du kommst. Meine Schwester ist meine Zeugin. Du kannst aber auch alle unsere Verwandten fragen. Sie nannten mich Elnatra, die Wartende, und lachten mich aus. Doch ich war mir sicher und lernte fleißig deine Sprache. Auch nach der Schule setzte ich am Goetheinstitut mein Sprachstudium fort und seitdem lese ich deutsche Bücher und Zeitungen, damit ich nichts verlerne. Fünfunddreißig Jahre lang bereitete ich mich für dieses Gespräch vor, und wie du siehst, es hat sich gelohnt.« Die Schwester sprach lächelnd, aber mit ungeheurem Stolz.

»Und du hattest nie Zweifel, dass ich kommen würde?«, fragte Valentin.

»Nie, keine Sekunde«, erwiderte die Schwester. Dann verschwand die ältere Gastgeberin für eine Weile und kehrte mit einem dunklen, mit Intarsien geschmückten Holzkistchen zurück. Sie übergab es Valentin etwas steif, und es klang fast wie eine einstudierte Rede, als sie den Wunsch aussprach, dass Valentin an diesen Dingen Freude haben möge. Hanan übersetzte und Valentin drückte dankbar die kalte und kraftlose Hand seiner älteren Halbschwester. Er fühlte keine besondere Zuneigung zu ihr. Hanan dagegen hatte im Sturm sein Herz erobert.

»Das will ich mir später in aller Ruhe ansehen«, sagte er, »aber nun zu euch. Wann gebt ihr mir die Ehre, in den Circus zu kommen?«

Hanan übersetzte die Einladung, und die ältere Schwester lachte verlegen und antwortete auf Arabisch, doch Valentin merkte, dass sie die Schwester schnell darum bat, nicht zu übersetzen.

»Sie geniert sich, in den Circus zu gehen, weil die Nachbarn tratschen könnten, aber ich, ich will!«, sagte Hanan. »Von heute an will ich täglich zu dir kommen, um die Zeit nachzuholen, die mir beim Warten verloren ging«, fügte sie hinzu und teilte auch ihrer Schwester ihren Wunsch energisch mit. Die lachte säuerlich und winkte ab.

»Willst du das Haus sehen?«, fragte Hanan, wie um anzudeuten, dass sie noch länger allein mit ihm reden wollte.

»Ja, gern«, antwortete er, und beide standen auf und gingen, Ibrahim und Tamam im Wohnzimmer zurücklassend, hinaus.

»Wie war mein Vater?«, fragte Valentin, als sie im Schlafzimmer das Bild des Friseurs betrachteten.

»Ein wunderbarer Mensch, aber nicht einfach, weil er manchmal sehr eigensinnig war. Im Grunde wollte er sein ganzes Leben nicht erwachsen werden. Deshalb hat er mich niemals wie ein Kind behandelt, sondern gleichberechtigt, denn er war selber ein Kind, und ein Kind behandelt einen Spielkameraden gütig und böse, lieb und grob, großzügig und geizig, aber niemals wie ein Kind. Oft schämte sich meine Mutter, wenn mein Vater herumtollte und sie sah, wie die Nachbarn ihren Mann belächelten und hinter seinem Rücken über ihn tuschelten. Meine Schwester Tamam liebte Vater, als sie noch jung war, doch je erwachsener sie wurde, desto weiter rückte sie von ihm ab, und bald war sie nur noch das Echo meiner Mutter. Vater war sehr traurig darüber. Nie hat er sich darum gekümmert, was die anderen sagten, doch ein verletzendes Wort von Tamam ließ ihn bitter werden. Eines Tages wurde er krank, als sich Tamam weigerte, mit ihm auf die Straße zu gehen. Natürlich hat sie ihm das nicht direkt gesagt, sondern, wie immer, geschickt verpackt, doch gerade das verletzte Vater tief. Aber ich liebte ihn und er blieb mein Freund und ich war seine engste Freundin bis zum letzten Tag seines Lebens. Niemanden auf der ganzen Welt wollte ich gegen diesen Vater tauschen.«

Sie gingen in den Hof, wo ein kleines, fast durchgerostetes Kinderrad stand. Valentin strich mit der Hand über den ledernen Sitz und Hanan lachte.

»Woher hast du diesen Rosthaufen?«, scherzte Valentin.

»Sag nichts Schlechtes über mein teuerstes Stück. Das ist mein Juwel«, erwiderte Hanan. »Wenn du wüsstest, was ich alles mit diesem Fahrrad erlebt habe. Ich war das erste Mädchen in Ulania, das auf ein Fahrrad stieg. Das glich hier einer Revolution! Ich weiß noch genau, ich war gerade sieben Jahre alt geworden, als Vater eines Tages mit vier Fahrrädern nach Hause kam. Ich sagte dir bereits, er war eigensinnig. Ein Fahrrad für sich, eins für meine Mutter, ein schönes kleines für Tamam und ein noch kleineres für mich. Meine Mutter stand in der Küche, und ich weiß noch wie heute, dass sie Auberginen briet, als Vater die Fahrräder eins nach dem anderen in den Hof schob. Sie erstarrte und fing an zu schreien, als Vater ihr stolz und fröhlich das Damenrad zeigte. Sie warf die Gabel aus der Hand und schlug die Hände vors Gesicht und schrie, dass man Vater in die Psychiatrie bringen solle. Damals fuhr noch keine einzige Frau in unserem Viertel Rad, musst du wissen.« Hanan stockte, lächelte dann und fuhr fort: »Was heißt damals? Heute steigt immer noch keine Frau aufs Rad. Man kann die dümmsten Begründungen hören, weshalb das Radfahren für Frauen angeblich ungesund ist. Heute weiß ich besser denn je, wie weit Vater in seinem Denken war, wahrscheinlich seiner Zeit zu weit voraus und deshalb einsam. Meine Schwester und ich waren beim Anblick der funkelnden Räder entzückt, wir stürmten auf Vater zu und umarmten ihn. Er flüsterte nur: ›Eure arme Mama. Ich habe sie wieder erschreckt.‹ Er versuchte Mutter zu beruhigen und versprach, dass er ihr Rad zurückbringen und ihr dafür einen Armreif aus Gold schenken würde. Doch sie weinte weiter vor Verzweiflung und Tamam und ich hielten Mutter endgültig für verrückt. In jener Nacht beschlossen meine Schwester und ich, keinen Prinzen zu heiraten, sondern Papa. So beeindruckt waren wir.

Doch bald erfuhr die Verwandtschaft von den Fahrrädern und tadelte Vater so oft, dass schließlich Tamam nicht mehr mit dem Fahrrad fahren wollte. Nur ich und Vater fuhren durch die Gassen, und bald nannten mich die Nachbarn nicht mehr Hanan, sondern Hassan Sabi, den Jungen Hassan. Ich war für sie kein Mädchen mehr, sondern ein Junge, und Hassan war ein Synonym für unerzogen und verrückt; damit wollten sie mich treffen. Doch Vater und ich lachten und er rief den Beleidigern nach: ›Du blinder Trottel, siehst du mich nicht. Ich bin auch ein Hassan Sabi.‹ Wir lachten so darüber, dass Vater vom Fahrrad fiel. Dabei fiel er nicht auf den Boden, sondern in den Schoß eines blinden, und für seinen Witz bekannten Bettlers, der bis zu seinem Tod nicht weit von Saladins Moschee saß. Wie ein großer Ball flog Vater in den Schoß des Mannes, und das Fahrrad fuhr allein weiter und kam an einer Mauer so elegant zum Stehen, als würde es von einer Zauberhand geführt. Der Blinde erschrak fast zu Tode, doch dann lachte er und betastete das Gesicht meines Vaters. Und als er ihn erkannte, rief er laut: ›Was die Leute heutzutage alles wegwerfen. Der Bursche ist noch ganz neu. Man kann ihn noch Jahre benutzen.‹ Vater lachte auch und erklärte dem Bettler, mit dem er befreundet war, er habe ein neues Kunststück einstudiert; nicht jeder könne so vom Fahrrad springen, dass er im Schoß eines Mannes lande und das Fahrrad von allein an einer Mauer zum Stehen komme. Die Neugierigen, die uns umringten, wussten wieder einmal nicht, ob

Vater das Kunststück tatsächlich in Berlin bei einem Circus gesehen hatte, wie er anschließend beteuerte, oder ob es ein Unfall gewesen war. Nur ich wusste die Wahrheit und gab mir Mühe, nicht loszuprusten.

Vater brachte Mutter den versprochenen Armreif aus purem Gold und sie nahm ihn lustlos entgegen. Tamam, wie gesagt, stieg nie mehr auf ihr Rad. Vater aber pflegte es jahrelang hingebungsvoll, in der Hoffnung, dass sie es doch einmal benutzen würde. Vergebens. Nach Vaters Tod schenkte Tamam ihr Fahrrad einem Cousin. Mein Fahrrad schenke ich niemandem. Es ist rostig, aber ich liebe es und bin froh, dass ich es aus den Trümmern meines Hauses retten konnte. Wohin ich auch gehe, das Fahrrad nehme ich mit und auch ins Grab soll es mir folgen. So steht es in meinem Testament.«

Als Hanan ihm Tamams Zimmer zeigte, fiel Valentin eine goldene Taschenuhr auf, die wie ein Pendel über dem Bett hing. Es sah kurios aus und Hanan bemerkte sein Interesse.

»Ein unbezahlbares Erbstück vom Großvater«, erklärt sie. »Sie geht bis heute so präzis wie keine andere Uhr im Haus. Vater trug sie in seiner Westentasche, bis er dreißig wurde. Da wollte er sie nicht mehr und sagte: ›Die Uhren vergiften unsere Zeit. Von nun an sage ich nur noch: Ich bin dreißig Apfelblüten alt.‹ Meine Mutter lachte. ›Bescheiden bist du nicht gerade‹, sagte sie und winkte ab. ›Du hast Recht. Vielleicht ist es anmaßend, sich als Apfelblüte zu fühlen‹, sagte Vater. ›Ich nehme also die bescheidenere Kartoffel. Ich bin von nun an dreißig Kartoffelernten alt.‹ Tamam hat sich dann die Uhr gewünscht und er gab sie ihr. Ein paar Jahre später erzählte ihm ein Nachbar, dass man durch neue Düngemittel und gläserne Gewächshäuser bald zwei und sogar drei Kartoffelernten im Jahr haben würde, und Vater wurde darüber ganz betrübt. ›Hilfe‹, flüsterte er, ›wir werden umzingelt.‹«

»Aber wie hat er dann Montag für Montag genau um fünf im Café sein können?«, fragte Valentin.

»Das habe ich ihn auch gefragt, als wir uns später so nah waren, dass er mir seine Liebe zu deiner Mutter anvertraute«, antwortete Hanan. »Er sagte, er wisse es im Herzen, wann es Montag um fünf sei, und ich fragte ungläubig: ›Wie das?‹ ›Ich fühle einen eigenartigen Durst, dann ist es so weit, und ich muss ins Café, wo ich immer Tee trinke‹, antwortete er.«

Beim Abschied bat Hanan, dass Valentin ihr einen Platz für die Abendvorstellung reservieren solle. Bewegt verließ er mit Ibrahim das Haus, und beinahe vergaß er, auch ihn in den Circus einzuladen. Ibrahim entschuldigte sich, da er größere Versammlungen von Menschen grundsätzlich meide, doch beide vereinbarten ein Wiedersehen am nächsten Tag im Bad.

Valentin ging zum Circus zurück; es war kurz vor drei. Alles ruhte, nur ab und zu hörte man das Gebrüll eines der Raubtiere. Pia schlief. Als Valentin die Tür seines Wohnwagens aufmachte, wachte sie auf.

»Wie war es?«, fragte sie.

Valentin gab ihr einen Kuss. »Traumhaft. Ich weiß nicht, wo ich anfangen soll«, sagte er und erzählte Pia von seiner jüngeren Halbschwester.

Als wäre es eine Schatztruhe voller zerbrechlicher Glasfiguren, öffnete er vorsichtig den Deckel der dunklen Intarsienkiste und hielt den Atem an. Sie war bis obenhin mit Briefen, Postkarten und Fotos gefüllt; an jedem Brief und jeder Postkarte der Mutter klebte eine Antwort des Friseurs in etwas holprigem Deutsch. Was er geschrieben hatte, öffnete ein großes Fenster auf seine Seele. Keinen einzigen Brief hatte er unbeantwortet gelassen.

Mehrere Fotos zeigten Valentin als Baby, als Kind und jungen Mann; die Mutter hatte auf der Rückseite eigenhändig das Datum vermerkt. Auf ein paar Fotos war der Friseur selbst zu sehen, darauf stand: *Für meine Cica und Valentin.* Tarek Gasal war ein zierlicher Mann mit stolzer Haltung. Aus seinen Augen strahlten Schüchternheit und Güte, seine Haare waren elegant im Stil der Zeit geölt und glatt gekämmt.

Unter zwei Bündeln Briefe, die sorgfältig nach Datum geordnet waren, lag ein Foto, das in einem Studio nahe dem Märtyrerplatz aufgenommen war. Valentin stand zwischen Vater und Mutter, beide hatten ihre Hände auf seine Schultern gelegt und lächelten in die Kamera. Merkwürdig, dass er sich nicht an einen solchen Fototermin erinnerte. Oder doch? War er damals nicht mit seiner Mutter zu einem Fotografen gegangen und hatten sie dort nicht zufällig einen uralten Freund getroffen?

»Ein hübscher Junge«, flüsterte Pia ihm ins Ohr und biss ihn ins Ohrläppchen.

»Mickrig klein und halb verhungert, aber damals retuschierten die Fotografen noch. Doch eines ist mir jetzt klar: Ich sah schon immer meinem Vater ähnlich. Die Samanis sind grobschlächtiger, und heute bin ich sicher, Rudolfo wusste, und sei es nur im Herzen, dass ich nicht sein Sohn war.« Valentin setzte schweigend Kaffeewasser auf. »Tarek hat meine Mutter sehr geliebt«, fuhr er dann fort und stellte zwei Tassen auf den Tisch. »Stell dir vor, Hanan erzählte mir, er hat Brieftauben gezüchtet und der Mutter vier Prachtexemplare gegeben. Er bat sie darum, sie von unterwegs zurückfliegen zu lassen. Seine Hoffnung war, dass er ihr eines Tages Tauben nach Deutschland schicken könnte, die ihre Liebesbriefe an allen Kontrollen und Augen vorbei zu ihm zurückbringen würden. Er hatte sich eigens einen Taubenschlag aufs Dach gebaut.

Doch keine der vier Tauben kam zurück. Er war so enttäuscht, als meine Mutter ihm am Telefon erzählte, dass sie die vier Tauben eine nach der anderen mit kleinen Liebesbriefen losgeschickt habe. Wahrscheinlich waren sie von Jägern abgeschossen worden, die überall am Mittelmeer den Himmel mit ihren Schüssen durchlöcherten.

Oft stand mein Vater auf dem Dach und unterhielt sich mit den Tauben, und seine Frau schimpfte mit ihm, weil Taubenzüchter nicht viel gelten in Ulania und er seine Arbeit vernachlässigte. Doch er ließ seinen Salon nie verkommen. Er war weit und breit der beste Friseur, und wenn er von seinem Gehilfen hörte, dass jemand lange auf ihn gewartet hatte und unverrichteter Dinge gegangen war, dann sprang er auf sein Fahrrad und eilte zum Haus des Kunden. Er wusste, dass seine Kunden ihm treu blieben und seinen Besuch erwarteten. Nur einmal, als Hanan mit neun an einer eitrigen Gehirnhautentzündung erkrankt war, überließ er den Laden seinem langjährigen Gehilfen und blieb Tag und Nacht bei ihr, bis sie geheilt war. Während dieser Zeit entstand eine Freundschaft zwischen beiden, die weit mehr als Liebe war. Es war das innigste Verstehen zweier Menschen.«

Pia trank still ihren Kaffee und Valentin öffnete das Briefbündel mit den älteren Briefen. Er wollte alles von Anfang an erfahren und holte aus einer Schublade auch das Tagebuch seiner Mutter und die Circuschronik, die sie geführt hatte. Damit war das Bild komplett, denn in diesen drei Welten hatte die Mutter gelebt. Im Circus als Seiltänzerin und Gattin des Rudolfo Samani, außerhalb als Mutter eines Kindes und über eine unsichtbare Brücke mit Tarek Gasal verbunden. Von ihrem dritten Leben wusste keiner der beiden Männer, es gehörte ihr allein: einsam, aber voller Lust auf Abenteuer und mit einer

Fantasie, die die größten Fabulierer aller Zeiten hätte blass werden lassen, malte sie sich in ihrem Tagebuch aus, welche Reisen sie mit Tarek unternehmen wollte, falls sie sich beide je von ihren Fesseln befreien könnten. Nicht einmal die Kerzen und die Sektflaschen, die zu ihrem Wiedersehen gehören sollten, hatte sie vergessen. Und auch der erste Satz, den sie Tarek bei dieser Gelegenheit sagen wollte, stand bereits im Tagebuch: »So viele Jahre und dunkle Nächte habe ich auf diesen Augenblick gewartet.«

Sehr einsam war seine Mutter gewesen und um so bunter waren ihre Pläne. An manchen Tagen schickte sie ihrem Geliebten einen fröhlichen Brief nach Ulania, trug sie in die Circuschronik beglückt Erfolgsmeldungen ein und war sie in ihrem Tagebuch düster und bitter. Und alles musste in derselben Stunde geschrieben worden sein.

Noch etwas Seltsames entdeckte Valentin an diesem Nachmittag. Die Antworten, die Tarek an seine Mutter geschrieben und nie abgeschickt hatte, waren genau datiert, und es waren keine Höflichkeitsfloskeln, sondern leidenschaftliche, offene und bisweilen sehr selbstkritische Briefe; das war aber noch nicht das Seltsame. Valentin verschlug es erst den Atem, als er bemerkte, dass Tarek Gasal genau dasselbe aufschrieb, was die Mutter, seine geliebte Cica, ihm, nicht aber ihrem Tagebuch verschwieg. Nicht eine, nicht zwei, über die Hälfte der Antworten sprachen fast dieselben Punkte der Liebesbeziehung an und waren in Wortwahl und Ton beinahe identisch mit den Aufzeichnungen der Geliebten. Valentin zeigte Pia zwei Stellen und sie traute ihren Augen nicht.

»Was für eine Liebe«, staunte sie, gab Valentin einen Kuss und ging hinaus. Er aber begann, dem Weg seiner Mutter Schritt für Schritt zu folgen, bis kurz vor der Vorstellung Pia wiederkam. »Deine Schwester ist da«, rief sie durch die geschlossene Tür und Valentin sprang auf und lief hinaus.

Hanan stand vor dem Eingang und lächelte ihn an. Er nahm sie an der Hand und führte sie zu einem der besten Logenplätze. Einer der Circusarbeiter brachte einen kleinen Bistrotisch für den Ehrengast und bald standen kühle Limonade und ein Teller mit gesalzenen Pistazien vor ihr.

»Gefällt dir der Platz?«, fragte Valentin.

»O ja«, antwortete Hanan.

»Dann ist das dein Platz für jede Vorstellung. Und wenn du nicht kommst, bleibt er frei«, sagte er und streichelte ihr Gesicht.

»Du kannst dich darauf verlassen. Ich werde täglich kommen«, erwiderte sie.

Valentin selbst konnte an diesem Abend kein Interesse für die Vorstellung aufbringen. In ihm brannte ein Feuer, das ihn unruhig machte. Er ging zu Pia und flüsterte ihr zu, sie solle ihn ein paar Minuten vor dem Finale aus dem Wagen holen; die Geschichte seiner Mutter ließ ihn nicht mehr los. Er vertiefte sich weiter in die Unterlagen und studierte genau jede Laune, jedes Ereignis, machte sich unzählige Notizen und begann ein kleines Heft für dringende Fragen, die er noch untersuchen und beantworten musste.

Kurz vor dem Ende der Vorstellung klopfte, wie verabredet, Pia und rief leise: »Es ist so weit.« Valentin eilte zum Zelt und stellte sich zu den Artisten, die zum Abschied gemeinsam in die Manege marschierten, während die Musiker den Radetzkymarsch spielten.

Hanan trank danach noch ein Gläschen Wein und unterhielt sich kurz mit Valentin und Pia, die sie aufmerksam musterte, dann verabschiedete sie sich. Dabei lachte sie, als hätte sie einen verloren geglaubten Schatz wieder gefunden.

In den nächsten Tagen schwebte Valentin auf einer Wolke des Glücks, und sein Roman erhielt seinen endgültigen Anfang: »In einer eiskalten Dezembernacht des Jahres 1931 trafen sich in Berlin zwei Fremde, die ihren Weg verloren hatten: eine Frau und ein Mann. Sie wollte sich umbringen und wusste nicht wo, er flüchtete vor dem sicheren Tod und wusste nicht wohin.«

Von da an schrieb Valentin wie im Fieber Kapitel für Kapitel, Seite für Seite. In mehrere Hefte machte er sich dennoch weiterhin Notizen. Die wichtigsten Stellen aus dem Tagebuch seiner Mutter übertrug er in ein eigenes Heft. Ein zweites war den wichtigsten Stationen im Leben des geliebten Tarek gewidmet, seinen Ängsten und seiner gescheiterten Rebellion gegen seine Familie, die in einem Brief vom 15. 8. 1955 aufschlussreich geschildert wurde; auf zwölf eng beschriebenen Seiten hatte Tarek darin mit seiner Familie abgerechnet. Darüber hinaus fand Valentin in den Briefen so viele Episoden und Anekdoten aus dem Leben des Friseurs und seiner Kunden, die ihm offenbar bereitwillig ihre größten Geheimnisse anvertrauten, dass er auch für diese Geschichten voller Witz und Weisheit ein Heft anlegte. Und gleich mehrere Hefte füllten sich mit Beobachtungen über die Stadt Ulania und ihre Menschen, wie er es sich vorgenommen hatte.

An manchen Tagen kam Valentin nicht einmal zur Begrüßung des Publikums aus seinem Wohnwagen. Nur den Nachmorg hielt er heilig und ließ keinen einzigen ausfallen, denn er spürte, wie sehr ihm Nabil bei der Formulierung seiner Geschichte allein dadurch half, dass er zuhören konnte.

So vergingen Valentins Tage und Nächte im Glück und die Worte flossen ihm nur so aus der Feder. Wäre der Unfall mit dem leichtsinnigen Zuschauer nicht passiert, wäre er mit dem Roman sogar noch schneller vorangekommen: Der junge Mann hatte eine Wette abgeschlossen, dass er den Mut aufbringen würde, einem Löwen seinen Brocken Fleisch zu rauben. Eine gefährliche Mutprobe, zu der nur wenige Dompteure der Welt sich bereitfinden. Der Mann schlich, kurz nachdem die Raubtiere ihre Fleischportion bekommen hatten, mit einem Zeugen zu den Käfigen und sprang über die Sperre, die die Zuschauer von ihnen trennte. Der Löwe Vulkan beachtete ihn scheinbar nicht, doch als er seine Hand nach dem am nächsten liegenden Stück Fleisch ausstreckte, schlug der Löwe blitzschnell zu. Der Zeuge fing an zu schreien, und Martin, der zum Glück in der Nähe war, sprang sofort herbei. Er brüllte Vulkan, der die Hand des Unglücklichen bereits zermalmt hatte, an, ergriff schnell eine Eisenstange und schlug auf den wild gewordenen Löwen ein, bis er fauchend von der Hand abließ. Der ohnmächtige junge Mann fiel zu Boden und Martin zog ihn vom Käfig fort. Man ließ ihn ins Krankenhaus bringen und hielt den Zeugen fest, bis die Polizei eintraf. Der zu Tode erschrockene Mann gab unter Tränen zu Protokoll, dass sein Bekannter und nicht der Löwe an dem Unfall schuld gewesen sei. Doch der Vorfall erschütterte Valentin, und er warf Martin und seinen Mitarbeitern vor, dass sie nachlässig geworden seien, wenn sie glaubten, dass es nicht auch in Ulania Verrückte und Schwachsinnige gab. Er ordnete an, dass rund um die Uhr streng Wache zu halten sei, damit weder den Zuschauern noch den Tieren etwas zustoßen konnte.

Am Nachmorg desselben Tages erschien Nabil mit einem alten Foto in der Hand.

»Was ist das?«, wollte Valentin wissen.

»Das erzähle ich dir später. Erst will ich wissen, was mit der wunderbaren Cica und Tarek in Berlin passierte.«

Und Valentin erzählte und unterbrach die Geschichte dort, wo seine Mutter eines Nachts ihren Koffer packte und, entschlossen, ihren Mann zu verlassen, zu Tarek kam – worauf Rudolfo zwei Privatdetektive auf sie hetzte. »Morgen erzähle ich weiter«, schloss er und schaute das Foto an, das Nabil auf den Tisch gestellt hatte. Es war eine Gruppe von Menschen darauf.

»Wer sind sie?«, fragte Valentin.

»Schau dir das Foto genau an«, sagte Nabil. Es zeigte eine heitere Gesellschaft von drei Frauen, vier Männern und mehreren Kindern im Grünen. Alle hoben dem Fotografen lachend ihre Gläser entgegen. Die Erwachsenen tranken Arrak, wenn man den Etiketten auf den Flaschen trauen konnte; die Kinder hielten wohl Gläser mit Saft in den Händen.

»Wie Bilder täuschen!« Nabil sagte es, als wunderte er sich selbst darüber. »Eine Viertelstunde nach dieser Aufnahme fielen diese Männer und Frauen wie Bestien übereinander her. Ich war damals gerade neun oder zehn Jahre alt. Der Junge vorne links, das bin ich. Schau den Mann an, der sein Glas an die Lippen hält, das ist Eduard, der einzige Ledige in der Runde. Er war ein zuverlässiger Buchhalter meines Onkels, der da in der zweiten Reihe steht und einen Strohhut trägt. Eduard litt unter Akne; sein Gesicht war immer rot und voll eiternder Pickel. Er hält das Glas so, um einen besonders großen Pickel zu verdecken. Als könnte man auf diesem winzigen Foto einen Pickel sehen! Aber dieser Irrglaube führte zu einer Explosion. ›Warum versteckst du dein Gesicht?‹, fragte der Schönling, den du hier neben Eduard siehst. Er war der Schwager meines Onkels und nicht besonders geachtet in der Familie. Und nun machte er sich auch noch über Eduards Pickel lustig. Ein Wort gab das andere, und der Alkohol verwandelte die feiernden Männer in seiernde

Raufbolde, die erst von aus den benachbarten Feldern herbeieilenden Bauern wieder getrennt werden konnten. Es hätte nicht viel gefehlt und es wäre zum Mord gekommen. Knochenbrüche, Schädelverletzungen und lebensgefährliche Schnittwunden waren schon zu verzeichnen. Und das bei Männern und Frauen, die den besten Kreisen der Gesellschaft angehörten. Von diesem Tag an bis zum letzten Atemzug wollte sich mein Vater mit seinem Bruder nicht mehr versöhnen, weil der, obschon zehn Jahre jünger, ihn ins Gesicht geschlagen hatte.« Nabil atmete tief durch, dann fuhr er fort: »Und genauso täuscht dein Circus in den letzten Tagen. Wenn man ihn fotografieren würde, erschiene alles perfekt.« Nabil sprach leise und höflich, aber was nun folgte, war eine schonungslose Kritik: Valentin kümmere sich nur noch wenig um den Circus, das Unglück am Löwenkäfig sei kein Zufall gewesen, die Mitarbeiter vermissten seine lenkende Hand, die Hand, die weder er noch Martin besäßen.

Valentin brauste auf, aber Nabil blieb ruhig und hartnäckig. Und Pia gab ihm Recht.

So kam es, dass Valentin zwar den leichtsinnigen Mann verfluchte, der ihn nach seinem hoffnungsvollen Start als Romanautor wieder bremste, sich aber dennoch in den nächsten Tagen wie gewohnt um alle Angelegenheiten des Circus kümmerte. Und er musste zugeben, dass er einiges an Nachlässigkeiten entdeckte, zu denen es früher nie und nimmer gekommen wäre. Bald aber lief alles wieder wie am Schnürchen und Valentin konnte guten Gewissens seinen Hunger nach Geschichten über seinen Vater stillen. Er redete mit Hanan, die jeden Tag zur Vorstellung kam, und jeden zweiten Tag traf er im Hammam Ibrahim und genoss die Ruhe, die dieser Mann ausstrahlte. Nicht lange und Valentin begann wieder zu schreiben. Nabil gegenüber bewahrte er darüber Stillschweigen. Nur Pia wusste Bescheid und neckte ihn manchmal, aber er war unverbesserlich süchtig nach dem Roman seines Lebens.

Eines Nachmittags nahm Valentin ein Taxi und fuhr allein zum katholischen Friedhof. Es war sonnig und das Mittelmeer lag ruhig und blass wie ein schlafender Greis. Absolute Stille herrschte auf dem Friedhof und auch von den Bewohnern der Grüfte war in der sengenden Sonne keiner zu sehen. Valentin suchte das Grab seiner Großmutter und fand es leicht. Es war gepflegt, und neue Blumen umsäumten auf feuchter Erde die Grabplatte, die sich frisch poliert von der staubigen Umgebung abhob. Valentin stand und schaute um sich. Er fühlte nichts, keine Trauer und keine Freude, am ehesten noch Kälte. Gelangweilt wanderte sein Blick über die nahen Gräber mit den vergilbten Fotos junger Menschen, die durch den Krieg viel zu früh aus dem Leben gerissen worden waren. Dann verließ er den Friedhof mit der Überzeugung, dass es ihn nach Leben dürstete und nicht nach dem Tod. Er sehnte sich nach Pia und ging schnellen Schrittes zum nahen Strandcafé. Von dort brachte ihn ein betrunkener Taxifahrer auf verschlungenen Wegen zum Circus zurück.

Die Tage vergingen und Ulania fieberte weiter nach den Circusabenden. Schon nachmittags standen die Leute Schlange und die Karten wurden auf dem Schwarzmarkt gehandelt. Die Circusleute fühlten sich sicher und wohl und gingen jetzt öfter an den Strand. Nur einer versank immer mehr in Elend und Einsamkeit: Martin. Er schien auf einen Abgrund zuzurasen. Nacht für Nacht betrank er sich, und sein Ansehen sank immer tiefer, bei seiner Frau und bei allen anderen nicht minder. Eva turtelte nun in aller Öffentlichkeit mit Pipo. Valentin tadelte Martin, sooft er konnte, und auch Nabil, der großen Respekt vor Martins Mut empfand, redete auf ihn ein; doch der schwieg und trank nur noch schlimmer.

Sie waren schon ein paar Wochen in Ulania, da rief der Bürgermeister von Sania an und bedrängte Nabil, der Circus möge wieder in den Norden kommen. Man beschloss, die Einladung anzunehmen; nur Klaus und der Tierpfleger Karim sollten zurückbleiben, da drei Pferde und ein Tiger plötzlich erkrankt waren.

Valentin bemerkte jetzt, wie fest er schon in Ulania verwurzelt war. Am Vorabend der Abreise kam Ibrahim mit seiner Frau und brachte eine Schachtel voller Pistazienrollen, und Hanan fing beim Abschied so zu weinen an, dass Valentin sie beruhigen musste: Dreihundert Kilometer seien doch keine Entfernung, und schon in zwei Wochen komme man ja wieder. Hanan hatte ihm einen wunderschönen Koffer aus Leder und Holz mitgebracht. »Für dich«, sagte sie. »Mit diesem Koffer war er in Berlin. Er ist noch fast neu. So hat er alle seine Sachen gepflegt.« Valentin packte seine Kleider hinein und fühlte eine merkwürdige Freude bei dem Gedanken, mit dem Koffer seines Vaters unterwegs zu sein.

Die Fahrt nach Sania verlief reibungslos, das Wetter war strahlend blau und die Leute bester Laune. Vor allem Anita zappelte wie ein Hühnchen ihrem Spanier entgegen. Längst war die Freundschaft zu Scharif erloschen und Scharif nahm es offenbar gelassen. Er wollte nur nicht mehr in der Nummer mit den exotischen Tieren auftreten und entschied sich für die Stelle eines marokkanischen Requisiteurs, der gerne mit ihm tauschte, um an der Seite der schönen Anita zu arbeiten. Valentin erlaubte den Wechsel.

Das zweite Gastspiel in Sania begann mit einem großen

Empfang. Der Bürgermeister erschien persönlich und ließ es sich nicht nehmen, eine feierliche Rede zu halten. Danach konnte die erste Vorstellung beginnen.

Valentin arbeitete auch in Sania täglich drei bis vier Stunden an seinem Roman und kümmerte sich dennoch wie in alten Zeiten um jede Kleinigkeit seines Circus. Pia wurde langsam zu seiner besten Mitarbeiterin. Sie schlüpfte aus der Haut der braven Postbeamtin und entfaltete innerhalb kürzester Zeit erstaunliche Fähigkeiten. Sie war energisch und geduldig, zuverlässig und klug, lachte gerne und hörte genau zu; und sie war kräftig, was im Circus besonders zählt. Doch keiner außer Valentin kannte ihre zweite Natur. Sie war nämlich zugleich zerbrechlich und ängstlich wie ein Kind.

Eine Woche lang spielten die Artisten vor vollen Rängen, und Valentin rechnete schon damit, dass es schwierig werden würde, sie bald zur Rückreise zu überreden; eine ganz eigenartige Sympathie hatte sich zwischen den Circusartisten und den Leuten von Sania entwickelt. Die Stadt war noch nicht wie Ulania bis zum letzten Winkel von Touristen erobert und verdorben. Sie hatte etwas Schläfriges, das den Circusdirektor an Wien erinnerte und sie ihm sympathisch machte. Auch die Unterkunft in der Sportschule mit Küche, Dusche, Schwimmbad und Garten war etwas, was die Circusleute zu schätzen wussten.

Da brach plötzlich wie ein Wolkenbruch im Sommer die Nachricht vom Tod des Clowns Pipo über Valentin herein. Nichts, kein Anzeichen war ihm aufgefallen. Auch Eva, die langjährige Geliebte, konnte die Welt nicht mehr verstehen. Sie war es, die Valentin die traurige Nachricht brachte. Sie wollte Pipo am frühen Morgen wecken und mit ihm, wie an jedem Tag in Sania, auf seinem kleinen Balkon Kaffee trinken. Pipo lag im Bett und Eva wollte mit ihm scherzen und kitzelte ihn an den Füßen. Aber er bewegte sich nicht. Da fiel ihr auf, dass seine Füße sich ganz kalt anfühlten. Und sein Gesicht war starr. Auch der herbeigerufene Notarzt konnte nur noch feststellen, dass Pipo bereits seit Stunden tot war. Sein Gesicht war übersät von rätselhaften tiefen Furchen, die keiner seiner Freunde je zuvor gesehen hatte.

»In der Manege trug er immer Schminke«, erklärten Fellini und die Brüder Max und Moritz das Phänomen, doch Valentin gab sich damit nicht zufrieden. Er wisse genau, das Gesicht seines Clowns sei glatt gewesen, seine Haut habe auch ohne Schminke keine einzige Furche gehabt. Eva bestätigte es ihm. »Die Furchen«, schluchzte sie, »waren in seinem Herzen, denn Pipo war für alle im Circus die Klagemauer. Er verbarg sie, so lange er lebte, und wie die Fische kamen sie erst beim Sterben an die Oberfläche.«

Eva lief zum Wohnwagen des Clowns, denn sie wusste von einem Testament, und tatsächlich fand sie es in einem zerknitterten braunen Umschlag. Valentin öffnete ihn vor der versammelten Mannschaft im großen Zelt.

»Lieber Valentin«, las er laut, dann stockte seine Stimme, und er räusperte sich, »ich weiß, dass ihr in dieser Stunde so dumm aus der Wäsche schaut, als hätte ich euch einen Streich gespielt. Ich habe es auch getan — mitten in der Saison zu sterben ist nicht gerade witzig. Nicht einmal Eva weiß, dass ich seit meiner Kindheit unheilbar herzkrank bin. Die Ärzte gaben mir mit vierzehn nur noch drei Jahre, deshalb wollte ich lachen, und durch das Lachen habe ich bis zu dem Augenblick, da ich hier im schönen Ulania mein Testament schreibe, schon prächtige vierzig Jahre gelebt. Als unser Schiff den Hafen dieser Stadt erreichte, wusste ich, dass ich hier sterben würde. Das ist mein Land. Mein Körper wird seine Erde düngen und meine Seele seine Luft zum Lachen bringen. Hier ist das Land, das ich seit meiner Kindheit gesucht habe...«

Valentin konnte nicht mehr weiter lesen. Tränen liefen über sein Gesicht und auch die Artisten und Mitarbeiter weinten stumm.

»Deshalb«, fuhr Valentin mit erstickter Stimme fort, »ist es mein letzter Wunsch, dass ich hier in diesem Land begraben werde. Meine bescheidenen Ersparnisse erhält mein geliebter Valentin. Alle meine Sachen gehören Eva, und meinen Wohnwagen soll Anita bekommen, die eine prächtige Frau geworden ist und einen eigenen Wohnsitz braucht. Mein allerwichtigster Wunsch ist aber, dass der Circus mir zuliebe schon einen Tag nach meiner Beerdigung weiterspielt.

Erfüllt ihr mir diese Wünsche, verspreche ich, dass ich dort, wo ich hingehe, einen guten Platz für den Circus Samani reservieren werde. Bis bald. Dein und Euer Pipo.«

Valentin hob den Kopf. Da war kein Einziger, der die Tränen zurückhalten konnte. Eva aber drehte sich um und rannte ins Freie.

24.

Wie ein kleiner Friseur zum Riesen wird und eine Trommel verstummt

er Lokalsender in Sania berichtete in seinen Hauptnachrichten vom Tod des Clowns Pipo. Der Bürgermeister sprach dem Circus sein Beileid aus und hielt eine ergreifende Rede über den Künstler, den er persönlich sehr geschätzt habe. Auch Interviews mit Valentin und Nabil wurden im Laufe des Tages ausgestrahlt. Und Valentin war bei allem Schmerz stolz darauf, ein paar Sätze auf arabisch sprechen zu können. Die Zeit der Beerdigung wurde durch Radio und Fernsehen bekanntgemacht. Der Trauerzug sollte um 14 Uhr vom Circus durch die Altstadt zum Friedhof der katholischen Gemeinde führen.

Eine solche Beerdigung hatte Sania noch nicht erlebt. Die Musikkapelle spielte einen Trauermarsch, und hinter ihr führte Mansur in seinem schwarzen arabischen Gewand die sechs Schimmel, die den Leichenwagen zogen, auf dem der Sarg des Clowns unter roten Nelken fast verschwand. Langsam schlängelte sich der lange Trauerzug durch die Stadt. Er wurde vom Bürgermeister und dem gesamten Stadtrat, dem katholischen Bischof, dem deutschen Konsul, vielen Diplomaten, mehreren Pfarrern und Scheichs und dem einzigen Rabbiner der kleinen jüdischen Gemeinde von Sania angeführt. Dahinter ging die komplette Circusmannschaft, und ihr folgten über eine halbe Million Menschen, die ihre Liebe zu dem Clown zum Ausdruck bringen wollten, der seine Herzleiden in sich verschloss und den Leuten immer nur Lachen schenkte.

Auf einem Hügel unter Palmen wurde Pipo begraben; das war der schönste Platz auf dem Friedhof der katholischen Gemeinde und der Bischof selbst hatte ihn für Pipo ausgesucht. Dort sollte auch ein Standbild des Clowns für immer an ihn erinnern; ein bekannter Bildhauer wollte es spenden.

Die Circusleute kehrten nach einer langen Trauerfeier spät in ihr Quartier zurück und aßen schweigend ihr Abendbrot. Nur Eva rauchte und wollte nicht essen. Und auch der Nachmorg verging in absoluter Stille. Ein paarmal wollte Valentin das Schweigen brechen, aber er fand die Kraft nicht dazu und Nabil schien in seine eigenen Gedanken versunken.

Mit Trauer im Herzen spielten die Circusartisten schon am nächsten Tag, um das Testament ihres geliebten Pipo zu erfüllen. Doch der Circus war bis zum letzten Platz voll, und die Zuschauer schenkten den Artisten so viel Beifall, als wollten sie die unsichtbaren Trauervögel vertreiben, die auf den Schultern der Künstler hockten.

An diesem Abend fiel Valentin auf, wie leicht Eva durch die Traurigkeit geworden war. Nicht ihr Gang auf dem Hochseil verriet es, denn dort oben waren ihre Schritte immer schon ganz leicht gewesen. Doch gab es da noch eine lustige Zusatznummer unter der Leitung von Mansur: Ein Rappe trat kräftig mit beiden Vorderhufen auf das Ende eines Schleuderbretts, und Eva, die auf dem anderen Ende stand, wurde ein, zwei Meter hoch in die Luft geschleudert. Sie machte einen Salto und landete auf dem Boden. Und an jenem Abend merkte Valentin, dass Eva über drei Meter in die Luft schnellte und einen Doppelsalto machte. Am dritten Tag dann waren es bereits vier Meter, und am fünften Tag flog sie über sechs Meter in die Höhe, ihr Kleid blähte sich dabei auf und ähnelte einem Fallschirm, und sie machte keinen Salto mehr, sondern landete langsam und in sich versunken, als geschähe das Ganze in einem Film im Zeitlupentempo. Die kleine lustige Nummer hatte sich in einen Atem beraubenden Flug verwandelt, den Eva mit unbewegter Miene absolvierte. Sie aß nichts mehr und wurde von Tag zu Tag abwesender. Nie mehr hörte man ihr helles Lachen, und es geschah, was niemand je erwartet hätte: Martin hörte auf zu trinken. Voller Angst um das Leben seiner Frau versuchte er, ihr das Leben zu erleichtern, doch da war Eva schon weit auf ihrem Weg gegangen.

Acht Tage nach dem Tod des Clowns traf in den frühen Morgenstunden ein Telegramm des Kultusministeriums aus der Hauptstadt ein. Nabil übersetzte es Valentin, Angela, Pia und Martin: »Sehr geehrter Herr Samani, in einer Woche wird die Stadt Ulania den Höhepunkt und Abschluss der Feierlichkeiten ihres dreitausendjährigen Geburtstags begehen, den wir seit einem Jahr mit besonderen Festivals und Konzerten, Ausstellungen und Vorträgen feiern. Zum Abschlussfest, das drei Tage dauern soll, könnte ein Tänzer einen Seilgang über der Stadt vorführen, mit dem er als Symbol der Versöhnung und der Einigkeit die große Moschee Saladins mit der Kirche der heiligen Maria verbindet. Es wäre eine besondere Freundlichkeit der Circusleitung, wenn der Circus dazu an mehreren Stellen der Stadt seine Attraktionen vorführen würde. Ihrer versprochenen Teilnahme und verbindlichen Zusage sehen wir mit Freude entgegen.«

Es folgten die Orte der Feierlichkeiten, die sich über die ganze Stadt verteilten, vom Palast der Republik bis zum griechischen Amphitheater am Rande der Altstadt, und Nabil erinnerte Valentin daran, dass ein derartiges Versprechen tatsächlich im Antrag auf ihre unbegrenzte Aufenthaltserlaubnis stand und die Behörden deshalb dem Circus in allen Dingen entgegengekommen waren. Es war also Eile geboten.

Eva stimmte dem Gang auf dem Hochseil ohne Zögern zu, aber nicht begeistert, wie sie es früher getan hätte, sondern seltsam gleichgültig. Martin sollte mit seinem jüngsten und friedlichsten Löwen auf dem Freiheitsplatz gegenüber dem Palast der Republik unter freiem Himmel auftreten, Marco, der Feuerschlucker, am besten vor der Zentrale der Feuerwehr. Max und Moritz, Robert und der Bär beim Kinderfest nahe der Universität, Jan beim Wiesenfest der Schützen und Maxim, Marina und Boris, die Schmetterlinge am Trapez, sollten sich zum Fest der Turner in der Sporthalle gesellen. So bestimmte es Valentin, und Nabil bewunderte, wie er dabei die Strenge gekonnt in den Samt väterlicher Güte verpackte.

Der Circus reiste ab, und schon bei der Einfahrt in die Stadt merkten die Circusleute, wie sich Ulania rüstete, um durch die Geburtstagsfeierlichkeiten ihre Überlegenheit gegenüber allen anderen Städten des Landes, ja ganz Arabiens zu demonstrieren. Man erwartete wichtige ausländische Gäste und erhoffte sich eine Verbesserung des angeschlagenen Ansehens der Regierung im Ausland. Die Regierungszeitung setzte Tag für Tag die Zahl der teilnehmenden Staatsoberhäupter in großen Lettern auf die erste Seite; einundsiebzig Staaten wollten ihre Vertreter zu der wichtigen Feier schicken.

Schon eine Stunde nach der Ankunft kam Hanan. Es sah aus, als hätte sie täglich den Messeplatz aufgesucht, um zu sehen, ob der Circus schon zurückgekommen war. Sie trug eine kleine Mappe in der Hand und Valentin ging ihr strahlend entgegen.

»Schon wieder ein Geschenk vom Vater?«, fragte er.

»Ich weiß nicht, ob dich die alten Sachen interessieren, aber ich dachte, ich bringe sie dir vorbei«, antwortete Hanan und folgte Valentin in den Wohnwagen. Sie öffnete die Mappe und holte eine alte vergilbte Karte der Stadt Ulania aus den sechziger Jahren heraus.

»Was ist das?«

»Eine Karte aller Orte, die Vater und ich auf unseren Radtouren entdeckten. Er kam eines Tages mit diesem großen Stadtplan nach Hause. ›Ab heute werden wir mit einem roten Stift alle Straßen auf der Karte nachzeichnen, die wir mit unseren Rädern unsicher machen‹, sagte er. Das war der Beginn einer langen abenteuerlichen Reise durch die Gassen, Straßen und Plätze von Ulania. Wenn wir zurückkehrten, beugte sich mein Vater über die Karte und zeichnete stolz mit dem Stift die Route nach, die wir an dem Tag gefahren waren. Ich entdeckte Gassen, Springbrunnen, Häuser, Karawansereien, Moscheen und Kirchen, die kaum bekannt und schöner als ein Juwel waren. Viele von ihnen fielen später der Bauwut zum Opfer. Meine Schwester Tamam hat sie nie gesehen, und wenn ich manchmal davon erzähle, wirft sie mir vor, ich würde übertreiben, dabei zwinge ich mich eher zum Untertreiben. Auch die Umgebung von Ulania habe ich mit Vater entdeckt. Wir fuhren durch die Felder, lernten viele Bauern kennen und schauten ihnen bei ihrer Arbeit zu. Es waren Ausflüge von nicht länger als vielleicht zwei Stunden. Aber ob durch Gassen oder Felder, es waren für mich die größten Abenteuer. Und nie werde ich vergessen, mit welcher Wonne Vater kleine Gurken und Tomaten im Bach wusch, sich zu mir umdrehte und sagte: ›Prinzessin, komm ins Paradies!‹ Er breitete eine kleine Decke unter einem Walnussbaum aus und wir saßen im Schatten und aßen mit geschlossenen Augen.

Das war sein Spiel, die Welt nur noch mit den Ohren zu sehen.

Eines Tages überfielen uns zwei Männer und wollten uns ausrauben, aber Vater lachte über ihre Pistole und sagte, sie sollten nehmen, was sie wollten, aber wissen, dass er der Sohn des bekannten Zauberers Hassan Elahmadi sei. Sie könnten sich wohl denken, was sie danach erwarten würde: Zungenlähmung, Hirnschlag und die Ohren würden ihnen abfallen wie welkes Herbstlaub. Wer Hassan Elahmadi nicht fürchte, der sei hirnlos, denn wo es Hirn gebe, dort gebe es auch Angst vor seiner Zauberei und schwarzen Kunst. Der eine Bandit zitterte vor dem Namen des tatsächlich für seine Zauberei bekannten und gefürchteten Meisters, der in Ulania viele Wundertaten vollbracht hatte. Der andere Bandit aber lächelte dämlich und wollte Vater nicht glauben. ›Wenn dein Vater ein solcher Zauberer ist, dann musst du auch etwas können‹, sagte er. ›Die Kinder der Fische schwimmen bei der Geburt.‹

›Schau her‹, sagte Vater, ›siehst du diesen Hundertlirashein? Ich verbrenne ihn vor deinen Augen und hole ihn dann unversehrt aus deinem Ohr!‹

›Wenn du das kannst, bist du frei‹, sagte der ungläubige Bandit.

Da verbrannte Vater einen Hundertlirashein, das war damals viel Geld. Doch er lächelte dabei, sprach unverständliche Worte und ging auf den Banditen zu. Er zog ihm wirklich den Schein aus dem Ohr und beide Räuber wurden blass und suchten das Weite.

Das ist die einzige Geschichte, bei der ich mir nicht sicher bin, ob ich sie tatsächlich erlebt oder doch nur gehört habe. Vater war ein so guter Erzähler, dass es dumm und zwecklos war zu fragen, ob etwas wirklich geschehen war oder nicht. Aber eins ist sicher: Vater war klein und unendlich ängstlich, bis er in eine Sackgasse geriet und nicht mehr flüchten konnte, dann wurde er, und das ist das Unglaubliche ...«

Es klopfte, und als Valentin »ja« rief, kam Martin herein. Er schaute Hanan an, und als würde er sie zum ersten Mal sehen, lächelte verlegen und stand wortlos da.

»Was ist?«, fragte Valentin, als auch Pia hereinkam.

»Wir brauchen Seile«, sagte Pia, lächelte Hanan an, gab ihr einen Kuss und suchte in einer Schublade, bis sie eine Schere fand.

»Sag das Angela und lass Scharif eine gute Seilerei aufsuchen. Er soll den Seiler hierher bestellen, dann können wir ihm einen anständigen Auftrag geben, statt da ein Stück und dort ein Stück«, erwiderte Valentin und wandte sich dann Martin zu. »Und nun zu dir, Tarzan, was kann ich für dich tun?«

»Du musst den armen Karim zu einer Pause zwingen. Er hat Fieber und sieht wie eine Leiche aus, aber auf mich will er nicht hören. Ich kümmere mich mit Scharif und den anderen um die Tiere.«

»Schick Karim auf der Stelle zu mir«, sagte Valentin.

Martin nickte lächelnd und eilte hinaus.

»Ein prachtvoller Mensch und so eine Frau!«, sagte Hanan.

»Eva ist auch eine prachtvolle Person. Es ist nur nicht so einfach mit Martin – aber du wolltest von Vaters Art erzählen, wenn es gefährlich wurde. Oder warte lieber einen Augenblick, bis Karim hier war, dann kannst du ungestört weitererzählen.«

Karim ließ nicht lange auf sich warten und Martin hatte nicht übertrieben: Der Tierpfleger sah wirklich schlecht aus.

»Drei Tage will ich dich hier nicht sehen«, sagte Valentin, »du gehst sofort ins Bett, und wenn es morgen nicht besser ist, dann ab mit dir zum Arzt. Ein Pipo reicht mir.«

Karim verabschiedete sich und ging langsamen Schrittes in seinen Wohnwagen.

»Von dem Clown habe ich gelesen«, sagte Hanan, »der arme Mann ...«

»Du wolltest mir von Vater erzählen«, unterbrach sie Valentin und hängte das Schild »Bitte nicht stören!« vor die Tür.

»Ja, ich wollte dir von seiner eigentümlichen Art Mut erzählen. Ich habe sie nie richtig verstanden. Er war ängstlicher als ein Hase, denk nur daran, was für ein Paradies er mit Cica hätte haben können, wenn er sich für sie entschieden hätte. Aber sobald er keinen Ausweg mehr fand und keine Hoffnung auf Rettung sah, wurde er zu einem unbezwingbaren Giganten. So etwa, als er die ganze Leitung meiner Schule besiegte. Soll ich dir die Geschichte erzählen?«

»Bitte!«, sagte Valentin.

»Eine Zeit lang hatte ich keine Lust, zur Schule zu gehen, und so machte ich meine Hausaufgaben schlecht und in der Klasse war ich besonders zerstreut. Es hat mich alles gelangweilt. Aber damals verstanden die Lehrer noch nichts von der Psyche der Schüler. Wir hatten Lehrer, die aus einem früheren, düsteren Jahrhundert zu stammen schienen. Ein Gruselkabinett! Alle Horrorfilme zusammen machten mir später nicht so viel Angst wie das Gesicht unserer Mathematiklehrerin. Ich war vorher nicht schlecht und später sogar eine gute Schülerin, und im Abitur hatte ich exzellente Noten, aber so um die siebte Klasse herum wollte mir nichts mehr gelingen. Ich musste mit meinen Eltern zur Schulleitung.

Wir wurden unhöflich empfangen und mussten vor dem Tisch im Direktorzimmer stehen, ich rechts, meine

Mutter in der Mitte und mein Vater links. Der Direktor war ein lauter, korpulenter Mann mit Glatze, der immer schwitzte. ›Schwitzende Trommel‹ wurde er genannt, weil er so dick und laut wie eine Trommel war. Mir erschien er an diesem Tag besonders fett und laut. Um uns herum saßen zehn Lehrer und Lehrerinnen. Wir standen fast in der Mitte des Zimmers wie Schießbudenfiguren und so zielten sie auch auf uns. Ihre Blicke und Worte stachen mich wie Messer.

›Hanan ist schlecht. Wie geben ihr kaum noch eine Chance, in diesem Jahr versetzt zu werden‹, brüllte der Direktor.

Meine Mutter wurde blass und begann sich zu entschuldigen, aber mein Vater, dieser kleine, zierliche Mensch, sagte mit fester Stimme: ›Hanan ist ein wunderbares Mädchen.‹

Ich stand neben meiner Mutter. Als mein Vater das sagte, beugte ich mich nach vorne und schaute seitlich zu ihm auf. ›Gut gesagt, Papa‹, ermutigte ich ihn leise, aber er antwortete nicht. Er war steif vor Angst.

›Hanan *ist* schlecht. Ich möchte die Worte des Herrn Direktors nicht unnötig wiederholen, aber Hanan ist unerträglich faul‹, sprach die Mathematiklehrerin, und ich brauchte mich nicht umzudrehen, um ihr geiferndes Gesicht zu sehen.

Meine Mutter wurde kleiner, wirklich kleiner, entweder gaben ihre Knie nach oder ihre Wirbelsäule wurde kürzer. Über ihren Kopf hinweg sah ich das blasse und unbewegliche Gesicht meines Vaters.

›Hanan ist ein wunderbares Mädchen‹, sagte er mit noch entschlossenerer Stimme, und ich flüsterte in meinem Herzen leise: ›Toll, du hast es der alten Schrulle gegeben.‹ Ich war so stolz auf diesen unbestechlichen Freund.

›Übertreiben wir nicht‹, heuchelte der Religionslehrer, ›sie ist ein braves Mädchen, höflich, ja, aber in der Erziehung fehlt die harte Hand.‹

›Hanan ist ein wunderbares Mädchen‹, sagte mein Vater laut und wieder sah ich sein Gesicht über dem Kopf meiner Mutter.

›Ich verstehe Sie‹, sagte der Schuldirektor. ›Es ist ärgerlich, Schlechtes über die eigenen Kinder zu hören, aber wir wissen uns keinen anderen Rat, als Ihnen zu sagen, wie es ist.‹

Meine Mutter wurde bei diesen Worten so klein, dass ich zu ihr hinunterschauen musste. Sie verschwand fast zwischen uns. Vater aber wurde zornig. ›Ich sage Ihnen, Hanan ist ein wunderbares Mädchen, und wenn Sie sie nicht verstehen wollen, nehme ich sie aus dieser Schule und schicke sie in eine bessere. Und seien Sie sicher, ich werde jedem meiner Kunden sagen, dass Ihre Schule schlecht ist.‹ Vaters Gesicht hatte längst wieder Farbe bekommen, und er spielte ungeniert mit einem Bleistift, den er vom Tisch des Direktors genommen hatte. Er sah mich an und lächelte. ›So, wir gehen jetzt. In diesem erbärmlichen Haus wissen die Lehrer nicht einmal, wie man einen Gast anständig empfängt. Unerhört! Einen Gast stundenlang ohne eine Tasse Kaffee zu lassen! Und als Gastgeber zu sitzen und eine Frau und ein Mädchen eine Stunde lang stehen zu lassen! Na, lassen Sie das meine Kunden hören!‹

Wir gingen und draußen eilte der Pförtner herbei. Er hatte von der Blamage seines Vorgesetzten noch nichts erfahren. ›Brav ist sie, die Hanan‹, sagte er und lächelte verlegen.

›Ein wunderbares Mädchen ist sie‹, erwiderte mein Vater und ich sprang ihm an den Hals. Er lachte, und als wir aus der Schule heraus waren, fing auch meine Mutter wieder an zu wachsen. Nach dem Kaffee zu Hause kehrte sogar die Farbe wieder in ihr Gesicht zurück. Von diesem Tag an waren die Lehrer und der Direktor meiner Schule wie verändert, und alle erinnerten mich immer wieder daran, meinem Vater Grüße auszurichten.«

Valentin lachte und trank noch einen Kaffee mit Pia und Hanan, bevor er hinausging, um mit dem Seiler, Martin und Nabil einen Gang durch den ganzen Circus zu machen. Als der Mann alles notiert hatte, was er liefern sollte, fragte Nabil, ob Valentin ihn durch die Altstadt begleiten würde, da sie am Abend nicht spielten. Ein alter Freund sei schwer krank und er wolle ihn besuchen. Valentin eilte in den Wohnwagen, um seine schöne weiße Jacke und etwas Geld zu holen.

Unterwegs kaufte er Blumen und Schokolade für den Kranken, und Nabils Freunde waren davon sehr angetan, doch ihn langweilte der Besuch, und er war erleichtert, als Nabil ihm auf dem Rückweg gestand, dass die Familie ihn genauso angeödet hatte. Doch Nabil war auch bekümmert, denn sein Freund war fünf Jahre jünger als er. Nachdenklich ging er durch die Gassen.

»Manchmal«, sagte er, als sie den Kirchplatz erreichten, »wünschte ich mir, meine Krankheit wäre ein Alptraum, aus dem ich bald erwache.«

Der Abend dämmerte und die Freunde setzten sich auf eine Bank gegenüber dem Portal der Kirche. Bald ging die Tür auf und warmes Licht strömte über den Platz. Einige Frauen eilten bereits zur Kirche und bald kamen viele alte Männer und Frauen aus allen Gassen zum Abendgebet. Nabil lächelte. »In diese Kirche ging ich jeden Sonntag und jeden Sonntag zitterte ich vor der Beichte. Ich war ein aufgeklärtes Kind und wusste vieles, aber die Beichte, kniend im Dämmerlicht, hat mich Sonntag für Sonntag mitgenommen. Eines Tages bekam die Kirche einen Pfarrer, der kurz vor dem Gottesdienst Reihe für Reihe durchging und jede Frau und jeden Mann laut fragte: ›Hast du schon gebeichtet?‹ Mein Gott, bis heute noch zittere ich beim Gedanken an den Sonntag, an dem ich zu spät zum Gottesdienst kam und nicht mehr beichten konnte. Er fragte mich und ich sagte leise: ›Nein, Pater.‹ Er brüllte so laut, dass alle es hören konnten: ›Und warum nicht? Wie willst du Jesu Christi empfangen?‹ Ich sage dir, lieber Freund, ich wäre beinahe gestorben vor Scham. Und ich freute mich teuflisch, wie viele andere übrigens auch, als er vom Kirchendiener erledigt wurde.«

»Vom Kirchendiener erledigt?«, fragte Valentin.

»Ja, vom alten versoffenen Kirchendiener. Und wie es dazu kam, hat eine Geschichte: Der Winter 1945, ein Jahr vor deinem ersten Besuch in Ulania, war besonders kalt. Zum ersten Mal seit einem Jahrhundert hatte es tagelang geschneit. Die Temperatur sank auf minus fünf Grad, was im Orient einer Katastrophe gleich kommt. Die ungeschützten Wasserleitungen platzten und viele Orangenbäume erfroren. Der neue Pfarrer nun war in allem streng, puritanisch und vor allem geizig. Er erwischte den alten Kirchendiener beim Messweintrinken und zog ihm am Ende des Monats den doppelten Preis für die angebrochene Flasche ab. Und immer, wenn der Kirchendiener den Pfarrer fragte, warum er Geld für zwei Flaschen abgezogen habe, erwiderte der: ›Ich bin auf diesem Ohr schwerhörig.‹ Das nahm der Diener dem Pfarrer übel.

Zu Weihnachten, während der feierlichen Darstellung der Geburt Christi, pflegte der Pfarrer um Mitternacht eine Runde unter den Arkaden zu drehen und dann laut ans Kirchenportal zu klopfen. Der Kirchendiener stand hinter der Tür und sollte fragen: ›Wer klopft an die Tür?‹

›Hier ist der König der Herrlichkeit, öffnet die Tür!‹, war die Antwort; dann sollte die Tür aufgehen und der

Pfarrer feierlich einziehen, während der Kirchenchor ein Lied über die Freude der Erde bei der Geburt Christi anstimmte und ihn willkommen hieß.

In der Regel war es zu Weihnachten in Ulania immer etwas regnerisch, aber selten kalt, und unter den Arkaden störte der Regen nicht. Doch wie gesagt, in jenem Winter herrschte eine klirrende Kälte. Der Pfarrer wollte gern auf den Rundgang verzichten, doch der Kirchendiener warnte ihn vor dem Zorn der Gläubigen, die diese herrliche Zeremonie liebten, und gab zu bedenken, dass die Verwandten des Bischofs in eben dieser Kirche beteten und sich womöglich bei ihm beschweren würden. Also ging der Pfarrer zur gegebenen Zeit mit zwei Ministranten, die zitternd ihre Weihrauchfässer schwenkten, schnellen Schrittes um die Kirche. Als er das geschlossene Tor der Kirche erreichte, klopfte er hastig.

›Wer klopft an die Tür?‹, rief der Kirchendiener übertrieben laut.

›Der König der Herrlichkeit!‹, antwortete der Pfarrer etwas verärgert, weil ihm gerade wieder eine Böe die Kälte in die Knochen trieb.

›Wer? Ich höre nicht! Wer klopft da?‹, rief der Kirchendiener und ein teuflisches Lächeln lag dabei auf seinem Gesicht.

Einige der Messebesucher grinsten schon.

›Der König der Herrlichkeit! Öffne die Tür!‹, brüllte der Pfarrer und warf sich gegen die Tür, doch der Kirchendiener hatte sie mit einem Balken verriegelt.

›Warum hast du Geld für zwei Flaschen abgezogen? Wer klopft da? Ich höre schlecht auf diesem Ohr.‹

Die Geschichte mit dem Wein hatte schon lange die Runde gemacht und die meisten Gläubigen konnten sich vor Lachen kaum noch auf den Beinen halten.

›Mach endlich auf. Du kriegst dein verdammtes Geld‹, flüsterte der Pfarrer.

›Wunderbar!‹, erwiderte der Kirchendiener und öffnete die Tür.

Da stürmte der Pfarrer in die Kirche und krallte sich am Kragen des Kirchendieners fest. ›Verfluchter Hurensohn, bist du schwerhörig? Der König der Herrlichkeit! Herrrrrlichkeit!‹

Er warf den Kirchendiener auf eine der Sitzbänke und stürmte zum Altar. Auch der Chor konnte sich jetzt kaum noch beruhigen. Der Chorleiter schimpfte laut, und als der Pfarrer mit roter Nase und aus heiserer Kehle ›O Jesu Christi, König der Herrlichkeit, sei willkommen!‹, schrie, erhob sich ein Gelächter, dass er vor Zorn endgültig explodierte. ›Ihr Schweine, wir feiern hier die Geburt Jesu Christi, eures Retters!‹, rief er, aber die Leute lachten. Selbst meine Tante Jasmin, die so fromm war, dass sie jeden Tag in der Kirche betete und sich ihr Leben lang vorm jüngsten Gericht fürchtete, lachte Tränen.

Der Pfarrer bat noch vor Neujahr um seine Versetzung und so konnte sich der Kirchendiener wieder ohne Gehaltsabzüge an den guten Messwein halten.«

25.

Wie leichte Luft Schweres heben kann und Liebe schwer zu ertragen wird

An diesem Fest sollte nicht gespart werden. In der Tat war Ulania noch nie so sauber, so bunt gewesen, und niemals zuvor hatte man hier so viele blühende Gärten gesehen wie in den letzten Wochen vor der Geburtstagsfeier. Die Regierung wollte zeigen, wie stabil sie war und wie gut Ulania in ihren Händen gedieh. Mansur aber berichtete, er habe aus dem israelischen Rundfunk erfahren, dass die Regierung insgeheim einen vernichtenden Schlag gegen die bewaffnete Opposition vorbereite. Unmittelbar nach den Feierlichkeiten sollte die Armee eine massive Militäraktion in den Gebieten durchführen, die unter der Herrschaft der Regimegegner standen, und all ihre Zentren rücksichtslos zerstören. Der Geburtstag der Stadt sollte eine Wende einleiten, von der sich die Opposition, vor allem ihre stärkste Fraktion, die Fundamentalisten, nicht wieder erholte. »Und wenn es die Israelis bereits wissen, dann wissen es auch alle Gruppen der Opposition und werden sich gründlich vorbereiten«, schloss er seinen Bericht mit kummervoller Miene.

Das Programm sah neben dem dreitägigen Volksfest auf allen Straßen eine offizielle Feier für die Staatsgäste vor, die im gut erhaltenen griechischen Amphitheater beginnen sollte. Von dort sollten die Teilnehmer etwa fünfhundert Meter weit durch eine Allee zu Fuß zum

Stadion gehen. Diesen Weg sollten Marmorsäulen säumen, auf denen Männer und Frauen in historischen Kostümen den Vorbeiziehenden zeigten, in welcher Epoche in der Geschichte Ulanias sie sich gerade befanden. Es sollte eine Art historischer Prozession werden, bei der die Herrschaft der Aramäer, Ägypter, Juden, Griechen, Römer, Araber, Kreuzzügler, Tataren, Türken, Franzosen und zuletzt das dreißigjährige Wechselbad verschiedenster Regierungen dargestellt wurde. Im Stadion wollte der Präsident unter einer bronzenen Reiterin, die Ulania darstellte, ein ewiges Feuer entzünden. Und danach das glanzvolle Finale: In einem riesenhaften Zelt, das die Form eines Palastes mit der Leichtigkeit der Wüstenbehausung verband, sollte ein Galaabend mit den besten orientalischen Tänzerinnen für die Staatsgäste und ausgesuchte Bürger des Landes stattfinden. Die Gala sollte die ganze Nacht dauern, ihre Eröffnung ein Feuerwerk gewaltigen Ausmaßes über der Stadt verkünden. Es sollte das schönste Fest in der Geschichte des Orients werden. Und dann kam alles ganz anders.

Die Sicherheitsmaßnahmen wurden verzehnfacht, und doch gelang es einem Fundamentalisten einen Tag vor der Feier, aus nächster Nähe eine Handgranate auf den Präsidenten zu werfen, als dieser am Flughafen Präsident Musada, das Staatsoberhaupt von Moravia, begrüßte. Der Fundamentalist wurde sofort von einem Leibwächter niedergestreckt und die Handgranate war fehlerhaft. Sie explodierte nur schwach und mit Verzögerung. Musada und der Präsident waren längst von ihren Leibwächtern zu Boden gerissen und geschützt. Nur ein Leibwächter erlitt eine leichte Verletzung am Bein. Der Präsident, erfahren in solchen Dingen, richtete sich schnell wieder auf, rückte seine Krawatte zurecht und zupfte nur noch eine Weile nervös an seiner Jacke. Der hohe Gast aus Moravia aber begann hysterisch zu schreien und wollte sich nicht mehr beruhigen. Ohne ein einziges Wort des Abschieds machte Musada kehrt und stieg wieder in seine Maschine, um auf der Stelle nach Moravia zurückzufliegen. Der anwesenden Presse wurde verboten, über den Vorfall zu berichten, und sie gehorchte. Doch wie im Orient üblich, sickerte die Nachricht von dem Attentat durch. Und dass man den Täter erschossen hatte, nährte das Gerücht, es stünden nicht Fundamentalisten hinter dem Attentat, sondern Armeegeneräle, die mit der laschen Art des Präsidenten im Umgang mit der Opposition unzufrieden waren. Auffällig war auch, dass nicht nur die Fundamentalisten, sondern die gesamte Opposition vom Attentat überrascht schien und keine der bewaffneten Gruppen sich zu dem Anschlag bekannte.

Zurück in seinem Palast gab der Präsident den Befehl, mit der geplanten Operation nicht bis zum Ende der Feierlichkeiten zu warten, sondern sofort anzufangen. Und während die Hauptstadt schon am frühen Morgen feierte, rollte auf dem Land die Tötungsmaschinerie an. Aus allen Gefängnissen wurden die inhaftierten Fundamentalisten, Nationalisten und Kommunisten herausgeholt und als Rache für den Anschlag gegen den Präsidenten hingerichtet. Dreitausend wehrlose Gefangene mussten an einem Tag ihr Leben lassen. Draußen im Land herrschte von da an ein erbarmungsloser Bürgerkrieg.

Valentin wachte an diesem Morgen merkwürdigerweise früh auf. Seine Stirn war kühl und er spürte ein pulsierendes Klopfen von beiden Schläfen zur Mitte der Stirn hin. »Es wird schlechtes Wetter geben«, sagte er zu Pia, die aus dem Fenster schaute und die Sonne sah. Sie lachte, doch Valentin hatte es eilig hinauszukommen. Er sagte Martin, er solle sämtliche Zelte herunterholen und die Käfige der Tiere festmachen.

Martin wusste, dass er bei diesem Tonfall nicht nach dem Grund fragen durfte. Er trommelte die Circusarbeiter zusammen und ging an ihrer Spitze an die Arbeit. Bald waren alle Käfige fest verankert und alle hohen Bauten heruntergeholt. Es gab ohnehin keine Circusvorstellung während der Feierlichkeiten.

Valentin suchte inzwischen Eva auf, um sie wegen des Wetters zu warnen, aber sie wollte nicht hören und erklärte ihm, auf einen Punkt in der Ferne schauend, dass sie sich bei Gefahr jederzeit über die Befestigungsseile auf den Boden hinunterhangeln könne. Valentin verstand später nicht warum, aber er ließ sich beruhigen.

»Scharif ist verschwunden! Ich verstehe es nicht. Er fühlte sich so wohl bei uns, und die anderen mochten ihn sehr, aber er nahm seinen Koffer und ging ohne Abschied«, berichtete der alte Robert.

»Ich verstehe schon«, brummte Valentin, als er durch die Reihen der Wohnwagen ging und den Spanier erblickte, der dabei war, eine neue Fernsehantenne auf Anitas Wohnwagen anzubringen. Valentins Gesicht verdüsterte sich wie der Himmel vor einem Gewitter und das Blut brodelte in seinen Adern. Obwohl er den Spanier sympathisch fand, ärgerte ihn seine Anwesenheit über alle Maßen, denn Anita hatte ihn nicht um Erlaubnis gebeten. Er grüßte den Spanier höflich und ließ Anita zu sich bestellen. Als sie zu seinem Wohnwagen kam, musste sie sich anhören, dass im Circus nicht jeder mitreisen dürfe, der das wolle, sondern nur, wer für die Arbeit in der Manege unentbehrlich sei. Wer das aber sei, das bestimme immer noch er, der Direktor. Ihr Freund müsse den Circus sofort verlassen. Anita wurde wütend, schrie Valentin zum ersten Mal in ihrem Leben an und warf ihm Herzlosigkeit vor. Doch mit Valentin war nicht mehr zu reden. Selbst dass Pia sich einmischte, bewirkte nichts. »Mit deinem Leichtsinn hast du Scharif vertrieben«, schleuderte er Anita entgegen, »er war einer der besten Mitarbeiter dieses Circus. Er stellte sich uns zur Seite, als es gefährlich wurde in Talte, und es könnte ihn das Leben kosten, weil er ein Moslem ist und für die Fundamentalisten als Verräter gilt. Dass ihr euch nicht verstanden habt, ist eure Sache, aber mit dem Spanier hast du ihn gedemütigt. Das kannst du dir hier nicht noch einmal leisten. Hast du mich verstanden?«

»Ja, ich verstehe sogar sehr gut. In deinem Circus sollen alle nach deiner Pfeife tanzen. Aber ich nicht mehr!« Damit verließ Anita erhobenen Hauptes den Wohnwagen. Pia eilte ihr noch hinterher und versuchte sie umzustimmen. Doch sie kam unverrichteter Dinge zurück.

Valentin holte Mansur zu sich und bat ihn, trotz der Feierlichkeiten zu Scharifs Familie zu gehen und ihn zu bitten, in den Circus zurückzukommen. Mansur tat, wie ihm geheißen, doch als er wiederkam, berichtete er, was die traurige Mutter ihm erzählt hatte: Scharif sei gekommen, habe stundenlang geweint und sich dann verabschiedet, weil er in Sania arbeiten wolle. Nicht einmal für einen Kaffee sei er geblieben.

Anita mied von da an jedes Gespräch über den Spanier, der auch nicht mehr im Circus erschien. Und was Anita außerhalb des Circus machte, interessierte Valentin nicht.

Punkt vierzehn Uhr an diesem Tag erschien der Präsident im Amphitheater und erklärte kurz, dass der Schlussakt der Geburtstagsfeier Ulanias eröffnet sei. Auf die Sekunde genau stieg Eva zum Hochseil hinauf, das zwischen dem Glockenturm der Kirche der heiligen Maria und dem Minarett der Moschee Saladins gespannt war. Auch an anderen Orten eröffnete der vereinbarte Gong die Spiele, und den ausländischen Korrespondenten, die seit einer Ewigkeit unter der orientalischen Nachlässigkeit und Unzuverlässigkeit der Ämter des Landes gelitten hatten, erschien eine solche Präzision fast wie ein Hohn. Die Sensation aber war Evas Gang auf dem Hochseil. Sie trug einen schwarzen Anzug, ein rotes Hemd und rote Schuhe; so war sie weithin sichtbar. Die Strecke, die sie zurücklegen sollte, betrug etwa sechshundert Meter, doch in jeder Sekunde über der Stadt steckte mehr Gefahr als in einem Jahr im Circus. Es gab hier kein Sicherheitsnetz. Eva aber war überzeugt, dass sie nie im Leben vom Seil stürzen würde. Sie hatte auch alle Voraussetzungen dafür: Nerven aus Stahl und die Kraft eines Schwergewichtsboxers in einem zierlichen Körper. Radio und Fernsehen hatten das Ereignis im Laufe der letzten Tage zum eigentlichen Höhepunkt der Feier erklärt und verkauften den artistischen Spaziergang auf dem zwanzig Millimeter dicken, kalten Stahlseil ganz im Sinne der Regierung als Symbol der Verständigung und Verbindung zwischen Islam und Christentum. Doch nicht die Verbindung zwischen Glockenturm und Minarett entsprach der Beziehung zwischen Islam und Christentum, sondern der lebensgefährliche Balanceakt auf dem Seil.

Von der Symbolik des Seilgangs unbeeindruckt, waren kleine tüchtige Händler vor allem daran interessiert, etwas Geld an diesem spannenden Ereignis zu verdienen. In Windeseile wurden Verkaufsstände und Buden unter dem Seil und entlang der Strecke aufgestellt und Nüsse, Getränke, belegte Brote und Obst zu Höchstpreisen an die Zuschauer verkauft. Besonders schlaue Händler ließen sich von Tischlern billigste Bockleitern anfertigen, mit denen man dem Seil ein Stück näher kam, aber vor allem über den anderen stehen konnte. »Heute zum besseren Sehen und morgen wärmen sie dich im Holzofen«, besangen die Verkäufer die Vielseitigkeit der schäbigen Gestelle. Auch massenhaft billige Fernrohre – Made in

China – tauchten weiß der Teufel woher auf. Man konnte mit den Gläsern Eva so deutlich sehen, dass der Seilgang gar nicht mehr interessant war; und trotzdem kauften die Menschen die Gläser und beobachteten lange vor Beginn der Attraktion die Männer und Frauen, die dicht gedrängt an Fenstern, auf Balkonen und Terrassen standen. Dafür allein lohnte sich die Anschaffung. Da die ganze Stadt für den Autoverkehr gesperrt war, konnten die Leute auch auf der Straße sitzen, liegen, rauchen, Tee trinken oder auch Karten spielen. So herrschte schon seit dem Vormittag Feststimmung.

Alles schien seinen geplanten Gang zu nehmen, doch genau um fünf nach zwei trieb ein starker Wind vom Mittelmeer tonnenschwere dunkle Wolken herüber. Boshaft, wie die Natur sein kann, platzierte der Wind die Wolken genau über Ulania und kühlte sie; es begann zu regnen. Der Präsident kürzte seine Rede und hastete mit seinen Gästen durch die Allee der Säulen. Die Spitze des Zuges hatte noch nicht die griechische Säule erreicht, auf der eine Frau in weißem Gewand mit ihrer Lyra thronte, als der Wind die Arme kräftig in den Rücken stieß. Sie schwankte und warf die Lyra aus der Hand, dann fing sie an zu schreien. Auch der römische Soldat konnte sich nicht halten und kippte mitsamt seiner Säule aus Pappmaché auf den stolzen Beduinen, der die ersten arabischen Eroberer darstellen sollte. In nassen Kleidern auf der Erde liegend, boten die beiden ein einziges Bild der Erbärmlichkeit. Weiter vorne auf der Allee fehlten einige Phasen der Geschichte, weil die Darsteller aus Angst vor Blitz und Donner ihre Säulen freiwillig verlassen hatten. Am schlechtesten aber sah trotz allem der Darsteller der gegenwärtigen Epoche aus: Die goldene Farbe rann in Strömen von seinem Körper und dennoch wollte er sein Podest nicht räumen. Hartnäckig und unbeirrt die einstudierte Hymne auf den Präsidenten brüllend, mutete er den Betrachter wie ein Wahnsinniger an.

Die Gäste, sommerlich gekleidet und vom Unwetter völlig überrascht, wurden bis auf die Haut durchnässt. Im Laufschritt erreichten sie endlich das Stadion und waren erleichtert, auf der überdachten Tribüne sitzen zu können. Es regnete Seile aus Wasser auf das Spielfeld und die Zuschauer, die das Stadion schon seit den frühen Morgenstunden bevölkerten. Das Spielfeld wurde langsam zum Schwimmbecken, in dem die aus aller Herren Länder angereisten Folkloregruppen hilflos herumwateten.

Als der Bruder des Präsidenten, der zugleich sein Innenminister war, den Weg zur Ulania-Statue auf sich nahm, um dem Präsidenten eine zweite kalte Dusche zu ersparen und als dessen Stellvertreter die ewige Flamme anzuzünden, erntete er stürmischen Beifall für diese selbstlose Geste. Zwei Polizisten rissen den Terrassenschirm eines benachbarten Restaurants aus der Halterung und eilten herbei, um die Fackel in der Hand des Innenministers zu schützen. Tatsächlich rettete dieser Einfall das Feuer, doch die ewige Flamme wollte und wollte nicht zünden. Ein Ingenieur drehte die Hähne der Gasleitung bis zum Anschlag auf, doch kein Gas strömte aus. Das war auch gar nicht möglich, denn die großen Stahlflaschen, die die Flamme mit Gas versorgen sollten, waren über Nacht gestohlen worden. Diese Nachricht eilte schneller als die nassen Füße des Innenministers zur Tribüne der Ehrengäste und der Präsident konnte sich nur noch mit Mühe beherrschen. Die Veranstaltung musste unterbrochen werden.

Zur selben Zeit brachen auch Mansur und Martin ihre Vorstellung ab. Nur Robert und sein Bär schienen sich am Regen nicht zu stören und belustigten unbeirrt ihre wenigen Zuschauer. Am glücklichsten aber waren die

Schmetterlinge vom fliegenden Trapez, denn in der Sporthalle konnten sie ihr Publikum ungestört unterhalten.

Unbeirrt ging auch Eva auf dem Hochseil, unter ihr die leer gefegten Straßen. Es regnete und regnete, und als sich der Regen in Peitschen verwandelte, blieb nur einer, der ihr unter dem Seil folgte: Valentin. Die Straße war übersät mit Zeitungen, Müll und Leitern, die keiner mehr tragen wollte. Da begann das Seil zu schwingen. »Eva, komm runter!«, brüllte Valentin gegen den Wind und die Menschen an den Fenstern hielten den Atem an vor Angst.

Im nächsten Augenblick wurde Eva durch das Seil nach oben geschleudert. Sie erhob sich und landete wieder, doch das Seil geriet erneut unter den Druck des Sturmes und schleuderte sie wieder in die Höhe.

»Ich brauche dich!«, brüllte Valentin gegen den Wind, als Eva wieder auf dem Seil landete. Jetzt ließ sie die Balancierstange fallen und klammerte sich am Seil fest, um die nahe Verbindungsstelle zum Verankerungsseil zu erreichen und sich langsam hinunterzuhangeln. Ihre Hände bluteten, doch die Rauheit des Seils rettete ihr auch das Leben. Sie wirkte wie eine Bremse.

Valentin nahm Eva auf die Arme und trug sie zu einem nahen Hauseingang, aus dem die Leute ihnen zuwinkten. Dort bekam Eva erste Hilfe und trockene Kleider. Ihre Augen glühten und Valentin sah deutlich den Wahn darin. Er fürchtete um ihren Verstand.

Weit von der Stelle, wo Valentin und Eva bei freundlichen Menschen heißen Tee tranken, bevor ein Taxi sie zum Circus zurückbrachte, setzte wenig später der letzte Akt der Katastrophe ein: Noch bevor die Gäste aus dem Stadion in ihre Hotels flüchteten, um in der Hoffnung, sie könnten wenigstens das Galadiner als krönenden Abschluss genießen, ihre Kleider zu wechseln, blies der Sturm das gewaltige Festzelt gegenüber dem Messeplatz auf und hob es aus den Verankerungen. Der Wind war so stark, dass er das Zelt wie einen Heißluftballon in den Himmel trug; erst zwanzig Kilometer weiter fand man Tage danach die zerfetzten Reste. Um die sorgfältig vorbereiteten Tische, das Büfett, die Gerichte und hundert Kristallleuchter war es innerhalb von Sekunden geschehen.

Drei Tage wütete der Sturm. Die ausländischen Staatsgäste mussten in ihren langweiligen Hotels ausharren, da kein Flugzeug den Flughafen verlassen durfte. Am vierten Tag hörte das Unwetter in Ulania schlagartig auf. Absolute Stille herrschte. Lautlos war der Sturm verschwunden, als ob er nie dagewesen wäre.

In der Bevölkerung aber ging die Geschichte um, es sei gar kein Unwetter gewesen. Es hätten sich nur die Seelen all derer, denen in der Stadt seit ihrer Gründung Unrecht geschehen war, zusammengetan und aus Leibeskräften geblasen, um die Feier zu stören. Demnach mussten es viele gewesen sein.

In der Nacht nach dem Sturm verschwand Eva, obwohl Martin sie bis weit nach Mitternacht pflegte und, auf dem Boden hockend, an ihrem Bett schlief.

26.

Wie Angst die Spielfreude tötet
und ein Clown wieder geboren wird

Ulania erwachte in der Stille nach dem Sturm wie aus einem Alptraum. Häuser waren eingestürzt, Felder überschwemmt und Gärten verwüstet. Über hundert Tote zählte die Stadt, erschlagen von den Dächern ihrer Häuser oder abgerissenen Ästen. Nabil erzählte bewegt, wie er eine Frau vor ihrem zerstörten Haus angetroffen hatte. Sie saß auf der Erde und weinte. Ihr Mann war unter den Trümmern begraben und niemand fand die Kraft, seinen Leichnam zu bergen. Ihr vierjähriges Kind fragte immer wieder: »Warum hilft uns Papa nicht? Wo ist Papa?« Die Mutter, fahl im Gesicht, durchnässt und fiebernd, schaute in die Ferne. »Dein Vater wurde vom Sturm weggetragen. Du musst dich gut an meinem Rock festhalten.« − »Und wann kommt er wieder?« − »Beim nächsten Sturm«, sagte die Mutter.

Als die Circusleute von der Geschichte hörten, standen ein paar von ihnen auf und baten Nabil, sie zu der Frau zu führen. Sie brachten der Unglücklichen Lebensmittel, Decken und einen Gaskocher und gruben drei Stunden lang, bis sie den Leichnam ihres Mannes fanden.

Laham, das Rinnsal, das die Bewohner der Stadt Ulania fantasievoll Fluss nannten, hatte sich über Nacht in einen reißenden braunen Strom verwandelt. Noch einen Tag nach dem Sturm ertranken zwei Leute bei dem Versuch, ihn zu überqueren. Ein Mantel trister Hoffnungslosigkeit lag über der Stadt. Die Staatsgäste verließen das Land schnell und leise, um dem Präsidenten noch mehr Peinlichkeiten zu ersparen. Und die Gewaltmaschinerie des Staates ging verstärkt gegen die Opposition vor, der man öffentlich das Misslingen der Feierlichkeiten zur Last legte. Die Soldaten machten im Kampf gegen die Todfeinde der Regierung keine Gefangenen mehr und die bewaffnete Opposition schlug mit Terror zurück. Innerhalb weniger Tage wurden zwei Minister samt ihren Angehörigen umgebracht. Die Regierenden und ihre Familien lebten von nun an hinter Stacheldraht.

Der Circus richtete seine Zelte wieder auf, doch die Menschen darin schienen lustlos und ohne Energie. Eva war spurlos verschwunden und alle bedauerten die Flucht von Scharif und gaben Anita die Schuld daran. Eines Morgens kam es darüber zu einem Streit zwischen Fellini und Angela, Anitas Eltern, auf der einen und drei Requisiteuren auf der anderen Seite. Mansur, der erst noch zu vermitteln versuchte, nahm später ebenfalls Partei gegen Anita und beschuldigte die Eltern, dass sie ihrer Tochter nicht einmal ein Minimum an Rücksicht beigebracht hätten. Jan, der Messerwerfer, aber stand Anitas Eltern zur Seite und schimpfte Scharif einen feigen Hund, der sich verstecke und nicht den Mut aufbringe, sich offen zu Anita zu bekennen. Bald stritten darüber um die zwanzig Leute.

Von Nabil alarmiert, rannte Valentin ins große Zelt und musste lachen, als er sah, dass die Streithähne mitten in der Manege standen. »Übt ihr hier eine neue Nummer mit dem Titel ›Familienfehde‹?«, wollte er wissen, und einige lachten mit, andere aber verstummten mit mürrischer Miene. Valentin musste lange reden, bis sie sich wieder die Hand geben konnten.

Am Abend desselben Tages kam Hanan fast eine Stunde vor der Vorstellung und Valentin lud sie in seinen Wohnwagen ein. Dort erzählte sie ihm lange vom Vater und hörte erst auf, als Pia sie an die Hand nahm und lachend aus dem Wagen zog. »Sonst wird er dich noch mit seinen Ohren aufsaugen«, sagte sie und führte Hanan zu ihrem Platz.

Die Sensation des Abends war Robert mit Timo dem Zweiten, wie er den Bären genannt hatte. Robert traute dem Bären zwar noch nicht ganz und ließ ihn nicht ohne Maulkorb und Longe in die Manege. Die Nummer mit dem Bären auf Rad, Balken und Ball aber war grandios. Die Zuschauer spendeten langen Beifall, doch Valentins erfahrenen Augen und Ohren entging nicht, dass sie nicht wirklich bei der Sache waren. Sie wussten, was in ihrem Lande los war, und hatten andere Sorgen. Kein Einziger hatte sich am Nachmittag mit einem Kunststück gemeldet; und wenn sie abends in den Circus kamen, dann weil sie um jeden Preis Zerstreuung suchten. Von über vierhundert Besuchern wollte nicht einer einen Witz erzählen. Nabil bettelte regelrecht darum und selbst drei deftige Scherze über die Furzsitten fremder Völker riefen nur schwaches Gelächter hervor.

Die Musiker hatten sich von der gedrückten Stimmung anstecken lassen und Valentin wies sie auf seine behutsame Art zurecht. »Ich wünsche mir«, sagte er dem Kappellmeister, »dass ich, wie früher, immer wieder einen Tag nach euch benennen darf.« Darauf konnte man sie bis weit nach Mitternacht üben hören. Ohnehin hatten sie, seit sie im Orient waren, lässiger gespielt, vielleicht aus dem Gefühl heraus, es verstehe hier sowieso niemand etwas von ihrer Musik. Doch immer häufiger war es zu Disharmonien zwischen ihnen und den Tieren und Artisten in der Manege gekommen, und das laute Geschmetter, mit dem sie ihre Fehlleistung zu überdecken versuchten, missfiel Valentin nur noch mehr.

Es war schon nach eins, als plötzlich die »Scheherazade« erklang, die bei der exotischen Tierschau und bei Mansurs Reiterkunststücken eingesetzt wurde. Nabil und Valentin hörten es im Circuscafé, in dem sie wie immer als letzte saßen. »Wenn ich diese Musik höre«, sagte Nabil, »erwacht eine bestimmte Erinnerung in mir: Mein Vater war einer der Ersten in Ulania, die ein Radio besaßen. In den zwanziger Jahren war das ein Luxus, den sich nur ein paar Reiche leisten konnten. Es war einer dieser Prachtapparate, deren Gehäuse aus Holz mit äußerster Sorgfalt gearbeitet waren, ein großes, prächtiges Möbelstück, das einen Ehrenplatz in unserem Wohnzimmer bekam. Von da an war mein Vater, der fließend Englisch und Französisch sprach, immer Wochen im Voraus über das Geschehen in der Welt informiert, und das hat nicht wenig zu seinem Erfolg beigetragen. Er nannte das Radio seinen Universalagenten. Durch ihn war er nicht nur über Krieg und Frieden, sondern auch und vor allem über die Preise der Baumwolle auf dem Weltmarkt auf dem Laufenden – und er war Textilfabrikant. In Ulania gibt es ja bis heute keine Börse.

Für meine Mutter wiederum war das Radio ein Hausdiener, der für sie nach Belieben Musik machte, und die Nachbarn baten sie oft darum, es lauter zu stellen, damit sie über die Mauer die Stimme ihrer Lieblingssänger hören konnten. Die meisten Nachbarn waren ärmer als wir, und so brachten sie meiner Mutter als Dank für den Musikgenuss feinste Marmeladen und Gebäck, die meiner Mutter selbst ihr Leben lang nie wirklich gut gelangen. Aus Dankbarkeit drehte sie das Radio manchmal so laut, dass mein Vater ins Café flüchtete. Aber den größten Spaß hatte sie, wenn die ahnungslosen Verwandten aus dem Norden kamen, die damals nur alle paar Jahre die beschwerliche Reise in die Hauptstadt machten. Viele von ihnen hatten noch nie etwas von einem Radio gehört. So auch Tante Therese. Sie war eine kleine und witzige Person, und sie bleibt für immer in meinem Gedächtnis, weil sie immer gleichzeitig weinte, wenn sie lachte. So etwas habe ich nie wieder gesehen. Sie fing an zu lachen und holte bereits ihr Taschentuch hervor, weil ihre Augen kurz danach voller Tränen waren. Und wenn sie zu Ende gelacht hatte, sah sie so verheult aus, als käme sie gerade von einer Beerdigung, dabei wiederholte sie unentwegt: ›Gott schütze uns vor den Folgen dieses Lachens.‹ Denn Tante Therese war sehr gläubig, und wenn sie eine Heilige geworden wäre, dann sicher die Heilige und Beschützerin des Lachens. Unglaublich fromm war diese Frau, ohne es zu zeigen. Sie fastete und betete, büßte für die Sünden der Menschheit und lebte aufrichtig und gütig. Sie war die Lieblingstante meiner Mutter, und sie liebte meine Mutter, als wäre sie ihre eigene Tochter, denn Tante Therese hatte sieben Jungen bekommen und sich immer ein Mädchen gewünscht. Sie wollte sie Nada, Morgentau, nennen, und da sie keine Tochter bekam, nannte sie meine Mutter so. Meine Mutter hieß Salma, und sie, die nicht einmal meinem Vater erlaubte, ihr einen Kosenamen zu geben, gestattete es der Tante. Die beiden mochten einander wirklich sehr. Eines Tages nun kam die Tante von den Bergen und war wie immer bepackt mit Rosinen, getrockneten Feigen, Walnüssen und Thymian. Sie wusste noch nichts von unserem Radio, denn mein Vater hatte das Gerät erst kurz zuvor gekauft. Er war an dem Tag in der Firma und so empfing Mutter die Tante allein. Sie bat sie ins Wohnzimmer und Tante Therese fragte nach dem merkwürdigen neuen Schrank.

›Das ist ein Zauberkasten mit Geistern darin, die sprechen und singen und manchmal den Leuten an die Gurgel gehen‹, sagte Mutter, und schon fing Tante Therese an zu lachen und holte vorsorglich ihr Tuch aus ihrer Tasche. ›Gott soll dir, meine Nada, diesen Scherz verzeihen‹, sagte sie lachend, und während sie ihre Augen wischte, schaltete Mutter unbemerkt das Radio ein. ›Ich mache uns erst mal einen Kaffee zur Begrüßung‹, sagte sie. ›O Kastendämon, unterhalte meine Tante solange, aber erwürge sie nicht.‹ Dann eilte sie in die Küche, und Tante Therese musste sich aufs Sofa legen vor Lachen.

Du erinnerst dich, diese alten Radios arbeiteten noch mit Trioden, die ein paar Minuten brauchten, um warm zu werden, erst dann kamen die Töne. Tante Therese lachte und weinte immer noch, als der Kasten anfing, leise und dann immer lauter zu musizieren. Sie lugte starr vor Schreck hinter ihrem Taschentuch hervor und sah den Kasten mit seinem leuchtenden grünen Auge. Sie erschrak so sehr, dass sie sich nicht bewegen konnte, nicht einmal flüchten konnte sie. Als Mutter aus der Küche kam, kniete Tante Therese vor dem Radio, bekreuzigte sich mit geschlossenen Augen und rief: ›Weiche von mir, Satan!‹ – ›Genug gesungen, verschwinde!‹, rief Mutter und schaltete das Radio aus. Und Tante Therese öffnete die Augen und horchte misstrauisch in die Stille. ›Ist der Dämon weg?‹, fragte sie. ›Ich habe ihn weggeschickt‹, erwiderte meine Mutter.

Noch Jahre später erzählten die beiden von diesem Scherz, und Tante Therese lächelte dabei mehr, als dass sie lachte, und beschrieb immer wieder ausführlich, welche Höllenängste sie ausgestanden hatte.

Ich selbst verbinde mit diesem Radio eine meiner schönsten Erinnerungen, denn plötzlich hieß es, Radio Kairo würde tausendundeine Nacht lang, also über fast zwei Jahre und neun Monate hinweg, alle Geschichten der Scheherazade senden. Nacht für Nacht begann mit der Musik, die wir gerade hören, eine neue Folge. Das war eine wunderbare Sache, und was ich in jenen Nächten erlebt habe, ist eine andere und lange Geschichte.«

Am nächsten Tag erfuhr Valentin im Hammam von Ibrahim, der besonders leise sprach, dass ein Neffe von ihm grundlos hatte sterben müssen, weil er vor die Gewehre der Suchkommandos geraten war und in der Aufregung hatte weglaufen wollen. Valentin spürte die Trauer des Konditors und drückte ihm die Hand. Der alte Mann bebte. »Es wird langsam Zeit zu sterben«, sagte er, »bevor man uns all das Schöne in unserer Erinnerung allmählich ausradiert.«

»Nein«, erwiderte Valentin. »Menschen wie du müssen ewig leben, als Vorbild, damit man immer weiß, wie großartig der Mensch sein kann. Und übrigens, was bist du für ein Lehrer! Wo bleibt mein Unterricht in der arabischen Sprache?«

Ibrahim lächelte und unterrichtete Valentin eine Stunde lang. Er war überrascht, wie viel sein Schüler bereits von Nabil gelernt hatte. »Bald kannst du auf dem Basar handeln«, sagte er und lächelte, und Valentin war in seinem Innern stolz darauf, dass er die Trauer in der Seele des gütigen Mannes etwas lindern konnte. Er begleitete ihn nach dem Bad bis zu seiner Haustür und ging erst dann zum Circus zurück. Auf dem Weg, kurz vor der Brücke, erblickte er Anita mit dem Spanier. Sie saßen in einem Café und stritten heftig. Valentin ging, ohne anzuhalten, weiter und spürte seine Füße kräftig auftreten, als wollten sie zeigen, dass ihr Besitzer noch jung war.

Auch dieser Tag blieb ohne Beteiligung des Publikums.

Nabil hatte hundert Lira für die beste Nummer ausgesetzt, doch kein Besucher verspürte Lust, in die Manege zu gehen. Die verfeindeten Truppen kämpften auf dem Land; man sprach von bürgerkriegsähnlichen Zuständen in manchen Städten.

Valentin spürte nur zu gut die Angst von Pia, die noch nie für längere Zeit im Ausland gewesen war und zum ersten Mal in ihrem Leben den Krieg erlebte. Er schrieb in diesen Tagen viele Notizen über die Fähigkeit der Araber, ihre Angst hinter einem Lächeln zu verbergen. Am Nachmorg vertraute er Nabil seine Sorge über den Bürgerkrieg im Land an, doch der überraschte ihn mit seiner Zuversicht, dass die Regierung innerhalb von Tagen ihre Gegner besiegen würde, da der Präsident keine Zeit zu verlieren habe. »Das Ausland wartet nicht lange und das weiß die Regierung«, sagte er und sprach danach lange über seine Verwirrung wegen Basma, die mit ihm ein Versteckspiel zu treiben schien. Sobald er näher kam, flüchtete sie, und wenn er die Hoffnung aufgab, so ermunterte, ja bedrängte sie ihn geradezu.

Unbeeindruckt von den Wirrnissen ringsum schien nur Martin, der sich in seine Arbeit stürzte, seine Raubtiere pflegte und mit ihnen unermüdlich neue waghalsige Nummern probte. Er war wieder voller Energie und trank nur Wasser und Tee. Ja, er mied sogar die Männerrunden, die nach getaner Arbeit im Circuscafé Bier tranken. Valentin sah es zufrieden. Was den Circus betraf, so machte ihm nur eines Kummer: dass er nun ohne Clown war, und er sprach mit Pia darüber. Die lächelte seltsam und huschte davon, als wolle sie vermeiden, darüber länger mit ihm zu reden.

Kurz vor der Vorstellung am selben Abend besuchte Hanan Valentin und übergab ihm eine kleine Ledertasche, in der sein Vater einige wertvolle Haarschneidescheren, Rasiermesser und andere Utensilien, alle aus Solinger Stahl, aufbewahrt hatte. »Diese Tasche hat deine Mutter ihm geschickt, und er ließ die Scheren nur an seine eigenen Haare, nicht einmal uns wollte er damit die Haare schneiden«, sagte sie und lächelte verlegen.

»Dann setz dich hin«, entgegnete Valentin, »ich werde dir deine Haare in Dankbarkeit damit schneiden. Ich kann das gut.«

Hanan lachte und wollte es nicht glauben, doch Pia beruhigte sie, Valentin könne wirklich Haare schneiden.

»Reden die Friseure viel in Deutschland?«, wollte Hanan wissen.

»Nicht alle«, erwiderte Valentin.

Hanan lachte. »Ein arabischer Friseur, der weder erzählen noch erzählen lassen kann, verhungert.«

Eine Viertelstunde später war Hanan überrascht, als sie im Spiegel ihre Haare sah. Doch sosehr sie auch staunte, es war nichts im Vergleich zu der Überraschung, die auf sie alle im Circus wartete.

Der Abend begann ganz normal und lange ging alles glatt. Mansur flüsterte Valentin zu, er habe der Mutter von Scharif noch einmal gesagt, dass der Circusdirektor ihn unbedingt sprechen und ihm eine Dauerstellung anbieten wolle. Die Mutter habe fest versprochen Scharif diese Nachricht zu übermitteln. Wie gewohnt, kündigte Nabil die Raubtiernummer an, und wer Arabisch konnte, hörte verwundert, dass nach der Raubtiernummer wie in alten Zeiten ein Clown auftreten sollte. Valentin, der sein Ohr immer noch Mansur lieh, hörte es nicht. Martin führte darauf eine Raubtiernummer vor, die in ihrer Schönheit einzigartig war, und erntete am Ende den verdienten Applaus. Dann wurde das Licht gedämpft, und die Requisiteure sprangen wie Athleten zu feuriger ungarischer

Musik in die Manege, jauchzten und kletterten auf die Gitter des großen Zentralkäfigs, zerlegten ihn in seine Elemente und trugen die schweren Teile des Käfigs hinaus, als wären sie federleicht. Die Zuschauer sahen dabei zum ersten Mal eine Abbauarbeit, die es verdiente, eine große Circusnummer genannt zu werden, und feuerten die Requisiteure mit stürmischem Beifall an. Auch Valentin sprang auf, rief »Bravo!« und nannte den Abend insgeheim schon nach den Requisiteuren, als plötzlich eine vertraute Musik erklang und ein Lichtkegel in der völlig verdunkelten Manege einen Clown einfing. Was heißt einen Clown? – Es war Pipo und es war die Musik zu seinem Entree. Das Blut erstarrte in den Adern all jener, die Pipo gekannt und geliebt hatten. Es war nicht nur sein Kostüm, waren nicht nur dieselben Schritte und Grimassen. Jeder Ton, jedes Wort, jedes Piepsen, Jauchzen und Plärren war: Pipo, wie er leibte und lebte.

Erst spät erkannte Valentin seinen Freund Nabil unter der Maske; da war die Nummer schon fast zu Ende, das Publikum applaudierte wie von Sinnen, und genau wie Pipo spielte Nabil den Künstler, der vor dem Beifall erschrak. Langsam, unendlich langsam ging er in die Mitte der Manege und hob schüchtern die Hand, um dem Applaus Einhalt zu gebieten. Da konnte sich Valentin nicht mehr halten. Er stürmte in die Manege und umarmte Nabil, in dessen Augen Tränen standen.

»Großartig!«, rief Valentin, löste sich wieder von Nabil und stimmte in den Beifall der Zuschauer ein. Nabil aber kündigte mit seiner sanften Stimme den Auftritt von Jan, dem Messerwerfer, an.

An diesem denkwürdigen Abend sah Valentin zum ersten Mal die Geliebte seines Freundes, denn auch Basma eilte von ihrem Platz und schloss sich denjenigen an, die Nabil im Sattelgang zu seinem gelungenen

Auftritt gratulierten. Valentin staunte, dass diese sanfte Frau so launisch sein sollte, Nabil in der Glut seiner Sehnsucht schmoren zu lassen, statt mit ihm die noch verbleibenden Tage zu genießen. Als er das Pia leise anvertraute, flüsterte die: »Schau ihre schmalen Lippen an, wie Messer. Doch, doch, ich glaube, dass sie unangenehm sein kann.«

Am Nachmorg dann erzählte Nabil überschwänglich, wie die Ärzte ihm am Vormittag nach einer neuerlichen Untersuchung bestätigt hatten, dass seine Gesundung weitere Fortschritte mache. »Wenn ich weiter so lustig und tüchtig lebe und so viel Gesundes zu mir nehme, habe ich wohl noch ein paar Jahre zu leben«, sagte er fröhlich und rieb sich die Hände. »Ich bin froh«, fuhr er fort, »dass ich diesen neuen Arzt habe. Jahrelang hatte ich einen, der nie lachte, sondern dich mit einem Gesicht anschaute, als wärst du ein Verbrecher, und genauso redete er auch mit mir. Als ich die ersten Anzeichen meiner Krebserkrankung fühlte, ging ich natürlich sofort zu ihm.

›Aufhören!‹, rief er entsetzt.

›Womit?‹, fragte ich ratlos.

›Mit allem. Wenn du nicht mehr rauchst, lebst du bestimmt fünf Jahre länger. Hörst du mit der Völlerei auf und begnügst dich mit der Diät, die ich dir vorschreibe, lebst du bestimmt noch weitere fünf. Und lässt du die Finger von Wein und Weibern, lebst du bestimmt noch zwanzig.‹

›Aber wozu?‹, schrie ich ihn an und verließ seine Praxis für immer. Mein jetziger Arzt ist lustig, direkt und wirkt auf mich wie ein Freund, der gemeinsam mit mir einen guten Weg aus meiner Krankheit sucht.«

Valentin seinerseits erzählte weiter von seiner Mutter: »Sie flog allein nach Ungarn, um ihre Mutter zu beerdigen, und telefonierte von dort mit Tarek. Da konnte sie plötzlich die Sehnsucht nach ihm nicht länger ertragen, und weil sie Rudolfo gesagt hatte, sie werde für zwei Wochen in Ungarn bleiben, um alle ihre Verwandten zu besuchen, überlegte sie, ob sie nicht eine Woche in Ulania bei ihrem Geliebten verbringen sollte. Tarek war begeistert von der Idee und die Mutter flog nach Ulania. Das Wiedersehen im Hotel Kleopatra war stürmisch und zwei Tage vergingen im Rausch. Am dritten aber putschte die Armee in Ulania, doch die Generäle verkalkulierten sich, und der Kampf zwischen den Truppen des damaligen Präsidenten und den Putschisten dauerte länger als erwartet. Der Flughafen wurde geschlossen und Cica saß in Ulania fest. – Und was danach geschah«, schloss Valentin, »erzähle ich dir morgen.«

Als er leise in seinen Wohnwagen stieg, las Pia noch beim schwachen Licht der Nachtlampe.

»Und ich dachte, Postbeamtinnen gehörten der Gattung der Hühner an«, scherzte er.

»Ich war immer eine Nachteule und da hast du es: Jahrelang gewöhne ich mich mit Gewalt daran, früh ins Bett zu gehen und früh aufzustehen, und was hat die Macht der Gewöhnung bewirkt? Gar nichts.«

27.

Wie Valentin so jung wurde, dass Pia alt aus der Wäsche schaute

Als Valentin am nächsten Tag ins Hammam gehen wollte, fragte Pia, ob sie ihn nicht bis zum Bad begleiten dürfe. Valentin war begeistert und ging Hand in Hand mit ihr durch den Basar; er fühlte sich so jung wie nie zuvor. Immer wieder hielt er an und zeigte ihr Ornamente und Fresken an den altersschwachen Wänden.

»Wie geht es dir?«, fragte er in der Hoffnung, auch etwas darüber zu erfahren, wie eine andere Europäerin als seine Mutter sich in diesen Gassen fühlte.

»Bei dir geht es mir so, als wäre ich in einem Traum, aus dem ich nicht aufwachen will«, war Pias Antwort.

»Schön«, sagte Valentin und war dennoch etwas enttäuscht; eine Liebeserklärung war nicht das, was er in diesem Augenblick hatte hören wollen. Doch plötzlich hatte er eine Idee, wie er den Empfindungen seiner Mutter am ehesten auf die Spur kommen konnte. »Willst du mir helfen?«, fragte er.

»Aber sicher!«, erwiderte Pia.

»Gut. Ich habe mehrere kleine Hefte angelegt, in die ich meine Eindrücke von der alten Stadt und ihren Bewohnern hineinschreibe, bevor ich sie vergesse; diese genauen Schilderungen brauche ich später für meinen Roman. Dabei habe ich die linke Seite im Heft immer frei gelassen für spätere Korrekturen. Und nun wäre ich dir dankbar, wenn *du* auf diesen Seiten etwas über deine

Gefühle und Erlebnisse in Ulania schreiben würdest. Schreibe einfach, wie du dich als Frau in dieser fremden Welt fühlst, so ausführlich und rücksichtslos, wie es dir gerade einfällt, durcheinander oder geordnet, wie du willst. Du bist allein und du gehst die Wege meiner Mutter. Du triffst auf Fremde und fühlst vielleicht eine schreckliche Verlassenheit. Dein Zuhause ist der Circus am Messeplatz, genau wie für meine Mutter damals. Das ist die zweite Seite der Medaille, die ich für meinen Roman brauche. Die erste habe ich in meinen Heften bereits beschrieben.«

»Und soll ich auch schreiben, dass ich jetzt vor Sehnsucht nach dir sterbe, obwohl du mit mir redest?«

»Das kannst du«, sagte Valentin und lachte, »aber noch besser sagst du es mir noch einmal, wenn wir allein im Wohnwagen sind.«

Valentin zeigte Pia das Haus seines Vaters, und er klopfte an, doch niemand öffnete. Sie gingen weiter durch die Gassen und er zeigte ihr auch das Haus des Konditors. Dann wollten sie irgendwo Kaffee trinken. Pia entdeckte ein kleines Café, das ganz leer war, und Valentin gefiel die Idee, ganz allein mit Pia in einem Café zu sitzen. Das Lokal war schummerig, die Stühle knarrten und die Tische waren fettig. Es roch stark nach Öl. Nur das Bild des Staatspräsidenten, das in jedem Lokal und Geschäft hing, strahlte blank poliert von der Wand.

Ein dunkelhaariger Junge kam barfuß und verschwitzt aus einer Seitentür. Er blieb stehen, als er die Fremden sah, und bohrte mit sichtlichem Vergnügen in der Nase. Dann rief jemand und er verschwand. Eine Frau steckte kurz ihren Kopf durch die Tür und verschwand ebenfalls. Pia lachte, als Valentin »Assalam Aleikum!« rief. Doch niemand kam.

»Ende der Vorstellung«, sagte Pia nach einer guten

Viertelstunde und stand auf. Valentin folgte ihr verwundert. Er wollte noch ins Bad und Pia machte sich allein auf den Weg zum Circus. Doch bald schon hatte sie sich im Gewirr der Gassen hoffnungslos verirrt. Sie spürte, wie ihr Herz immer heftiger klopfte, da tauchte hinter einer Straßenecke unerwartet das Haus der Schwestern auf. Erleichtert wollte sie klopfen und um Einlass bitten, doch dann hielt sie inne. Nein, sie wollte keine Hilfe; nur auf sich allein gestellt, würde sie herausfinden, wie eine Frau sich fühlte, wenn sie in einer fremden Welt die Orientierung verlor.

Pia fand allmählich Gefallen an ihrem Abenteuer und hatte bald heraus, wie sie von überallher zum Basar gelangen konnte. Nicht umsonst war sie Postbotin von Beruf, ein Gedanke, der ihr plötzlich komisch vorkam. Immer noch schmunzelnd ging sie zum Haus der Schwestern und klopfte gelassen an die Tür. Hanan öffnete und war erstaunt sie vor sich zu sehen. »Was für eine Überraschung!«, rief sie, dann lud sie Pia zu Kaffee und Süßigkeiten ein. Sie sprachen lange über Valentin, die Mutter und den Friseur, und Pia hörte zum ersten Mal von Hanans Wunsch, das Land zu verlassen. Sie äußerte ihn nicht direkt, sondern stellte das triste Leben in Ulania ihrer Vorstellung vom Leben in Europa gegenüber. Pia konnte aber auch beobachten, wie hochnäsig Hanan ihre schüchterne und ungebildete Schwester behandelte. Die Schwestern verstanden sich nicht und im Gegensatz zur zuversichtlichen Tamam hatte Hanan furchtbare Angst vor dem Bürgerkrieg. Dann sprach sie bewundernd über den Tarzan der Manege, seine Kraft und seinen Mut, und Pia spürte Hanans Ungeduld, so schnell wie möglich alles über Martin zu erfahren.

Nach dem Kaffee kehrte Pia zum Circus zurück und schrieb in Valentins Heft über ihre Gefühle bei der Suche nach dem Ausgang aus dem Labyrinth der Gassen. Sie berichtete, wie sie in einen Innenhof geraten war und glaubte, sie sei in einer Gasse, und wie die Frauen des Hauses lachten und sie zum Kaffee einladen wollten.

Am Ende schrieb sie, ohne viel zu überlegen, auf, was Hanan ihr von ihrer Schwester Tamam erzählt hatte, und fügte in großen Buchstaben hinzu: »Deine Schwester ist bis über beide Ohren in Martin verliebt.«

»Schau dir mein Gekritzel an«, sagte sie später am Nachmittag zu Valentin. »Ich habe meine Kommentare jeweils in das Heft geschrieben, in das sie deiner Beschriftung nach gehören. Wenn es dir gefällt, kann ich gern weitermachen.«

Valentin war gerade dabei, das undicht gewordene Waschbecken im Wohnwagen zu reparieren. »Oh, so fleißig schon!«, wunderte er sich, nahm die Hefte und suchte die Eintragungen, die Pia hinzugefügt hatte. Er war überrascht über die genauen Beschreibungen der Gassen, der Angst und der Befriedigung, die Pia empfunden hatte, als sie den Ausgang aus dem Labyrinth fand. Wie die Freude spürbar wurde, als sie endlich den unsichtbaren roten Faden in der Hand hielt, der ihr den Weg zum Basar und zur neuen Stadt eröffnete und den Spaziergang in ein Vergnügen verwandelte.

Valentin lachte, als er von der Verliebtheit seiner Halbschwester las. Er lächelte verschmitzt und rieb sich die Hände in der Hoffnung, dass nicht nur Hanan und sein liebster Mitarbeiter ihr Glück fänden, sondern er auch endlich zu seiner gesuchten Liebesgeschichte käme. Dann eilte er in das kleine Zelt, das für die Tierschau reserviert war, aber nie gebraucht wurde, und spannte ein Seil. Er fand seine Glieder warm und geschmeidig und spürte zum ersten Mal seit langem kein schmerzhaftes Stechen, als er seinen Fuß aufs Seil setzte. Freilich war es nicht der

Schmerz gewesen, der ihn seinerzeit vom Seil gezwungen hatte, vielmehr eine Art Taubheit seines ganzen Körpers. Alle Seiltänzer wissen: Jedes Glied, jeder Finger und jeder Zeh muss spüren und reagieren und trägt dadurch zur Wahrung des Gleichgewichts bei; nur so kann ein Mensch auch mit verbundenen Augen sicheren Schrittes über das dünne Seil gehen. Als erste Schmerzen im Rücken aufgetreten waren, hatte Valentin die Mahnung noch überhört und Tabletten dagegen genommen; doch bald war jedes Gefühl aus seinen Füßen und Armen gewichen. »Mein Körper ist taub geworden«, hatte er verzweifelt geseufzt und endlich aufgehört.

Jetzt, nach vielen Jahren, balancierte er noch etwas unsicher, aber er erreichte keuchend das andere Ende des fünf Meter langen Seils. Er erschrak, als er Bravorufe hörte. − Nabil stand lachend am Zelteingang. »Ich habe dich gesucht. Ich habe eine gute Nachricht für dich, aber was machst du da?«

»Es soll ein Geschenk für Pia sein. Sie hat am nächsten Sonntag Geburtstag.«

»Bist du verrückt! Du willst doch nicht etwa auf dem Hochseil für sie tanzen? O nein, Gott im Himmel«, rief Nabil verzweifelt.

»Vielleicht nicht gerade tanzen − aber einen Gang mache ich auf jeden Fall. Ein einmaliges Geschenk soll es schon sein«, sagte Valentin und lief die Strecke noch einmal zurück.

»Einmalig − das meinst du hoffentlich nicht so, dass es dein letztes Geschenk sein soll?«

»Nun werde nicht gleich zynisch. Ich kann es noch, wie du siehst, und nun versprich mir, dass du es niemandem verrätst!«

»Mein Gott, ich bin mit einem Wahnsinnigen befreundet!«, stöhnte Nabil. »Aber was soll's, ich verspreche es dir.

Übrigens, ich war mit Mansur bei Scharifs Mutter, und wie es der Zufall will, hat ihr Mann lange Jahre bei mir gearbeitet und ihr nur Gutes von mir erzählt. Sie gab mir eine Telefonnummer in Sania und ich habe schon mit ihm gesprochen. Er arbeitet dort bei einem Pferdezüchter, doch als ich ihm sagte, dass du und wir alle ihn vermissen, fing er an zu weinen. Er kommt, sobald es geht, zurück.«

Von nun an übte Valentin täglich in dem kleinen Zelt, wenn Pia am Nachmittag ihre Streifzüge durch die Stadt machte, die sie bald kannte wie ihre Westentasche. Sobald sie zurück war, nahm sie die Hefte und schrieb ihre Eindrücke hinein.

Nabil beobachtete mit einer Mischung aus Bewunderung und Sorge, wie fieberhaft Valentin übte und barfuß lief, um seine Füße zu sensibilisieren. Sogar am Nachmorg, wenn er erzählte oder zuhörte, trainierte er seine Zehen. Er rollte sie ein und aus, presste sie immer wieder gegen das Tischbein, und zum ersten Mal sah Nabil die Tätowierung, die Valentin auf der rechten Fußinnenseite trug: zwei Planeten, mit einem Seil verbunden – das Zeichen der Seiltänzerinnung. Am liebsten war es Nabil dennoch, wenn Valentin im kleinen Zelt auf einer Filzmatte tanzte und zur Übung einen Ball über Kopf, Nacken, Schultern und Arme rotieren ließ.

»Ich stehe gerne Wache für dich«, sagte Nabil und warf einen Blick durch den Spalt im Zelttuch, dann drehte er sich um und flüsterte verschwörerisch: »Die Luft ist rein, du kannst weitermachen.« Valentin ging mit Ballettschuhen Schritt für Schritt über das schwingende Seil, und wenn er das Ende erreichte, legte er die Balancierstange auf zwei Haken, drehte sich mit ausgebreiteten Armen um, atmete tief durch und lief ohne Stange zurück, allerdings oft nur bis zur Mitte. Dann stürzte er ab und fluchte.

»Gott sei Dank ist das Seil nur einen Meter hoch«, sagte Nabil und dachte mit Schaudern an den Tag, da Valentin übers Hochseil gehen wollte.

Abend für Abend brachte Valentin zur selben Zeit seine Schwester Hanan dazu, etwas länger zu bleiben, und zufällig hatte er dann meist mit dem schweigsamen Martin zu tun. Hanan wollte inzwischen von niemandem mehr das Wort Halbschwester hören. »Weder halb noch viertel«, sagte sie eines Abends zu Pia und musste selber über ihren Einfall lachen, »ich habe so viel Liebe für Valentin, dass es für drei Brüder, einen Hund und zwei Katzen reichen würde.«

»Und für Martin?«, flüsterte Pia.

»Da ist noch mehr, aber in einer anderen Ecke des Herzens.«

»Gewaltig«, rief Pia lachend. »Und für mich gibt es auch ein Eckchen?«

»Wieso Eckchen? Es ist ein ordentlicher, guter Platz.«

»Dein Herz scheint mir allmählich so verwinkelt wie die Altstadt von Ulania«, sagte Pia, als Martin sich nach einer kurzen Unterredung mit Valentin zögernd zu ihnen setzte. Er begann, wie meistens, wenn er redete, von seinen Löwen zu erzählen, und Pia machte sich unter dem Vorwand, sie hätte im Wohnwagen zu tun, davon. Sie hatte längst bemerkt, dass Hanan zu den zwei Ohren, die jeder hat, ein drittes bekam, wenn Martin anfing zu erzählen: ihren offenen Mund. Es war, als wollte sie alles über Löwen, Tiger, Leoparden und Panther wissen. Als Martin am nächsten Abend anbot, ihr die Tiere näher zu zeigen, und mit ihr in Richtung Raubtierkäfige verschwand, konnte Valentin sich ein selbstgefälliges Grinsen nicht verkneifen.

»Kuppler«, sagte Pia und gab ihm einen Klaps auf den Hintern.

»Wäre schön!«, erwiderte Valentin.

Am Sonntag gegen Mittag erschien Scharif, schüchtern, mit dem Koffer in der Hand. »Da bin ich, Chef!«, sagte er auf Deutsch. Das war der einzige vollständige Satz, den er von Martin gelernt hatte.

»Willkommen, mein Junge!«, rief Valentin und umarmte ihn. »Ich habe dich vermisst«, sagte er, und Nabil übersetzte es dem jungen Araber, zu dessen Begrüßung auch alle anderen herbeigeeilt waren. Selbst Anita kam und hieß ihn herzlich willkommen. Valentin wusste als Einziger, dass sie in einer Woche mit ihrem Freund nach Spanien zurückfahren und mit ihm einen Laden für orientalische Stoffe eröffnen wollte. Der tüchtige Spanier hatte bereits Betriebe in Sania und Ulania ausfindig gemacht, die fein gewebte Seide und Baumwolle preiswert lieferten.

Vom nächsten Tag an gingen geheimnisvolle Dinge im Circus vor: Eine riesige Torte wurde heimlich vorbereitet, und Hanan bestand am Sonntagabend darauf, dass sich Pia zu ihr an den kleinen Tisch in der Loge setzte. Pia war etwas verwundert und enttäuscht, weil sie schon mehrmals angedeutet hatte, dass sie am Sonntag Geburtstag habe, und Valentin schwerhörig zu sein schien. Irgendwann ließ sie die Andeutungen sein und dachte sich, das sei nun mal der Preis dafür, dass man einen älteren Menschen liebte. Wahrscheinlich wollte der nicht dauernd daran erinnert werden, dass der Partner so viel jünger war. Doch sie nahm es Valentin übel, dass er ihr am frühen Morgen nicht einmal ein Küsschen gab; sie schmollte und verschwand für längere Zeit in der Stadt. Und das war den Circusleuten gerade recht. So konnten sie ungestört ihren Geburtstag vorbereiten. Einer der Requisiteure stand die ganze Zeit am Eingang, und als Pia am späten Nachmittag zurückkehrte, pfiff er dreimal und eilte ins Zelt.

Am Abend dann kündigte Nabil im voll besetzten Zelt als letzte Nummer der Vorstellung die Eröffnung der Feier zu Pias Geburtstag an. Er drehte sich zu ihr um und rief: »Liebe Pia, alles Gute zum Geburtstag! Hier ist unser Geschenk!« Es folgte ein kleines, extravagantes Programm mit Wunderkerzen und Bodenakrobatik, Jonglage und Pferdedressur, mit der Riesentorte und Sekt und Saft und Keksen für das ganze Publikum. Pia war einer Ohnmacht nahe. Noch nie in ihrem Leben war sie öffentlich gefeiert worden – doch wo blieb Valentin?

»Und das ist das einmalige Geschenk für dich: unser großer Meister und jung gebliebener Circusdirektor auf dem Seil!«, rief Nabil, und die Scheinwerfer richteten sich auf Valentin, der sich hoch oben auf dem Seil verneigte und Pia eine Kusshand zuwarf. Pia war so bewegt, dass sie kaum zu ihm hinaufschauen konnte. Sie fühlte eine merkwürdige Angst und glaubte einen Moment, durch das märchenhafte Spiel, in dem der junge Partner bei jeder Begegnung älter wird, tatsächlich alt geworden zu sein.

Valentin aber ging scheinbar sicheren Schrittes über das Seil, dann machte er kehrt und eilte zurück. Die Musik verstärkte den Nervenkitzel bis in die Fingerspitzen, und Valentin merkte, dass seine Schritte um so unsicherer wurden, je näher er seinem Ziel kam. All seine Erinnerungen an seine früheren Leistungen auf dem Seil waren ihm plötzlich gegenwärtig und er fand seine Darbietung mager und ohne jeden Pfeffer. Er wusste, welche Sprünge er damals beherrscht hatte; nun fühlte er eine Leere im Kopf und zog seine Beine langsam und schwer hinter sich her. Nein, für ihn war der Gang ohne jeden Höhepunkt, und so beschloss er bei den letzten Schritten, dass dies seine allerletzte Berührung mit dem Seil gewesen sein sollte. Als er das Podest am Ende des Seiles erreichte, schickte das Publikum, durch Evas Mut und leichten Fuß verwöhnt, einen höflichen Applaus nach oben, doch die Circusleute, allen voran Martin, spendeten Beifall für zehn; so hörte er sich überzeugend an – doch nicht für die kritischen Ohren des erfahrenen Valentin. Er war nur froh, dass es vorüber war. Als Pia ihn darum bat, das nie mehr zu wiederholen, konnte Valentin ihr das Versprechen ohne großen Gesichtsverlust als zweites Geburtstagsgeschenk geben und Pia bedankte sich mit einem langen Kuss. Valentin lächelte, denn soeben hatte er einen orientalischen Zug, ein Stück orientalisches Erbe an sich entdeckt: die Fähigkeit, seinen eigenen Wunsch als Zugeständnis an einen anderen zu verkaufen.

Pia wiederum fühlte sich Valentin ganz nah und schwor im Herzen, nie wieder an seinen Ohren zu zweifeln. Beinahe ebenso glücklich aber schien an diesem Abend Hanan zu sein. Sie stand die ganze Zeit bei Martin, der wie ein Kind war, das seine Fähigkeit entdeckt, ein paar Sätze zu sprechen, und jede Möglichkeit ausnützt, um seine Freude darüber zu zeigen. Er entdeckte so begeistert die Schönheit der Sprache, dass die redselige Hanan kaum zu Wort kam. Spät in der Nacht klopfte er bei Valentin und stotterte schüchtern: »Chef, hast du was dagegen, dass Hanan über Nacht bei mir bleibt?«

»Nein Junge, aber pass auf dich auf. Wie ich höre, ist sie gefährlich«, erwiderte Valentin.

Und der verwirrte Martin wusste nichts anderes zu sagen als: »Jawohl, Chef!«

Seltsam fand Pia die Frage und noch seltsamer Valentins väterliche Antwort, doch lange dachte sie darüber nicht nach. Trunken vor Liebesglück und Freude schlief sie bald ein. Valentin aber konnte noch nicht schlafen.

Nabil war mit Basma verschwunden und hatte darum gebeten, den Nachmorg ausfallen zu lassen. Leise schlich Valentin aus dem Bett, machte das kleine Licht über dem Tisch an und wusste auf einmal, weshalb er nicht schlafen konnte: Er war so neugierig auf das, was Pia geschrieben hatte. Er fieberte nach ihren Empfindungen auf ihren Streifzügen durch die Stadt und hoffte, dass Pia nicht aus Liebe zu ihm nur immer seiner Meinung beipflichtete. Selten ging eine Hoffnung Valentins so in Erfüllung wie diese. Er nahm das erste Heft zur Hand und wurde vor Staunen ganz blass.

28.

Wie Valentin und Pia auf zwei Seiten viele Dimensionen entdecken

alentin benutzte blaue Hefte mit einem kleinen Etikett. Auf dem ersten stand in seiner zierlichen Handschrift:

Ulania, Altstadt
Heft 1
Basar und Umgebung

Beobachtungen, Szenen, Gefühle
in Ulania, aufgeschrieben, um nicht zu vergessen
und um den Gefühlen meiner Mutter
näher zu kommen

Die rechten Seiten hatte Valentin schon durchnummeriert; auf die linken hatte Pia dieselben Seitenzahlen geschrieben und ein P davor gesetzt. Valentin las immer zuerst, was er, dann was Pia geschrieben hatte:

1

Ich bin wie verzaubert. Mit jedem Schritt. Nach ein paar Schritten bin ich im Innern der Stadt. Mitten in ihren Adern und Arterien bewege ich mich. Bei uns geht man auf der Haut der Städte und ist nie drinnen. Das Licht der Basare ist anders. Es ist einladend, ohne aufdringlich zu sein. Hier hat die Stadt Gesicht und Geschichte, Charakter und Seele. Sie ist ein atmendes Wesen. Wenn ich durch die Gassen gehe und sehe die Bögen, Säulen, Erker und Arkaden aus dem ersten, zweiten oder fünften Jahrhundert, die immer noch ein Teil der Häuser sind, dann denke ich, wie arm unsere Städte sind. Hier glotzt man sie nicht an wie erstarrte Geschichte, sondern man bewohnt sie. Die Zeit scheint hier still zu stehen, doch Dornröschen wird täglich wachgeküsst.

Hier hat alles seinen Namen, seinen Geruch und seine Stimme.

1 P

Ich bin auch beim vierten Gang durch den Basar noch entsetzt, dass ich immer gleich in ein Gedränge gerate. So nahe kamen mir fremde Menschen noch nie, nicht einmal bei einer Feier. Alles riecht zu intensiv. Bis zur Straßenmitte stank es aus einer Metzgerei nach Blut und ranzigem Fett. Die überdachten Basare sind mir zu dunkel, und manche Ecke wage ich nicht einmal aus der Nähe anzuschauen, weil ich ahne, dass jemand dort hockt. Ich sehe nur nackte Füße und das Ganze wirkt auf mich bedrohlich.

Draußen, wo die Sonne erbarmungslos niederbrennt, weht mir der Staub in den Mund. Und überall diese Marktverkäufer, die ihre Angebote rücksichtslos jedem Vorbeigehenden ins Ohr brüllen.

2

Ich werde nie müde. Hier wartet nach jedem Schritt eine Überraschung. Jede Fußgängerzone langweilt mich nach drei Gängen. Hier gehe ich fast täglich durch den Basar und er ist immer wieder neu. Der ärmste arabische Verkäufer erzählt mehr als zu Hause das gesamte Personal eines *großen Einkaufszentrums. Hier genießt man die Geschichten und die Ware ist nur ein Anlass, sie zu hören oder zu erzählen.*

2 P

Ein friedlicher Mann verwandelt sich, sobald ich nur in die Nähe seines Verkaufsstandes komme, in ein lautes, herumfuchtelndes und aufdringliches Wesen, das mir irgendetwas andrehen will. Und dann diese Blicke, die die Verkäufer auf die Passanten werfen – dagegen ist ein Röntgenstrahl gnädig. Manchmal habe ich das Gefühl, dass mir ihr Blick das Kleid versengt.

Ich wollte einen Ring für Margret, meine liebste Kollegin, kaufen, also suchte ich einen Goldschmied und er zeigte mir mehrere Ringe. Einer davon gefiel mir und wir einigten uns schnell über den Preis. Dann fragte ich, ob der Stein darin ein echter Rubin sei. Der Mann sprach perfekt Englisch, aber ein Yes kam ihm nicht über die Lippen. Statt dessen erzählte er mir eine Geschichte in einer Geschichte in einer Geschichte und plötzlich war der Ring verpackt. Ich habe bezahlt und erst draußen auf der Straße gemerkt, dass ich keine Antwort auf meine Frage erhalten hatte.

3

In der Altstadt spürt man, dass die Menschen viel lachen und dass sie eine Gemeinschaft bilden. Ich begreife langsam, dass Kauf und Verkauf nur die eine, die blasse Seite des Handels sind. Er ist zugleich ein Zeichen von Leben und von der Anerkennung der Vernunft. Mit Toten und Trotteln handelt kein Araber. Heute stand ich lange in der Nähe eines Bettlers, beobachtete ihn und fragte mich, was ihn von einem Bettler in einer Fußgängerzone in Deutschland unter-

scheidet. Hier verkauft der Bettler wortreich nicht sich, sondern seine Armut und den Nutzen, den jeder Passant davon hat, ihm Gutes zu tun, auf Erden wie im Jenseits. Nabil übersetzte mir die Sätze eines Bettlers. Die reinste Verführung! Bei uns sitzen die Bettler hinter Kartons, auf denen ihr Elend wie eine Gebrauchsanweisung geschrieben steht.

3 P

Nirgends fühlte ich mich so einsam wie heute hier in den Gassen und im Basar. Mir schien, als würden sich alle kennen und zueinander gehören. Ich war die einzige Fremde. In den Fußgängerzonen bin ich fremd unter Fremden und das ist auch eine Art Geborgenheit. Hier ist jedes Kind, das sich gewandt wie ein Fisch in diesem Meer von Menschen bewegt, sicherer als ich.

Die Bettler sind aufdringlich. Dass sie ihre Hand nicht in meine Tasche stecken, ist auch alles.

4

Kluger Trick:

Ich feilschte um einen schönen kleinen Teppich und ließ dann locker. Ich tat so, als wollte ich ihn nicht mehr, schaute andere Teppiche an und feilschte auch tüchtig, um Sand in die Augen des Händlers zu streuen. Eine Frau kam herein. Sie sah mit ihrem schwarzen Tschador wie eine reiche Perserin aus. Sie fragte nach demselben Teppich, um den ich zu Anfang gefeilscht hatte. Ich spitzte die Ohren und tat beschäftigt, und da sie auf Englisch handelte, konnte ich jedes Wort verstehen. Der Verkäufer verlangte zweitausend Dollar, doch die Frau bot nur fünfhundert. Mir wollte der Verkäufer den Teppich für weniger als achthundert Dollar nicht geben. Die Frau bot nach drei oder vier Verhandlungsrunden tausend Dollar. Der Händler verlangte aber hartnäckig eintausendfünfhundert. Die Frau wurde traurig, aber der Händler blieb zu meiner Verwunderung kalt. Die Frau schüttelte den Kopf und ging. Ich eilte zurück, bevor noch ein Kunde kam, und kaufte den Teppich für achthundert Dollar. Ich fragte den Händler, warum er ihn der Frau nicht für tausend gegeben habe. »Sie waren der erste und haben ein Vorrecht darauf«, sagte er, und ich freute mich sehr, bis Nabil mich aufklärte: Die Frau war eine von vielen Männern und Frauen, die Händlern gegen eine winzige Provision zur Hand gehen, wenn sie merken, dass ein Kunde angebissen hat. Und in der Tat sah ich die Frau in den nächsten Tagen des öfteren mitbieten, in Französisch, Englisch und Arabisch, je nach Kundschaft.

4 P

Ebenfalls!!! Beim Kupferblech, das ich dir schenkte. Bei mir war es ein vornehmer junger Mann.

5

Heute Vormittag saß ich bei einem Händler in einer Gasse nahe dem Hammam. Er lud mich von der Straße weg zu sich ein. Ich trank Tee und er fragte viel nach Deutschland. Während wir so saßen, kam einer seiner Bekannten herein und trank schnell einen Tee mit uns, doch da er gleich weitermusste, lud er mich zum Mittagessen ein. Er würde kommen und mich abholen. Ich hielt es für einen Scherz, doch er kam und wir aßen bei ihm zu Mittag. Auch zwei Cousins von ihm waren zum Essen eingeladen. Einer von ihnen, der besser Französisch sprach, musste zweimal bei Stuttgart operiert werden, nachdem die Spritze eines Zahn-

arztes in Ulania eine Hälfte seines Gesichtes gelähmt hatte. Dieser Cousin wollte mich zum Abendessen einladen, um sich für die Freude zu bedanken, die mein Circus seiner Stadt schenke. Ich entschuldigte mich, dass ich, wenn ich weiter so durchgefüttert würde, bald nicht mehr durch das Eingangstor meines Circus passte.

5 P

Komisch! Immer wenn ich in den Gassen Angst bekomme, denke ich zuerst an Hanan und nicht an dich. Warum? Ich weiß es nicht. Mehrere Männer luden mich ein, ihre besonders schönen Häuser zu besuchen, aber ich wollte nicht. Erst die Einladungen der Frauen nahmen mir die Angst und heute ließ ich mich von einem uralten Händler zu einer Wasserpfeife und Tee einladen. Er war ein lustiger Kauz, geschwätzig und harmlos wie der Springbrunnen in seinem wirklich schönen Haus.

PS: Wie du siehst, bin ich auch im Stande, das Positive zu sehen!

6

Heute habe ich es zum ersten Mal gewagt, in ein Café zu gehen, wo ein Hakawati Geschichten erzählte. Ich verstand kein Wort, doch er zog mich in seinen Bann, und ich dachte mir eine Geschichte aus, die ich je nach Laune, Mimik und Gestik des Hakawati immer weiterspann. Ein schönes Spiel, es war, als hätte ich einen Taubstummen vor mir, der mir eine Geschichte erzählt, und würde versuchen, eine Geschichte zu erfinden, die zu seinem Gesichtsausdruck und den Bewegungen seiner Hände passt. Das bisschen Arabisch, das ich inzwischen kann, half mir wenig. Ich wunderte mich darüber, welche Macht die Worte bei den Orientalen haben, denn bald stritten sich die Zuhörer, weil sie Partei für die Figuren der Geschichte ergriffen. Einmal musste sogar der Wirt eingreifen, um eine Schlägerei zu verhindern. Die Streithähne setzten sich schnaubend wieder hin.

6 P

Ich fand es auch sehr schön, wenngleich etwas zu laut, aber ich war die einzige Frau im Café. Ich habe das erst zu spät bemerkt und schlich mich davon. Ist es nicht merkwürdig, dass die Cafés bei einem solch geselligen Volk wie den Arabern nur für Männer reserviert sind, und das bis heute!

Valentins Seite 7 war vollgeschrieben und dann durchgestrichen; eine Randbemerkung sagte:

Die Erlebnisse im Hammam sind so ergiebig, so interessant, dass ich ein eigenes Heft dafür angelegt habe (siehe braunes Heft Nummer 3: Hammam).

7 P

Schon gelesen und dich um deine schönen Erlebnisse beneidet. Da in Heft 3 kaum noch Platz ist und ich nie wieder in ein Hammam gehen werde, begnüge ich mich mit einem Kommentar in diesem Heft.

Vielleicht hast du Glück mit Ibrahim. Er ist ein Philosoph, der zufälligerweise Süßigkeiten herstellt.

Ich aber fand die Bademeisterin fast gewalttätig und kalt. Sie hat tote Augen. Wenn die Männer in diesem Land alles Männliche herauskehren und das Weibliche in sich unterdrücken, wie du schreibst, dann zupfen die Frauen wohl jedes Haar, um jede Spur von Männlichkeit an sich auszumerzen. Sie fielen in allen Sprachen und Lauten über mich her. Sie waren erst verwundert, dass ich Haare unter den Achseln und auf meinen Beinen habe, und dann regelrecht entsetzt, dass ich sie nicht auszupfen wollte. Ich verlange ja auch nicht von einem Mann, dass er Haare auf seiner Stirn, Nase und Lippen wachsen lässt, damit er noch männlicher wirkt.

Aber auch, dass sie mich nicht in Ruhe ließen und mich einseifen wollten, fand ich lästig, und ihr Gekicher kam mir reichlich kindisch vor.

8

Überfall. Ein großer Junge, dunkelhäutig und mit verwegenem Blick, verfolgte mich im Basar und durch die Gassen. Und dann passte ich Dummkopf nicht auf und geriet in eine Sackgasse. Jetzt denke ich, dass er mich vielleicht sogar dorthin dirigiert hat. Dann plötzlich zückte er ein großes Messer. So etwas Furchtbares habe ich seit Indonesien (vor etwa zwanzig Jahren war ich da) nicht gesehen. Ich erklärte ihm, dass ich ihm mein Geld geben wolle, damit er nicht nervös wurde, wenn ich mein Portemonnaie aus der hinteren Hosentasche zog. Der Junge war gefährlich. Er wusste, wenn er gefasst wird, erwartet ihn eine Strafe bis zu lebenslänglicher Haft. Mit dieser Härte reagiert die Regierung hier auf jedes noch so geringe Vergehen gegen einen Fremden. Zugunsten des einträglichen Fremdenverkehrs lässt sie ein paar schwarze Schafe über die Klinge springen. Das hat eine große Sicherheit für die Ausländer zur Folge, aber auch eine gewisse Nervosität bei den Räubern. Man will schnell weg und die Spuren verwischen, was einen Ausländer wiederum das Leben kosten kann. Ein Teufelskreis!

8 P

Ein junger Verrückter hielt mich freundlich in einer Gasse auf und machte mir eine Liebeserklärung in englischer Sprache. Es hörte sich nach einem Zitat aus einer Seifenoper an, ich lachte und wollte weitergehen. Da wurde er unangenehm und bedrohte mich mit einem rostigen Schraubenzieher. Doch schnell waren ein paar Nachbarn da, die von ihren Kindern alarmiert wurden. Sie hielten den Verrückten zurück, entschuldigten sich und baten mich, nicht die Polizei zu rufen, damit sie den Eltern des Jungen keine Probleme macht.

9

Ich habe heute zum ersten Mal ein Wunder erlebt. Ein blinder Tabakladenbesitzer: welch eine Flinkheit der Finger, welch präzises Gedächtnis, das ihn bei Hunderten von Zigarrettensorten sicher zur gesuchten Schachtel führt und niemals daneben greifen lässt!

9 P

Deine Schwester hat mit mir eine Stunde lang am Fenster ihres Zimmers Kaffee getrunken und von den Bewohnern der Nachbarhäuser erzählt. Da lebt auch ein Querschnittgelähmter, der den ganzen Tag in einer Ecke sitzt und die Straße beobachtet. Dieser Mann kann allein nach dem Stand der Sonne sagen, wie spät es ist. Doch Hanan fügte bitter hinzu, sie wäre glücklich, wenn die anderen Nachbarn nur halb so viel Gefühl für die rechte Zeit hätten wie dieser Lahme. Wir sprachen auch viel über das Leben der Frauen in diesem Land. Ich als Briefträgerin wäre hier ein absoluter Skandal.

Das war eines der Hefte, in die Pia ihre Kommentare geschrieben hatte. Valentins anfängliches Entsetzen wich einer Begeisterung, die ihn förmlich nach den anderen Heften fiebern ließ. Er wollte aber nichts übereilen, sondern in den nächsten Tagen eins nach dem anderen genießen. Doch die Zukunft lässt sich nicht planen. Das wusste Valentin, als er noch alt und skeptisch war; auf dem Weg zurück zu seiner Jugend aber hatte er es vergessen.

29.

Was Frauenfürze
alles bewegen können

Gegen zehn Uhr wachte Valentin auf; so lange hatte er seit seinem zwanzigsten Lebensjahr nicht mehr geschlafen. Er wollte mit Ibrahims Hilfe in aller Ruhe mehrere Innenhöfe fotografieren, um sie dann in seinem Roman genau beschreiben zu können. Die Häuser gehörten Freunden und Verwandten des Konditors. Als Valentin zur Tür seines Wohnwagens hinausschaute, sah er an einem großen Tisch Hanan und Martin, Pia, Nabil und Basma sitzen. »Mach schnell, Hanan erzählt Geschichten von deinem Vater«, lachte Pia. Valentin kratzte sich am Kopf und beeilte sich mit seiner Katzenwäsche, die dem Beobachter eine ausgiebige Dusche vortäuschte. Darin war Valentin ein wahrer Meister. Als er sich danach in Pias Nähe setzte, lächelte Hanan verlegen. »Ich erzähle lauter Blödsinn«, sagte sie. »Ich liebe deinen Blödsinn«, erklärte Valentin und streckte seine Tasse Nabil entgegen, der mit der Kaffeekanne auf der anderen Seite des Tisches stand.

»Oft spielte Vater Theater«, sagte Hanan. »Nie werde ich vergessen, wie er eines Tages zu uns ins Kinderzimmer kam. Es stürmte und regnete, und ich liebte Stürme, Tamam aber hat noch heute eine fürchterliche Angst davor. Das wussten unsere Eltern, und so denke ich, die Mutter hatte ihn geschickt, weil sie sich selbst zu sehr fürchtete, um aus dem Bett aufzustehen und über den Hof zu unserem Zimmer zu kommen.

Mutter hatte an jenem Tag große Wäsche gehabt und in allen Zimmern hingen die nassen Kleidungsstücke. Denn draußen war die Luft nicht nur feucht, sie roch auch nach Heizöl und der Regen war voller Ruß. Deshalb hängte man die Wäsche drinnen auf und wir lagen genau darunter.

Vater machte kein Licht, sondern legte sich zwischen uns. Er streckte seine Beine aus und hob damit die Bettdecke hoch, als wäre sie ein Zelt. Das hielt er mit ungeheurer Ausdauer aufrecht. ›Nun sind wir in der Wüste auf dem Weg nach Timbuktu‹, flüsterte er geheimnisvoll, und nur der Teufel weiß, woher er plötzlich eine kleine Taschenlampe hatte. Nach einer Weile baute er sein Zelt wieder ab und fing an, von einer Verfolgungsjagd in der Wüste zu erzählen. Dabei blinkte er mit der Taschenlampe hin und her, dass meine Schwester und ich den Wind und Regen vergaßen und nur noch seinen Worten lauschten. ›Ah, da ist einer der Verbrecher!‹, rief er, zog die Decke ein Stück herunter und leuchtete eine lange Unterhose aus Wolle an, die von der Leine hing. ›Keine Bewegung, Schurke, du bist umzingelt!‹, triumphierte er und sprang hoch zu der Hose. Doch die Wäscheklammer hielt sie so fest, dass die ganze Leine nachgab und mit der Wäsche zu Boden fiel. Dabei streifte sie ein Glas, das auf einem kleinen Tisch gestanden hatte, und es zerbrach krachend in tausend Splitter. Das hörte meine Mutter und Sekunden später hörten wir sie fluchen. Aber als sie die Tür aufmachte, das Licht einschaltete und Vater mitten in der nassen Wäsche mit seiner Taschenlampe sah, da konnte auch sie nur noch lachen.

Oft machten wir mit Vater auch ein Rollenspiel. Tamam wollte immer Lehrerin spielen, und Vater spielte am liebsten einen kleinen Jungen, der Tag und Nacht Bonbons und Eis haben wollte. Ich spielte am liebsten Papa. Vater sagte dann: ›Das kann ich dir nicht empfehlen, es ist sehr schwer, einen guten Papa zu spielen.‹ Doch ich wollte nur Papa sein, und er war ein ziemlich anstrengender und anspruchsvoller Junge, der dauernd herumnörgelte. Wie oft erkannte ich in den Nörgeleien dieses Jungen mein eigenes Verhalten, das mich dann als Papa besonders wütend machte, so dass ich ihn nur zweimal kurz mahnte und ihm dann eine schallende Ohrfeige verpasste. Und denkt ihr, er hat ein einziges Mal geschimpft? Er lachte nur, dann blieb er einen Augenblick still und sagte mit der Stimme des Jungen, dass er für heute genug Eis bekommen hätte.

Die Kinder der Nachbarn weinten oft, wenn ihre Väter nach Hause kamen, aber wenn unser Vater heimkehrte, brachte er Obst und Lachen mit. Auch meine Mutter freute sich immer auf ihn. Nur montags stand sie jedes Mal kurz vor einem Nervenzusammenbruch und begrüßte ihn nicht, wenn er vom Café zurückkam. Fast jeden Montagabend gab es Krach. Aber das ist eine andere Geschichte. Er war ein eigenartiger Mensch. Tausend Geschichten könnte ich von ihm erzählen, aber ihr müsst ja arbeiten gehen«, schloss Hanan und gab Martin einen Schubs, damit er aufstand.

Valentin aß noch mit großem Appetit. »Alle Achtung, du hast mich wirklich überrascht mit deinen Ansichten. Schreib bitte weiter«, sagte er zu Pia, als Nabil ihm einen Wink gab und ihn zur Seite nahm. »Ich muss mit dir sprechen«, sagte er flehend. »Eva ist tot.« Er hielt inne, um Kraft zu schöpfen. »Heute Morgen hat mir mein Freund, der Bürgermeister von Sania, ein Telegramm geschickt. Ich rief ihn an, und er erzählte mir die unglaubliche Geschichte, wie Evas Liebe zu Pipo sie um den Verstand brachte. Ihre Liebe war so groß, dass sie daran starb und den Friedhofswächter mit ins Verderben zog.«

»Den Friedhofswächter?«, fragte Valentin.

»Eva tauchte einen Tag, nachdem sie hier verschwunden war, am Friedhof von Sania auf und bat um Einlass. Der Wächter kannte sie noch vom Circus. Er war etwas verwundert, doch als Eva ihm Geld in die Hand drückte, ließ er sie ein. Sie lebte, weinte und schlief am Grab, pflegte es und vertrieb die Fliegen und Vögel, damit sie Pipo nicht weckten. Sie war dabei auch ohne Worte so überzeugend, dass sie den Wächter, der ein einfacher Mann ohne Bildung war, mit in den Strudel des Wahnsinns riss. Ich weiß nicht, ob aus Gier oder Verzauberung oder durch den Dämon der Liebe, jedenfalls versäumte er es, die Friedhofsverwaltung zu benachrichtigen, und war bald Eva und ihrem Wahn verfallen. Er gehorchte den Befehlen des Toten, wie Eva sie ihm vermittelte. Entkräftet und ausgezehrt starb sie schließlich, und er begrub sie und saß nun selbst vor dem Grab und lauschte, wie die beiden glücklich unter der Erde turtelten. Bis er entdeckt und in die Psychiatrie eingeliefert wurde. Man fand heraus, dass der Verrückte Eva zu Pipo gelegt und ihrer beider Hände mit einem roten Band aus Seide zusammengebunden hatte. Der Bürgermeister fragt nun, wie Eva genau hieß, weil man einen Grabstein für beide errichten will. Und er fragt natürlich auch, wann wir endlich kommen wollen?«

»In zwei Tagen«, sagte Valentin geistesabwesend. »Eva hieß mit Nachnamen Heine, ganz einfach Heine, und in zwei Tagen brechen wir auf nach Sania. Bis dahin kein Wort über Eva«, sagte Valentin, verfluchte den Tag und ging in die Stadt.

Der Friseur, der den früheren Salon des Vaters führte, war ein gerissener Fuchs. Er erkannte Valentin, der in Begleitung von Ibrahim gekommen war, und wusste von der Liebesgeschichte des Friseurs. Als Ibrahim fragte, ob er den Stuhl verkaufen würde und wie viel er dafür haben wolle, antwortete der Friseur in Valentins Richtung und auf englisch: »Fünf ... tausend ... Dollar.« Ibrahim wurde ganz grimmig vor Ärger über das Schlitzohr, das ein französisches Chanson vor sich hinpfiff, als wären fünftausend Dollar für ihn eine Kleinigkeit. Die Summe war viel zu hoch. Zwar war der Stuhl ein Kunstwerk aus Leder, Holz und Edelstahl, ein Unikat, gewiss, aber mit tausend war er ebenso gewiss angemessen bezahlt. Valentin bot achthundert und fragte den Friseur wütend, warum er so unverfroren sei.

»C'est la vie«, erwiderte der.

»Affengesicht«, schimpfte Ibrahim, als sie den Frisiersalon mit leeren Händen verließen, »ein Nachbar von mir ist Fachmann für Antiquitäten. Er hat sich gestern hier rasieren lassen und schätzt den Wert des Stuhls auf höchstens fünfhundert. Aber als er in meinem Auftrag den Stuhl kaufen wollte, war nichts zu machen. Er wisse genau, dass der Sohn des Tarek Gasal, ein reicher Deutscher, in Ulania sei, hat der Halsabschneider ihm geantwortet, irgendwann käme der garantiert, um den Stuhl seines Vaters zu kaufen. Das Affengesicht hat den Braten gerochen.«

Sie gingen eine Weile durch die Gassen und schauten schließlich bei Hanan vorbei, um sich eine Erfrischung zu gönnen. Valentin, der seine Enttäuschung nicht verbergen konnte, erzählte der Schwester von seiner Niederlage.

»Heute Abend hast du den Stuhl«, sagte sie lachend. Die Frau des Friseurs sei ihre beste Freundin.

Die Abendvorstellung an diesem Tag war kaum besucht. Zum ersten Mal seit der Ankunft des Circus waren die Zuschauerreihen nur halb voll. Der israelische Rundfunk hatte von herben Niederlagen der Regierungstruppen berichtet, und auch die BBC sprach von überraschenden Erfolgen der bewaffneten Truppen der Opposition, die plötzlich über Raketen modernster Art verfügten, mit denen sie die Luftwaffe der Regierung lahm legten. Ganze Garnisonen und die gesamte Armee im Osten des Landes liefen zu den Fundamentalisten über und erklärten ihre Gebiete für befreit. Im Norden errichteten die Nationalisten einen starken Sender, den man im ganzen Land empfangen konnte, und die Regierung in der Hauptstadt wurde zunehmend nervös, denn ihre groß angelegte Offensive gegen die Opposition drohte in eine verheerende Niederlage zu führen. Auf den Straßen gab es so viele Polizeikontrollen wie noch nie.

Mansur und Scharif waren beunruhigt, denn wenn die Regierung in der Klemme saß, wurden die Repressionen verstärkt, und das versprach auch für die Zukunft des Circus nichts Gutes. Nabil dagegen schien das Ganze nicht zu beeindrucken. Er verlebte die Tage mit Basma, die ihn immer wieder besuchte, und abends war er der erfahrene Entertainer und Clown, der seine Nummer mit einer Geschichte schloss.

Kurz vor Beginn der Vorstellung war tatsächlich der Friseur mit einem Lastenträger aufgetaucht; den Stuhl hatten sie auf einem Karren so fest angebunden, als sollte er zum Nordpol transportiert werden. Valentin war überwältigt, nur wusste er im Augenblick beim besten Willen nicht, wohin damit. »In den Kassenwagen«, half Angela ihm geistesgegenwärtig aus der Klemme. »Er ist ja fast leer«, sagte sie und zeigte dem Mann, wo der Wagen stand.

»Und was schulde ich Ihnen, Monsieur?«, fragte Valentin den Friseur, während der Lastträger den tausendfach verschnürten Stuhl zu befreien versuchte.

»Achthundert«, war die Antwort.

»Ach, so wenig?«

»C'est la vie«, stöhnte der Mann. Doch als Valentin ihm achthundert Dollar gab, fand er schnell sein verloren geglaubtes Lächeln wieder und ging pfeifend aus dem Circus. Den Lastenträger hatte er großzügig mit zwei Dollar entlohnt und auch er schien zufrieden.

Tag für Tag brachte Hanan nun Erinnerungsstücke von ihrem Vater. Sie kam immer nachmittags, und Valentin erlaubte ihr, Martin bei seiner Arbeit zu begleiten. Nur eine Bedingung stellte er: dass sie nie in den Käfig zu den Raubtieren ging, und Hanan lachte. »Das hast du bestimmt nicht von deinem Vater. Er hätte mich dazu ermuntert«, sagte sie.

»Nein, nein, Hanan. Das ist viel zu gefährlich, vor allem für Verliebte. Aber apropos Vater, ich habe da eine wichtige Frage, über die ich unbedingt mit dir reden muss. – Geht es jetzt?«

»Nein, tut mir Leid«, erwiderte Hanan. »Heute ist Mittwoch, da besuche ich meinen Schwager in der Psychiatrie.«

»In der Psychiatrie?«

»Ja, der Arme ist schon seit einem Vierteljahrhundert dort. Ich habe meiner Schwiegermutter vor ihrem Tod versprochen, mich um ihn zu kümmern. Das Militär hat ihr das Herz gebrochen. Erst wurde mein Schwager Dureid verrückt, und dann starb auch mein Mann Dschamil. Bei meinem Mann bin ich sicher, dass das Militär seinen Tod zu verantworten hat, aber bei seinem Bruder weiß ich nicht genau, ob er nicht vor seinem Militärdienst schon ein komischer Vogel war. Jedenfalls kletterte er am zweiten Tag, nachdem er eingezogen worden war, im Morgengrauen auf einen Turm und pinkelte von oben auf die hochrangigen Offiziere, die den Soldaten und jungen Offizieren gerade beim Hissen der Fahne zusahen. Er traf sie mitten ins Gesicht und Hunderte von Soldaten brüllten vor Lachen. Da holte man Dureid von dem Turm herunter und prügelte so lange auf ihn ein, bis er in Ohnmacht fiel. Als er Tage später wieder zu sich kam, war er verrückt. Seitdem lebt er in dieser Anstalt, fühlt sich wohl und will gar nicht mehr heraus. Er ist ein interessanter Mensch, und man ist oft im Zweifel, ob er wirklich verrückt ist. Doch Dureid ist schlau, er lässt keinen Besucher nach Hause zurückgehen, ohne irgendein Theater aufzuführen, damit sie alle wieder sicher sind, dass er doch nicht ganz richtig im Kopf sein kann.«

»Wer ist das schon«, sagte Valentin und ließ Hanan gehen.

Auch an diesem Abend, dem letzten in Ulania, war das Zelt wieder nur halb voll und die Artisten konnten wohl auch deshalb das Publikum lange nicht begeistern. Valentin wunderte sich dennoch, dass Nabil seine Clownnummer wegließ. Er kam zwar wie Pipo geschminkt in die Manege, doch dann erzählte er fast zwanzig Minuten lang – und das Publikum lachte Tränen. Von da an schien es wie aus tiefem Schlaf erwacht, und schon die nächste Nummer war, wie gewöhnlich, von Beifallsrufen begleitet.

»Was hast du genau erzählt, dass die Leute sich so amüsiert haben?«, fragte Valentin, der unaufmerksam gewesen war und so gut wie nichts von der Geschichte verstanden hatte. Man saß nach der Vorstellung im Circuscafé beisammen und Hanan, Mansur und Scharif lachten, als sie Valentins Frage hörten.

»Ja, das interessiert mich auch«, rief Martin.

»Uns auch«, riefen alle, die kein Arabisch konnten.

»Ich habe die Geschichte vom Furz der Frauen erzählt, und wenn ihr wollt, kann ich sie gern noch mal auf Deutsch erzählen«, sagte Nabil und nahm einen kräftigen Schluck Wasser.

»Aber ja, erzähl!«, hieß es von allen Seiten.

»Es ist eine unglaubliche Geschichte, und am besten glaubt man sie nicht, obwohl sie wahr ist. Meine Tante mütterlicherseits hat sie kurz vor ihrem Tod erlebt. Tante Faride war eine kleine und dürre Frau, und sie lebte mit einem gierigen Mann, der am liebsten noch die Wolken des Himmels besitzen wollte. Er wusste vor lauter Gier nicht, wo er mit seinen Geschäften anfangen und wo er aufhören sollte, und so starb er auch kurz nach meiner Tante hoch verschuldet und zutiefst verbittert. Tante Faride und ihr Mann lebten in einer Wohnung neben einem Ehepaar, das vielleicht fünfmal so viel wog wie sie. Der Nachbar ging immer schräg durch die Türen, sonst wäre er stecken geblieben. Die Frau war noch dicker, und wie sie durch die Türen gelangte, ist eine Geschichte für sich. Sie aß gerne und fütterte noch lieber ihren Mann. Nur eins aß dieser Nachbar nicht, und das waren alle Hülsenfrüchte, alle Bohnen, Zwiebeln und Knoblauch, denn diese Dinge verursachen in der Regel Blähungen, und Furzen war für den Mann die schrecklichste Sünde der Welt. Brudermord erschien ihm im Vergleich dazu als ein harmloses Vergehen. Die Frau dagegen aß vielleicht gerade deshalb am liebsten diese Dinge und furzte Tag und Nacht. Weil sie aber ihren Mann *und* ihre Fürze liebte, gab es in der Wohnung ein spezielles Kämmerlein, leicht zugänglich, mit einem Fenster in die freie Natur und einer absolut dichten Tür zur Wohnung hin. Sobald die Frau ein Gurgeln, Klopfen und Kribbeln im Bauch fühlte, eilte sie in dieses Kämmerlein und ließ mit äußerstem Genuss ihre Fürze zum offenen Fenster hin sausen und knallen, knattern und zischen. Danach kehrte sie erleichtert und mit einem breiten Lächeln in die Wohnung zurück und ihr Mann bewunderte sie und liebte sie jeden Tag mehr für ihre Rücksichtnahme und Präzision.

Eines Morgens aber saßen beide beim Frühstück, als ein Furz der Frau sich in freudiger Übereile zur Unzeit den Weg ins Freie bahnte. Er knallte mächtig und auch sein Geruch war nicht von Pappe. Der Mann erstarrte, denn nichts auf der Welt ist einem Araber verhasster als ein Furz am Esstisch. Da gehen Freundschaften zu Bruch, da hat es schon Mord und Totschlag gegeben und diese Frau war noch dazu mit einem besonders empfindlichen Mann verheiratet. In zwanzig Jahren Ehe war alles wunderbar gegangen und nun passierte es ausgerechnet am Frühstückstisch. Im Bewusstsein der Unverzeihlichkeit ihrer Tat rief die Frau wie alle Araber, wenn sie ihr Gesicht verlieren: ›O Erde, tu dich auf und verschlinge mich!‹, und das war wahrlich ihr Wunsch, schon um sich zu ersparen, was unweigerlich folgen musste.

Ob ihr es glaubt oder nicht, die Erde ging auf und die Frau verschwand tatsächlich. Der Mann, gerade im Begriff, seiner Empörung in flammenden Worten Luft zu machen, erschrak dermaßen, dass er seinen Mund nicht mehr schließen konnte. Er ging vorsichtig um den Tisch herum und sah, dass der Teppich genau über einem unauffälligen Riss im Fußboden zerrissen war. Er legte sich auf den Boden und horchte. Nichts. Absolute Stille.

Drei Tage war der Mann verwirrt. Er konnte weder arbeiten noch schlafen und hoffte immer noch, dass seine Frau wieder auftauchen und sich entschuldigen würde, dass sie so lange in ihrem Versteck geblieben war. Erst als der fünfte Tag vorüber war, gab der Mann das Warten auf und ging zu einem Zaubermeister jener höchsten Orden, denen sogar das Nachschauen im Jenseits erlaubt ist. Viele Tote konnten durch ihn ihren lebenden Verwandten noch nicht erledigte Wünsche und Pflichten mitteilen. Der Mann erzählte dem Meister die unglaubliche Geschichte des Verschwindens seiner Frau und bat ihn zitternd, ihn nicht für verrückt zu halten und hinauszuschmeißen. Der Meister hörte ihn mit unbewegtem Gesicht an, holte seine Glaskugel und setzte sich an den Tisch.

›Das haben wir gleich. Denk nun nur an deine Frau, das hilft!‹, befahl er dem besorgten Ehemann, dessen Beine so schwach wurden, dass er ohne Erlaubnis einen Stuhl nahm und sich dem Meister gegenüber setzte. So konnte er in das Innere der Kugel schauen. — Soll ich weitererzählen?«

»Ja«, brüllten Valentin und die anderen.

Nabil lachte und fuhr fort: »Der Meister sprach ein paar Zaubersprüche, und bald sah der Mann Landschaften durch die geheimnisvolle Kugel ziehen, bizarre Gegenden, wie er sie auf der Erde noch nie gesehen hatte. Und plötzlich kam ein Mann mit einem langen weißen Bart näher und immer näher, bis sein Gesicht deutlich zu erkennen war.

›Wo ist seine Frau?‹, fragte der Meister.

›Sie ist Ehrengast des Furzreiches. Beneidenswert, beneidenswert!‹, schwärmte der Alte und eilte davon.

Der Meister sprach weiter geheime Formeln und plötzlich erschien die Frau. Der Mann konnte seine Tränen kaum zurückhalten. ›Liebste!‹, flüsterte er. Die Frau lag auf einem herrlichen Sofa. Drei Diener massierten ihr die Füße, andere reichten ihr Leckereien und tupften ihr mit seidenen Tüchern jeden Schweißtropfen ab, als wäre er eine Kostbarkeit.

›Was machst du hier?‹, fragte der Mann.

›Oh, ich bin Ehrengast des Furzreiches. Alle braven

Sklaven, Diener, Soldaten und Sänger, Dichter und Maler, Polizisten und Richter, Tänzer, vornehmen Herrschaften und Bauernburschen, Arme und Reiche sind nur Fürze. Sie zählen Milliarden, denn überall auf der Welt wird gefurzt und bei jedem Furz wird ein Angehöriger des Furzreiches geboren. Es gibt kranke und gesunde, böse und friedliche Fürze, genau wie bei uns Menschen. Mein Glück ist, dass der König und seine ganze Familie meine Fürze waren, und als ich vor Tagen diesen gewaltigen Furz beim Frühstück gelassen habe, übrigens hier ein mächtiger General, da wünschte ich mir, wie du weißt, in der Erde zu versinken. Darauf hatte der König dieses Reiches nur gewartet. Er hatte in seinem Leben alles erreicht und doch war es sein größter Traum, mir einen Wunsch zu erfüllen. – Nicht wahr, mein König?‹

Plötzlich trat ein dicklicher Mann ins Bild und sein Gesicht strahlte vor Zufriedenheit.

›Ja, so ist es, denn sie hat die Gabe, mit Genuss zu furzen, und so kamen wir nicht nur königlichen Geschlechtes, sondern auch gesund und fröhlich zur Welt. Seht mich an, so hat sie mich in die Welt gesetzt und das alles hier verdanke ich ihr. Deshalb bin ich so glücklich, dass sie auch noch bei uns bleiben will und auf dem Sofa liegend die schönsten, gesündesten und erhabensten Fürze zur Welt bringen kann.‹

›Aber... was... soll das bedeuten. Aida, ich bin dein Mann, und du rennst einfach weg in dieses gottverdammte...‹

›Ach, lass mich doch in Ruhe‹, erwiderte die Frau, ›ich lebe hier im Paradies, und wenn du nicht schimpfst, lasse ich dir durch meine Sklaven jeden Tag eine Handvoll Goldmünzen bringen, so dass du auch in Saus und Braus leben kannst. Und nun verschwindet alle, ein mächtiger Furz kündigt sich an!‹

Im Nu war ein dunkelroter samtener Vorhang vorgezogen und die Glaskugel nahm dessen Farbe an. Der Mann konnte nichts mehr sehen. Er stand auf, zahlte wie benommen und ging nach Hause. Am nächsten Morgen hörte er in der Küche, wo er sich einen Kaffee machte, einen zischenden Knall und das erinnerte ihn an seine Frau. Er eilte in das Kämmerlein, und als er die Tür aufmachte, staunte er über eine Handvoll glitzernde Goldmünzen, die mitten auf dem Boden lagen. Er sammelte sie auf und zählte sie. ›Hundert. Das muss eine mächtige Hand gewesen sein.‹ Er lachte zufrieden und eilte zum Goldschmied, der die Münzen, ohne mit der Wimper zu zucken, kaufte. Das Geld, das der Mann bekam, hätte er in einem Jahr nicht verdienen können. Täglich wiederholte sich von da an der Knall und jedes Mal lagen danach etwa hundert Goldmünzen im Kämmerlein.

Der Nachbar dieses Mannes aber war, wie ich vorher erzählt habe, der gierige Mann meiner Tante Faride, und der bemerkte nicht nur das Verschwinden der Frau, die angeblich nach Amerika gefahren war, um eine entfernte Tante zu besuchen, sondern noch schneller die Veränderung, die sich bei seinem Nachbarn vollzog – und zu seinem Ärger zum Besseren. Er wollte die Ursache dafür herausfinden, und dieser Geizkragen, der seine Frau in fünfzig Jahren Ehe nicht einmal zu einer Tasse Kaffee eingeladen hatte, wurde auf einmal großzügig und lud den Nachbarn zum Wein ein. Ein Glas ergab das andere, und der trinkfeste Mann meiner Tante fand heraus, dass der Nachbar seinen ganzen Reichtum einem Furz seiner Frau verdankte. Geschickt fragte der Onkel so nebenbei nach Einzelheiten ihres Verschwindens, und der Betrunkene, froh, nach so langer Einsamkeit einen verständnisvollen Gesprächspartner gefunden zu haben, antwortete auf alle Fragen.

Der Mann meiner Tante wusste nun, was er brauchte, und ging sofort ans Werk. ›Der Furz der Frauen bewirkt Wunder‹, sagte er meiner überraschten Tante und zwang sie, Bohnen und Zwiebeln, Knoblauch und Kraut, sauer Eingelegtes und Eiskaltes zu essen. Doch lange wollte nichts dem Innern der Frau entfliehen. Tante Faride drückte und drückte. Sie saß in der Küche, und ihr Mann aß und aß, damit es beim Essen passierte und der Wunsch zu verschwinden auch erfüllt würde.

›Jetzt‹, rief Tante Faride und schrie und schwitzte, und nach einer Viertelstunde kam endlich ein jaulender Furz heraus, kurz und mit gequälter Stimme und so entkräftet, dass er nach gar nichts roch. Dazu vergaß sie auch noch den Wunsch auszusprechen, von der Erde verschluckt zu werden. Ihr Mann soufflierte ihr den Satz viel zu spät, und als meine Tante ihn nachsagte, blieb er ohne Wirkung. So ging es monatelang, meine Tante quälte sich, und eines Abends klappte es dann wirklich.

›O Erde, tu dich auf und verschlinge mich!‹, rief die Tante und verschwand.

Erleichtert atmete der Onkel auf, räumte den Tisch ab und warf einen Blick auf den Küchenboden. Den billigen Teppich hatte er längst entfernt. Und siehe da, der Estrich zeigte einen neuen Riss, der bis zur Türschwelle reichte. Freudig verbrachte der Onkel den Tag und wartete auf ein Signal. Erst spät in der Nacht schlief er ein. Da hörte er plötzlich zischende und jammernde Töne, und bevor er das Licht anknipsen konnte, prügelten so viele dunkle Gestalten auf ihn ein, dass er nicht mehr wusste, woher die Schläge kamen. Mit blutunterlaufenen Augen suchte der Mann meiner Tante den Zaubermeister auf und erzählte ihm seine Geschichte, schnell war die Kugel da, und noch schneller erblickten sie das Reich der Fürze. Da saß in einem dunklen Verlies die Tante.

›Was machst du da im Gefängnis?‹, fragte ihr Mann.

›Ich muss eine Strafe von sechs Monaten absitzen, weil ich mit meinem Unwillen und meiner Verkniffenheit die Fürze bei der Geburt gequält habe. Einer davon ist zu meinem Pech Gefängnisdirektor geworden. Er hasst mich sehr und will auch dich sechs Monate lang quälen, jede Nacht, bis ich zurückkomme.‹

›Das stimmt‹, unterbrach eine barsche Stimme den Redefluss der Frau, und in der Kugel erschien ein hässlicher, buckliger, rotgesichtiger Mann: der Gefängnisdirektor. ›Sie hat mich verunstaltet, gequält und gewürgt. Ich war beinahe tot, als ich hier ankam. Weil ich nur hassen konnte, wurde ich Folterknecht, und weil ich der skrupelloseste unter den Kaltherzigen war, wurde ich zu ihrem obersten Chef. Was für scheußliche Kreaturen, die bei einem Empfang, Essen oder während einer Unterrichtsstunde von Scham begleitet geboren werden! Ich habe auf den Augenblick gewartet, mich und all meine armseligen Elendsgefährten zu rächen, denn nur bei diesem einen Wunsch können wir die Leute zu uns holen. Als sie aber dich mit beschuldigt hat, wollten wir nicht kleinlich sein.‹ Der Widerling lachte schrill und spuckte dabei, dass die Glaskugel ganz undurchsichtig wurde.

Der Onkel aber musste sechs Monate lang Prügel einstecken, und das Schlimmste daran war, dass er niemandem den Grund dafür verraten konnte, damit die Leute ihn nicht auch noch auslachten. Nach genau sechs Monaten kam meine Tante Faride zurück, und sie lebte zufrieden, denn von nun an ließ sie sich von ihrem Mann nichts mehr vorschreiben, nicht einmal, wenn es um einen Furz ging.«

Nabil hielt sichtlich erschöpft inne. »Ich mache mir einen Kaffee, damit ich am Nachmorg die Fortsetzung deiner Geschichte hören kann«, sagte er nach einer kurzen Pause zu Valentin, während die anderen sich einer nach dem anderen erhoben.

»Nein, heute geht es noch nicht weiter«, antwortete Valentin leise. »Ich nähere mich nämlich dem Schluss und mir fehlen noch ein paar Kleinigkeiten – morgen kann ich dir die Geschichte zu Ende erzählen.«

»Ehrlich gesagt, ist mir das auch ganz recht. Ich bin heute hundemüde«, gab Nabil ebenso leise zurück. Dann wandte er sich Pia, Hanan und Martin zu. »Und ihr entschuldigt mich, ich muss ins Bett.«

»Wolltest du heute Nachmittag nicht irgendetwas über Vater wissen?«, fragte Hanan, als nur noch sie, Valentin, Martin und Pia beieinander saßen.

»Eine kleine, aber wichtige Frage«, sagte Valentin und rückte etwas näher zu ihr, als wolle er nicht, dass die anderen mithörten. »Im Tagebuch meiner Mutter steht, dass sie kurz vor ihrem neunundfünfzigsten Geburtstag nur noch einen Gedanken hatte: mit ihrem Friseur zu leben. Wochen und Monate schrieb sie über nichts anderes. Sie war bereits Witwe. Und sie betonte immer wieder, dass sie ihn zu sich holen wolle. Tarek Gasal muss an einem Montag von ihrem Vorschlag erfahren haben, denn sie notierte es, beflügelt von der Hoffnung, dass er ebenso wie sie empfand. Er war, glaube ich, dreiundsechzig. Was für eine herrliche Liebe! Sie lockt noch einmal mit jugendlichen Plänen, und nur der lebt, der noch plant. Hast du damals etwas davon gespürt?«

»Gespürt? Ich wusste seit Jahren von der Liebe zwischen unserem Vater und Cica, war inzwischen verwitwet und hatte kein Zuhause mehr, darum wohnte ich wieder bei meinen Eltern in Ulania. Ich erinnere mich an jenen Montagabend, als wäre es gestern gewesen: Er eröffnete mir seine Fluchtpläne. Er träumte davon, sein Leben mit Cica in Europa zu verbringen.«

»Und warum in Europa?«, fragte Valentin.

»Weil der Versuch hier mit einem Skandal endete. Wusstest du nicht, dass deine Mutter kurz nach ihrer Verwitwung einen ganzen Monat in Ulania verbracht hat?«

»Darüber stand im Tagebuch kein Wort«, erwiderte Valentin verwundert.

»Mich wundert es nicht, dass sie nicht darüber schrieb. Es war ein übereilter Beschluss ihrerseits und Tarek machte verliebt und fast willenlos mit.«

»Aber was ist genau passiert?«, fragte Valentin.

»Cica konnte nach dem Tod ihres Mannes die Trennung von Tarek nicht mehr ertragen. Sie kam nach Ulania, mietete sich in einem kleinen Hotel ein und rief Tarek am Montag wie gewohnt an. Nur hatte sie diesmal eine Überraschung für ihn: Sie sei bereits in Ulania im Hotel Soundso und habe beschlossen, hier zu leben. Sie habe mehr als genug Geld, sie würde eine Wohnung mieten und er könnte mit ihr leben. Tarek lief verrückt vor Sehnsucht zu ihr ins Hotel. Doch sie konnten nur eine Nacht miteinander verbringen. Innerhalb von vierundzwanzig Stunden erfuhr meine Mutter, dass ihr Mann seine deutsche Geliebte im Hotel traf. Die ganze Familie meiner Mutter zog wie in einer Demonstration dorthin, um die Fremde zu vertreiben. Ein fürchterlicher Skandal! Der Hotelier, der sie verraten hatte, heuchelte Güte und ermöglichte deiner Mutter die Flucht zum Flughafen. Sie war so verwirrt, dass sie den Hotelier tatsächlich für einen Retter hielt und ihm Dankesbriefe über Dankesbriefe schrieb. Ich weiß es von seiner Tochter, einer Schulkameradin von mir. Tarek bekam noch am selben Tag seinen ersten Herzinfarkt. Aber Cica gab nicht auf. Jahre später nahm sie den Faden dieses Traumes wieder auf, an eben jenem Montag, aber nach Ulania wollte sie nie mehr kommen. Vater eröffnete mir, wie gesagt, seine Pläne.

Und ich ermunterte ihn und sagte ihm, ich würde mit ihm flüchten. Denn hier hat eine junge Witwe nichts Gutes vom Leben zu erwarten. Sie ist gerade recht, um die Frustration und Einsamkeit mancher lediger oder verheirateter Männer zu lindern, aber eine Chance für einen Neubeginn hat sie nicht. Wer neu anfangen will, meidet sie, nicht nur weil sie nicht mehr Jungfrau ist, sondern weil sie nach ihrem Mann und seinem Tod riecht. Also wollte auch ich flüchten, und sei es in die Hölle, um neu zu beginnen. Vater aber hatte wohl eine Moralpredigt von mir erwartet und war völlig überrascht. Die Trennung würde Mutter auch Erleichterung bringen, dachte er laut. Tamam lebte bereits seit einem Jahr von ihrem Mann getrennt, also konnte sie bei der Mutter wohnen. Sie war inzwischen zum Abbild meiner Mutter geworden und sah eher wie ihre Schwester als wie ihre Tochter aus.

Wir blieben die ganze Nacht wach und bebten vor Aufregung. Mutter war zu Besuch bei ihrem Bruder auf dem Land und Tamam begleitete sie. Wir hatten also das Haus für uns allein und kochten um Mitternacht noch einmal Kaffee. Wir waren nicht mehr Vater und Tochter, sondern zwei Freunde, die ihre Flucht vorbereiteten. Einen solchen Augenblick habe ich später nie wieder erlebt. Wir fingen an, alle Orte aufzuzählen, die wir besuchen wollten. Auch heute, zwanzig Jahre danach, weiß ich sie noch: Berlin, Venedig, Paris, St. Moritz, die Riviera, Vater fügte sogar Timbuktu hinzu, und als ich ihn fragte, warum, antwortete er, schon wegen des geheimnisvollen Namens lohne ein Besuch. Aber leben wollte er mit Cica in Paris.

Wir blieben wach, bis der Morgen dämmerte. Ich weiß nicht, wie viele Tassen Kaffee wir getrunken haben. Wir schlossen unsere Fluchtfantasien mit einem prächtigen Frühstück ab und schliefen bis zum Nachmittag durch.

Am nächsten Montag wollte er Cica mitteilen, dass wir bald nach Paris kämen.

Aber am Samstag kehrten meine Mutter und Tamam zurück und er wurde schwach. Bereits bei der ersten Andeutung seines Wunsches nach Trennung heulten Mutter und Tamam ihn weich. Ich schrie ihn an und beschimpfte ihn, er solle doch einmal im Leben zu seiner Liebe stehen, doch er brachte es nicht fertig. Am Montag erzählte er deiner Mutter von seiner Feigheit und sagte ihr, sie solle ihn hassen und lieber einen mutigen Mann lieben, doch sie rief am nächsten Montag wieder an, und ihre Telefonliebe nahm weiter ihren Lauf, als ob nichts geschehen wäre. Cica war vollkommen durchdrungen von dieser Liebe und sie ließ ihm Zeit.«

»Aber von seiner Ablehnung ihrer Fluchtpläne vor ihrem neunundfünfzigsten Geburtstag steht im Tagebuch nichts. Sie schrieb, er habe sie getröstet und beschwichtigt, dass der Zeitpunkt noch nicht gekommen sei.«

»Mag sein«, erwiderte Hanan nachdenklich, »dass er es nie ganz aufgegeben hat. Es kann aber auch sein, dass sie nicht hören und nicht glauben wollte oder konnte, dass er es nicht schaffte. Sie wollte sich bis zum letzten Anruf ihren Traum von einem erfüllten Leben mit ihm bewahren. Sie ermunterte ihn. Ich übrigens auch. Ich habe ihm die erste Schlappe bald verzeihen können und wir vertrauten uns wie eh und je. Plötzlich aber wurde er krank. Was es war, fand man nie heraus. Er starb innerhalb weniger Tage.

Ich habe niemanden in meinem Leben so beweint wie ihn. Ich erinnere mich heute noch daran. Ich brachte ihm seinen Tee, denn er konnte keine Nahrung mehr zu sich nehmen und war nur noch ein blasses Häufchen Elend. Er schaute mich mit den gütigsten Augen dieser Welt an und sagte: ›Na, Prinzessin, wollen wir nun flüchten? Jetzt habe ich wieder Lust und keine Angst mehr.‹

›Ich auch‹, sagte ich und konnte meine Tränen kaum noch zurückhalten. Ich eilte hinaus und gab vor einkaufen zu müssen. Als ich nach zehn Minuten mein Gesicht gewaschen und gepudert hatte, damit er meine Trauer nicht sah, war er bereits geflüchtet. Für immer.«

Valentin dachte noch im Bett darüber nach, ob er die zwei Liebenden nicht doch zueinander kommen lassen sollte. Es war sehr spät, als ihm die Augen zufielen. Da hörte er Pia ängstlich flüstern: »Steh auf. Ein Überfall!«

Draußen hörte man Nabil schreien. Valentin sprang hoch, zog eine Rohrstange unter dem Bett hervor und riss mit einem Satz die Tür auf. Doch er erstarrte vor einem Maschinengewehr, das ein Soldat auf ihn gerichtet hielt.

30.

Wie man verwundert das Ende der Geschichte und seine Brille findet

er Morgen dämmerte rötlich in der Ferne, aber auf dem Circusplatz warfen die Neonlaternen noch ihr fahles Licht auf die Gesichter. Valentin musste an seine Kindheit im Krieg denken. Er blieb mit Pia in der Tür des Wohnwagens stehen. Angela, Fellini, Robert, Jan, Martin und Hanan waren bereits draußen. Von dort, wo die Wohnwagen der anderen Mitarbeiter standen, hörte er aufgeregte Stimmen. Irgendwo draußen vor dem Eingang fluchte Nabil; so weit Valentin verstand, ging es darum, dass er nicht in einen Wagen einsteigen wollte. Man hörte Schläge und Schreie, dann brauste ein Auto davon. Soldaten standen mit dunklen und regungslosen Gesichtern beim Circustor, Bauernburschen aus den Bergen mit kräftigen Körpern und toten Augen. Man richtete sie ab wie Bluthunde, quälte sie und fütterte sie dabei, bis sie glaubten, je mehr sie andere quälten, desto besser ginge es ihnen selbst.

Valentin musste unwillkürlich an die Horrorgeschichten über eine Zukunft denken, in der genetisch manipulierte Soldaten mit toten Augen alles ausführten, was ihre Anführer verlangten. Hier gab es sie schon in der Gegenwart.

Auf ein Bellen ihres Anführers machten die Soldaten wie Roboter auf ihren Absätzen kehrt und rannten zu ihrem Lastwagen, der mit laufendem Motor vor dem

Eingang stand. Der Circus blieb in eine stinkende Abgaswolke eingehüllt zurück.

»Was war los? Was wollen sie von ihm?«, fragte Valentin in die Runde. Seine Mannschaft hatte sich vollzählig in der Manege versammelt. Es wurde lange gerätselt, und schließlich waren es Scharif und Pia, die fast zur gleichen Zeit eine Erklärung anboten: Nabil musste wegen seiner Furzgeschichte von Spitzeln angezeigt worden sein. Aber die beiden wurden nur ausgelacht. Auch Valentin fand den Einfall aberwitzig, und so glaubten bald alle an das düstere Bild, das der erfahrene alte Robert entwarf: Nabil war eine der angesehensten Persönlichkeiten des Landes und bekannt für seinen Reichtum, darum habe sich die Mafia aus Geheimdienstlern seiner bemächtigt, von der man in Ulania allenthalben munkeln hörte. Sie versuche sich zu bereichern, indem sie wohlhabende Bürger festnahm und erpresste. So etwas kannte man ja aus Russland.

Gegen acht Uhr ging Valentin zur deutschen Botschaft, doch der junge Mann, der ihn dort höflich und ruhig beriet, war ein gesichtsloser Diplomat, der offensichtlich mehr Interesse an den Handelsbeziehungen zwischen Deutschland und Arabien als an Menschenrechtsfragen hatte: »Ihrem Freund wird es nur schaden, wenn wir uns einmischen. Es müssen einflussreiche Einheimische für ihn eintreten. Nur das hilft in diesem Land.«

Wütend verließ Valentin die Botschaft und eilte zu seinem Freund Ibrahim, der ihm bestätigte, dass der junge Diplomat, gesichtslos oder nicht, gar nicht so Unrecht hatte. Er selber wolle alles tun, was in seiner Macht stehe, um Nabil zu helfen. »Ein Rechtsanwalt darf in einer solchen Sache nicht eingeschaltet werden«, erklärte er, und Valentin begriff, dass er keine Ahnung vom Leben unter einer Diktatur hatte. »Vielleicht kann aber deine

Schwester Hanan schneller etwas erreichen als die Bekannte, die ich einschalten möchte. So weit ich weiß, war ein hoher Offizier des Geheimdienstes ein guter Freund ihres verstorbenen Mannes.«

Valentin ging zum Circus zurück, aber ruhiger wurde er erst, als Hanan ihm sagte, dass sie bereits für den nächsten Morgen einen Termin bei dem Geheimdienstoffizier habe.

»Und warum nicht gleich heute?«, fragte Valentin bitter.

»Weil der Offizier kurz nach meinem Anruf an die Front in den Norden fliegen musste«, sagte Hanan. »Sie haben dort einen der Führer der Fundamentalisten gefasst. Er kommt erst heute Nacht zurück. Einen früheren Termin konnte ich nicht bekommen.«

»Und was geschieht mit Nabil? Was machen sie mit dem armen Menschen? Er ist doch ...« Valentins Stimme erstickte. Er fühlte sich verlassen und ohnmächtig.

»Gott stehe ihm an diesem Tag bei«, sagte Hanan und drückte seine Hand.

Es verging eine Stunde, die Valentin wie eine Ewigkeit erschien, dann kam Ibrahim und erstaunte Valentin mit seiner Fröhlichkeit. »Nabil lebt!«, stieß er fast atemlos vor Freude hervor.

In Windeseile sprach sich die Nachricht im Circus herum. Doch statt sich zu freuen, wie es die erfahrenen Orientalen tun, wenn sie ein sicheres Lebenszeichen von einem Verschleppten erhalten, wurden Valentin und die Seinen eher zornig.

»Was heißt, er lebt! Natürlich lebt er. Heute Morgen haben sie ihn erst hier weggeschleppt«, schrie Valentin Ibrahim an. Der aber blieb ruhig und lächelte gütig.

»Auch wenn er erst vor einer Minute verschleppt worden wäre, hieße das noch gar nichts. Ich freue mich sehr, dass er lebt«, erwiderte er.

»Du bist sicher, dass die Nachricht stimmt?«, fragte Scharif und Ibrahim nickte.

»So sicher, wie ich Ibrahim heiße.«

Da nahm Mansur Valentin beiseite und empfahl ihm, den Freund unter vier Augen zu fragen, ob man die Geheimdienstler, die Nabil verhörten, nicht informieren könne, dass der Mann todkrank sei. Als Araber wusste Mansur, dass Ibrahim vor versammelter Mannschaft niemals offen reden würde.

»Wir bleiben da, bis Nabil frei ist, sag das den anderen«, bat Valentin Mansur. »Vorstellungen wird es solange nicht geben, und Scharif soll den Bürgermeister von Sania verständigen, warum wir nicht kommen können. Vielleicht kann er uns helfen. Wie ich hörte, ist er ein Schwager des Präsidenten.«

Mansur nickte und Valentin verschwand mit Ibrahim in seinem Wohnwagen. Pia und Hanan gab er ein Zeichen, dass sie fern bleiben sollten.

»Alle Achtung, du warst wirklich schnell«, eröffnete Valentin das Gespräch.

»Meine Bekannte konnte mir tatsächlich helfen«, erklärte Ibrahim. »Sie ist die Geliebte eines Generals, der im Geheimdienst die gefährlichste Abteilung, die so genannte Spionageabwehr, leitet. Sie ist nur leider nicht seine einzige Geliebte, es kommt immer darauf an, ob er ihr zur Zeit geneigt ist oder nicht. Wenn ja, ist sie eine der zuverlässigsten Informationsquellen, wenn irgendjemand in Ulania verhaftet wird. Ich verwalte dafür ihr Konto in Paris und lege ihr Geld gewinnbringend an.«

»Was meinst du: Kann sie den verhörenden Offizieren Informationen bringen, die Nabil helfen? Kann sie ihnen zum Beispiel klar machen, dass der Mann dem Tode nahe ist und dass es für die Folterer und ihre Regierung besser wäre, ihn freizulassen?«

»Ich habe den Weg von dieser Frau zu mir immer als Einbahnstraße betrachtet, aber man könnte natürlich versuchen, das Schild umzudrehen. Was ist, wenn sie Geld dafür verlangt?«

»Ich habe noch über eine halbe Million Mark in bar. Ich stelle alles zur Verfügung«, erwiderte Valentin.

»Dann gehen wir gleich zu ihr«, sagte Ibrahim und erhob sich von seinem Stuhl.

Als sie aus dem Wohnwagen traten, rief Valentin Martin zu sich und trug ihm auf, er solle alle Mitarbeiter zur Bewachung des Circusareals einsetzen. Kein Fremder dürfe mehr das Gelände betreten. Dann umarmte er Pia und eilte mit Ibrahim davon.

»Warum wurde Nabil eigentlich verhaftet?«, fragte Valentin, als sie über die Brücke zur Altstadt gingen. Plötzlich war ihm aufgefallen, dass sie über alles gesprochen hatten, nur nicht über die Ursache von Nabils Verschleppung.

»Meine Bekannte sagt, dass der Grund eine Beleidigung war. Nabil soll den Präsidenten und seine Minister als Fürze bezeichnet...«

»Das stimmt doch gar nicht«, unterbrach Valentin wütend, »es war eine harmlose Geschichte. Eine von vielen, die er gesammelt und den Zuschauern Abend für Abend erzählt hat.«

»Möglich, aber unser Präsident fühlt sich immer angesprochen, wenn man öffentlich von Eseln, Hurensöhnen und Fürzen spricht. Und jetzt, wo eine Todeswalze über das Land rollt... Wer klug ist, erhebt in solchen Zeiten nicht den Kopf. Nabil mag ein lieber Mensch sein, für meinen Geschmack ist er leider auch ein bisschen naiv.«

»Aber die Geschichte ist doch harmlos. Sie ist deftig und lustig, mehr nicht.«

»Das meinst du, mein Freund.« Ibrahim zuckte die

Achseln. »Vielleicht verpackt man bei euch den Ernst noch ernster, damit es Eindruck macht. Hier im Orient ist der Kern um so brisanter, je leichter die Hülle wirkt. Das weiß Nabil und das wissen seine Folterer. Nun aber sitzt er im Gefängnis und ihm gehört meine Sympathie. Ich bat die Frau, bis heute Abend herauszufinden, wo sie ihn gefangen halten. Das ist die wichtigste Frage, denn die Gefängnisse sind hier in Klassen aufgeteilt – je nach ihrer Nähe zum Tod. ›Das Labyrinth‹ ist die harmloseste Variante, und auch ›die Sardinendose‹ ist noch weit vom Tod entfernt, aber die häufigste Variante mit vielen Abstufungen der Quälerei ist der ›Vorhof‹, darin geht es nur zu oft um Leben und Tod. ›Das Meer‹ schließlich ist das schlimmste Gefängnis, sein Eingang ist ein Tor ins Totenreich. Diese Namen hat die Bevölkerung erfunden, damit sie über ihre gefangen gehaltenen Söhne und Töchter sprechen kann, ohne verhaftet zu werden. Deshalb bat ich die Frau, mir Bescheid zu geben, aber jetzt gehe ich ja direkt zu ihr. Du wartest im Café auf mich und ich beeile mich.«

Der Freund verschwand im Menschengewimmel, und Valentin saß allein im Café und wunderte sich, wie alle Welt lachen konnte. Er konnte es nicht. Ihm war nur noch eines wichtig: dass der Freund sobald wie möglich das Gefängnis gesund verlassen konnte. Er trank einen Mokka nach dem anderen und fand, dass Ibrahim eine Ewigkeit brauche, doch dann stellte er fest, dass erst eine halbe Stunde vergangen war. Endlich kam Ibrahim über die Straße und verfluchte einen Taxifahrer, der ihn beinahe überfahren hätte.

»Sie wird es versuchen, für zwanzigtausend Mark. Ich habe sie auf zehntausend heruntergehandelt. Das ist alles, was ich tun konnte. Heute Abend lässt sie uns wissen, wo Nabil gefangen gehalten wird. Und sie garantiert mir, dass die Nachricht von seiner Krankheit auch heute noch dorthin gelangt.«

»Kein Problem. Ich gehe das Geld gleich holen«, sagte Valentin.

»Komm dann damit zu mir«, schlug Ibrahim vor. »Sie wohnt nicht weit von uns.«

Als Valentin eine halbe Stunde später klopfte, zog Ibrahims Frau ihn ins Haus, als dürfe ihn niemand sehen.

»Ich dachte, ich lege fünftausend drauf, vielleicht beschleunigt das die Sache«, sagte Valentin und gab Ibrahim das Bündel Banknoten, das er aus dem Tresor genommen hatte.

Ibrahim lächelte. »Gut, trinken wir schnell einen Kaffee, dann werde ich die Frau noch einmal besuchen.«

Wie sich herausstellte, war Valentins Einfall gut, denn die Frau ließ bereits am frühen Abend einen Boten übermitteln, dass die Nachricht bei der entsprechenden Stelle angelangt sei. Schon wollte Valentin sich freuen, da erstickte der Bericht des Boten die Freude im Keim. Nabil sei in einem Vorhof-Gefängnis nahe der Hauptstadt, und es sei eines der schlimmsten. Dort würden Dichter, Journalisten, Studenten und Schüler gefoltert.

Am nächsten Morgen eilte Hanan zu dem Geheimdienstoffizier, doch auch sie hatte kaum Gutes zu berichten. »Nabil hat beim Verhör zugegeben, dass er den Präsidenten mit dem Furz gemeint hat«, erzählte sie Valentin, Pia und Martin. »Aber wenigstens hören sie angeblich mit der Folter auf, weil man entdeckt hat, dass er schwer krank ist. Es soll nur noch eine Frage von Tagen sein, bis er herauskommt. Letzte Nacht ist er von einem Vorhof in ein Labyrinth verlegt worden. Es liegt ungefähr hundert Kilometer südlich von hier.«

Hanan wusste auch, dass Nabils Freundin Basma nichts

mehr mit ihm zu tun haben wollte. »Sie hat einfach Angst und versteckt sich hinter Ausreden«, schloss sie und schüttelte traurig den Kopf.

Die Tage vergingen langsam, und es machte den Circusleuten unendliche Mühe, den Zuschauern zu erklären, dass der Circus eine Pause brauchte. Der Bürgermeister von Sania war erschrocken, als er von Nabils Verhaftung erfuhr, und meldete sich seitdem nicht mehr. Zwei Tage später brachten Lastwagen und Sattelschlepper die geplünderten und ausgeschlachteten Circuswagen und Requisiten, die der Circus vertrauensvoll in der Obhut der Stadt Sania zurückgelassen hatte. Die Fahrer hatten es eilig, entluden wortlos den Schrotthaufen und fuhren auf der Stelle zurück. Unbrauchbar war das Ganze und der Anblick ein Jammer.

Am selben Tag ging Valentin lange mit Martin spazieren und erzählte ihm vom Tod seiner Frau. Martin war traurig, doch nicht sonderlich mitgenommen. »Es lief nichts mehr zwischen uns in den letzten zehn Jahren. Wir waren nur zu feige uns zu trennen. Ich trauere um Eva als Kameradin, aber mehr auch nicht.«

Nun sollten auch die übrigen Circusleute vom Tod der Seiltänzerin erfahren; es gab keinen Grund mehr, darüber zu schweigen. Von Stund an gingen Hanan und Martin offen Hand in Hand und Hanan lud ihn zu sich nach Hause ein. Martin erzählte danach von der gezwungenen Freundlichkeit der älteren Schwester, die sich vergeblich bemühte ihre Abneigung gegen die Wahl der Schwester zu unterdrücken. Musste ihre Schwester von allen Männern ausgerechnet einen Raubtierdompteur lieben?

»Für sie hat eine Witwe zu leiden und zu jammern und sich nicht in einen schönen Mann zu verlieben. Und eben das tue ich gerade und gern«, sagte Hanan und streichelte dem errötenden Martin den Kopf.

Hanan ahnte seit dem Gespräch mit dem Geheimdienstoffizier, dass der Circus nicht mehr lange im Land geduldet werden würde. Sie wollte sich deshalb einen Pass und ein Visum für Deutschland besorgen und wurde darauf von eben jenem Offizier zu einem neuerlichen Gespräch geladen. Er redete lange und umständlich, doch was er ihr mitzuteilen hatte, war schockierend einfach: Er würde ihre Ausreise nicht erlauben. Deshalb nicht, erklärte er ihr, weil er sie seit langem selber liebe. Hanan wusste nicht, wie sie reagieren sollte. Sie dachte, nun käme die alte Geschichte, dass er sich mit seiner Frau nicht mehr verstehe, aber es kam viel schlimmer.

»Der Mann meint es ganz ernst«, erzählte sie entsetzt. »Er ist seit einem Jahr geschieden und hat mich seit einer Weile schon beobachten lassen. Und nun, da er wisse, dass ich anständig sei, wolle er mich heiraten, sagt er. Er habe das Alleinsein satt. Ich fühlte mich dem Tod nahe und hatte furchtbare Angst um Nabils Leben, aber auch um das von Martin und mir«, sagte sie mit zittriger Stimme. Sie schwieg für eine kurze Weile, dann fuhr sie fort: »Ich soll mir Zeit lassen für meine Entscheidung, aber ins Ausland darf ich trotzdem nicht. Ich schwöre dir, ich brauchte all meine Kraft, um aufzustehen. Ich gab ihm die Hand und habe ihn in meinem Innern verachtet. ›Wir hören voneinander, ja?‹, sagte er beim Abschied. Ich habe ›ja‹ gemurmelt, aber es war nicht mehr meine Stimme, sondern die Macht der Gewohnheit, die einen bestimmte Laute so zusammensetzen lässt, dass sie sich wie gesprochene Worte anhören. Draußen wurde mir dann das Ausmaß der Katastrophe erst richtig bewusst und mich packte eine unendliche Wut. ›Niemand auf dieser Welt darf mein Glück zerstören‹, sagte ich immer wieder vor mich hin.«

Valentin, Pia und Martin hatten ihr wie versteinert zugehört.

»Du hast dich richtig verhalten«, sagte Pia, die als erste die Sprache wieder fand. »Er soll nicht Verdacht schöpfen, dass du ihn nicht willst.«

»Aber wie komme ich ohne Pass hier raus?«

»Das überlässt du mir, liebste Schwester, du musst ihn nur noch eine Weile hinhalten.« Valentin schaute Martin an. »Ich glaube nicht, dass er von eurer Liebe weiß, aber ihr müsst von jetzt an höllisch aufpassen. Und zu keinem ein Wort über Hanans Absichten!«

Die Zeit verging plötzlich wie im Flug. Schon war der Morgen angebrochen, an dem sich Anita verabschiedete und mit ihrem Freund nach Spanien flog. Den alten bunten Wohnwagen, den sie von Pipo geerbt hatte, überließ sie großzügig Scharif. Und der äußerte zum ersten Mal den Wunsch, nicht mehr als Requisiteur, sondern als Assistent von Martin zu arbeiten. Für Valentin kein Problem: Er war sicher, dass Scharif das Zeug dazu hatte, ein würdiger Nachfolger von Martin zu werden, und gab seinen Segen.

Hanan übernachtete nun oft im Circus, doch sie blieb bis spät in der Nacht bei Valentin und schlich erst, wenn alle schliefen, unbemerkt in Nabils Wohnwagen, wo Martin auf sie wartete.

»Mein Vater«, erzählte sie eines Nachts, »zeigte mir, wie man Steine flach übers Wasser wirft, damit sie hüpfen. Wenn der Stein siebenmal hüpft, darf man sich etwas wünschen und der Wunsch geht in Erfüllung. Ich habe es immer wieder versucht, aber es wollte und wollte nicht klappen. Tamam hat darüber nur den Kopf geschüttelt. ›Er macht noch einen Mann aus dir und dann heiratet dich keiner mehr.‹ Aber eines Morgens ging ich zum Fluss und warf einen Stein und er hüpfte wirklich siebenmal; da wünschte ich mir, dass unser Nachbar Dschamil mich lieben sollte, wie ich ihn damals liebte. Es dauerte nicht lange und Dschamil sprach mich an. Ich war vierzehn, er siebzehn, und ich wartete sieben Jahre auf ihn, bis er sein Ingenieurstudium beendet hatte, dann heirateten wir und zogen in das Haus, das er am Rande einer kleinen Stadt im Süden mietete. Dort war er in einer Düngemittelfabrik angestellt. Doch schon einen Tag nach der Hochzeit wurde er einberufen. Eine Woche später brach der Krieg aus und kurze Zeit darauf ist er gefallen. Es war die reine Katastrophe. Ich dachte, ich müsste mich umbringen, dann aber schaute ich aus dem Fenster. Es war kalt, und ein kleiner Spatz kämpfte mit gebrochenem Flügel ums Überleben, suchte da, suchte dort, pickte die wenigen Samen, die er finden konnte, und zog seinen schiefen Flügel hinter sich her. In diesem Augenblick begriff ich, wie schön das Leben ist und dass ich nicht aufgeben würde, so düster auch alles aussehen mochte. Dem Spatz warf ich von nun an täglich eine Handvoll Körner hin. Ich weiß nicht, ob er überlebt hat, denn eine Woche später wurde die Stadt bombardiert und unser Haus wurde getroffen. Ich entkam dem Tod nur durch Zufall, doch nichts konnte mich mehr entmutigen. Ich nahm die Kleinigkeiten, die nicht verbrannt waren, und mein Fahrrad und zog nach Ulania zu meinen Eltern zurück. Es ist zwanzig Jahre her, aber ob du es glaubst oder nicht, du bist der Erste, dem ich das erzähle, weil du meine Wunde geheilt hast«, schloss Hanan, und Martin drückte sie und freute sich wie noch nie in seinem Leben. »Heute warf ich wieder einen Stein«, sagte Hanan und kämpfte gegen die Tränen, »und er hüpfte siebenmal, und ich wünschte mir, dass Nabil bald wieder bei uns ist.«

Nach zwei bitteren Wochen erschien Nabil plötzlich gegen Mittag im Circus. Er war um Jahre gealtert und sein Gesicht war grau. Mit kraftlosen Worten erzählte er von seinem Gang durch die Hölle und zeigte die Spuren der Folter auf Beinen und Armen, Brust und Hals. Dann stockte er. Alle schwiegen und warteten.

»Sie foltern dich«, begann er mit matter Stimme, »solange du schweigst, und schreien dir ins Gesicht, was sie von dir hören wollen, und sobald du benommen wiederholst, was sie sagen, um dir Schmerzen zu ersparen, foltern dich andere für das, was du zugegeben hast. In diesen Stunden verlor ich jeden Glauben an die Menschheit. Doch dann schien es plötzlich, als bekämen sie vor irgendetwas Angst, denn am Abend hörten sie mit der Folter auf und verlegten mich in ein anderes Gefängnis. Ein Wächter sagte mir, dass sich ein hohes Tier wegen meiner Erkrankung für mich eingesetzt habe. Ich glaubte es nicht, denn ich habe selbst gesehen, wie Leute vor den Augen der Folterer starben. Und beim Abschied sagte mir der Folterer noch, sie ließen mich nur gehen, weil sie nicht wollten, dass ein Schwein wie ich ihrem Ruf im Ausland schade. Aber sie würden es mir schon noch heimzahlen. Und das Allerschlimmste war: Ich wusste, dass Basma mich verlassen hat. Man hat es mir bei der Folter erzählt.«

Nabil verstummte, und niemand mochte ihm eine Frage stellen, denn er schien einer Ohnmacht nahe. Er stand auf und schleppte sich in seinen Wohnwagen. Vollkommen verändert, entsetzt und eingeschüchtert von einer Realität, die er in seinem Leben nie gesehen oder für möglich gehalten hatte, schaute er dabei wie ein Verfolgter ständig um sich.

Und schon am späten Nachmittag wurde die angedrohte Rache Wirklichkeit: Ein motorisierter Polizist überbrachte den offiziellen Ausweisungsbescheid. Der

Circus musste binnen einer Woche das Land verlassen. Der Bescheid war in englischer Sprache abgefasst und unmissverständlich knapp. Unterschrift: Leiter der Ausländerbehörde im Innenministerium. Begründung: Der Circus hat sich in die inneren Angelegenheiten des Landes eingemischt und damit grob gegen die Aufenthaltsbedingungen verstoßen.

Valentin eilte zum Haus seiner Schwestern. Hanan war schon gleich nach Nabils Rückkehr dorthin gelaufen und durchsuchte gerade den Dachboden nach allem, was Valentin mitnehmen könnte. Er berichtete ihr von der Ausweisung des Circus und fügte voller Sorge hinzu: »Das bricht Nabil das Herz.«

Hanan versuchte darauf verzweifelt, dem Geheimdienstoffizier am Telefon zu erklären, wie wichtig der Circus für die Menschen und vor allem die Kinder im Land sei, doch der Mann erwiderte nur knapp, die Ausweisung sei auf Anordnung von oben erfolgt, und da sei nichts zu machen. Da er sie liebe, würde er ihr empfehlen, sich von dem Circus fernzuhalten.

Kaum anders reagierte die Geliebte des Generals, die erst hunderttausend Mark für diese heikle Aufgabe verlangte, doch schon am nächsten Tag die Aktentasche voll Geld zurückbrachte. Sie hatten sich zu diesem Zweck bei Ibrahim getroffen, und die Frau hatte nur im Flüsterton gesagt: »Monsieur, das ist auch für meinen Freund eine Nummer zu groß, wenn Sie verstehen, was ich meine. Nur Gott kann hier helfen.«

Nabil wollte an diesem Tag nicht aus dem Bett. Er blieb liegen, aß wenig und schien zu fantasieren. Hanan und Martin kümmerten sich um ihn, machten ihm Tee und ließen ihn erst allein, als er schlief.

»Er braucht einfach Ruhe. Er ist erschöpft«, sagten sie.

Es war spät in der Nacht, als Nabil kaum hörbar bei Valentin klopfte. Pia schlief, und Valentin schrieb ein paar Notizen über seine Angst als Fremder in einem Land, das ihm nicht mehr wohlgesonnen war. Er öffnete vorsichtig die Tür, und Nabil stand lächelnd im Lichtschein, der vom Wohnwagen in die Dunkelheit fiel.

»Es ist Nachmorg«, sagte er fast entschuldigend.

»Ich komme sofort«, erwiderte Valentin, nahm seine Strickjacke und eine Flasche von dem französischen Rotwein, den Nabil so gerne trank, und schlich auf Zehenspitzen hinaus.

»Ich habe dich und das Café so vermisst und machte mir die ganze Zeit Sorgen um Cica und Tarek. Ich weiß, sie sind längst unter der Erde, und man braucht wirklich keine Sorge mehr um sie zu haben, aber ich möchte doch wissen, was mit Tarek geschah, der nun sehr krank wurde, und was mit Cica, die als Witwe einsam mit ihrem Traum lebte. Was passierte weiter?«

»Wo bin ich stehen geblieben?«, fragte Valentin, um die richtige Stimmung herbeizuführen, und schenkte Nabil Wein ein.

»Sie ist nun Witwe, lebt in der Nähe von Mainz und telefoniert mit ihm; er hat erfahren, dass er Krebs hat und nicht mehr lange leben wird«, sagte Nabil und rieb sich die Hände.

Valentin stieß mit ihm an und nahm einen kräftigen Schluck. Er hatte entschieden, dass Tarek und Cica sich auch im Roman nicht mehr sehen und nacheinander sterben sollten, so, wie es im Leben gewesen war; doch nun beschloss er blitzschnell, den Roman hoffnungsvoll enden zu lassen, um dem geschwächten Nabil Mut zu machen. Er erzählte, wie der schwer kranke Tarek beschloss, genau wie in seiner Jugend nach Berlin zu flüchten. Ohne Abschied von seiner Frau verließ er das

Land. Die Frau dachte, er sei durch die Krankheit verrückt geworden und habe sich irgendwo das Leben genommen, denn all seine Sachen waren noch da. Doch keine Spur wurde je von ihm gefunden. Tarek war nach Berlin geflogen und wer stand da? Cica mit einem Blumenstrauß. Sie lebten fünf Jahre in vollkommenem Glück, denn durch die Liebe war seine Krebserkrankung zum Stillstand gekommen.

»Mit achtzig starben sie beide am selben sonnigen Novembertag in einer winzigen Wohnung in Kreuzberg«, schloss Valentin, nahm einen Schluck Wein und schwieg zufrieden.

»Fehlt nur noch Wagnermusik, die ein schwerhöriger Nachbar zufällig vom Kassettenrecorder abspielt«, sagte Nabil und lachte böse. »Nein, mein Lieber, der Schluss passt nicht zu dieser dramatischen Liebe. Er ist der reine Kitsch. Ich habe nichts gegen ein Happy End, aber doch nicht so. Es ist *dein* Roman, gewiss, und *du* willst die Geschichte erzählen, aber wenn ich an deiner Stelle wäre, würde ich die zwei nicht zueinander kommen lassen. Nicht als Strafe für ihre Feigheit, obwohl beide, Tarek und Cica, wirklich feige waren, jeder auf seine Art. Weil sie alles wollten, haben sie alles verloren. Aber nicht aus diesem Grund sollten sie nicht zueinander finden; das Ende muss offen bleiben, damit auch das, was in der Mitte der Geschichte passiert ist, nicht vergessen wird. Ein geschlossenes Ende, ob gut oder schlecht, erwürgt die Weisheit dieser Geschichte. Andererseits musst du die Geschichte auch nicht so lapidar beenden, wie das Leben uns erledigt. Er starb da und sie starb dort. Nein, du kannst das Ende offen lassen *und* gleichzeitig dramatisch gestalten. Zum Beispiel können beide zu spät beschließen, zueinander zu kommen, und zwei Schiffe nehmen. Das eine fährt von Triest nach Ulania, das andere von Ulania nach Triest, und gerade legt Cicas Schiff aus Triest an, als Tarek, an der Reling seines auslaufenden Schiffes stehend, sich einbildet, Cica zu erkennen, die ihm zuwinkt – doch seine Tochter Hanan beruhigt ihn, da habe niemand gewinkt. Punkt. Ende. War sie das, oder war sie es nicht? Es bleibt offen wie das Leben. Ein offenes Ende belebt nicht nur die Mitte, sondern sagt, dass, wo immer Menschen leben, sie nicht aufhören werden Fehler zu machen und sich zu lieben – und dass die Liebe tausendundeine Farbe bereit hält für Neugierige, die sie erfahren wollen.« Nabil machte eine Pause, dann fügte er hinzu: »Ich hoffe, du bist mir nicht böse, dass ich so deutlich gewesen bin.«

Valentin stand auf und umarmte Nabil, gab ihm einen dankbaren Kuss auf die Wange und setzte sich wieder auf seinen Stuhl.

»Genau deine Worte werden das Buch beschließen. Da kannst du sicher sein«, sagte er und er heuchelte nicht. Er schämte sich etwas für den Kitsch, wie Nabil es genannt hatte, doch er tröstete sich damit, dass er es gut gemeint hatte.

Es ging auf vier, als Valentin in den Wohnwagen zurückkehrte.

»Wo warst du?«, fragte Pia, die kurz aufwachte und einen müden Blick auf den Wecker warf.

»Beim schönsten Nachmorg meines Lebens. Jetzt ist der Roman beendet«, erwiderte er, aber Pia war bereits wieder eingeschlafen.

Als Valentin später noch einmal aus einem unruhigen Schlaf erwachte, hatte er die rettende Idee: Warum sollte Nabil nicht mitkommen, durch die ganze Welt reisen und sich erfreuen am Lachen aller Kinder der Welt? Wenn Ulania ihn quälte, musste er doch nicht hier bleiben.

»Genau das ist die Rettung«, sagte Pia, die Valentin in seiner Aufregung aufgeweckt hatte und nun nach ihrer Meinung fragte.

»Aber es ist erst sechs, schlaf endlich«, knurrte sie. Und Valentin, erleichtert über die Idee, Nabil mitzunehmen, schlief sofort wieder ein.

Er wusste nicht, wie lange er geschlafen hatte, als er plötzlich die »Scheherazade« hörte. Er richtete sich auf. Pia stand am Fenster.

»Was ist los?«, fragte Valentin erschrocken.

»Seit einer Weile spielen sie im Chapiteau unentwegt diese Musik. Ich bin seit einer halben Stunde wach, da spielten sie schon.«

»Zu dieser frühen Stunde?«, wunderte sich Valentin. Er schaute Pia besorgt an. Er wollte lächeln, aber er konnte nicht.

»Schau schnell nach«, sagte Pia und Valentin sprang in seine Hose und ging ohne Hemd hinaus. Er sah schon aus der Ferne, dass das Zelt hell erleuchtet war. Martin schaute verschlafen aus dem Fenster seines Wagens, doch Valentin rannte an ihm vorbei, ohne zu grüßen.

Mitten in der Manege saß Nabil im Clownskostüm, den Kopf auf die Brust gesenkt. Die Musiker saßen auf ihrem Podium über dem Eingang der Manege. Beim Anblick des Circusdirektors spielten sie auf einmal misstönend durcheinander; schließlich standen sie, immer noch spielend, auf. Valentin hob die Hand und die Musik verstummte.

»Nabil!«, rief Valentin.

Doch der Freund war bereits tot.

»Er weckte uns vor einer Stunde und bat uns, dieses Stück zu spielen. Er war fröhlich, tanzte im Kreis und lachte. Wir dachten, wir tun ihm den Gefallen, und spielten weiter. Dann setzte er sich hin und wurde ganz ruhig. Wir dachten, er schläft oder ist ein bisschen betrunken«, erzählte der dickliche Kapellmeister mit seinem melodischen Wiener Akzent.

Der herbeigerufene Arzt diagnostizierte Herzversagen.

Bis die Formalitäten für die Beerdigung erledigt waren, vergingen zwei Tage. Und der Trauerzug war am Circuseingang noch ganz klein. Nur die Circusleute, ein paar treue Freunde und der ehemalige Chauffeur fuhren in den Autos mit, die dem Leichenwagen zum katholischen Friedhof folgten. Basma ließ sich nicht blicken. Doch die große Überraschung erwartete die Trauernden am Friedhof: Tausende von Menschen, die Nabil das letzte Geleit geben wollten, harrten geduldig seit dem frühen Nachmittag vor der kleinen Friedhofskapelle aus. Als sechs Circusleute, angeführt von Valentin und Martin, den Sarg auf den Schultern zur Kapelle trugen, begannen die Menschen laut für Nabil zu beten. Sie fürchteten sich vor nichts.

Und plötzlich war der junge Schaker da. Valentin nahm ihn zur Seite.

»Wie viele Monate bin ich nicht gekommen?«, fragte er und Gewissensbisse plagten ihn.

»Ich weiß es nicht, Herr«, antwortete Schaker.

»Pass auf. Nun hast du zwei Aufgaben: die Familiengruft meines Freundes und das kleine Grab meiner Großmutter«, sagte Valentin. »Ich komme nicht mehr, aber wenn du mir schreibst, dass du beide Gräber pflegst, werde ich dir das glauben und jedes Jahr fünfzig Mark schicken und jedes Weihnachten ein großes Paket.«

»Mit Jeans, Herr?«

»Ja, mit Jeans, aber gib acht, dass niemand meine Lieben stört.«

Valentin gab dem Jungen einen Hundertmarkschein

und schrieb ihm seine Adresse auf einen Zettel. Die Augen des Jungen sprühten vor Freude Funken.

»Ja, Salam!«, schrie er seine Begeisterung heraus.

Später, schon vor dem Friedhofstor, trat Scharif zu Valentin. »Ich wirklich mit, Chef. Ich später Dompteur«, flüsterte er auf Deutsch.

»Wie wir es beschlossen haben«, flüsterte Valentin zurück. »Du musst dich nur schnell mit Vulkan anfreunden, denn mit ihm musst du dich die paar Tage vertragen, bis wir auf See sind. Doch du wirst eine gute Nachbarin bekommen – noch gefährlicher als Vulkan.«

»Alles klar, Chef«, erwiderte Scharif, der es für Valentin mit allen Raubtieren der Welt aufgenommen hätte. Seine Augen glänzten. Und noch am selben Abend schlüpfte er mit Hanan in das Versteck, das Valentin mit Martins Hilfe im Löwencontainer eingerichtet hatte.

Die Zollbeamten im Hafen entdeckten es nicht. Sie waren unfreundlich und ließen keinen Koffer unkontrolliert, stocherten und schnüffelten überall herum. Sie beschlagnahmten billige Intarsienschachteln, die jeder Tourist erwerben konnte, Zigaretten und eine Flasche Schnaps mit der Behauptung, das alles sei Nationaleigentum und dürfe nicht ausgeführt werden. Es war eine Schikane, die den Circus sieben Stunden kostete. Und in der Ferne stand der Offizier, der bei der Ankunft so freundlich gewesen war. Er war nun für Valentin nicht mehr zu sprechen, doch Valentin wäre kein Samani gewesen, hätte er je einem Zollbeamten vertraut. Lieber verließ er sich auf seine Raubtiere und sie spielten ihre Rolle perfekt. Sie wurden verrückt, sobald die Zollbeamten nur die Tiercontainer öffneten. Vor allem Vulkan: Er sprang gegen das Gitter und brüllte so böse, dass die Beamten nur einen hastigen Blick in den Käfig warfen und ihn schnell wieder verriegeln ließen.

Im Hafen wurde gerade ein modernes griechisches Containerschiff gelöscht, und der Kapitän freute sich mächtig, als Valentin ihm den Transportauftrag gab.

Am späten Nachmittag stach der griechische Frachter in See. Valentin wartete, bis die Lotsen das Schiff verlassen hatten, dann stieg er hinunter zum Löwencontainer und klopfte an die Wand.

»Lebt ihr noch?«, fragte er und horchte.

»Alles klar, Chef«, erwiderten Hanan und Scharif, und Valentin öffnete ihnen die Tür. Scharif drehte sich um und verbeugte sich vor Vulkan. »Thank you, Sir!«, sagte er.

Der Löwe gähnte nur.

Pia stand an der Reling und drehte sich ein letztes Mal um. Sie winkte der Küste von Ulania zu, die unter dem blauen Himmel zu glühen schien. »Lebt wohl«, sagte sie, und Valentin wusste, dass sie Eva, Pipo und Nabil meinte.

Valentin schaute Pia an und fühlte eine Liebe, die er seit seiner Geburt nicht gekannt hatte, eine unendliche Liebe, die jede Zelle seines Körpers erfüllte. Sie war weiter und tiefer als das blaue Meer.

Und als ginge in diesem Augenblick ein großes, unsichtbares Tor auf eine unermesslich weite Landschaft vor ihm auf, klopfte sein Herz voller Angst vor dieser Schönheit, die in weiter Ferne alle Möglichkeiten verbarg.

Valentin atmete tief ein, dann lachte er erleichtert, erst leise und dann immer lauter.

»Was hast du denn, du Verrückter?«, erschrak Pia, die gerade das Gelände des katholischen Friedhofs mit seinen alten Zypressen gesichtet hatte.

»Kennst du das, wenn man die ganze Wohnung nach einer Brille durchsucht und sie nicht findet, weil man sie auf der Nase hat? Genau das ist mir passiert. Ich suche die ganze Zeit nach einer ungewöhnlichen Liebe, die irgendwo in meiner Nähe während der Suche nach meinem Vater passiert.«

»Und hast du eine gefunden?«, fragte Pia geistesabwesend. Sie hatte ihn nicht genau verstanden; in Gedanken war sie immer noch bei Nabil, Eva und Pipo.

»Und was für eine!«, rief Valentin und explodierte fast vor Lachen.

»Dann erzähl sie mir«, sagte Pia. »Ich wollte dich ohnehin bitten, mir die Geschichte deiner Mutter einmal in einem Zug zu erzählen. Ich wollte euren Nachmorg nicht stören und habe doch ab und zu gelauscht.«

»Liebend gern«, erwiderte Valentin und bat um ein paar Minuten Zeit. Er eilte in seine Kabine, holte einen Kassettenrecorder und kam wieder an Deck.

»Ich will alles aufnehmen, denn es ist inzwischen eine andere Geschichte geworden. Das erste Kapitel heißt: ›Was ein Brief alles auslösen kann, wenn er zur rechten Zeit kommt.‹ Und so fängt die Geschichte an.« Valentin schaute in die Ferne, dann nickte er, als wäre er mit der Idee zufrieden. »Nie im Leben«, fuhr er fort, »hätte Circusdirektor Valentin Samani gedacht, dass ihn ein Brief so überraschen könnte. Und das wollte etwas heißen bei einem sechzigjährigen Mann, der in einem Wohnwagen in Australien zur Welt gekommen war und bis zu dem Tag, an dem jener unglaubliche Brief aus Arabien kam ...«

Die Seereise nach Triest verlief bei sonnigem, traumhaft mildem Wetter ruhig und dauerte vier Tage, siebzehn Stunden und vierundzwanzig Minuten. Während dieser Zeit erzählte Valentin, oft im Liegestuhl sitzend und aufs Meer blickend, Pia den Roman, der so begann wie dieses Buch. Doch wie er weiterging, ist eine andere Geschichte.

Inhalt

1.
Was ein Brief alles auslösen kann,
wenn er zur rechten Zeit kommt

7

2.
Warum Valentin unbedingt
wieder in den Orient wollte

22

3.
Wie die Wirklichkeit manchmal
den Traum übertrifft

40

4.
Wie ein grimmiger Bankdirektor
plötzlich freundlich wird

48

5.
Wie eine Spannung sich löst
und sich ein neuer Bogen spannt

55

6.
Was man im Alter
noch alles lernen kann

65

7.
Wie Pfefferminzküsse letzte Tage
vor einer Abreise verändern

72

8.
Was hohe Wellen
unbeabsichtigt verursachen
76

9.
Wie fünfzig Jahre
ihr Gewicht verlieren
92

10.
Wie Liebe stirbt
und wieder geboren wird
98

11.
Wie eine Reise zwischen
Nacht und Morgen ihren Anfang nimmt
106

12.
Wie Valentin sich dankbar zeigt
und für seine Suche einen Verbündeten findet
120

13.
Wie eine Hoffnung verloren geht
und ein Lächeln sie zurückholt
136

14.
Wie federleichte Liebe
einen schweren Bären bewegen kann
145

15.
Warum die Kindheit nicht dort bleibt,
wo man sie zurückgelassen hat
156

16.
Wie ein Brot verschwindet
und eine Hoffnung wieder erwacht
172

17.
Wie höfliche Worte und ein Blick aus
Hammelaugen einen Mann umhauen
189

18.
Vom Kampf gegen Tod,
Erwachsenwerden und Windmühlen
198

19.
Wie viele Zeitalter in einer
Zeit existieren können
208

20.
Wie Schlangestehen
zu einem blühenden Geschäft werden kann
215

21.
Warum man beim Friseur
genau zuhören muss
234

22.
Warum der gesprächige Valentin
zweimal sprachlos wurde
243

23.
Wie Verzicht auf Besitz
Gewinn bringen kann
253

24.
Wie ein kleiner Friseur zum Riesen wird
und eine Trommel verstummt
273

25.
Wie leichte Luft Schweres heben kann
und Liebe schwer zu ertragen wird
287

26.
Wie Angst die Spielfreude tötet
und ein Clown wieder geboren wird
297

27.
Wie Valentin so jung wurde,
dass Pia alt aus der Wäsche schaute
309

28.
Wie Valentin und Pia auf zwei Seiten
viele Dimensionen entdecken
320

29.
Was Frauenfürze
alles bewegen können
330

30.
Wie man verwundert das Ende der Geschichte
und seine Brille findet
350

Wen Autoren in der Regel vergessen
und wen ich hier ausnahmsweise loben möchte

Auch ohne die Hilfe vieler Menschen wäre dieser Roman erschienen; er wäre nur langweiliger und unglaubwürdiger geworden. An erster Stelle gehört ein großer Dank meiner Lebensgefährtin *Root Leeb*, meiner kritischsten Zuhörerin und Beraterin. Der Text verdankt ihr eine Straffung seiner uferlosen Abschweifungen, denen manchmal nur noch ich selber folgen konnte. Sie gab auch durch ihre Buchgestaltung der erzählten Geschichte ein farbiges Zuhause.

Markus Wieser hörte bereits im September 1994 die Geschichte, während wir gemeinsam eine Woche lang im Zug durch die Schweiz reisten. Nicht nur seine profunden Kenntnisse der Literatur, sondern auch seine sensiblen Ohren waren mir eine große Hilfe. Die Kunst des Zuhörens werde ich nie genug loben können.

Christiane Lege hat anschließend mit Fingerspitzengefühl und Akribie ein paar sprachliche Verkrampfungen und falsche Einschätzungen der Zeit aus der Geschichte vertrieben.

Danach haben sich viele Menschen im Hanser Verlag alle erdenkliche Mühe gegeben, damit aus der Geschichte ein schönes Buch wurde, das reibungslos die Buchhandlungen erreichte. Es sind: *Hermine Danzer, Uschi Engelbrecht, Felicitas Feilhauer, Hans Frieden, Peter Hassiepen, Esther Hoffmann, Frauke Jakobs, Michael Krüger, Gabriele Leja, Heinz Marti, Andrea Ribbers, Tessa Schlesinger, Sabine Schönfeld, Claus Seitz, Andrea Spychiger, Friedbert Stohner, Oskar Wuthe, Barbara Zengel* und *Heinz Zirk*.

Anu Pyykönen aus Finnland half bei den Engpässen der Korrekturarbeit.

Herrn Dr. *Gunter Selling*, dem großartigen Gastgeber, Fotografen und Chefdramaturgen am Hessischen Staatstheater in Wiesbaden, danke ich für die Geschichte aus seiner Kindheit, als er zum ersten Mal das Wort Frieden hörte.

Musa El Sohsah, ein in Frankfurt lebender Freund aus Saudi-Arabien mit Wurzeln in Palästina, schenkte mir die Furzgeschichte, die ihm seine Tante aus Ägypten erzählt hatte. Er konnte nicht ahnen, dass ich seit Jahren genau auf diese Geschichte gewartet hatte. Meine Ohren waren an jenem Abend so gierig, dass ich das Gefühl hatte, sie bekämen Zungen, die ihm die Worte aus dem Mund schlürften. In derselben Nacht bis vier Uhr morgens schrieb ich das einschlägige Kapitel. Seine Frau *Mona El Sohsah* hatte ihn ermuntert zu erzählen.

Klaus Farin danke ich für seine Hilfe bei der Erkundung der Temperatur in Berlin am 1. Dezember 1931, dem Tag, an dem sich Cica und Tarek kennen lernten. Die Antwort lautete: -10 °C, und es war tatsächlich der kälteste Tag des Jahres.

Schließlich gilt mein besonderer Dank den Autorinnen und Autoren der Bücher und Artikel, die mir leise und geduldig Ratschläge gaben, damit meine Helden vom Circus Samani sicheren Schrittes durch ihren Roman gehen konnten: *Bazlen, R.*, Der Kapitän, Klagenfurt 1993; *Dickens, C.*, Ich, der Komödiant, Berlin 1983; *Günther, E.*, 33 Zirkusgeschichten, Berlin 1977; *Henderson, J. Y., Taplinger, R.*, Seltsame Patienten, Wien 1952; *Lessing, L.*, Wanderer zwischen den Welten, Zürich 1994; *Mathys, F. K.*, Circus, Faszination gestern und heute, Aarau 1986; *Matvejevic, P.*, Der Mediterran, Zürich 1993; *Philipp, W.*, Alpha-Tier, Berlin 1979; *Schulz, K., Ehlert, H.*, Das Circus Lexikon, Nördlingen 1988; *Weiss, W. M., Westermann, K. M.*, Der Basar, Wien 1994.

Kibola, März 1995

Eine Liebeserklärung an das Leben

344 Seiten. Halbleinen, Fadenheftung
www.hanser.de

Während einer siebentägigen arabischen Hochzeit erzählt Lutfi dem Bruder der Braut die ereignisreiche Geschichte seiner Kindheit in Damaskus und seiner aufregenden Abenteuer in Frankfurt. »Ein Ensemble mal herber, mal zärtlicher Geschichten zwischen Orient und Okzident, zwischen Gestern und Heute. Durch Rafik Schamis charmante Mündlichkeit liegen sie alle in demselben milden Spätsommerlicht.«
Christoph Schmitz, F.A.Z.

Rafik Schami
Uwe-Michael Gutzschhahn
**Der geheime Bericht
über den Dichter Goethe**

Reihe Hanser   dtv 62068

Der 26. Mai 1890. Thomas und seine Mutter, eine deutsche Fürstin, finden auf der Insel Hulm Asyl und bald freundet sich Thomas mit Hakim, dem Sohn des Sultans, an. Als dieser selbst Sultan wird, beschließt er, das Haus der Weisheit zu bauen. In der Bibliothek sollen nur die besten und spannendsten Bücher der Weltliteratur stehen. In neun langen Nächten stellt ihm Thomas die Werke Goethes vor.

Irene Dische
Zwischen zwei Scheiben Glück

Reihe Hanser   dtv 62070

Peter wächst in den dreißiger Jahren bei seinem Großvater auf. Im Sommer 1938 holt ihn sein Vater Laszlo nach Berlin. Peter erlebt eine ihm bisher unbekannte Welt mit Kino, Theater und Partys. Doch plötzlich spielt Berlin verrückt und Fensterscheiben gehen zu Bruch. Peter wird zum Großvater aufs Land zurückgeschickt. Von nun an schreibt der Vater aus Berlin jede Woche einen Brief und Peter antwortet. Irgendwann sind die sonst mit der Hand geschriebenen Briefe plötzlich mit der Maschine getippt. Erst viel später erfährt Peter, warum.

John Steinbeck
Von Mäusen und Menschen
Mit Bildern von
Thomas von Kummant

Reihe Hanser   dtv 62072

Der bärenstarke, aber geistig zurückgebliebene Lennie zieht mit George durchs Land, um sich als Erntehelfer ein paar Dollar zu verdienen. Ihr großer Traum ist es, sich auf einer eigenen Farm zur Ruhe zu setzen. Doch Lennies Bedürfnis, kleine Tiere zu »streicheln«, bringt die beiden in Schwierigkeiten. Als Lennie beginnt, die Frau des Gutsbesitzers zu »streicheln«, ist das Unheil vorprogrammiert.